KB058156

해방
3

FREED

E L 제임스 지음 | 황소연 옮김

해방 3

Fifty Shades Freed
as Told by Christian

시공사

바스티유가 내 엉덩이를 걷어찼다. "결혼하더니 점점 물렁이가 되는군요, 그레이." 그가 나를 놀리면서 레게 머리를 옆으로 휙 넘겼다. 그사이 나는 다시 벌떡 일어섰다. 벌써 세 번째로 그에게 엉덩이를 차여 쓰러졌다. "이런 게 행복인가 보죠?" 그의 얼굴이 상냥한 미소로 환해졌다. 그가 돌려차기로 다시 공격해왔다. 하지만 나는 그를 막고 오른쪽으로 속이는 동작을 취한 다음 왼발로 그를 쓰러뜨렸다.

"그러게." 내가 대꾸했다. 아드레날린이 혈관을 훨훨 날았다. "아무래도 그런 것 같아." 나는 펄쩍펄쩍 뛰면서 주먹을 올리고 그를 다시 쓰러뜨릴 자세를 취했다. 그동안 그가 두 발로 벌떡 일어섰다.

"진작 이럴 것이지."

나는 책상 앞에 앉아 커피를 마시면서 지난 며칠과 바스티유의 말을 돌이켜보았다. 이런 게 행복일까.

행복이라.

이건 야릇하고 불안한 감정이다. 아나를 만난 이후 자주 느끼는 감정이기도 했다. 행복은 스쳐가는 순간 속에서 가끔은 도취감으로, 가끔은 그저 순수한 희열로 다가오는 거라고 생각했다. 충실

5

한 벗이었던 적은 한 번도 없었다. 그런데 그것이 어느새 살금살금 다가와 이제 내 옆에 달라붙어 있었다. 항상. 하지만 그것은 거북한 감정, 가슴을 압박하는 느낌이기도 했다. 이걸 언제 빼앗길지 모른다는, 그렇게 되면 나 혼자 방황하게 될 거라는 생각 때문이었다.

'스스로 본인의 행복을 파괴하지 않기를 바랍니다, 크리스천. 당신은 자신이 행복을 누릴 자격이 없다고 생각하고 있어요.' 플린의 말이 다시 머릿속에 울려 퍼졌다.

내가 행복을 스스로 파괴한다고?

어떻게, 왜 내가 그런 짓을 하겠나?

사랑도 마찬가지다.

생각하면 두려웠지만 나는 그걸 받아들였다.

젠장. 어째서 이 감정을 수용하고 즐기지 못하는 걸까? 불새(이집트 신화에서 스스로 향나무 불에 타 죽고 그 재 속에서 부활하는 새 - 옮긴이)처럼 불길에 휩싸였다가 다시 태어나 날아오를 수도 있는데…… 그렇지 못하면 산산조각 난 심장의 잔해와 함께 화염 속에서 소멸하겠지?

무슨 미사여구야, 그레이. 큭 웃음이 났다. 정신 차려.

바스티유의 말이 맞는지도 모르겠다. 지난 며칠은 더 바랄 게 없었다. 일도 순조롭게 진행 중이고. 아내와 다투지도 않고 그저 재미나고 즐겁게 지내고 있었다.

그녀는 변함없이…… 아나였다. 나의 아나였다.

이틀 전 참석한 전국조선협회 만찬 자리가 떠올랐다. 그때 아나는 내 요청으로 긴 식사 시간 내내 케겔 볼을 넣고 있었다. 그걸 어떻게 참았는지 놀라울 뿐이다. 집에 가서는 참지 않았지만. 그녀의 욕구가 기억나 자리에서 자세를 바꾸었다.

전화벨이 나의 에로틱한 회상을 방해했다.

"뭐지?"

"웰치가 통화를 원합니다."

"고마워, 안드레아."

"사장님." 그의 굵은 목소리가 내 몸에 남아 있던 성욕의 여운을 몰아냈다. "하이드의 보석 재판이 오늘 오후에 있어요. 판사가 판결을 내리면 다시 연락드리겠습니다."

"판사가 올바른 결정을 내리기를 바라자고."

그가 목청을 가다듬었다. "그자는 도주의 우려가 있어요. 판사가 올바른 결정을 내릴 겁니다."

"그러면 좋겠는데. 결과 알려줘."

수화기를 내려놓는데 블랙베리가 진동하며 문자 메시지가 도착했다.

레일라

직접 만나서 나에게 해주신 모든 일들에

대해 감사의 인사를 하고 싶어요.

당신이 왜 나를 만나려 하지 않는지

이해하려고 노력하고 있는데 힘이 드네요.

당신에게 너무 많은 빚을 졌어요. 레일라.

이게 무슨?

나는 휴대전화를 꺼버리고 커피 잔을 다시 들었다. 레일라 윌리엄스를 상대할 기분이 아니었다. 레일라는 내게 문자 메시지를 보내선 안 된다. 플린이 알아듣게 말했기를 바랐건만. 오늘 플린을 만나면 레일라의 집요한 행동에 대해 의논해보기로 했다.

나는 즐겨 찾는 초밥 식당에서 이른 점심을 먹으러 미아와 만났다. 미아는 평소보다 더 생기가 넘쳤다. 잔뜩 흥분해서 나를 덥석 끌어안더니 내 뺨에 입을 맞추었다. "얼굴 보니까 진짜 반갑다." 미아가 말을 쏟아냈다.

"지난 주말에도 봤잖아." 나도 미아를 포옹했다. 말투가 시큰둥하게 나갔다.

"오늘은 오빠를 나 혼자 독차지할 수 있으니까. 전할 소식도 있고!" 미아가 두 손을 치켜들고 한 바퀴 휙 돌아 자축한 다음 자리에 앉았다.

"뭔데! 드디어?" 미아가 좋아하니 나도 덩달아 좋았다. 자세한 이야기를 어서 듣고 싶었다.

"진짜 오래 걸렸지 뭐야. 그래도 기뻐. 나 크리시 스케일스에서 일하게 됐어."

"케이터링 업체?"

"응. 결혼식. 행사. 각종 공연. 언젠가는 내 사업을 시작하고 싶지만, 일단은 일을 배우고 싶어. 나 너무 신나."

"잘됐네. 언제 출근해?"

"금요일."

"죄다 말해봐."

내 여동생치럼 홍이 많은 사람이 또 있을까. 우리 둘이 마지막으로 긴 점심을 같이 먹은 게 언제인지 기억나지 않았다. 미아는 초밥과 마카롱을 앞에 두고 새 일자리에 거는 기대며 이든 캐버너의 마음을 얻기 위해 최근 감행한 시도들에 대해 재잘거렸다.

"미아, 네 연애사는 듣기가 좀 거북해."

"아이 참, 크리스천 오빠, 나한테도 연애사가 있지 왜 없겠어. 나 파리에 있을 때 엄청 재미나게 지냈어."

"뭐?"

"응. 빅터, 알렉산더……."

"목록이 있는 거야? 맙소사. 그만해."

"내숭 그만 떠시죠, 크리스천." 미아가 딱딱거렸다.

"므와(내가)?" 나는 짐짓 발끈한 것처럼 두 손을 가슴에 댔다.

미아가 깔깔거렸다.

"그럼 이든과는 아직 가능성이 있는 건가?" 내가 물었다.

"그럼." 미아가 장담했다. 미아의 많은 장점 가운데 이것 역시 내가 미아를 좋아하는 이유였다. 과단성과 회복력.

"그래. 잘해봐." 나는 계산서를 달라고 손짓했다.

"이렇게 또 만날 수 있지? 나 오빠 보고 싶거든."

"물론이지. 하지만 지금은 일하러 가야 해. 회의가 있어."

나는 바니, 프레드와 함께 실험실에 앉아 태양광 태블릿의 최신 시제품을 살펴보았다. 개발도상국의 취약한 경제 상황에 맞춘 더 가볍고 단순하고 저렴한 버전이었다. 이것은 내가 가장 좋아하는 업무 중 하나였다. 바니가 말을 쏟아냈다. "충전하는 데 여덟 시간 걸리고 사흘 정도 사용할 수 있습니다."

"더 늘릴 순 없을까?"

"현재의 배터리 기술로는 이 이상은 무리일 거예요." 프레드가 안경을 코 위로 밀어 올렸다. "흑백 잉크 화면이라 전력이 절약됩니다. 더 튼튼하고요."

"내수용은?"

"컬러 터치스크린 제품입니다." 바니가 다른 시제품을 내게 건넸다.

나는 그것을 양손으로 들어보았다. "꽤나 더 무거운데."

"컬러 화면은 원래 그렇습니다."

"비싸 보여." 내가 씩 웃었다.

"아직은 네 시간 정도 사용할 수 있습니다. 햇빛 아래에선 여덟 시간 정도고요."

"그럴 거야. 기존의 방식으로도 충전할 수 있겠지?"

"네. 여기." 바니가 기기 아래쪽 충전 포트를 가리켰다. "비전매 특허 표준 USB로 가능해요. 쓰레기를 줄여주죠."

"마케팅 측면에선 좋네." 전화기가 진동했다. 화면에 웰치의 이름이 떴다.

"여러분, 이 전화는 받아야 해서." 나는 작업대를 벗어나서 전화를 받았다. "어떻게 됐어?"

"보석 불허됐어요. 재판 날짜는 미정이고요."

"그놈에게 보석이라니, 어림도 없지. 알려줘서 고마워." 나는 전화를 끊고 아나에게 얼른 이메일을 보냈다.

보낸 사람: 크리스천 그레이

제목: 하이드

날짜: 2011년 9월 1일 15:24

받는 사람: 아나스타샤 그레이

아나스타샤,

혹시 궁금할까 봐. 하이드는 보석이 불허되어 다시 구금되었어. 납치와 방화 미수 혐의로 기소되었고. 재판 날짜는 아직 정해지지 않았어.

크리스천 그레이

CEO, 그레이 엔터프라이즈 홀딩스 Inc.

나는 태블릿과 다음 단계를 논의하기 위해 프레드와 바니에게로 돌아섰다.

내 사무실로 돌아갔을 때 아까 보낸 이메일에 대한 아나의 답장이 도착해 있었다.

보낸 사람: 아나스타샤 그레이
제목: 하이드
날짜: 2011년 9월 1일 15:53
받는 사람: 크리스천 그레이

좋은 소식이네요.
그럼 보안 조치를 조금 풀어도 되지 않아요?
프레스콧과 나는 아주 잘 맞지는 않거든요.
아나 x

아나스타샤 그레이
편집자, SIP

보낸 사람: 크리스천 그레이
제목: 하이드
날짜: 2011년 9월 1일 15:59

받는 사람: 아나스타샤 그레이

아니, 보안은 그대로 유지될 거야. 논쟁은 사절.
프레스콧이 뭐가 문제인데? 그 사람이 싫으면 다른 사람으로 바꾸면 돼.

크리스천 그레이
CEO, 그레이 엔터프라이즈 홀딩스 Inc.

노크 소리가 났다. 4시에 오기로 한 로스인가 싶었는데 안드레아가 문 안쪽으로 머리를 디밀었다. "그레이 씨, 로스가 좀 늦는답니다. 10분 뒤에 뵙자고요. 뭐 좀 드릴까요?"

"괜찮아, 안드레아, 고마워." 안드레아가 문을 닫았다. 나는 지오루마라 합병 조건 수정안을 열었다. 꼼꼼히 살펴보고 내 지시사항이 모두 반영됐는지 확인해야 했다. 고개를 들었을 때 아나의 답장이 들어와 있었다.

보낸 사람: 아나스타샤 그레이
제목: 그러다 머리 빠져요!
날짜: 2011년 9월 1일 16:03
받는 사람: 크리스천 그레이

그냥 물어본 거예요(눈은 치켜떴지만). 프레스콧은 생각해볼게요.
근질거리는 손바닥은 넣어두시고!
아나 x

아나스타샤 그레이

편집자, SIP

보낸 사람: 크리스천 그레이

제목: 나 도발하지 마

날짜: 2011년 9월 1일 16:11

받는 사람: 아나스타샤 그레이

그레이 부인, 내 머리카락은 아주 튼튼하게 붙어 있어. 네가 직접 자주 증명하잖아?

손바닥이 근질거리긴 해.

오늘 밤 써먹긴 해야겠지.

x

크리스천 그레이

아직은 대머리가 아닌 CEO, 그레이 엔터프라이즈 홀딩스 Inc.

나는 로스에게 서명이 된 지오루마라 협상 문건을 가지고 오라는 이메일을 재빨리 보냈다. 내 아내의 이메일이 다시 도착했다.

보낸 사람: 아나스타샤 그레이

제목: 꼼지락

날짜: 2011년 9월 1일 16:20

받는 사람: 크리스천 그레이

약속해요, 약속…….

그만 좀 귀찮게 굴어요. 일하는 중이니까. 한 저자와 예정에 없던 회의가
잡혔다고요. 회의 중에 당신 생각하느라 산만해지면 안 되잖아요.

아나 x

아나스타샤 그레이
편집자, SIP

문을 똑똑 두드리는 소리가 났다. 이번에는 로스였다. 20분 지
각이었다.

"좋아 보이는데요." 플린이 나를 상담실 안으로 안내했다.

"네. 고맙습니다." 나는 평소 앉는 자리에 앉아 플린이 앉기를
참고 기다렸다. 그가 자리에 앉아 내게 기대하는 표정을 지었다.

"어떻게 되어갑니까?" 그가 물었다.

나는 뉴욕에서 급히 돌아온 일부터 시작해 지난주의 일들을 그
에게 말해주었다. 내 이야기가 진행되는 동안 그의 눈썹이 이마
위로 쑥 올라가는 것이 재밌었지만 내색하지는 않았다.

"그게 다인가요?" 내가 말을 마쳤을 때 그가 물었다.

"그 정도예요."

"정리를 좀 해보죠. 아나스타샤의 안전을 확인하기 위해 중요한
미팅 두 건을 취소하고 비행기로 집으로 날아온 거네요. 그녀가
당신의 지시를 따르지 않았다는 것에 화가 나서. 그런데 하이드란
인물이 당신 아내를 납치하려고 당신 아파트에 침입한 걸 알게 됐
고요."

"요약하자면. 맞아요."

"그녀가 당신에게 안전신호를 말했는데. 전에는 한 번도 없었던 일이었어요……. 자세한 건 알고 싶지 않습니다. 저에게 꼭 말하고 싶다면 모를까. 하지만 서로의 차이를 극복했고, 이후 그녀가 죽는 악몽을 꿨고요."

나는 고개를 끄덕이면서 갑작스런 불안감을 억눌렀다. 꿈의 조각들을 떠올리는 바람에 괜히 불안해졌다.

"또 다른 일은요?"

"친구들과 함께 아나를 데리고 아스펜을 다녀왔어요. 어떤 남자에게 주먹질을 했고요. 그놈이 아나를 만지는 바람에. 오늘 오후에는 하이드의 보석 신청이 기각됐어요. 그리고 레일라에게서 문자 메시지를 받았어요."

그가 눈을 감았다. 방금 어이없는 말을 들어서인지, 아니면 기억을 되짚는 것인지, 레일라에게 화가 치밀어 그러는 건지 알 수 없었다.

"크리스천, 수용하기 버거운 일들이 있었군요. 당신이 더 스트레스 받지 않은 게 놀라울 정도예요."

"네. 그러니까요. 하지만 뭔가 생소하면서도 솔직히 놀라운 어떤 것이 내 스트레스를 완화해주었어요."

"그래요?"

"네. 지난번 두 차례 상담 때 당신이 암시한 것 말입니다."

"말해봐요." 플린이 청했다.

"일반적이면서도 두려운 행복감을 느낍니다. 상당히 불안해요."

"아하. 알겠네요."

"알겠어요?"

"명백한데요. 내가 보기에는 그렇습니다." 그의 표정에는 아무런 단서가 없었다. 열 받게.

"부탁입니다. 좀 알려주세요."

"억측일 수도 있지만 이렇게 생각해보면 어떨까요. 잭 하이드가 납치를 시도하다가 체포된 것이 아나의 안전에 대한 당신의 감정을 정당화했는데, 이제는 그자의 위협이 제거되어 그런 게 아닐까요. 이제 그만 가드를 내려도 되니까요. 아나는 안전해요."

아! 말 되네.

"하지만 이건 새로운 현상은 아닙니다. 당신은 지난 몇 달간 큰 행복감을 누렸어요. 약혼. 결혼. 신혼여행. 이 얘기는 전에도 했었죠. 당신은 목적지에 이르는 과정이 아니라 최종 결과에 집중하는 성향이 있어요. 결혼하는 데 집중했었고 그것이 이루어지지 않을까 불안했죠. 그런데 그걸 이루었어요." 그가 말을 멈추었다. 강조를 하려는 것 같았다. "크리스천, 당신의 행복은 당신이 주도하는 겁니다. 당신의 무의식은 당신이 행복할 자격이 없다고 느끼는 것 같습니다. 하지만 내가 바로잡아 드리죠. 당신은 그럴 자격이 있어요. 얼마든지 행복해도 됩니다. 그것은 당신의 본질에 새겨진 양도 불가능한 권리니까요."

"헌법에 보장된 행복추구권이 생각나네요."

"흠……. 얘기가 그쪽으로 튀네요. 어쨌든 내가 이 상황에서 읽은 것은, 행복의 열쇠는 당신 손에 있다는 거예요. 주도권은 당신에게 있습니다. 그냥 그걸 받아들이기만 하면 되는 거예요. 일부러 중간에 장애물을 놓지 말고요."

나는 그의 커피 탁자 위에 놓인 작은 난초 화분을 내려다보았다. "할 수 있을까요?" 나도 모르게 소리 내어 물었다.

"무얼 말입니까?"

"그걸 받아들이는 거."

"전적으로 당신에게 달렸습니다."

"하지만 그녀가 떠나면 어쩌죠?"

그가 한숨을 쉬었다. "인생에서 죽음과 세금 말고 확실한 건 아무것도 없습니다. 누구나 상처 받을 위험을 감수합니다. 당신도 알잖아요. 당신은 어릴 때 그 위험을 지나치게 많이 짊어졌던 거예요. 하지만 이제 당신은 어린아이가 아니잖아요. 자기 자신에게 인생과 아내의 사랑을 즐길 것을 허락해주세요."

그렇게 단순하다고?

"그리고 레일라 문제는……." 그가 말했다. 우리는 다음 문제로 넘어갔다.

테일러가 차를 찻길로 빼는 동안 나는 아나와 프레스콧이 SIP 안으로 사라지는 것을 지켜보았다. 지극한 행복감이 불안한 빛을 띠고 아른거렸다. 우리는 즐거운 주말을 보냈다······. 그레이 부인과 함께하니 재미도 즐거움도 배가되었다. 그동안 내 삶에서 부족했던 부분이 채워졌다.

"사장님." 테일러가 나를 나의 행복한 장소에서 끌어냈다.

"응?"

"그레이 부인의 R8 스파이더가 이번 주말에 준비됩니다."

"잘됐군. 고마워."

백미러 안에서 그의 시선이 내 시선을 떠나지 않았다.

"뭐지?"

"게일이 드릴 말씀이 있답니다. 그레이 부인의 생일과 관련해서요."

"그래?"

나는 테일러가 말하기를 기다렸지만 그는 운전만 하고 뜸을 들였다. "할 말이 뭔데 그래?"

백미러 안에서 그의 눈이 내 눈으로 다시 날아왔다. 그의 눈에서 조용히 간청하는 눈빛이 보였다. 게일의 즐거움을 망치고 싶지 않은 것 같았다.

"내가 얘기해볼게."

"고맙습니다, 사장님."

내 휴대전화가 진동했다.

엘리엇

공사 시작함!

형이 첨부한 사진을 보니 직원들이 그 집의 해변을 면한 뒷벽 하나를 부수고 있었다. 극적인 사진이었다. 파란 하늘, 벽에 뻥 뚫린 구멍 하나, 벽돌 먼지 구름, 노란 안전모를 쓰고 큰 망치를 휘두르는 덩치 큰 다섯 남자.

우아! 벽 몇 개는 그냥 세워둬!

엘리엇

사소한 데 목숨 걸지 마.

도안대로 할 거니까.

기대가 커.

행운을 빌어.

나는 그레이 하우스의 엘리베이터 안에서 이메일을 확인했다.

보낸 사람: 아나스타샤 그레이

제목: 항해 & 비행 & 엉덩이 때리기

날짜: 2011년 9월 5일 09:18

받는 사람: 크리스천 그레이

남편에게,

당신은 여자에게 즐거운 시간이란 게 뭔지 제대로 알려주네요.

이런 식의 대접 주말마다 기대해도 될까요.

당신 때문에 버릇 나빠지겠어요. 나야 좋지만.

당신의 아내가,

xox

아나스타샤 그레이

편집자, SIP

나는 책상 앞에서 답장을 보냈다.

보낸 사람: 크리스천 그레이

제목: 내 인생의 임무는······

날짜: 2011년 9월 5일 09:25

받는 사람: 아나스타샤 그레이

네 버릇이 나빠지게 하는 거야, 그레이 부인.

또한 널 안전하게 지키는 거고. 널 사랑하니까.

크리스천 그레이

홀딱 반한 CEO, 그레이 엔터프라이즈 홀딩스 Inc.

20

홀딱 반하기만 했을라고. 그녀의 생일 선물로 뭔가 특별한 걸 해주고 싶었다. 존스 부인의 계획이 궁금했다. 오늘 저녁에 존스 부인과 이야기를 해보면 알 것이다.

그나저나 아나에게 자동차 말고 뭔가 더 사 주고 싶었다……. 조금 창의적인 사고가 필요한 선물.

커피를 홀짝거리는데 한 가지 생각이 천천히 머릿속에서 구체화되었다.

우리의 첫 순간들을 한꺼번에 축하하는 것.

커피를 다 마셨을 때 그녀의 답장이 받은 편지함에 있었다.

보낸 사람: 아나스타샤 그레이

제목: 내 인생의 임무는……

날짜: 2011년 9월 5일 09:33

받는 사람: 크리스천 그레이

당신에게 그걸 허락하는 거예요…… 나도 당신을 사랑하니까요.

이제 감상적인 발언은 그만.

당신 때문에 눈물 나잖아요.

아나스타샤 그레이

똑같이 홀딱 반한 편집자, CIP

나는 미소를 지었다. 그럼 홀딱 반한 거네, 우리 둘 다.

아스토리아 파인 주얼리는 나날이 번창하는 중이었다. 점심시간에 가보길 잘한 것 같았다. 아나의 선물로 사 온 것이 아주 마음에 들었다. 그녀가 좋아해야 할 텐데. 나는 사무실 벽에 걸린 그녀의 아름다운 얼굴을 쳐다보았다. 나를 내려다보며 흘리는 그녀의 은근한 미소가 감탄스러웠지만, 늘 그렇듯 그녀는 속을 알 수가 없었다.

어쩜, 저렇게 사랑스러울까.

어느새 나는 그녀의 사진을 향해 상사병이 난 바보처럼 헤벌쭉 웃고 있었다.

자기 아내에게 푹 빠진 남자라니.

정신 차려, 그레이.

내가 세운 아나의 생일 파티 계획은 착착 진행되었다. 깜짝 만찬 음식은 존스 부인이 도맡기로 자원했다. 나는 참석할 손님들의 답변을 기다리는 중이었다. 칼라와 밥은 내가 제트기를 보내 모셔오기로 했고 레이는 오는 중이었다. 엘리엇과 미아도 오겠다고 했다. 어머니와 아버지의 연락은 아직 없었다. 아나는 아무것도 모르고 있었다. 이번이 내가 꾸민 첫 번째 깜짝 파티가 될 것이다. 건축 전 이 아파트를 구매할 때 부동산 중개인이 이 집의 널찍한 파티장을 입에 침이 마르도록 자랑하던 것이 기억났다. 거기를 정말 사용하게 될 줄이야. 거기는 내 삶이 아니었는데. 2년 후인 지금, 나는 파티를 계획하고 있다.

내 아내를 위해. 이럴 줄 누가 알았을까.

재미있을 거야.

일요일에는 모두를 데리고 새 집을 보러 가도 좋을 것이다. 엘리엇과 형의 팀이 어떻게 하고 있나 확인도 할 겸. 아니면 아나랑 둘이서 미리 가봐도 좋고. 금요일쯤. 일정을 확인하고 있는데 테일러의 문자 메시지가 나를 방해했다. 곧장 아나의 이메일이 도착했다. 나는 이메일부터 열었다.

보낸 사람: 아나스타샤 그레이
제목: 방문객
날짜: 2011년 9월 6일 15:27
받는 사람: 크리스천 그레이

크리스천,

레일라가 나를 만나러 왔어요. 프레스콧과 함께 만나 볼게요.

이제 손도 다 나았겠다, 새로 습득한 따귀 기술을 써먹을 생각이에요.

꼭 그래야만 한다면.

걱정하지 말아요. 노력이라도 해봐요.

난 다 큰 여자예요.

얘기 끝나면 전화할게요.

아나스타샤 그레이
편집자, SIP

23

뭐라고!

레일라?

젠장!

나는 즉시 아나의 번호를 눌렀다.

아나가 레일라를 만나게 할 순 없다.

신호음은 계속 가는데 아나가 받지를 않았다. 받지 않는 신호음이 매번 들려올 때마다 혈압이 위로 위로 치솟았다. 아찔한 높이까지. 결국 음성 사서함으로 넘어가더니 나더러 메시지를 남기라고 했다. 도저히 말로 할 자신이 없어서 전화를 끊었다.

젠장.

나는 테일러의 문자 메시지를 확인했다.

테일러

그레이 부인께서 레일라 윌리엄스를 만나고 계십니다.

프레스콧이 같이 만나고 있습니다.

저는 지금 차로 가는 중입니다.

프레스콧이 테일러에게 보고를 한 모양이다. "안드레아!" 내 고함에 뒤쪽 창문이 뒤흔들렸다. 나는 테일러에게 답장을 보냈다.

SIP로 가려고?

안드레아가 노크도 하지 않고 사무실 안으로 뛰어들어왔다.

"사장님?"

"아나의 비서에게 전화 연결해. 당장."

"알겠습니다. 사장님."

레일라는 대체 무슨 속셈으로 이러는 걸까? 이러면 안 된다는 걸 알면서.

레일라는 경계 대상이므로 프레스콧 역시 이러면 안 된다는 걸 알고 있다.

사무실 전화가 울렸다. 안드레아가 한나를 연결했다.

"그레이 씨, 안녕하세요." 한나의 목소리가 거슬릴 정도로 쾌활하게 들렸다.

"내 아내와 통화해야겠어. 당장." 한가하게 인사를 나눌 기분이 아니었다.

"오. 음. 어쩌죠, 지금 회의 중이신데요."

심장마비 올 것 같아. "그건 알고 있어. 회의 못 하게 하란 말이야."

"음. 그건 좀⋯⋯."

"하라면 해, 당장. 해고되기 싫으면." 나는 악문 잇새로 으르렁거렸다.

"네, 알겠습니다." 그녀가 소리쳤다. 전화기가 책상에 덜그럭 떨어지는 소음이 내 고막을 강타했다.

젠장.

나는 덩그러니 남겨졌다. 또다시 아나스타샤 스티⋯⋯ 그레이를 기다린다.

손가락이 미친 듯이 책상을 톡톡 두드렸다.

그냥 일이니서 가봐야 할까.

그건 지나치다.

존이 레일라에 무슨 말을 한 건가?

내 블랙베리가 진동했다.

테일러
저 차 안에 있습니다. 밖이요.

대기해.

테일러
알겠습니다.

나는 프레스콧이 무슨 생각으로 이러는지 이해할 수 없었다. 어떻게 일이 이 지경이 되도록 놔둘 수가 있지?

전화기가 책상 위를 미끄러져 단단한 표면에 떨어지는 소리가 났다. 또다시 그 소리에 귀가 먹먹했다.

빌어먹을. 한나, 참 어설프네!

"음. 그, 그레이 씨?"

"말해." 짜증스런 말투가 튀어나갔다.

상냥하게!

"아나가 미안하지만, 지금 바, 쁘니까 곧 저, 전화를 하, 하신다네요."

아이고 참. 혀가 완전히 꼬였군.

"알았어." 나는 쏘아붙이고 전화를 끊었다.

젠장. 어떡하지?

프레스콧? 그거야.

아나는 프레스콧을 데리고 만날 거라고 했다. 프레스콧에게 전화가 있을 텐데 그녀의 전화번호를 몰랐다. "안드레아!" 내가 다시 소리쳤다. 잠시 후 안드레아가 망설이는 품새로 문간에 나타났다.

"프레스콧의 휴대전화 번호 알려줘."

안드레아가 어리둥절한 표정을 지었다. 나는 폭발할 것 같았다.

"벨린다 프레스콧, 아나의 경호원." 내가 딱딱거렸다.

"당장!"

"아, 알겠습니다." 안드레아가 사라졌다.

머저리처럼 굴지 마, 그레이.

나는 마음을 가라앉히려고 심호흡을 하면서 일어나 책상 뒤를 오락가락했다. 안드레아가 프레스콧의 번호를 알아내려면 시간이 조금 걸릴 것이다. 불안해서 숨이 막힐 것 같았다. 나아질까 해서 넥타이를 조금 풀어 내리고 맨 위 단추를 풀었다. 하지만 레일라가 추레한 차림으로 아나에게 총을 겨눈 기억이 머릿속에서 떠나지 않았다.

고문이 따로 없네.

분노와 두려움이 리히터 규모 몇 단계나 상승했다.

전화기가 울려서 수화기를 들었다. "사모님의 경호원과 전화 연결됐습니다." 안드레아가 말했다.

"사장님." 프레스콧이 말했다.

"프레스콧, 지금은 내가 당신에게 얼마나 실망했는지 설명할 여력이 없어. 우선 내 아내 좀 바꿔."

"알겠습니다." 그녀가 대답했다.

잠시 웅얼거리는 말소리가 들려왔다. "크리스천." 아나가 딱딱거렸다. 잔뜩 콧대를 세우고 내게 야단을 칠 때 나오는 말투였다.

"대체 무슨 장난을 하는 거야?" 나는 전화기에 대고 고함을 질렀다.

"소리 지르지 마요." 그녀의 반격은 내 성질을 더욱 돋웠다.

"내가 소리 안 지르게 생겼어?" 내 목소리가 방 안에 쩌렁쩌렁 울려 퍼지며 전화기 너머로 날아갔다. "내가 특별히 내린 지시를 완전히 무시했잖아…… 또다시. 젠장, 아나, 화가 나서 돌아버리 겠어."

"마음 좀 가라앉히고 나서 얘기해요."

하, 싫은데! "멋대로 전화 끊기만 해봐!"

"끊을게요, 크리스천."

"아나! 아나!" 전화가 끊겼다. 세인트헬렌스 화산처럼 폭발할 것 같았다. 나는 분노로 활활 타오르며 재킷과 휴대전화를 집어 들고 사무실을 빠져나갔다. "오늘 회의 모두 취소해." 안드레아에 게 소리쳤다. "나 내려간다고 테일러에게 알려주고."

"알겠습니다."

엘리베이터를 기다리는 시간이 영원처럼 흘러갔다. 16초 만에 엘리베이터가 도착했다. 성질을 누르느라 숫자를 하나씩 세어 얼 마나 걸렸는지 알 수 있었다. 엘리베이터에 타고 로비 층을 누른 뒤 손톱이 손바닥을 파고들도록 주먹을 그러쥐었다. 싸움에서 패 배했다는 생각이 들었다. 안드레아가 눈을 들었다. 그녀의 얼굴에 실망한 기색이 역력했지만, 나는 계속 무표정한 얼굴로 그녀를 못 본 체했다. 엘리베이터 문이 닫혔다.

나는 싸울 태세를 갖추었다.

내 아내와.

또다시.

레일라와도. 대체 무슨 생각으로 이러는 거지?

테일러가 차 옆에 서서 열린 차 문을 잡고 있었다. 그래도 테일 러가 옆에 있어서 든든했다. 우리는 말없이 SIP로 향했다. 속이 어찌나 부글부글 끓는지 약간의 자극으로도 넘칠 것 같았다. 뒷자 리에 앉아 플린의 병원으로 전화를 걸었지만 그의 비서 재닛의 음 성 메시지로 연결됐다. 나는 전화를 끊었다. 이 분노를 플린에게 조차 쏟아낼 수가 없다니 좌절감이 들었다.

레일라가 노린 게 이것이었을까?

내 아내에게 접근하면 내가 뛰어온다는 걸 알고.

그 여자의 장난에 놀아나는 꼴이지만 이제 와 어쩌겠냐고.

고통스런 운전 끝에 테일러가 SIP 밖에 차를 세웠다. 나는 그가 길가에 정차하기도 전에 차에서 뛰쳐나갔다. 프런트 쪽은 쳐다보지도 않고 아나의 사무실로 통하는 짝문을 곧장 통과했다. 한나가 책상 앞에 앉아 있다가 고개를 들었다. 나는 그녀도 무시해버렸다.

"그, 그레이 씨……."

나는 아나의 사무실로 쳐들어갔다. 내 기세에 종이 몇 장이 바닥에 떨어지며 텅 빈 사무실의 적막을 증폭했다.

젠장.

완전히 바보가 된 기분으로 돌아서서 한나를 노려보았다. "어디 있어?" 나는 이성의 끈을 놓지 않으려고 애쓰며 딱딱하게 물었다. 한나는 하얗게 질려서 반대편 트인 공간의 끝을 가리켰다.

"회의실에요. 제, 제가 안내하겠습니다."

"내가 갈게. 고마워." 나는 그녀에게 인상을 구겼다. 말투는 차갑고 무뚝뚝했다. 나는 지나온 방향을 거슬러 나아갔다. 금방이라도 비를 쏟아낼 폭풍우처럼. 이것이 아나의 잘못이 아니라는 걸 되뇌어야 했다. 책상에 앉은 직원들이 궁금한 시선을 던졌지만 아랑곳하지 않고 프런트 데스크로 연결되는 짝문을 통과했다. 회의실 문은 열려 있었다. 테일러가 성큼성큼 들어와 내 옆에 섰다. 그의 뒤쪽으로 대기 구역의 체스터필드 소파에 앉아 있는 수재너 쇼가 얼핏 보였다.

뭐야, 이거?

예전 서브미시브들이 전부 모인 거야?

그녀는 잡지를 읽느라 나를 쳐다보지도 않았다.

이럴 시간 없어.

회의실의 유리벽을 통해 레일라가 보였다. 나는 노크하지 않고 안으로 밀고 들어가서 놀란 세 쌍의 눈을 마주했다. 나를 쳐다보는 아나의 눈빛이 충격에서 분노로 바뀌었다. 레일라는 눈을 동그랗게 떴다가 시선을 탁자로 떨구었다. 그럴 수밖에. 프레스콧은 전방을 주시했다. 나는 아나가 다치지 않았다는 것에 일단 안심했지만 분노가 순식간에 안도감을 휩쓸어갔다.

"당신." 나는 프레스콧에게 말했다. "당신은 해고야. 당장 나가." 프레스콧은 체념한 눈치로 고개를 끄덕이고는 나가려고 탁자를 돌아갔다.

아나가 내게 입을 딱 벌렸다. "크리스천……." 그녀가 의자를 뒤로 쭉 밀었다. 벌떡 일어서서 나를 나무라기 직전이었다. 나는 경고의 의미로 손가락을 들어 올렸다.

"하지 마." 나는 목소리를 낮추고 분노를 조절했다. 프레스콧은 무표정한 얼굴로 나를 지나 회의실 밖으로 나갔다. 나는 문을 닫은 다음 레일라에게 돌아섰다.

레일라는 내가 기억하는 모습 그대로였다. 건강하고 안정되어 보였다. 예전의 모습과 다를 바 없어 보이는 그녀를 보니 안심이 되어서 그녀에게 미치도록 화가 나지만 않았어도 그렇게 말해주었을 것이다. 나는 쫙 펼친 손바닥을 반들거리는 목제 테이블의 서늘한 표면에 댔다. 긴장감이 온몸의 모든 근육을 팽팽하게 조였다. 나는 몸을 앞으로 내밀고 으르렁거렸다. "지금 뭐 하는 짓거리야?"

"크리스천!" 아나가 소리쳤다. 충격을 받은 것 같았다. 하지만 나는 아나를 무시하고 레일라 윌리엄스에게 집중했다.

"뭐냐고?" 내가 다그쳤다. 레일라의 눈이 내 눈에 꽂혔다. 그녀의 얼굴에서 천천히 핏기가 가셨다.

"당신을 만나고 싶었는데 당신이 만나주질 않아서." 그녀가 중얼거렸다.

"그래서 내 아내를 괴롭히려고 여길 온 거야?"

레일라가 다시 탁자 위를 물끄러미 내려다보았다.

자, 내가 왔어. 네가 원하는 대로 됐다고.

그녀에게 놀아난 것도 화가 났지만 그녀가 아나와 같이 여기 있다는 게 아주 분통이 터졌다.

"레일라, 또다시 내 아내 근처에 얼씬거렸다간 모든 지원을 끊어버릴 거야. 의사, 미술학교, 의료보험, 모두 날아가는 거야. 알아들었어?"

"크리스천!" 아나가 끼어들려 했다. 그녀가 발끈한 것 같았지만 이제는 나도 이판사판이었다. 나는 표정으로 아나의 입을 막았다.

"네." 레일라가 기어드는 목소리로 말했다.

"수재너는 프런트에서 뭐 하는 거야?"

"그냥 나랑 같이 왔어요."

나는 몸을 똑바로 일으키고 한 손으로 머리카락을 쓸어 넘겼다.

이 여자를 어찌하면 좋을까?

"크리스천, 제발." 아나가 다시 끼어들었다. "레일라는 그저 당신에게 고맙다는 말을 하고 싶었대요. 그게 다예요."

나는 아나의 말을 무시하고 레일라에게 질문을 던졌다. "아팠을 때 수재너 집에서 지냈나?"

"네."

"수재너랑 같이 지낼 때 네가 무얼 하고 돌아다녔는지 수재너도 알았어?"

"아뇨. 걘 휴가 가고 없었어요."

수재너가 레일라에게 동조하고 레일라가 허튼짓을 하도록 놔뒀다는 건 믿을 수가 없었다. 내가 생각하는 수재너는 인정이 많고 배려심이 깊은 사람이었다.

나는 한숨을 쉬었다. "나를 왜 만나려고 한 거야? 요구 사항이 있으면 플린을 통해 말했어야지. 뭐 필요한 거 있어?"

레일라가 손가락으로 탁자 가장자리를 쓸었다. 실내가 침묵에 휩싸였다. 갑자기 그녀가 고개를 들었다. "알아야 했어요." 그녀가 나를 똑바로 쳐다보며 선언했다.

"뭘 알아야 했다는 거야?"

"당신이 괜찮은지."

뭔 개소리야? "내가 괜찮은지?" 믿을 수가 없었다.

"네." 그녀는 물러서지 않았다.

"난 괜찮아. 답을 얻었으니까 됐지? 이제 테일러가 널 시애틀 공항까지 태워줄 거니까 거기서 동부로 돌아가면 돼. 미시시피강 서쪽으로 한 발짝만 넘어와 봐, 다 끝장나는 거야. 알겠어?"

"네. 알겠어요." 레일라가 조용히 말했다. 마침내 그녀의 표정이 후회하는 빛을 띠었다. 그것을 보니 마음이 많이 풀렸다.

"됐네." 내가 중얼거렸다.

"지금 당장 돌아가는 건 레일라에게 곤란할지도 몰라요. 자기 나름대로 계획이 있을 텐데." 아나가 다시 나섰다.

"아나스타샤." 내 목소리는 냉랭했다. "네가 관여할 문제가 아니야." 내가 너무나 잘 아는, 고집스럽게 시무룩해지는 표정이 아나의 얼굴에 떠올랐다.

"레일라는 나를 만나러 왔어요, 당신이 아니라." 그녀가 쏘아붙였다.

레일라가 아나를 돌아보았다. "난 지시를 받았어요, 그레이 부인. 그걸 어겼고요." 레일라가 나를 흘끔 쳐다보고는 다시 아내를 돌아보았다. "내가 아는 크리스천 그레이 그대로네요." 그녀의 목소리에서 아련한 그리움이 엿보였다.

뭐라고?

어이가 없네.

우린 특정한 관계의 역할 놀이를 한 것뿐이야, 제기랄. 더구나 마지막에 내 아내와 한 방에 있었을 때는 내 아내에게 총을 겨눈 주제에! 난 아나스타샤를 안전하게 지킬 수만 있다면 지구 끝이라도 갈 거야. 레일라가 일어섰다. 벌떡 일어서서 방어 자세를 취하고 싶었지만 이것이 그녀가 뉘우치는 나름의 방식이라면 그냥 내버려두는 수밖에. 그러든가 말든가.

"내일까지 머무르고 싶어요. 비행기 출발 시간은 정오예요." 레일라가 말했다.

"10시까지 사람을 보낼게. 그 사람이 널 공항까지 데려다줄 거야."

"고마워요."

"수재녀의 집에 묵고 있나?"

"네."

"알았어."

레일라가 아나에게 돌아섰다. "잘 있어요, 그레이 부인. 만나줘서 고마워요."

아나가 일어서서 손을 내밀었다. 두 사람은 악수를 나누었다. "잘 가요. 행운을 빌어요." 아나가 말했다.

레일라는 살짝 고개를 끄덕이며 진심 어린 미소를 짓고는 나를 돌아보았다. "잘 있어요, 크리스천."

"잘 가, 레일라. 플린 박사, 잊지 말고."

"알았어요."

나는 그녀에게 나가라고 문을 열어주었지만 그녀는 내 앞에서 잠시 멈춰 섰다. "당신이 행복하다니 기뻐요. 당신에게는 그럴 자격이 있어요." 레일라는 그렇게 말하고는 문밖으로 나갔다. 나는 떠나는 그녀를 바라보았다. 그녀와 주고받은 말이 당혹스럽게 느껴졌다.

대체 무슨 뜻으로 그런 말을 한 거야?

나는 문을 닫고 숨을 크게 들이마신 뒤 내 아내를 향해서 돌아섰다.

"나한테 화낼 생각은 하지도 마요." 아나가 쏘아댔다. "클로드 바스티유를 불러서 그 사람을 실컷 걷어차든가, 아니면 플린을 만나러 가든가 해요." 솟구치는 분노로 그녀의 뺨이 발그레했다.

와우. 공격이 최선의 방어라더니.

하지만 지금 그게 중요한 게 아니었다.

"이러지 않기로 약속했잖아."

"무슨 말이에요?" 그녀가 내게 쏘아붙였다.

"날 거역하지 않기로."

"난 그런 약속한 적 없어요. 더 배려하겠다고 했지. 레일라가 여기 왔다고 당신한테 말했잖아요. 프레스콧더러 레일라를 몸수색하게 했고, 당신의 다른 친구까지 몸수색하게 했어요. 프레스콧이 내내 같이 있었고요. 그런데 당신은 그 불쌍한 여자를 해고했어요. 내가 하라는 대로 한 사람을." 아나가 기세를 올렸다. "걱정하지 말라고 했는데도 굳이 여기까지 왔네요. 레일라를 만나지 말라는 당신의 교황령 같은 거 난 받은 기억이 없어요. 나를 찾아온

34

손님들보다 금지 목록이 우선이라는 것도 몰랐고요." 아나가 화가 났다. 단단히 화가 났다. 언성이 높아졌고 눈은 정의로운 분노로 번뜩였다.

사람 뭉클하게 하는군, 그레이 부인.

나는 항상 내게 대들면서도 어김없이 나를 무장해제시키는 그녀가 놀라웠다. 실내에 가득한 독기를 싹 빨아들이는 말만 골라서 하는 것도 신기했다. "교황령?" 내가 물었다. 한동안 들은 말 중에 가장 재미나면서도 가장 모욕적인 말이라 묻지 않을 수 없었다. 아나가 이 말을 듣고 웃기를 바랐다.

아나의 얼굴은 여전히 싸늘했다.

젠장. "왜?" 나는 왈칵 성질이 나서 물었다. 하고 싶은 말을 속 시원히 쏟아냈겠다, 이제 그만 화해해도 되잖아.

"당신 말이에요. 왜 그렇게 레일라에게 냉정하게 굴어요?"

뭐? 난 냉정하게 굴지 않았다. 화가 났던 거지. 그 여자는 여기 오면 안 된다고.

젠장.

나는 한숨을 쉬며 탁자에 몸을 기댔다. "아나스타샤, 이해를 못 하는구나. 레일라, 수재녀, 모두 기분 전환 삼아 가볍게 만났어. 하지만 그게 다야. 넌 내 우주의 중심이고. 그런데 지난번 둘이 방에 같이 있을 때 그 여자가 네게 총을 겨누었어. 난 그 여자가 네 근처에서 얼쩡거리는 게 싫어."

"그래도요, 크리스천, 그 여자 아팠잖아요."

"알아. 지금은 괜찮아졌다는 것도 알고. 하지만 더는 사성을 봐 줄 수가 없어. 그 여자가 한 짓은 도저히 용서할 수가 없어."

"하지만 방금도 레일라의 손에서 놀아났잖아요. 레일라는 당신을 보고 싶어 했고, 나를 만나러 오면 당신이 달려올 줄 알았어요."

나는 어깨를 추어올렸다. "나의 과거 때문에 네가 다치는 건 싫어."

아나가 인상을 썼다. "크리스천, 지금의 당신은 당신의 예전 삶, 새로운 삶 때문에 있는 거예요. 당신과 상관있는 건 나한테도 상관있어요. 당신과 결혼하기로 했을 때 난 그것도 받아들였어요. 당신을 사랑하니까요."

무슨 말을 하려고 이러는 거지?

그녀의 표정에서 아픔이 어른거렸다. 연민이 가득했다.

하지만 이번에는 나 때문이 아니라 레일라 때문이었다.

레일라가 내 아내를 대변인으로 삼게 될 줄 누가 알았을까?

"레일라는 날 해치지 않았어요. 그 여자도 당신을 사랑해요."

"그건 내 알 바 아니지."

아니, 그 여자는 나를 사랑하지 않아. 그게 말이 돼?

레일라는 그저 내가 무얼 할 수 있는지 잘 아는 것뿐이다.

아나가 처음 보는 사람인 양 나를 쳐다보았다.

오, 자기야. 내가 오래전에 말했잖아. 50가지 빛깔이라고.

"왜 갑자기 그 여자를 감싸고 그래?" 내가 당황해 물었다.

"봐요, 크리스천, 레일라와 나는 요리법이나 뜨개질 본을 나눠 갖는 사이가 되긴 힘들 거예요. 그래도 당신이 그렇게 무정하게 굴 것까진 없었어요."

"말했잖아. 난 무정한 사람이라고." 나는 중얼거렸다. 내가 듣기에도 토라진 말투였다.

아나가 눈을 위로 흘겼다. "그렇지 않아요, 크리스천. 말도 안 되는 소리 마요. 당신도 그 여자를 걱정하고 있잖아요. 아니면 미술학교니 다른 것들까지 비용을 댈 리가 없죠."

망가지고 추레한 몰골의 레일라가 기억났다. 아나의 예전 아파트에서 레일라를 씻길 때 어떤 기분이었는지도.

젠장. 이런 헛짓거리는 겪을 만큼 겪지 않았나.

"얘기 끝났어. 집에 가자."

아나가 손목시계를 흘끔거렸다. "너무 일러요."

"집에 가자고!" 내가 주장했다.

제발. 아나.

"크리스천, 당신이랑 같은 문제로 자꾸 다투는 거 너무 힘들어요." 그녀는 지친 기색이었다.

무슨 다툼?

"알잖아요." 내가 인상을 쓰자 그녀가 내 마음을 읽고 말을 이었다. "나는 당신이 싫어하는 행동을 하고, 당신은 내게 되갚아줄 방법을 궁리해요. 보통은 황홀하거나 잔인한 변태 섹스가 포함되죠." 그녀가 어깨를 추어올렸다.

잔인해? 젠장.

그래, 그래서 아나가 너에게 안전신호를 썼지, 그레이.

망할.

"황홀하다고?" 나는 '잔인하다'에 머물고 싶지 않아 물었다.

"대부분은 그렇죠."

"어떤 게 황홀했는데?"

아나가 발끈하는 표정을 지었다. "알잖아요."

"짐작은 하지." 각양각색의 에로틱한 추억들이 내 머릿속을 장악했다. 스프레더바에 결박된 아나, 수갑을 차고 침대나 십자가에 묶인 아나…… 어릴 때 쓰던 내 방에서…….

"크리스천, 나는……." 그녀의 호흡이 가빠졌다. 그녀의 생각을 돌리는 데 성공했다.

"너에게 즐거움을 주고 싶어." 나는 엄지손가락으로 그녀의 아랫입술을 쓸었다.

"그러고 있어요." 그녀의 목소리가 꽃잎처럼 보드랍게 나를 어루만졌다. 온몸을.

"알아." 나는 그녀의 귀에 속삭였다. "그것만큼은 확실하게 알지." 내가 몸을 똑바로 일으켰을 때 아나의 눈은 감겨 있었다. 그녀가 갑자기 눈을 뜨더니 입을 꾹 다물었다. 내 엉큼한 미소에 대한 반응 같았다.

널 원해.

다투고 싶지 않아.

"뭐가 황홀했냐니까, 아나스타샤?" 나는 그녀를 구슬렸다.

"목록을 읊어줘요?"

"목록이 있어?"

"음, 수갑." 그녀가 중얼거렸다. 신혼여행 때 나눈 사랑의 기억에 잠시 빠져든 것 같았다.

안 돼. 나는 그녀의 손을 잡고 엄지손가락으로 그녀의 손목을 쓰다듬었다. "네 몸에 자국이 남는 건 싫어." 내 눈이 그녀의 눈을 마주하고 그녀에게 애원했다. "집에 가자."

"일해야 해요."

"집에 가자."

제발, 아나. 나 싸우기 싫어.

우리는 서로를, 우리의 전쟁터를, 우리 사이의 공간을 응시했다. 나는 그녀의 마음을 헤아리려고 안간힘을 썼다. 내가 그녀를 화나게 했다는 건 분명했다. 지금 내가 하는 짓이 플린이 하지 말라고 경고한 짓일지 모른다는 불안감이 마음 깊은 곳에서 꿈틀거렸다. 우리의 관계를 망치고 나 자신의 행복을 파괴하는 일.

우리가 괜찮은지 알아야 했다.

그녀의 동공이 커졌다. 동공이 점점 넓어지며 눈을 짙게 물들였다. 그녀에게 저항하는 건 불가능했다. 나는 손을 올려 손가락 등으로 그녀의 뺨을 쓰다듬었다. "여기서 해도 돼." 허스키한 내 목소리가 아내와 다시 결합하고 싶다는 욕망과 욕구를 폭로했다.

아나가 눈을 깜빡거리더니 고개를 젓고 나서 물러섰다. "크리스천, 여기서 섹스하고 싶지 않아요. 방금 전까지 당신의 정부가 이 방에 있었다고요."

"그 여자는 내 정부였던 적 없어."

엘레나만이 그렇게 불릴 자격이 있어.

그 생각은 하지 마, 그레이.

"그냥 말이 그렇다는 거예요, 크리스천." 그녀의 목소리가 다시 지친 기색을 띠었다.

"너무 심각하게 생각할 것 없어, 아나. 그 여자는 과거일 뿐이야." 내가 지금 레일라를 말하는지 엘레나를 말하는지 확실하진 않았지만 어차피 두 여자 모두 해당되었다.

둘 다 과거일 뿐이지.

아나가 한숨을 쉬더니 풀기 어려운 난해한 수수께끼를 보듯 나를 응시했다. 그녀의 눈이 내게 애원했지만 나로서는 그녀가 무얼 원하는지 알 수 없었다. 별안간 그녀의 표정이 놀란 빛을 띠었다. 그녀가 숨을 들이켰다. 안 된다고 말한 것 같았다.

하지만 그녀는 현재 진행형이다. "안 되긴." 나는 그녀에게 간청했다. 입술로 그녀의 입술을 누르며 그녀의 회의감을 몰아냈다.

"오, 크리스천." 그녀가 속삭였다. "가끔 당신 때문에 너무 두려워요." 그녀가 두 손으로 내 머리를 잡고 내 입술을 자기 입술로 끌어당겨 키스했다.

혼란스러웠다. 나 때문에 두렵다고?

나는 두 팔로 그녀를 끌어안고 그녀의 입술에 속삭였다. "왜?"

"그 여자한테서 너무 쉽게 돌아섰잖아요."

레일라에 대한 내 태도를 말한 거였군. "너한테서도 쉽게 돌아서는 거 아니냐 이거지, 아나? 대체 왜 그런 생각을 해? 어쩌다가 그런 생각을 한 거야?"

"아무것도 아니에요. 키스해줘요. 나를 집으로 데려가줘요." 그녀의 입술이 다시 내 입술을 찾았지만 이번 키스에는 간절함이 어려 있었다.

왜 그래, 아나?

나는 그녀의 혀에 굴복하면서 그 생각을 놓아버렸다.

아나가 내 밑에서 몸을 비틀었다. "오, 제발." 그녀가 애원했다.

"때가 되면 할 거야." 나는 에스칼라의 우리 침대 위에서 정확히 원하는 위치에 그녀를 묶어놓았다. 그녀가 신음하며 가죽 수갑을 당겼다. 그녀는 팔꿈치와 무릎을 연결하는 수갑을 양쪽에 차고 있었다. 내게 활짝 열려 있었고 무방비 상태였다. 나는 그녀의 클리토리스에 시선과 혀끝을 집중했다. 그녀가 신음하는 동안 나는 그녀의 살 속에 묻힌 강력한 발전소를 괴롭혔다. 그것이 나의 성실한 봉사에 단단해지는 것이 느껴졌다.

하, 이런 거 너무 좋더라.

그녀의 손가락이 내 머리카락을 찾아 움켜쥐고 세게 당겼다.

하지만 나는 멈추지 않았다.

그녀가 다리를 펴려고 했다. 절정이 임박했다. "사정하지 마." 내 말이 그녀의 젖은 살 위를 흘러갔다. "사정하면 엉덩이 때려준다."

그녀가 신음하고 더 세게 수갑을 당겼다.

"통제해, 아나. 통제가 핵심이야." 나는 노력을 배가했다. 혀로 그녀를 계속 자극해 그녀를 점점 더 절정으로 밀어 올렸다. 그녀가 질 수밖에 없는 게임이었다. 그녀가 절정 바로 밑에 도달했다.

"아!" 그녀가 소리쳤다. 절정이 그녀의 몸을 휩쓸었다. 그녀의 머리가 천장을 향해 젖혀지고 등이 활처럼 휘면서 그녀가 사정했다.

좋았어!

내가 멈추지 않자 그녀가 비명을 질렀다. "오, 아나." 나는 그녀를 나무라며 그녀의 허벅지를 깨물었다. "사정했잖아."

그녀를 뒤집어 엎드리게 한 다음 엉덩이를 찰싹 때렸다. 그녀가 울부짖었다.

"통제하라고." 나는 반복한 다음 그녀의 골반을 움켜잡고 그녀 안으로 밀고 들어갔다.

그녀가 다시 울부짖었다.

나는 동작을 멈추었다.

그녀를 음미했다.

여기가 바로 내가 있고 싶은 곳이다.

내가 행복한 곳.

나는 몸을 숙여 수갑의 걸쇠를 벗겨 그녀를 풀어주고 그녀를 일으켜 내 무릎에 앉혀서 그녀 안으로 더 깊이 들어갔다.

아나. 팔로 그녀를 감싸 안고 그녀의 턱을 쓰다듬며 그녀의 등이 내 앞에 닿는 촉감을 즐겼다.

"움직여." 나는 그녀의 귀에 대고 조용히 요구했다.

그녀가 신음했다. 내 무릎 위로 떠올랐다가 다시 내려왔다.

너무 느려.

"더 빠르게." 내가 명령했다.

그러자 그녀가 움직였다. 빠르게. 더 빠르게. 더욱더 빠르게. 나를 데리고 나아갔다.

아, 자기야.

여기는 천국이다.

그녀의 감촉.

나는 그녀의 머리를 살짝 뒤로 젖히고 그녀의 목에 키스했다. 다른 손은 피부를 쓰다듬으며 그녀의 몸 아래로 내렸다. 내 손가락이 민감할 대로 민감해진 클리토리스를 더듬자 그녀가 끙끙거렸다. "그래. 아나. 넌 내 거야. 오직 너만."

"맞아." 그녀가 소리쳤다. 믿을 수 없게도 그녀는 사정 직전이었다. 그녀의 순순한 태도가 내 욕망에 불을 지폈다. 그녀가 고개를 뒤로 젖혔다.

첫 번째 충격파가 들이닥쳤다. "느껴봐, 나를 위해서." 내가 속삭였다.

아나가 사정했다. 나는 그녀를 가만히 붙잡고 그녀의 오르가슴을 넘겼다.

"크리스천!" 그녀가 외쳤다. 내 이름이 나를 절정 아래로 밀어버렸다.

"오, 아나, 사랑해." 나는 사정했다. 내 몸을 사로잡았던 긴장감이 빠져나가고 해방감이 찾아왔다.

우리는 함께 쭉 뻗고 누웠다. 우리의 팔다리와 수갑이 한 덩어리처럼 뒤엉켜 있었다. 나는 그녀의 어깨에 키스하고 그녀의 얼굴에서 머리카락을 쓸어 넘기다가 팔꿈치를 괴었다. 내가 때린 그녀의 엉덩이 부위를 문지르며 물었다. "이것도 목록에 올릴 거야, 그레이 부인?"

"흠."

"그렇다는 뜻인가?"

"흠." 그녀의 입술이 올라가며 찬란한 미소를 띠었다.

나는 함박웃음을 지었다. 언행이 일치하지 않네.

임무 완수, 그레이.

나는 다시 그녀의 어깨에 키스했다. 그녀가 몸을 굴려 나를 마주했다. "그래?" 내가 물었다.

"그래요. 목록에 올릴 거예요." 그녀의 눈이 장난기로 반짝거렸다. "하지만 목록이 길어지겠어요."

그녀의 말에 천하를 얻은 기분이 들었다.

아까 느꼈던 분노는 어느새 잊었다.

고마워, 아나. 나는 그녀에게 키스했다. "잘됐다. 우리 저녁 먹을까?"

그녀가 고개를 끄덕였다. 그녀의 손가락이 내 가슴 위에서 춤을 추었다. "당신한테 듣고 싶은 말이 있어요." 진지한 진푸른색 눈이 호기심을 품고 내 눈을 만났다.

"뭔데?"

"화내지 마요."

"뭔데 그래, 아나?"

"배려한다는 거 인정해요." 그녀가 그 말을 어찌나 안쓰러운 투로 진지하게 하는지 나는 폐의 공기가 빨려나간 것처럼 숨이 탁막혔다. "당신이 배려한다는 거 인정했으면 좋겠어요. 내가 알고 사랑하는 크리스천은 배려하는 사람이거든요."

왜 이러는 거지?

난데없이 레일라와 수재너, 나머지 서브들의 모습이 머릿속을 장악했다. 우리가 했던 모든 것들. 그들이 했던 모든 것들. 나를 위해. 내가 그들을 위해 했고, 하고 있는 모든 것들.

망가지고 추레한 몰골의 레일라.

젠장.

내게 그것은 고문이었다. 레일라도, 그들 중 누구도 그렇게 되는 건 원하지 않았다. 절대.

"그래. 그래, 나 배려하는 사람이야. 이제 행복해?"

아나의 눈이 부드러워졌다. "네. 아주 많이요."

나는 인상을 썼다. "이제는 너한테 이런 말까지 하다니 믿을 수가 없네. 여기 우리 침대에서……."

그녀가 손가락을 내 입술에 댔다. "됐어요. 우리 밥 먹어요. 나 배고파요."

나는 한숨을 쉬고 머리를 절레절레 흔들었다.

이 여성은 나를 당혹스럽게 한다. 모든 면에서.

귀엽고 공감을 잘하는 내 아내. "나를 매혹하면서도 당황하게 만드네, 그레이 부인."

"잘됐네요." 그녀가 내게 키스했다. 그녀의 혀가 내 혀를 찾았다. 어느새 우리는 또다시 서로에게 빠져들었다.

"좋은 아침입니다, 사장님." 안드레아가 밝고 쾌활하게 보였다.

나랑 조금 비슷한데. 그녀의 결혼 생활도 순항하는 모양이었다. "좋은 아침, 안드레아." 나는 그녀에게 진심에서 우러난 미소를 슬쩍 지었다.

"커피 드실래요?"

"부탁해. 새러는 어디 갔어?"

"오늘 아침 회의 건으로 심부름 갔어요. 블랙으로 드실 거죠?"

"응. 오늘과 주말을 위해 준비할 것들 좀 점검합시다."

나는 책상에 앉아 앞에 놓인 서류를 검토했다. 오늘은 대만에서 온 황씨 집안 사람들과 만나 그들의 조선소와 합병하는 문제를 논의할 예정이었다. 그들의 통계 자료와 관리 조직도, 협력업체와 하도급 업체 세부 자료, 고객 명단이 내 손에 있었다. 매력적인 거래로 보였지만, 그들이 미국 회사와 제휴하려는 이유가 무엇인지 여전히 명쾌하게 납득이 되지는 않았다. 그들과 협상하는 과정에서 내내 마음에 걸린 것도 바로 이 부분이었다. 최근에 가진 화상 통화에서 그들은 내수와 동아시아 시장의 의존도를 줄이고 환태평양 지역에 진출하기 위한 행보라고 했다. 하지만 GEH 입장에서는 정치적 부담을 지는 일이었다.

오늘은 어려운 질문들을 하게 되겠네.

안드레아가 들어와 끝내주게 맛있는 커피를 내놓았다. "맛있다." 나는 그녀에게 내 컵을 들고 미소로 화답했다. "아나의 깜짝 파티에 참석할 손님들은 어떻게 되어가?"

"사장님 가족분들은 내일 도착하실 거예요. 레이먼드 스틸 씨는 내일 오리건에서 낚시 여행을 마치고 자동차로 오실 겁니다. 애덤스 부부는 오늘 오후에 걸프스트림이 이륙해 모셔 올 거고요. 내일 오후에 시애틀에 도착할 예정이에요. 그분들을 위해 호텔 예약을 하지 않아도 되는지 확인하려고요."

"아니, 괜찮아. 우리 집에서 묵을 거야."

"주말 일정에 관해선 그 정도면 되겠어요. 존스 부인과 계속 연락하면서 협조하는 중이에요."

"좋아. 대만 사절단으로 넘어가지." 나는 손목시계를 확인했다. "11시쯤 여기 도착하겠군."

"순조롭게 진행 중이에요." 안드레아는 평소처럼 효율적으로 일 처리를 해나갔다. "그분들은 페어몬트 올림픽 호텔에서 출발할 예정입니다. 소유주인 황씨 남매와 최고운영책임자 첸 씨 외에도 그들의 통역사가 한 사람 있어요. 죄송하지만 통역사의 이름은 모르겠어요. 마르코가 대기실에서 맞이해서 회의실로 안내할 거예요."

"따로 통역사를 데려온다니 이상한데. 그 사람들 모두 영어를 유창하게 구사하잖아."

안드레아가 어깨를 추어올렸다. "점심 식사는 1시, 포시즌스에 사장님 이름으로 예약했어요."

"고마워, 안드레아. 모든 게 착착 진행되는 것 같네."

"지시 사항 더 없으세요?"

"지금은."

안드레아가 나갔다. 나는 아이맥으로 고개를 돌려 이메일을 확인했다. 아나의 이름이 눈에 딱 띄었다.

보낸 사람: 아나스타샤 그레이

제목: 목록

날짜: 2011년 9월 9일 09:33

받는 사람: 크리스천 그레이

목록 맨 위에 올릴게요.

:D

A x

아나스타샤 그레이

편집자, SIP

나는 크게 웃음을 터뜨렸다. 스프레더바와 어젯밤 내 아내가 그것을 사용하던 광경이 기억나 앉은 자리에서 꿈지럭거렸다. 레일라가 우리 삶에 침입한 이후 매일 밤 아나의 모습이 어땠는지도 떠올랐다. 다행히 소동은 끝나고 레일라는 고향으로 돌아갔다. 레일라가 코네티컷에 다시 정착했고 거기 생활에 만족한다는 플린의 말을 들으니 안심이 되었다.

아나에 대한 욕망은 늘 샘솟았다.

난 행운아 중의 행운아야.

보낸 사람: 크리스천 그레이

제목: 모르는 얘기를 해

날짜: 2011년 9월 9일 09:42

받는 사람: 아나스타샤 그레이

지난 사흘 내내 그 이야기만 했어.

각오해.

아니면…… 뭔가 다른 걸 시도해볼까.

;)

크리스천 그레이

이 게임을 즐기는 CEO, 그레이 엔터프라이즈 홀딩스 Inc.

아나가 프레스콧을 다시 고용하자고 조르는 바람에 다툼이 벌어지긴 했다. 아나 본인이 프레스콧을 탐탁지 않게 여겼으면서 참. 나는 프레스콧에게 좋은 추천서를 써주겠다고 아나를 안심시켰지만, 내가 할 수 있는 건 딱 거기까지였다. 앞에 놓인 서류를 재차 읽으려고 주의를 돌렸다. 일에 집중해야 했다.

서류를 다시 읽고 나서 아나의 새 이메일이 들어왔나 확인했지만 더 들어온 건 없었다. 회의를 앞두고 긴장이 됐지만 아직 45분쯤 시간이 있어서 두 다리를 쭉 폈다. 벌떡 일어서서 휴대전화를 집어 들고 사무실을 나섰다.

"안드레아, 나 로스 좀 만나고 올게. 휴대전화 가져갈게." 휴대전화를 안드레아 앞에 휙 흔드는데 배터리가 얼마 없었다. 충전이 필요했다.

젠장. "이거 충전 좀 해줄 수 있을까?"

"네, 사장님."

회의에 앞서 남아도는 에너지를 태울 겸 계단을 통해 로스의 방으로 내려갔다.

로스로부터 황씨 일가에 대한 질문이 쏟아졌다. 그와 전술을 논의하고 있는데 문을 두드리는 소리가 났다. 안드레아였다. "사모님이 전화하셨어요. 사장님과 급히 통화를 하고 싶어 하셨어요. 사장님께서 알고 싶어 하실 것 같아 보고 드립니다." 안드레아가 내 휴대전화를 건네주었다.

"고마워." 나는 인상을 쓰며 로스의 방을 나와 아나의 번호를 눌렀다.

"크리스천." 아나가 헐떡거리며 말했다. 헉헉 숨을 몰아쉬었다.

등허리를 따라 소름이 돋았다. "맙소사, 아나. 무슨 일이야?"

"레이 아빠…… 사고를 당했어요."

"젠장!"

"나 지금 포틀랜드로 가는 중이에요."

"포틀랜드? 소여랑 같이 가는 거지?"

"그럼요. 소여가 운전하고 있어요."

"아버님은 지금 어디 계신데?"

"오리건 보건과학대학 병원요."

로스가 방에서 나와 내게 밀을 걸었다. "크리스천, 그들이 곧 도착할 거예요." 내 시선은 벽시계로 날아갔다. 10시 48분.

"그래, 로스, 나도 알아!" 회의가 끝나려면 최소한 두 시간은 걸릴 것이다. 망할. 그들과 같이 점심을 먹으려고 했는데.

로스와 마르코더러 하라고 하자.

"미안해, 자기야……. 난 세 시간 뒤에나 거기 도착할 수 있겠어. 여기서 끝내야 할 일이 있어서. 비행기로 갈게." 찰리 탱고가 다시 가동되어 천만다행이었다. "대만에서 온 사람들과 회의가 있어. 빠지면 안 되는 회의야. 몇 달간 공을 들인 거래라서. 되는 대로 빨리 갈게."

"알았어요." 그녀가 속삭였다. 작고 겁에 질린 목소리였다.

누군가 내 심장을 쥐어짜는 것만 같았다. 평소 아나의 모습이 아니었다. "아, 자기야." 모든 걸 내려놓고 그녀에게 달려가고 싶은 마음이었다.

그녀에겐 내가 필요해.

그런데 그럴 수가 없었다. 여기서 책임지고 해야 할 일이 있다.

소여가 그녀와 같이 있으니까.

"나 괜찮아요, 크리스천. 천천히 와요. 서두르지 말고. 당신까지 걱정하고 싶지 않아요. 안전 비행해요."

"그럴게."

"사랑해요."

"나도 사랑해. 되는 대로 갈게. 루크랑 붙어 있어."

"네, 그럴게요."

"나중에 봐."

"안녕." 그녀가 전화를 끊었다.

"괜찮으세요?" 로스가 물었다.

나는 고개를 저었다. "아니. 아나의 아버지가 사고를 당했어."

"어머, 저런……."

"포틀랜드 오리건 보건과학대학 병원에 계셔. 아내가 지금 거기로 가는 중이고. 잠깐 전화 좀 해야겠어." 나는 어머니의 단축 번호를 눌렀다. 기적처럼 웬일로 그레이스가 전화를 받았다.

"크리스천, 반갑다, 우리 아들."

"어머니, 아나의 아버지가 사고를 당했어요."

"어머나, 가엾은 레이. 괜찮으시다니? 지금 어디 계셔?"

"오리건 보건과학대학 병원에요."

"위중하신 거야?"

"모르겠어요. 아나가 거기로 가는 중이에요. 안타깝게도 난 여기서 회의를 마치고 가게 됐어요."

"알겠어. 예일대 동창이 거기서 일해. 내가 전화해볼게."

"고마워요, 어머니. 그만 끊을게요."

나는 안드레아가 자기 책상으로 돌아가 있기를 바라며 그녀에게 전화했다.

"사장님."

"아나의 아버지가 사고를 당했어. 회의 끝나면 스테판이 찰리 탱고로 포틀랜드까지 나를 데려다줘야겠어. 베일리에게 걸프스트림을 몰고 서배너로 갈 수 있는지 물어봐주겠어? 베일리와 같이 갈 부기장이 필요할 거야. 테일러에게 연락해……. 테일러가 나랑 동행해야 하니까."

"알겠습니다, 사장님. 조치하겠습니다." 나는 전화를 끊었다. 로스가 책상에서 서류를 모았다. "회의 끝나면 자네가 황가 사람들 대접해. 점심 같이하고. 포시즌스에 내 이름으로 예약돼 있어. 나는 아나에게 가야 해."

"알겠습니다. 마르코에게 합류할 수 있는지 물어볼게요."

"그만 가지."

라이언이 나와 테일러를 시애틀 도심의 헬기장까지 태워주었다. 안드레아가 보잉 필드보다 여기서 출발하는 것이 시간을 절약

할 거라는 의견을 냈다. 황가 사람들과의 회의는 대성공이었다. 나에겐 조선소가 생겼고 양측에게 만족스런 계약 같았지만, 세부 사항을 조율하는 건 로스와 마르코에게 맡겼다. 로스와 함께 다음 주에 조선소를 방문해달라는 요청을 받았지만, 나로서는 아내를 보살피고 장인의 상태를 알아내는 것이 급선무였다.

라이언이 아우디를 건물 밖에 주차했을 때 지난번 여기 헬기장을 사용했을 때의 일이 기억났다. 아나를 태우고 호세의 전시회에 갔었지. 그녀를 다시 얻기 위한 작전의 일부였다.

나는 잠시 승리의 기쁨을 음미했다.

성공했어.

이제 그녀는 내 아내야.

이렇게 될 줄 누가 상상이나 했을까, 그레이?

테일러와 나는 엘리베이터로 갔다. 엘리베이터가 우리를 태우고 옥상의 헬기장으로 올라갔다. 문이 열리자 찰리 탱고가 있었다.

아름다운 모습을 되찾은 녀석을 보자 자긍심과 기쁨이 솟구쳤다. 글리포드 국립공원의 외지고 황량한 공터에 불탄 녀석을 버려두고 왔는데, 지금은 쌍발 엔진을 장착하고 당당히 서 있었다. 유로콥터에서 철저한 정비를 거친 뒤라 이른 오후 햇살 아래 새것처럼 반짝거렸다. 녀석을 보니 기뻤다. 스테판이 환히 웃으며 조종석에서 내려왔다. 우리는 그를 향해 걸어갔다. "예전처럼 말을 잘 듣네요. 보기에도 예쁘고요." 그가 인사차 말을 건넸다.

"어서 빨리 이놈을 타고 날고 싶네요." 나는 아나가 걱정되면서도 다시 찰리 탱고의 조종할 수 있다는 흥분을 감출 수가 없었다.

"그렇게 말씀하실 줄 알았습니다." 그가 활짝 웃는 얼굴로 조종석 문을 열고 내 옆자리에 앉았다. 그동안 테일러는 뒷자리에 올라탔다.

나는 벨트를 매고 나서 헤드폰을 끼고 비행 전 점검을 했다.

"내가 뭐 빼먹은 건 없죠?" 나는 스테판에게 물었다.

"없습니다. 잘 기억하고 계시네요."

나는 로터 분당 회전수를 확인하고 관제탑에 무전했다.

"자, 여러분. 준비됐죠?"

"네." 테일러가 헤드폰을 쓴 채 말했다. 스테판은 내게 엄지손가락을 들어 보였다. 나는 천천히 콜렉티브 조종간을 젖혔고, 찰리 탱고가 시애틀의 햇살 속으로 불사조처럼 날아올랐다. 한 시간 남짓 지나면 내 아내와 함께 있을 거라고 생각하니 기쁨과 안도감이 솟구쳤다.

오리건으로 날아가는 동안 잠시나마 아나와 아나 아버지의 걱정을 밀어두고 기분 전환을 할 수 있었다. 찰리 탱고는 늘 그랬듯 반응이 빠르고 매끄럽고 우아했다. 헬기는 포틀랜드 헬기장에 평소처럼 우아하게 착륙했다.

"이놈을 데리고 대기해줄 수 있죠?" 내가 스테판에게 물었다.

"그럼요, 사장님." 그가 대기하면서 혹시 모를 연락을 기다리기로 했다. 오늘 집으로 돌아갈지, 아니면 언제 돌아갈 수 있을지 알 수 없었다.

건물 밖에 쉐보레 서버번 한 대가 우리를 기다리고 있었다. 렌터카 업체 직원이 테일러에게 자동차 키를 넘겨주었고 우리는 병원을 향해 출발했다. 테일러가 운전하는 동안 나는 아내에게 전화를 히려고 휴대전화를 꺼냈다 어머니의 부재중 전화와 음성 메시지가 들어와 있었다. 나는 음성 메시지를 듣지 않고 어머니에게 곧장 전화를 걸었지만 어머니는 받지 않았다. 젠장. 전화를 끊고 음성 메시지를 들었다. 의사다운, 건조하고 똑 부러진 어머니의 음성이 들려왔다. "크리스천, 네 장인의 상황은 아직 잘 모르겠어. 지금 응급실에 있다는 것과 한동안 거기 있어야 한다는 것 말고는. 심각한 상태야. 정확한 건 수술이 끝나야 알게 될 거야. 자세히 알아볼 시간이 없었어. 병원에 도착하면 전화하렴."

나는 전화기에 대고 인상을 썼다. 어머니의 말을 들으니 심란했다. 심각하다니, 상황이 좋지 않았다. "테일러, 오늘 여기서 밤새야겠어. 아나랑 내가 쓸 용품 좀 챙겨주겠어?"

"세면도구요?"

"응. 갈아입을 옷도 한두 벌. 우리 둘 다. 평상복으로. 부탁해."

"알겠습니다."

나는 안드레아에게 전화를 걸었다. 그녀가 첫 번째 신호음에 전화를 받았다. "사장님."

"안드레아, 오늘 밤은 포틀랜드에서 보낼 것 같아. 히스먼 호텔에 스위트룸 있나 확인해."

"알겠습니다. 사장님 노트북 보내드릴까요?"

"가져왔어. 테일러가 챙겼어."

젠장. 내일이 아나의 생일인데.

"존스 부인에게 연락 좀 해줘. 내일 저녁까지 돌아갈 수 있을지 잘 모르겠다고. 내가 나중에 연락한다고 전해줘."

"걸프스트림은 돌아오라고 할까요?"

"아니. 그냥 서배너에 착륙하게 해. 아나가 어머니를 부르고 싶어 할지도 모르니까. 더 알게 되면 내가 다시 연락할게." 나는 전화를 끊었다.

이제 어떡하지?

테일러가 내 눈치를 보았다.

"왜 그래?" 내가 물었다.

"사장님, 저는 사장님을 병원에 내려드리고 필요한 것들을 사러 갈까 합니다. 쇼핑백을 호텔에 가져다 두고 나서 스테판과 같이 시애틀로 돌아가서 사모님의 R8을 가져오겠습니다. 사모님께서 내일 아침에 보실 수 있게요."

"괜찮은 생각이네. 일단은 아나의 아버지가 어떤 상태인지부터 알아보자고. 그래도 좋은 생각인 것 같긴 해. 다녀오는 김에 내 물건도 몇 가지 가져오면 되겠어."

"네, 사장님."

아나의 생일 파티를 이번 달 다른 날로 옮겨야 할지도 몰랐다. 그 생각을 곰곰이 하자니 미아가 오늘부터 출근한다고 한 말이 기억났다. 미아에게 잘하라고 짧은 문자를 보낼 때 테일러가 오리건 보건과학대학 병원 건물 밖에 차를 세웠다.

나는 마음을 굳게 먹었다. 어머니의 직업이 의사인데도 병원이라면 질색이었다.

엘리베이터를 타고 응급실 층으로 올라가는데 휴대전화가 부르르 떨리며 안드레아의 문자가 도착했다. 내가 늘상 묵는 히스먼 호텔의 스위트룸을 예약했다는 내용이었다. 3층의 프런트 뒤 간호사가 내게 대기실을 가리켰다. 나는 심호흡을 하며 대기실 문을 열었다. 삭막한 대기실 안의 플라스틱 의자에 아나가 앉아 있었다. 창백하고 두려운 얼굴로 남자의 가죽 재킷을 걸친 채 호세 로드리게즈의 손을 꼭 쥐고 있었다. 호세의 아버지가 호세의 옆 휠체어에 앉아 있었다.

"크리스천." 아나가 외쳤다. 안도감과 희망이 어린 얼굴로 벌떡 일어서는 그녀의 모습에 반짝 고개를 들었던 질투심이 사그라들었다. 그녀가 내 품에 안겼을 때 나는 눈을 감고 그녀를 꼭 끌어안았다. 아나에게서 사과와 과수원, 그리고 아나의 냄새가 났다. 싸

55

구려 향수와 밤새 나가 노느라 흘린 땀 냄새도 났다.

호세의 재킷에서 나나?

나는 코를 찡그렸다. 아무도 못 봤기를 바랐다. 호세가 일어섰지만, 호세 로드리게즈의 부친은 휠체어에 그대로 앉아 있었다. 상태가 많이 안 좋아 보였다.

젠장. 이분도 같이 사고를 당한 게 분명했다.

"결과 나왔어?" 나는 아나에게 물었다.

아나가 고개를 저었다.

"호세." 나는 내 아내를 안은 채 고개를 끄덕여 인사했다. 소여가 구석 자리에 앉아 있었다. 그가 고개를 까딱 숙여 내게 인사했다. 나는 아나와 같이 있어준 그가 고마웠다.

"크리스천, 이쪽은 제 아버지, 호세 시니어예요."

호세가 소개했다.

"로드리게즈 씨…… 제 결혼식 때 뵀었죠. 아버님도 같이 사고를 당하신 겁니까?" 나는 그의 멀쩡한 손을 살짝 잡고 흔들었다.

"우리 모두 같이 있었어요." 호세가 대답했다. "당일치기로 낚시를 하러 같이 차를 타고 아스토리아로 갔는데……." 그의 얼굴이 굳어지더니 소년 같은 앳된 얼굴이 사라지고 그 뒤에 도사린 사나운 사내의 얼굴이 드러났다. "가는 길에 음주 운전자에게 받혔어요. 그 사람이 우리 차를 완전히 박살 냈어요. 나는 기적처럼 하나도 다치지 않았고 아버지도 부상을 당한 정도인데, 레이 아저씨가……." 그는 말을 멈추고 침을 삼키며 마음을 다잡더니 불안한 눈초리로 아나를 흘끔 쳐다보고 나서 말을 이었다. "아저씨가 많이 다쳤어요. 헬기로 아스토리아 지방 병원에서 여기로 이송되셨어요."

나는 아나를 감싼 팔에 힘을 주었다.

"우리는 아버지의 응급처치만 마치고 같이 따라왔어요." 호세가 말을 마쳤다. 나는 놀라 눈썹을 추켜올렸다. 로드리게즈 시니어는 한쪽 다리와 한쪽 팔에 깁스를 했고 한쪽 얼굴은 멍이 들어 있었다. 이동하는 건 삼가야 할 것 같았다.

"네." 호세가 내 마음을 읽은 것처럼 화가 나 고개를 흔들었다. "아버지가 고집을 부려서요."

"두 분 여기 있어도 괜찮겠어요?" 내가 물었다.

"다른 데는 가고 싶지가 않아요." 로드리게즈 씨의 얼굴이 일그러졌다. 표정도 목소리도 고통스러운 기색이었다.

이분들 집에 가야 될 것 같은데.

하지만 나는 억지로 권하지 않았다. 이들은 레이가 걱정돼 여기 있는 거니까. 나는 아나의 손을 잡고 그녀를 의자로 다시 데려가서 앉히고 그녀 옆에 앉았다. "뭐 좀 먹었어?"

그녀가 고개를 저었다.

"배 안 고파?"

그녀가 고개를 저었다.

"근데 추워?" 내가 물었다. 호세의 재킷 냄새가 또 났다. 아나가 고개를 끄덕이고는 그 재수 없는 옷을 더 바짝 여몄다. 문이 열리고는 수술복 차림의 남자가 들어왔다. 검은 머리에 키가 컸고 전쟁 피로증 수준으로 지쳐 보였다. 표정이 심각했다.

젠장.

아나가 휘청거리며 일어섰다. 나는 얼른 일어서서 그녀를 부축했다. 실내의 모든 시선이 젊은 의사를 향했다.

"레이 스틸." 아나가 두려움에 젖은 목소리로 조용히 말했다.

"가족 되세요?" 의사가 물었다.

"딸입니다. 아나예요."

"스틸 양……."

"그레이 부인이라고 해주세요." 내가 그의 말을 고쳐주었다.

"죄송합니다." 의사가 말을 더듬었다. "저는 크로 박사입니다. 아버님은 고비는 넘기셨지만 아직은 심각한 상태세요."

아나가 내 품으로 무너졌다. 레이의 상태를 설명하는 의사의 한 마디 한 마디가 충격으로 다가왔다. "내장 파열이 심했어요. 주로 횡격막에 큰 손상을 입으셨고요. 어느 정도 복구는 했고 비장도 살려냈습니다. 다만 수술 중에 피를 많이 흘려서 심장마비가 왔어요. 심장을 다시 살려내긴 했는데, 이 부분이 우려가 됩니다."

맙소사!

"하지만요." 크로 박사가 말을 이었다. "가장 우려되는 부분은 심한 뇌진탕입니다. MRI 결과로는 뇌부종이 보입니다. 상태를 진정시키기 위해 혼수상태를 유도했고, 뇌부종은 계속 지켜보는 중입니다."

아나가 숨을 들이켜며 다시 내 품에서 늘어졌다.

"이런 경우 이것이 일반적인 치료 과정입니다. 지금으로서는 지켜보는 수밖에 도리가 없어요."

"예후를 어떻게 보십니까?" 나는 괴로운 마음을 내색하지 않으려고 애쓰며 물었다.

"그레이 씨, 지금은 뭐라 말씀드리기가 어렵습니다. 완전히 회복될 가능성도 있지만, 지금은 모든 게 신의 손에 달려 있어요."

"혼수상태는 얼마나 유지시킬 겁니까?"

"뇌가 어떻게 반응하느냐에 달려 있어요. 대개는 72시간에서 96시간 정도입니다."

"아버지를 볼 수 있을까요?" 아나가 걱정이 돼 숨을 몰아쉬었다.

"네. 30분 뒤에 가보시면 됩니다. 6층 중환자실로 옮기셨어요."

"고맙습니다, 선생님."

크로 박사는 고개를 끄덕여 인사하고 나서 방을 나갔다.

"그래도 살아 계시니까." 아나가 애써 희망적인 말투로 속삭였지만 눈에 고인 눈물이 사색이 된 얼굴 위로 흘러내렸다.

울지 마. 아나, 자기야. "앉자." 나는 그녀에게 말하고 다시 의자에 앉혔다.

"아빠." 호세가 자기 아버지에게 말했다. "우린 그만 가야겠어요. 아빠도 좀 쉬어야 하잖아요. 당분간은 지켜봐야 한다니까 우린 이따가 저녁에 다시 와요. 그때까지 아빠도 쉬세요. 그래도 괜찮지, 아나?" 호세가 아나를 돌아보았다.

"물론이지." 아나가 대답했다.

"포틀랜드에 묵고 계시죠?" 내가 물었다. 호세가 고개를 끄덕였다. "차로 태워드릴까요?"

호세가 인상을 썼다. "택시를 부를 생각이었는데요."

"루크가 모셔다 드리면 됩니다."

소여가 일어섰다. 호세가 어리둥절한 표정을 지었다.

"루크 소여야." 아나가 말했다.

"오. 잘됐네. 우리야 고맙지. 고마워요, 크리스천."

아나가 로드리게즈 씨를 다정하게 포옹하고 나서 호세는 조금 덜 다정하게 껴안았다. 호세가 아나의 귀에 뭐라고 속삭였지만 나랑 가까이 있어서 무슨 말인지 잘 들렸다. "마음 강하게 먹어, 아나. 아저씨는 강하고 건강한 분이야. 행운은 아저씨 편이야."

"그래야 할 텐데." 아나가 대답했다. 목소리가 애처로울 만큼 작았다. 그녀의 말이 칼날처럼 내 몸을 저몄다. 내가 할 수 있는 게 아무것도 없었다. 아나가 호세의 냄새나는 재킷을 벗어서 그에게 돌려주었다.

이제 좀 살겠네.

"추우면 그냥 입고 있어."

"아니, 괜찮아. 고마워." 아나가 말했다. 나는 그녀의 손을 잡았다. "무슨 변화가 생기면 즉시 알려줄게."

호세는 아나를 보고 희미한 미소를 짓고 나서 문을 향해 아버지의 휠체어를 밀었고 소여가 문을 열어주었다. 로드리게즈 씨가 손을 올려서 호세가 걸음을 멈추었다. "네 아버지를 위해 기도하마, 아나." 노인의 목소리가 갈라졌다. "오랜만에 그 친구를 다시 만나 얼마나 반가웠는지 몰라. 정말 좋은 친구인데."

"알아요." 아나가 말했다. 감정이 북받치는 목소리였다.

세 사람이 나가고 마침내 우리 둘만 남았다. 나는 그녀의 뺨을 쓰다듬었다. "안색이 창백해. 이리 와." 나는 의자에 앉아 그녀를 내 무릎에 앉히고 두 팔로 그녀를 끌어안았다. 그녀가 내 품을 파고들었고 나는 그녀의 머리에 키스했다.

우리는 앉아 있었다.

함께.

각자 생각에 잠겨서.

무슨 말로 그녀를 위로할까?

알 수 없었다. 나는 너무 무력했고 그런 내가 싫었다.

그녀의 손을 잡고 위로가 되기를 바라는 마음으로 그녀의 손을 꼭 쥐었다.

레이는 강인한 남자다. 이겨낼 거야. 그래야만 해.

"찰리 탱고는 어땠어요?" 아나가 물었다. 이런 상황에서도 내 생각을 해주는 그녀가 경이로웠다. 내가 반사적으로 지은 미소가 대답을 대신한 것 같았다.

내 EC135가 돌아왔다. 녀석을 몰고 하늘을 나는 기쁨이란. "오,

야했어."(yar, 배나 비행기가 날래고 민첩하다는 뜻의 항해 용어 - 옮긴이)

그녀가 미소를 지었다. "야했어요?"

"〈필라델피아 스토리〉의 대사야. 그레이스가 가장 좋아하는 영화."

"난 모르는 영화예요."

"집에 블루레이가 있을 거야. 같이 그거 보면서 껴안고 키스하자."

나는 입술로 그녀의 머리를 쓸면서 향기를 들이마셨다. 호세의 재킷이 사라진 터라 더욱 향기로웠다. "너에게 뭘 먹으라고 한다면 내 말이 먹히려나?"

"지금은 싫어요. 레이 아빠 먼저 보고 싶어요."

나는 더는 밀어붙이지 않았다.

"대만 사람들은 어땠어요?" 그녀가 물었다. 내가 음식 이야기를 자꾸 할까 봐 화제를 돌리려는 것 같았다.

"합의 봐야지."

"어떤 합의요?"

"생각한 것보다 더 낮은 가격으로 그들의 조선소를 사는 걸로."

"잘된 거예요?"

"응. 잘된 거야."

"난 당신이 조선소는 이미 가지고 있는 줄 알았어요, 여기에."

"있지. 거긴 내장 설비를 제작할 때 쓸 거야. 선체는 동아시아에서 선조할 거고. 그게 더 싸게 먹혀."

"여기 조선소 인력은 어떻게 되나요?"

좋은 질문이야, 그레이 부인.

"재배치해야지. 중복되는 인력은 최소한으로 줄여야 해."

그게 내 바람이야.

나는 다시 그녀에게 키스했다. "우리 레이 아빠 보러 갈까?"

레이먼드 스틸은 중환자실 맨 끝 침대에 누워 있었다. 정신을 잃은 채 온갖 첨단 의료 장비를 달고 있는 그의 모습이 충격적으로 다가왔다. 세상 누구보다 많이 나를 위협하던 사람이었는데 지금은 연약하고 아파 보였다. 많이 아파 보였다. 그는 인위적 혼수상태에 빠져 산호 호흡기에 의지하고 있었다. 다리에는 깁스를 했고 가슴의 수술 부위에 붕대가 감겨 있었다. 그의 몸을 가린 것은 얇은 담요 한 장뿐이었다.

젠장. 아나는 그를 보더니 충격을 받아 할 말을 잃고 눈을 깜빡여 눈물을 삼켰다.

그녀의 고통을 보고 있기가 힘들었다.

어떻게 해야 할까? 무슨 말을 해야 할까?

내 힘으로는 그녀를 위해 어찌할 방법이 없었다.

간호사가 그의 모니터를 확인하고 있었다. 명찰에 쓰인 이름은 '켈리'였다.

"만져도 되나요?" 아나가 묻더니 대답을 기다리지 않고 레이의 손을 향해 손을 내밀었다.

"네." 켈리가 친절하게 말했다. 나는 침대 발치에 서서 아나가 조심스럽게 두 손으로 레이의 손을 감싸는 모습을 지켜보았다. 갑자기 아나가 침대 옆의 의자에 주저앉아 그의 팔에 머리를 얹고 흐느껴 울기 시작했다.

아, 안 돼.

나는 그녀를 위로하려고 얼른 움직였다.

"아, 아빠. 꼭 나아요." 그녀가 조용히 애원했다. "제발."

나는 철저히 무력한 기분으로 손을 그녀의 어깨에 얹고 위안이 될까 해서 그녀의 어깨를 꼭 쥐었다. "스틸 씨의 바이털사인은 다 좋으세요." 켈리가 조용히 말했다.

"고맙습니다."

나는 다른 말이 생각나지 않아 그렇게 중얼거렸다.

"내 목소리를 들을 수 있나요?" 아나가 물었다.

"깊은 잠에 빠져 계세요. 하지만 또 모르죠."

"잠깐 앉아 있어도 되나요?"

"그럼요." 켈리가 아나에게 따스한 미소를 지었다.

아나가 지금 있을 곳은 여기였다. 그렇다면 나는 포틀랜드에서 묵을 준비를 해야 했다. 오늘 밤에 돌아간다는 건 무리였다. 나는 다시 그녀의 어깨를 꼭 쥐었다. 그녀가 눈을 들어 내 눈을 보았다. "나 전화 좀 하고." 나는 그녀의 머리에 키스했다. "난 밖에 있을게. 아버지랑 단둘이 시간 보내."

나는 6층 대기실에서 어머니에게 전화를 걸었다. 이번에는 전화를 받았다. 나는 레이먼드 스틸의 상태에 대해 이야기했다.

어머니가 한숨을 쉬었다. "심각한 상태네. 내가 가서 좀 봐야겠어……."

"어머니. 안 그러셔도……."

"아니야. 크리스천. 그러고 싶어. 아나는 우리 가족이야. 내가 내려가서 직접 상태를 확인해야겠어. 캐릭이랑 같이 자동차로 갈게."

"제 비행기로 모실게요."

"뭐?"

"제 헬기가 여기 있어요. 테일러가 그걸 타고 시애틀로 가는 중이에요. 스테판이 조종해 여기로 모시면 돼요."

"그럼 되겠네. 그렇게 하자."

"알겠어요. 테일러에게 말해둘 테니까 테일러와 연락하시면 돼요."

"그럴게. 크리스천, 레이 곁엔 좋은 사람이 있구나."

"고마워요, 엄마."

나는 테일러에게 전화해서 어머니 이야기를 했다.

그다음에는 안드레아에게 전화했다. "사장님. 스틸 씨는 좀 어떠세요?"

"심각한 상태야. 여기서 적어도 이틀 밤은 있을 거야. 가능하면 여기서 아나의 생일을 기념할까 해. 아나만 괜찮다면 우리끼리 저녁을 먹든가. 아나의 가족과 친구들도 참석하면 좋겠지. 하지만 오늘 밤 레이의 상태가 어떻게 되는지 먼저 지켜봐야 해."

"히스먼 호텔에 전화해서 식사 자리가 가능한지 알아볼게요."

"그래. 아나에게 아나의 어머니가 필요하니까 어머님과 남편분도 계획대로 모셔 오자고. 그분들과 우리 가족, 나머지 손님들이 쓰실 방 예약해. 여기까지 올 교통편도 마련하고. 우리 어머니가 오늘 저녁에 이쪽으로 오실 거야. 오늘 밤 어머니가 쓰실 방 예약해."

"알겠습니다."

"호세 로드리게즈의 휴대전화 번호 알아봐. 그 사람도 초대하고 싶으니까."

"제가 문자로 알려드릴게요."

"고마워, 안드레아." 나는 전화를 끊고 존스 부인에게 전화를 걸어 내일 저녁 에스칼라의 깜짝 파티는 취소되었다고 알려주었다.

"스틸 씨가 어서 쾌차하셔야 할 텐데요." 게일이 말했다.

"그러게요. 같은 마음입니다. 내일 일은 미안하게 됐어요."

"괜찮아요, 그레이 씨. 다음 기회가 있겠죠."

"그럼요. 고마워요, 게일."

나는 전화를 끊고 중환자실로 돌아갔다. 간호사 사무실에서 켈리에게 내 번호와 아나의 번호를 주고 레이의 상태에 무슨 변화가 생기면 연락을 달라고 말해두었다. 이제는 아내를 데리고 무얼 좀 먹으러 가야 했다.

레이의 병실로 돌아갔을 때 아나는 레이에게 말을 걸고 있었다. 이제 눈물은 흘리지 않았다. 안정을 찾은 모습이었고 얼굴에서는 정신을 잃고 누운 남자에 대한 사랑이 반짝였다.

뭉클한 광경이었다.

침입자가 된 기분이었다.

그래도 나가고 싶지는 않았다.

나는 조용히 자리에 앉아 아나의 상냥하고 다정한 목소리에 귀를 기울였다. 그녀는 레이에게 아스펜에 같이 가자고 말했다. 내가 모시고 낚시를 갈 거라면서. 그녀의 말이 내 가슴을 울렸다. 어머니 말처럼 이제 아나는 내 가족이니 넓게 보면 레이도 내 가족이었다. 로어링 포크강이나 스노 매스 호수 상류에서 레이와 나란히 플라이 미끼를 던지는 장면이 머릿속에 그려졌다. 무뚝뚝한 레이. 느긋하지만 못지않게 무뚝뚝한 나.

나중에 둘이 맥주를 나눠 마셔도 좋겠지.

"로드리게즈 씨랑 호세도 같이 가면 좋을 거예요. 정말 아름다운 집이에요. 우리 모두 묵어도 될 만큼 방도 충분해요. 그러려면 여기 계셔야 해요, 아빠. 제발."

그래. 레이, 호세 시니어, 호세, 나. 다 같이 낚시하지 뭐.

그래. 그렇게 하자고.

아나가 고개를 돌리다가 나를 발견했다.

"안녕." 내가 중얼거렸다.

"안녕."

"나 네 아버지, 로드리게즈 씨, 호세랑 같이 낚시 가는 거야?"

그녀가 고개를 끄덕였다.

"알았어." 나는 웃는 얼굴로 말했다. "이제 뭐 좀 먹으러 가자. 아버지 주무시게 하고." 아나가 인상을 썼다. 아버지 곁을 떠나고 싶지 않은 것 같았다. "아나, 아버님은 혼수상태셔. 내가 여기 간호사들한테 우리 전화번호 남겼어. 무슨 변화가 생기면 우리한테 연락할 거야. 우린 뭐 좀 먹고 호텔에 체크인해서 쉬다가 이따가 저녁에 다시 오자."

아나가 간절한 눈으로 레이를 쳐다보고는 나를 다시 보았다. "좋아요." 그녀가 마지못해 내 말을 따랐다.

아나는 히스먼 호텔의 우리 스위트룸 문간에 서서 익숙한 방 안을 둘러보았다. 얼떨떨한 표정이었다.

설마 내가 처음 여기 데려왔던 걸 기억하고 있는 걸까. 그때 그녀는 술에 취해 인사불성이었는데. 나는 그녀의 가방을 소파 옆에 내려놓았다. "집이나 마찬가지인 데야." 내가 중얼거렸다.

스틸 양을 내 서브미시브로 만들려고 애쓰던 시절엔 정말 집이기도 했지.

그리고 지금 우리는 여기 있다.

남편과 아내로.

마침내 그녀가 안으로 들어와 방 한가운데에 섰다. 쓸쓸하고 넋이 나간 사람 같았다.

오, 아나. 내가 어떻게 해줄까? "샤워할래? 목욕? 뭐 필요한 거 없어, 아나?" 어떻게든 그녀를 돕고 싶었다.

"목욕할래요. 목욕하고 싶어요." 그녀가 중얼거렸다.

"목욕. 그래. 알았어." 나는 할 일이 생겼다는 것에 안도하며 방에 딸린 욕실로 들어가서 물을 틀었다. 물이 쏟아져 나왔다. 달콤한 향의 오일을 조금 넣자 즉시 거품이 일었다. 재킷을 벗고 넥타이를 풀어냈을 때 휴대전화가 진동했다. 호세의 휴대전화 번호를 알려주는 안드레아의 문자였다. 그건 나중에 처리하기로 했다.

침실에 들어가보니 아나가 노드스트롬 쇼핑백을 물끄러미 바라보고 있었다. "테일러를 보내 물건을 좀 사 왔어. 잠옷 같은 것들." 아나는 고개를 끄덕거릴 뿐 아무 말도 하지 않았다. 멍한 표정에서 쓸쓸한 빛이 도드라졌다. 어떻게 하면 그녀의 고통을 덜어줄 수 있을까. "오, 아나, 네 이런 모습 처음 봐. 대개는 아주 용감하고 강인하잖아."

아나가 아무 말 없이 무기력하게 내 시선을 마주했다.

그녀가 천천히 양팔을 가슴에 교차하며 자기 몸을 감쌌다. 차디찬 바람을 맞는 사람처럼. 더 이상 견딜 수가 없었다. 나는 그녀를 안고 내 몸의 온기를 그녀에게 내주었다. "자기야, 아버님은 살아 계셔. 바이털사인도 좋고. 우린 참고 기다리는 수밖에 없어." 아나가 몸을 떨었다. 추워서 그런 건지, 심하게 다친 레이를 본 충격 때문인지 알 수 없었다. "가자." 나는 그녀의 손을 잡고 욕실로 데려갔다. 천천히 그녀의 옷을 벗기고 욕조 안에 들어가도록 도왔다. 그녀는 중력이 무색할 만큼 머리채를 정수리에 틀어 올려 묶고는 거품 속에 들이기 눈을 감았다. 나는 이제 됐다 싶어 옷을 벗고 욕조 안으로 들어갔다. 그녀의 뒤쪽으로 들어가서 따뜻한 물속에 자리를 잡고 앉아 그녀를 내 앞으로 끌어당겼다. 우리는 긴장을 풀어주는 따끈한 물속에 함께 누웠다. 내 발이 그녀의 발에 닿았다.

시간이 흐르면서 아나는 내게 기대 긴장을 풀었다.

나는 안도의 한숨을 내쉬고 몸속에서 꿈틀대는 두려움을 피해 잠시 숨을 돌렸다.

레이가 회복되게 해달라고 신에게 빌었다.

레이가 잘못되면 아나는 무너지고 말 것이다.

내게는 도울 힘이 없었다.

나는 그녀의 머리에 한가롭게 키스했다. 그녀가 잠시나마 비누 거품을 터뜨리며 긴장을 푸는 것이 고마웠다.

"레일라하고 욕조에 들어가진 않았어요? 레일라를 씻겨주었을 때?" 그녀가 뜬금없이 물었다.

"음, 아니!"

"그럴 줄 알았어요. 잘됐다."

그런 생각은 왜 한 거야?

나는 아나의 얼굴을 보려고 대충 틀어 올린 머리 뭉치를 당겨 그녀의 머리를 기울였다. 궁금했다. "그건 왜 물어?"

그녀가 어깨를 추어올렸다. "병적인 호기심이라고 쳐요. 모르겠어요…… 이번 주에 만나서 그런가."

난 네가 그 여자를 다시는 만나지 않았으면 좋겠어. "알았어. 병적이라고 하긴 그렇지만."

"언제까지 지원할 거예요?"

"자립할 때까지. 모르겠어. 왜?"

"그런 사람들이 또 있어요?"

"그런 사람들?" 내가 물었다.

"지원하는 옛날 서브들."

"응, 한 명 있었지. 지금은 아니지만."

"그래요?"

"의대에 다니던 여자였어. 지금은 면허를 땄고 다른 사람도 생겼어."

"다른 도미넌트?"

"응."

"레일라는 당신이 자기 그림을 두 점 사 주었다고 했어요." 아나가 중얼거렸다.

"예전에. 딱히 마음에 드는 그림은 아니었어. 기교는 좋은데 내가 보기엔 색깔이 너무 화려했어. 엘리엇이 가지고 있을 거야. 알다시피 엘리엇은 취향이라곤 없으니까."

아나가 깔깔 웃었다. 나는 그 소리가 참 듣기 좋아서 두 팔로 그녀를 감쌌다. 열정이 조금 너무 과했는지 욕조 물이 옆으로 넘쳐 바닥으로 흘렀다. 물이 철썩이는 소리가 만족감을 주었다.

"그편이 더 낫지 뭐." 나는 그녀의 관자놀이에 키스했다.

"그 사람은 내 절친과 결혼할 거라고요."

"그럼 난 닥치고 있을게." 나는 웃는 얼굴로 그녀를 내려다보았고 그녀가 미소로 화답했다. "뭐 좀 먹자."

아나의 얼굴이 어두워졌지만 싫다는 말은 용납하지 않을 생각이었다.

나는 아나의 상체를 세우고 욕조에서 나가며 가운을 집었다.

"더 담그고 있어. 난 룸서비스 시킬게."

나는 음식을 시킨 뒤 쇼핑백을 뒤적여 새 옷으로 갈아입었다. 테일러가 잘 챙겨주었다. 그가 고른 것은 블랙진과 회색 캐시미어 스웨터였다. 나는 거실에서 내 노트북을 꺼내 이메일을 확인하려고 전원을 켰다. 스크롤을 내리며 이메일들을 살펴보다가 할 일이 생각났다.

보낸 사람: 크리스천 그레이

제목: 음주 운전자. 아스토리아 경찰서.

날짜: 2011년 9월 9일 17:34

받는 사람: 캐릭 그레이

아버지. 저예요.

레이먼드 스틸의 사고 소식은 어머니한테 들으셨을 거예요. 오늘 아침 아스토리아에서 레이의 차가 어떤 음주 운전자에게 받혔어요. 지금 레이는 중환자실에 있어요. 경찰 쪽 인맥을 동원해서 레이를 친 사람의 정보 좀 알아봐주실래요? 고마워요

크리스천 그레이

CEO, 그레이 엔터프라이즈 홀딩스 Inc.

나는 침실로 돌아가서 문설주에 기대어 아나가 쇼핑백을 뒤지는 모습을 지켜보았다.

"클레이튼에서 나를 괴롭혔을 때 말고, 직접 가게에 들어가 물건을 산 적 있어요?"

"널 괴롭혔다고?"

나는 즐거운 기색을 숨기며 그녀에게 건너갔다.

아나가 어정쩡한 미소를 지었다. "그럼요. 괴롭혔죠."

"내가 기억하기로 넌 허둥거렸어. 그 젊은 남자는 너한테 홀딱 반해 있었고. 이름이 뭐였지?"

"폴."

"널 따라다니던 남자들 중 하나였지."

아나가 눈을 위로 흘겼다. 나는 못 참고 웃으며 그녀의 입술에 가볍게 키스했다. "역시 내 여자야." 그때 난 그녀를 멀리할 수 없다는 걸 알고 있었지. "옷 입어. 또 감기 걸리면 안 되잖아."

아나는 내가 주문한 음식을 깨작거렸다. 튀김 두 개, 크랩 케이크 한 조각을 먹은 게 전부였다. 나는 실망해 한숨을 쉬면서 그녀가 탁자를 떠나 침실로 들어가는 걸 보았다. 그녀에게 억지로 먹일 수 없다는 걸 알면서도 그녀가 먹지 않으면 걱정이 됐다. 무얼 할까 고민하다가 호세에게 혹시 (가능성은 희박하지만) 내일 저녁 아나의 깜짝 생일 파티가 열린다면, 그리고 호세 시니어만 괜찮다면 부친과 같이 오라고 문자 메시지를 보냈다.

노트북 컴퓨터에서 이메일을 확인했다. 캐릭의 이메일이 와 있었다.

보낸 사람: 캐릭 그레이
제목: 음주 운전자. 아스토리아 경찰서
날짜: 2011년 9월 9일 17:42
받는 사람: 크리스천 그레이

알았다. 네 어머니는 지금쯤 포틀랜드에 있을 거야.
아버지가.

캐릭 그레이,
파트너
그레이, 크루거, 데이비스 앤드 홀트 LLP

좋은 소식이었다. 우리가 병원에 돌아갈 때쯤 어머니가 레이와 같이 있을 것이다.

아나는 연파란색 후드 티와 컨버스 운동화, 청바지 차림으로 거실로 돌아왔다. "준비됐어요." 그녀가 중얼거렸다. 슬프고 걱정이 되서 그런 것 같았다. 그녀의 얼굴은 창백했지만 더 어려 보였다. 어쨌든 그녀는 아직 스물한 살이었다.

"정말 어려 보이네⋯⋯. 내일이면 한 살 더 먹는데."

내가 말했다.

그녀의 슬픈 미소가 내 가슴을 찢어놓았다. "별로 축하할 기분이 아니에요. 이제 레이 아빠 보러 갈까요?"

"그래. 잘 먹었으면 좋았을걸. 음식에 거의 손도 안 댔어."

"크리스천, 제발요. 그냥 배가 안 고파서 그래요. 레이 아빠 보고 나서 먹든가 해요. 아빠에게 잘 자라고 인사하고 싶어요."

우리가 도착했을 때 호세가 막 중환자실에서 나왔다. "아나, 크리스천, 왔군요."

"아버지는 어디 계셔?" 아나가 물었다.

"너무 피곤해서 못 오셨어. 오늘 아침에 교통사고를 당하신 거라."

호세가 억지로 미소를 끌어내며 딴에는 농담이라고 던진 말 같았다.

"진통제 기운도 돌기 시작했고." 호세가 말을 이었다. "나가떨어지셨어. 나는 친척이 아니라고 레이 아저씨를 못 보게 해서 한참 애먹었어."

"그래서?" 아나의 목소리가 걱정이 되서 갈라졌다.

"좋으셔, 아나. 똑같지⋯⋯. 그래도 괜찮으셔."

아나가 고개를 끄덕였다. 안심하는 것 같았다.

"내일 네 생일날 보자."

젠장. 깜짝 파티 망치지 마!

"그래. 우리 여기 있을 거야." 아나가 대답했다.

호세가 나를 흘끔거리고는 아나를 잠깐 끌어안았다. 포옹하는 동안 눈을 감았다. "마냐나(내일 보자)." 그가 속삭였다.

이봐. 아직 내 아내에게 미련이 남은 거야?

호세가 아나를 놓았다. 우리는 호세에게 잘 가라고 인사하고 그가 엘리베이터를 향해 복도를 걸어가는 것을 바라보았다.

나는 한숨을 쉬었다. "쟤 아직도 너 좋아해."

"아니에요. 설령 그렇다고 해도……." 아나가 어깨를 추어올렸다. 어쩌라고. "잘했어요." 그녀가 말했다.

뭘?

"입에 게거품 안 문 거." 그녀가 설명했다. 눈에 장난기가 반짝거렸다.

이 상황에서도 나를 놀리고 있네. "내가 언제 게거품을 물었어!" 나는 기분 나쁜 척했지만 내 의도대로 그녀의 입술이 휘며 희미한 미소를 그렸다. "아버님 보러 가자. 깜짝 선물이 있어."

"깜짝 선물?"

"가자." 나는 그녀의 손을 잡았다.

어머니가 레이의 침대 발치에 서서 고개를 숙인 채 크로 박사와 수술복 차림의 한 여성의 이야기를 듣고 있었다. 그레이스가 우리를 보고 고개를 들었다.

"크리스천." 어머니가 내 뺨에 입을 맞추고 내 아내를 끌어안았다. "아나. 어떻게 견디고 있니?"

"전 괜찮아요. 아버지가 걱정되어서 그렇죠."

73

"신경 쓰고 있으니까 안심해. 슬러더 박사는 이 분야의 전문가야. 우린 예일 대학에서 같이 수련한 사이고."

"그레이 부인." 슬러더 박사가 아나의 손을 잡고 흔들었다. 그녀의 부드러운 남부 지방 말씨가 자장가처럼 들렸다. "아버님의 책임 주치의로서 다행히 모든 게 호전되고 있다고 말씀드릴 수 있겠네요. 바이털사인은 안정적이고 강해요. 쾌유하실 거라고 믿어도 좋습니다. 뇌부종 증상이 멈추고 붓기가 가라앉고 있어요. 단기간에 이 정도면 아주 고무적인 겁니다."

"좋은 소식이네요." 아나가 말했다. 뺨에 혈색이 조금 돌아왔다.

"그렇습니다, 그레이 부인. 우리가 각별히 신경을 써서 치료하고 있습니다. 만나서 반가웠어, 그레이스."

"나도, 로레이나."

"크로 박사님, 이분들이 스틸 씨를 만나보시게 우린 나가죠." 크로가 슬러더 박사를 따라 병실을 나갔다.

아나가 레이를 내려다보았다. 레이는 여전히 평온하게 잠들어 있었다. 그레이스가 아나의 손을 잡았다. "아나, 아가, 아버님 옆에 앉으렴. 말도 건네고. 그게 좋아. 나는 크리스천이랑 대기실에 있을게."

"아나는 좀 어떠니?" 그레이스가 물었다.

"말도 마세요. 버티고 있긴 한데 극도로 불안해요. 원래 아주 강한 사람인데."

"충격 받았을 거야. 네가 옆에 있어서 다행이다."

"와줘서 고마워요, 어머니. 어머니 말이 큰 위안이 되었어요. 아나한테도 큰 힘이 되었을 거예요."

그레이스가 내게 미소를 지었다. "아나를 많이 사랑하는구나."

"그럼요."

"내일 아나 생일은 어떻게 할 거니?"

"결정한 건 아닌데, 여기서 조촐하게 축하연을 열까 해요."

"좋은 생각 같네. 난 오늘 밤 포틀랜드에서 묵을 거야. 간만에 나 혼자 시간을 가질 겸."

"안드레아가 히스먼 호텔에 어머니랑 아버지가 묵을 방을 예약해뒀어요."

어머니가 미소를 지었다. "크리스천, 어쩜 이리 유능한지. 넌 모든 걸 생각하는구나."

어머니의 말이 여름날의 따스한 햇살처럼 내 몸에 퍼져나갔다.

나는 흰 티셔츠를 벗었다. 아나가 그걸 집어 머리 위로 홀렁 입고는 침대로 올라갔다.

"한결 밝아 보인다." 나는 파자마를 입었다. 아나가 내 티셔츠를 입고 싶어 해서 기분이 좋았다.

"그럼요. 슬러더 박사님과 어머님이랑 이야기를 하고 나니까 살 것 같아요. 당신이 어머님을 오시라고 한 거예요?"

나는 침대로 들어가서 그녀의 등이 내 앞으로 오도록 그녀를 끌어안았다. 내가 가장 좋아하는 자세, 내 여자와 숟가락처럼 겹치지는 자세로 누웠다. "아니. 어머니가 직접 아버님을 보고 싶다고 내려오셨어."

"어떻게 아시고요?"

"오늘 아침에 내가 어머니한테 전화했지."

아나가 한숨을 쉬었다.

"많이 지쳤네. 그만 자."

"흠." 그녀가 고개를 돌려 나를 보더니 인상을 썼다.

왜?

그녀가 돌아누워 내 품을 파고들었다. 그녀의 온기가 내 피부를 파고들었다. 나는 그녀의 머리를 쓰다듬었다. 방금 그녀가 무슨 생각을 했든 지금은 아무 생각이 없는 것 같았다.

"한 가지만 약속해." 내가 부탁했다.

"음?"

"내일은 뭐든 먹겠다고. 난 네가 다른 남자의 재킷을 걸쳐도 게 거품을 물지 않고 참을 수 있지만, 아나, 먹긴 해야지. 부탁이야."

"흠." 그녀가 동의했다. 나는 그녀의 머리에 키스했다. "여기 와 줘서 고마워요." 그녀가 웅얼거리더니 내 가슴에 키스했다.

"그럼 내가 어딜 가겠어? 난 네가 어딜 가든 거기 있고 싶어, 아나."

언제나.

넌 내 아내야. 이제 내 가족이라고.

가족이 먼저야.

나는 천장을 올려다보았다. 이 방에서 우리가 처음 같이 잤던 날이 기억났다.

아주 오래된 일이다. 따지고 보면 그리 오래된 일도 아니지만.

그것은 계시였다.

누군가와 같이 잠을 잔다는 것은.

그녀와 같이 잠을 잔다는 것은.

"여기 오니까 너랑 참 멀리까지 왔다는 생각이 들어. 너랑 처음 잤던 밤도 생각나고."

내가 속삭였다. "참 대단한 밤이었어. 널 몇 시간이고 바라보았어. 너 참…… 야(yar)했어."

내 가슴 위로 아나의 고단한 미소가 번지는 것이 느껴졌다.

오. 자기야.

"자." 내가 중얼거렸다. 그냥 부탁하는 말이 아니었다.

2011년 9월 10일 토요일

테오도르 할아버지가 내게 사과를 하나 건넨다. 사과가 새빨갛다. 그리고 달다. 고향의 맛, 낮이 끝없이 이어진 길고 풍성한 여름의 맛이다. 산들바람이 살랑살랑 얼굴을 간질인다. 햇빛 속에 있어서 바람이 시원하다. 우리는 과수원 안에서 눈과 눈을 마주하고서 있다. 햇빛에 타고 비바람에 거칠어진 할아버지의 얼굴, 피부에 새겨진 주름이 수많은 이야기를 들려준다. 할아버지가 손을 올린다. 할아버지의 손이 떨린다. 할아버지는 예전처럼 강건하지 않다……. 할아버지! 할아버지가 내 어깨를 잡는다. 눈꺼풀은 처졌지만 눈에는 아직 지혜와 사랑이 반짝거린다……. 나에 대한 사랑. 이제는 그것이 보인다. 네가 꼬마였을 때 우리가 단 사과를 어떻게 키워냈는지 기억하니? 나는 빙그레 웃는다. 이것들은 여전히 달다. 나무들은 여전히 열매를 맺는다. 할아버지가 미소를 짓자 눈가에 주름이 자글자글 생긴다. 아, 넌 참 별난 아이였어. 말수도 없고. 지독하게 숫기가 없었지. 그런데 지금의 너를 보렴. 네 우주의 지휘자가 되었구나. 네가 자랑스럽다. 훌륭하게 해냈어. 할아버지의 말은 태양만큼이나 따스하다. 할아버지 뒤에서 엄마와 아빠, 엘리엇, 미아, 아나가 담요와 피크닉 바구니를 가지고 길고 무성한 풀밭을 건너 우리에게 다가온다. 미아가 무슨 말을 하자 아나가 웃음을 터뜨린다. 그녀가 고개를 뒤로 젖히자 그녀의 늘어진 머리채가 황금빛 햇빛에 물든다. 어머니도 이야기에 껴서 같이 웃는다. 가족이 가장 중요한 거야. 항상. 가족이 먼저야. 아나가 나를 돌아보며 환히 웃는다. 햇살 같은 그녀의 미소가 나를 빛으로 가득 채운다. 나의 빛. 나의 사랑. 나의 가족. 아나.

나는 잠에서 깼다. 눈을 뜨지 않고 만족감을 즐겼다. 세상 모든 것이 똑바로 돌아가고 만사 순조로운 느낌. 나는 이미 잊힌 꿈의 잔상을 즐기는 중이었다.

눈을 떴다.

여기가 어디지?

히스먼 호텔.

젠장……. 레이.

암울한 현실이 불쑥 나섰지만, 고개를 돌려 옆에서 웅크리고 잠든 아나를 보니 위안이 되었다. 커튼 사이로 비쳐든 햇살로 이른 아침이라는 걸 알 수 있었다. 잠시 그대로 누워 오늘 해야 할 일들을 머릿속으로 정리했다.

오늘은 아나의 생일이다.

그리고 레이는 다쳐 병원에 누워 있다.

축하를 하면서 그녀를 위로하려면 균형이 잡힌 섬세한 작업이 필요할 것이다.

나는 살그머니 침대를 빠져나왔다.

아내를 깨우지 말 것!

나는 샤워를 하고 옷을 갈아입은 다음 조용히 거실로 나갔다. 아나는 그냥 자게 두었다. 저녁에 아나의 생일을 축하하는 자리를 마련해야 할지 결정해야 하므로 가장 먼저 할 일은 응급실에 전화하는 것이다. 레이의 담당 간호사와 통화를 하니 레이가 밤을 편히 보냈고 바이털도 좋다고 했다. 간호사가 당직 의사를 바꿔주었다. 당직 의사는 특별한 이상은 없고 낙관적인 상황이라고 설명했다. 오늘 긍정적인 소식도 들었고 어제 들은 슬러더 박사의 말도 있고 해서 나는 저녁 식사 자리를 진행하기로 했다.

그건 그렇고, 아나의 선물을 가져와야 했다. 둘 다 테일러의 손에 있었다. 손목시계를 확인하고(7시 35분) 테일러에게 문자를 보냈다. 그는 호텔 어딘가에 묵고 있었다.

좋은 아침.
아나의 선물은 가져왔나?

테일러
네, 사장님.
상자 가져갈까요?

부탁해.
아나는 아직 자고 있어!

몇 분 뒤 문을 똑똑 두드리는 소리가 들렸다. 문 저편에 평소처럼 말끔한 정장 차림의 테일러가 서 있었다. "안녕." 나는 잠자는 미녀의 눈치를 보느라 속삭였다. 발로 열린 문을 받치고 복도에서 테일러를 마주했다.

"좋은 아침입니다." 테일러도 소곤소곤 말했다. "이거."

그가 아름답게 포장된 꾸러미를 내 손바닥에 놓았다. 연분홍색 포장지에 새틴 리본이 묶인 것이었다.

"포장 잘했는데. 직접 한 거야?" 나는 한쪽 눈썹을 추켜올렸고,

테일러가 얼굴을 붉혔다.

"그레이 부인을 위한 거니까요." 그가 중얼거렸다. 이유야 그것으로 충분하지. "상자에 딸린 카드도 있습니다."

"고마워. 위험을 무릅쓰고 아나를 위해 작은 파티를 열까 해. 오늘은 도착하시는 손님들을 모셔야 할 거야."

"안드레아가 일정을 계속 알려주고 있습니다. 소여도 여기 있고요. 우리 둘이 번갈아 움직이면 문제없을 것 같습니다."

"그리고 새 차가 필요하겠어. 아니면 아나와 나까지 태워줘야 할 거야."

"자동차 키는 두 개를 가져왔습니다." 그가 R8의 키를 내밀었다. "여분의 키는 주차 요원에게 있고요."

"잘 생각했네." 나는 키를 주머니 안에 넣었다. "적어도 한 시간은 걸릴 거야. 나갈 준비가 되면 내가 문자 메시지 보낼 테니까 아우디를 정문 앞에 대."

"주차장에선 휴대전화가 안 될 수도 있습니다. 안내원에게 대리 주차 사무실로 저에게 전화하라고 말해두죠."

"알았어. 현관에 나가면 내가 안내원에게 신호를 보낼게. 어떻든가?"

"R8 말입니까?"

나는 고개를 끄덕였다. 그의 함박웃음이 모든 걸 말해주었다.

"됐네." 나도 활짝 웃었다. "나중에 보자고."

테일러가 돌아섰다. 나는 멀어져가는 그를 향해 미소를 지었다. 호텔 복도에서 소근소근 귀엣말을 한 적이 있었던가? 게다가 테일러와? 전직 해병대원과? 우리의 둘의 모습이 얼마나 우스꽝스러웠을까 싶어 고개를 절레절레 젓고 나서 스위트룸으로 다시 들어갔다.

아나가 어쩌고 있나 보니까 그녀는 아직 곤히 잠들어 있었다. 그럴 만도 했다. 어제 큰 충격을 받았을 것이다. 시간이 있어 안드레아에게 이메일을 보냈다.

보낸 사람: 크리스천 그레이
제목: 아나의 생일 축하 저녁 식사
날짜: 2011년 9월 10일 07:45
받는 사람: 안드레아 파커

좋은 아침, 안드레아.
저녁에 아나에게 깜짝 파티를 열어주기로 했어.
호텔 측에 확인해 진행하고 케이크도 준비해(초콜릿으로!).
손님들의 교통편과 숙소에 대한 상황 계속 보고하고.
소여와 테일러가 여기 있으니까 공항에서 손님들을 모셔 올 수 있어.
두 사람과 협조해.
고마워.

크리스천 그레이
CEO, 그레이 엔터프라이즈 홀딩스 Inc.

또 뭐 해야 하지?
나는 아나의 선물을 손에 들고 책상 앞에 앉아 텅 빈 카드를 물끄러미 쳐다보았다. 다행히 무슨 말을 해야 할지는 알고 있었다.

사랑하는 내 아내로서 맞는 첫 번째 생일에.

우리의 모든 첫 번째를 위해.

사랑해.

C x

나는 카드를 봉투에 넣고 노트북 컴퓨터로 고개를 돌렸다. 오늘 저녁 아나에게 조금 격식을 갖춘 의상이 필요할 것 같았다. 어제 그녀에게 들은 말도 있고 해서 테일러를 보내느니 직접 그녀가 입을 드레스를 고르기로 했다. 노드스트롬 웹사이트를 살펴보며 구매 대행 서비스가 가능한 지역 매장을 찾아냈다. 그 매장은 히스먼 호텔에서 두 구역 거리였다.

완벽해.

옷을 고르기 시작했다.

20분 뒤 아나에게 필요한 것들의 구매를 마쳤다. 내가 선택한 것들이 아나의 마음에 들길 바랐다. 테일러에게 문자를 보내 그것을 알려주었다. 우리가 레이를 보러 나간 사이 루크를 노드스트롬에 보내겠다는 테일러의 답장이 왔다.

아나를 슬슬 깨울 시간이다.

내가 침대 가장자리에 걸터앉자 아나가 꿈틀대다가 눈을 뜨고 아침 햇살에 눈을 깜빡였다. 잠시 느긋하고 충분히 휴식을 취한 모습이다가 별안간 표정이 변했다. "젠장! 아빠!" 그녀가 놀라 소리쳤다.

"헤이." 내가 뺨을 쓰다듬자 그녀가 나를 똑바로 올려다보았다. "내가 오늘 아침에 중환자실에 전화했어. 레이 아버님이 간밤을 잘 넘기셨어. 상태가 좋아지셨대." 아나가 일어나 앉아 내게 고맙다고 말했다. 안심한 표정이었다. 나는 몸을 기울여 그녀의 이마에 키스했다. 눈을 감고 그녀의 향기를 들이마셨다.

수면과 아나의 냄새.

향기롭다.

"좋은 아침이야, 아나." 나는 그녀의 관자놀이에 키스했다.

"안녕."

"안녕. 오늘은 행복한 생일 보냈으면 해. 괜찮지?"

아나가 망설이는 미소를 지었다. 하지만 내 뺨을 어루만졌고 눈에서는 진심이 반짝거렸다. "물론이죠. 고마워요. 전부 다."

"전부 다?"

"전부 다." 아나가 확신을 가지고 말했다.

왜 나한테 감사하는 거지? 당혹스럽게. 하지만 아나에게 선물을 주고 싶은 마음이 앞서서 그 느낌은 무시해버렸다. "이거."

아나의 눈이 내 눈으로 날아왔다. 그녀는 설레는 눈빛으로 선물 상자를 받아 들고 카드를 열었다. 카드를 읽는 사이 그녀의 표정이 부드러워졌다. "나도 사랑해요."

나는 환히 웃었다. "열어봐."

아나는 웃는 얼굴로 리본을 풀고 나서 천천히 포장지를 벗겼다. 카르티에 박스가 나타났다. 그녀가 상자를 열었다. 화이트골드 팔찌를 발견하고 눈이 동그래졌다. 팔찌에 매달린 작은 장식들은 우리가 함께한 첫 번째 추억들을 상징했다. 헬리콥터, 쌍동선, 글라이더, 런던 택시, 에펠 탑, 침대. 아나는 이마에 주름이 지도록 아이스크림 콘 장식을 들여다보았다. 그녀가 눈을 들어 나를 보고 즐거운 표정을 지었다.

"바닐라겠지?" 나는 멋쩍어 어깨를 추어올렸다.

아나가 웃음을 터뜨렸다. "크리스천, 이거 아름다워요. 고마워요. 야(yar)한데요." 그녀의 손가락이 팔찌에 달린 작은 하트를 만지작거렸다. 그것은 로켓이었다. 로켓이 좋겠다 싶어서 고른 것이었다. 전에는 누구에게도 마음을 준 적이 없었으니까. 닫힌 내 마음을 열고 안에 들어와 정착한 사람은 바로 아나니까.

감상적인데, 그레이. "그 안에 사진 같은 거 넣을 수 있어."

"당신 사진." 그녀가 속눈썹 사이로 나를 올려다보았다. "언제나 내 마음에 있으니까."

그녀의 말에 세상을 다 얻은 것 같았다.

그녀의 손끝이 우리를 상징하는 C와 A 장식을 쓰다듬고 화이트골드 열쇠로 옮겨갔다. 그녀가 다시 나를 올려다보았다. 그녀의 연파란색 눈에서 질문이 타올랐다.

"내 마음과 영혼을 여는 거야." 내가 속삭였다. 그녀가 소리 없는 환호성을 내지르며 나를 와락 덮쳐 두 팔을 내 목에 감았다. 나는 그녀를 내 무릎에 앉혔다.

"사려 깊은 선물이에요. 마음에 들어요. 고마워요." 마지막 말에서 목소리가 갈라졌다.

오. 자기야. 나는 두 팔로 그녀를 꼭 끌어안았다.

"당신이 없었다면 난 어떻게 되었을까요." 그녀가 눈물을 보이며 말했다.

나는 침을 삼키며 그녀의 말을 곱씹어보았다. 가슴 깊은 곳에서 일어나는 뭉클한 느낌은 외면했다. "울지 마." 울컥해서 잠긴 목소리가 나왔다. 그녀에게 내가 필요한 존재라는 것이 행복했다.

아나가 훌쩍거렸다. "미안해요. 너무 행복하기도 하도 슬프기도 하고 걱정스럽기도 해서. 달곰쌉쌀하네요."

"헤이." 나는 그녀의 머리를 뒤로 기울여 입술을 그녀의 입술에 눌렀다. "이해해."

"알아요." 그녀가 슬픈 미소를 지었다.

"더 행복한 상황이었다면, 집에 있었다면 좋았겠지. 하지만 지금 우린 여기 있네." 나는 아나에게 사과하는 의미로 어깨를 추어올렸다. 이것은 우리 둘 다 예상하지 못한 상황이었다. "자, 일어나. 아침 먹고 아버님 뵈러 가자."

"알았어요." 그녀의 미소가 조금 더 쾌활한 빛을 띠었다. 나는 그녀가 옷을 입게 방을 나왔다. 거실에서 아나가 먹을 그래놀라와 요거트, 딸기, 내가 먹을 오믈렛을 주문했다.

식욕을 되찾은 아나를 보니 정말 흐뭇했다. 그녀는 임무를 받은 여자처럼 아침밥을 꿀떡꿀떡 삼켰지만 나는 아무 말도 하지 않았다. 오늘은 그녀의 생일이고 나는 그녀가 행복하길 바라니까.

나는 그녀가 늘 행복하기를 바랐다.

"내가 좋아하는 아침 시켜줘서 고마워요."

"오늘 네 생일이잖아. 그리고 고맙다는 말 그만해."

"고마워하는 내 마음 좀 알아줘요."

"아나스타샤, 난 그냥 내 일을 한 거야."

널 보살피고 싶어. 여러 번 말했잖아.

그녀가 미소를 지었다. "네, 그럼요."

그녀가 식사를 마쳤을 때 나는 최대한 태연하게 가자고 말했다. 아나에게 차를 선물할 생각에 가슴이 설렜다.

"나 양치질 좀 하고요."

나는 킥킥 웃었다. "그래."

아나의 미간에 작은 주름이 파였다. 뭔가 있는데 하고 의심하는 눈치였지만 아무 말 하지 않고 욕실로 들어갔다. 나는 테일러에게 문자를 보내 곧 나간다고 알려주었다.

같이 엘리베이터로 걸어가는데 아나가 새 팔찌를 찬 것이 보였다. 나는 아나의 손을 잡고 그녀의 손가락 관절에 키스했다. 엄지손가락으로 헬리콥터 장식을 만져보았다. "마음에 들어?"

"마음에 들다마다요. 사랑에 빠졌어요. 홀딱. 당신을 사랑하는 만큼."

나는 다시 그녀의 손가락에 키스했고 우리는 엘리베이터를 기다렸다.

이 엘리베이터.

모든 것이 시작된 곳. 내가 통제권을 잃은 곳.

네가 통제권을 넘긴 거야, 그레이.

그래. 널 만난 이후 그녀는 줄곧 네 목줄을 쥐고 있어.

엘리베이터 안으로 들어갈 때 그녀의 눈이 내 눈으로 날아왔다.

내가 무슨 생각을 하는지 생각하는 걸까? "하지 마." 내가 로비 층을 누르면서 속삭였다. 엘리베이터 문이 닫혔다.

"뭘 하지 마요?" 그녀가 속눈썹 사이로 나를 곁눈질했다. 그녀의 수줍어하는 눈짓이 자극적으로 다가왔다.

"그렇게 나를 쳐다보는 거."

"'서류 따위 집어치워'." 그녀가 씩 웃으며 말했다.

나는 웃음을 터뜨리며 그녀를 품에 안고 그녀의 얼굴을 내게로 돌렸다. "언제든 오후 시간에 이 엘리베이터를 전세 내야겠어."

"오후만요?" 그녀가 한쪽 눈썹을 추켜올렸다. 도발하네.

"그레이 부인, 욕심이 많군."

"당신과 관련된 거라면."

"듣던 중 반가운 소린데." 나는 그녀의 입술에 부드럽게 입을 한 번 맞추고 몸을 뗐다. 아나의 손가락이 내 목덜미를 감고 내 입을 자기 입으로 끌어당겼다. 그녀의 혀가 집요하게 입 속을 파고들었다. 그녀가 나를 벽으로 밀어붙이고 몸을 내게 붙였다. 나도 그녀에게 키스했다. 욕망이 몸속에서 혜성처럼 활활 타올랐다. 존경과

예의를 갖추려던 애정 표현이 끈적하게, 뜨겁게, 굶주린 것으로 변했다.

더욱더.

훨씬 더.

그녀의 혀가 쉬지 않고 내 혀와 어울렸다.

젠장.

그녀를 원했다. 여기서. 이 엘리베이터 안에서.

다시.

우리는 키스했다. 혀. 입술. 손. 모두 제 역할을 했다.

내 손가락은 그녀의 머리카락을 움켜쥐었고 그녀의 손은 내 얼굴을 어루만졌다. "아나." 나는 욕망과 싸우며 소곤거렸다.

"사랑해요, 크리스천 그레이." 그녀가 숨을 몰아쉬며 계속 움직였다. 그녀의 눈에 약속이 가득했다. "그거 잊지 마요." 엘리베이터가 멈추고 문이 열렸다. 그녀가 우리 사이에 간격을 두었다.

젠장.

온몸의 피가 들끓고 빠르게 질주했다.

"어서 아버님을 보러 가자. 아니면 나 오늘 여기 전세 낼지도 몰라." 나는 재빨리 그녀에게 키스하고 나서 그녀의 손을 잡고 로비로 나갔다. 재킷을 입고 있기를 천만다행이었다.

관리인이 우리를 보았다. 나는 그에게 고개를 끄덕였다. 우리가 시선을 교환하는 걸 아나가 보았지만, 나는 내 여자에게 '넌 내 여자고 널 위해 깜짝 선물을 준비했어' 하는 미소를 지었다. 그녀가 인상을 썼다. "테일러는 어디 있어요?"

"곧 보게 될 거야."

"소여는요?"

"심부름 갔어."

우리는 밖으로 나가 널찍한 보도에서 걸음을 멈추었다. 늦여름의 아름다운 날이었다. 브로드웨이의 가로수들은 이파리가 만발했지만 다가오는 가을의 기운이 공중에 감돌았다. 테일러가 나타날 기미가 없었다. 아나가 나를 따라 거리 위아래를 돌아보았다. "왜 그래요?" 그녀가 물었다. 나는 들통이 날까 봐 아무 일 없는 것처럼 어깨를 추어올렸다.

그때 소리가 들렸다. R8의 걸걸한 엔진이 부르릉거리는 소리. 테일러가 하얀색 새 차, 아나의 새 아우디를 몰고 나타나 우리 앞에 멈추었다.

아나가 한 걸음 물러나 어안이 벙벙한 표정으로 차를 보다가 나를 돌아보았다.

그래, 지난번 그녀에게 차를 사 주려 했을 땐 마찰이 있었지.

이번엔 다를지도.

네가 그랬잖아, 아나. 네 생일에 한 대 사달라고. 흰색으로.

"생일 축하해." 나는 주머니에서 자동차 키를 꺼냈다.

그녀의 입이 딱 벌어졌다. "이건 너무 과하잖아요." 말 한 마디 한 마디에 조용한 힘이 실렸다. 그녀가 돌아서서 길가에 세워진 엔지니어링의 업적을 감탄했다. 부담스러운 기색은 얼마 못가 사라지고 얼굴이 환해졌다. 그녀가 제자리에서 펄쩍펄쩍 뛰었다. 그리고 돌아서더니 기다리는 내 품으로 뛰어들었다. 나는 그녀를 안아 빙 돌렸다. 그녀의 반응에 기쁨이 솟구쳤다.

"정말 제정신보다 돈이 더 많다니까!" 아나가 소리쳤다. "마음에 딱 들어요. 고마워요."

나는 그녀의 상체를 뒤로 젖혔다. 그녀가 깜짝 놀라 내 위팔을 붙잡았다. "너를 위해서라면 뭐든지, 그레이 부인." 나는 그녀에게 키스했다. "가자. 아버님 보러 가야지."

"그래요!" 그녀가 소리쳤다. "내가 운전할까요?"

나는 웃는 얼굴로 아나를 내려다보며 마지못해 동의했다. "물론이지. 네 차잖아." 나는 그녀를 일으켜 세웠다. 그녀가 춤을 추며 운전석으로 돌아갔다. 테일러가 운전석 문을 열어서 잡아 주었다.

"생일 축하합니다, 그레이 부인." 테일러가 활짝 웃으며 말했다.

"고마워요, 테일러." 아나가 테일러를 끌어안았다. 그사이 나는 눈을 하늘로 치켜뜨고 나서 조수석에 올라탔다. 아나가 내 옆에 올라타고 양손으로 운전대를 쓱 쓰다듬으며 함박웃음을 지었다. 테일러가 운전석 문을 닫았다.

"안전 운전 하십시오, 그레이 부인." 테일러의 걸걸한 목소리에 애정이 넘쳐흘렀다. 나는 괜스레 웃음이 났다.

"그럴게요." 아나가 신바람이 나서 대답했다. 그녀가 키를 꽂았다. 나는 그녀 옆에서 긴장했다.

다른 사람이 운전하는 거 질색인데.

테일러 말고는.

그래도 아나가 운전을 좀 하지.

"천천히 몰아." 내가 당부했다. "쫓아오는 사람 아무도 없으니까." 아나가 키를 돌리자 R8이 부르릉 살아났다. 아나가 사이드미러와 백미러 위치를 재빨리 조정한 다음 차를 몰아 엄청난 속도로 도로로 진입했다.

"으아!" 나는 소리치며 좌석을 움켜쥐었다.

"왜요?"

"너랑 아버님이 중환자실에 나란히 누워 있는 거 보고 싶지 않아. 속도 줄여." 내가 소리쳤다. R8을 사 준 것이 잘한 짓인지 후회가 되었다. 아나가 즉시 속도를 줄였다.

"됐죠?" 그녀가 내게 눈부신 미소를 지었다.

"응." 나는 우리 둘이 아직 살아 있다는 것에 감사하며 중얼거렸다. "천천히 몰라고, 아나."

7분 뒤 우리는 병원 주차장에 있었다. 오는 동안 1분마다 적어도 10년씩은 늙은 것 같았다. 심박수가 180bmp은 찍었을 것이다. 심장이 약한 사람에게 내 아내가 운전하는 차는 금물이다. "아나, 속도 좀 줄여. 이 차 산 걸 후회하지 않게 해달라고." 아나가 시동을 끌 때 나는 그녀를 쏘아보았다. "당신 아버지가 지금 여기 위층에 계신 건 자동차 사고를 당해서야."

"맞는 말이에요." 아나가 손을 내밀어 내 손을 잡았다. "얌전히 굴게요."

할 말이 많았지만 더는 말하지 않았다. 오늘은 그녀의 생일이고 그녀의 아버지는 중환자실에 있었다.

게다가 그녀에게 차를 사 준 건 너야, 그레이.

"그래. 그럼 됐어. 가자."

아나가 레이를 만나러 간 동안 나는 대기실에 앉아 몇 군데 전화를 걸었다. 안드레아부터.

"사장님, 좋은 아침입니다."

"좋은 아침. 어떻게 되어가?"

"모든 손님이 포틀랜드로 떠나실 준비가 끝났어요. 이따가 오전에 스테판과 협조해 진행할 예정입니다. 히스먼 호텔 측에선 아직 연락을 받지 못했어요. 만약 거기서 케이크를 준비하지 못할 경우 포틀랜드에서 오늘 케이크 조달이 가능한 베이커리를 수배할 생각이에요."

"잘했군."

"애덤스 부부는 태평양 시간으로 오늘 오전 10시 30분에 이륙하실 겁니다. 4시 30분쯤 포틀랜드에 도착하실 거고요."

"그분들이 우리가 깜짝 파티를 포틀랜드로 변경한 이유를 알고 있나?"

"자세히는 말씀 드리지 않았어요."

좋아. 칼라가 비행하는 내내 레이 걱정을 하며 마음을 졸이면 안 되니까.

안드레아가 말을 이었다. "애덤스 부인께서 제대로 깜짝 파티를 해주려고 그레이 부인에게 일부러 연락을 하지 않았다고 하셨습니다."

"알았어. 그분들이 서배너를 출발하면 내게 보고해."

"알겠습니다."

"애써줘서 고마워."

"천만에요, 사장님. 스틸 씨께서 얼른 쾌차하시길 바랄 뿐입니다."

"다시 통화해." 나는 전화를 끊고 이메일을 열었다. 눈에 띄는 이메일이 한 통 있었다.

보낸 사람: 캐릭 그레이

제목: 음주 운전자. 아스토리아 경찰서

날짜: 2011년 9월 10일 09:37

받는 사람: 크리스천 그레이

레이먼드 스틸 씨가 훌륭한 의사들 손에 있다고 네 어머니에게 들었다. 나는 이따가 네 어머니와 함께 아나의 생일 파티에 참석하마.

그 운전자에 대해서 몇 가지 알아낸 정보가 있긴 한데 나중에 만나서 얘기하자꾸나. 전화로 하든가.

오늘 저녁에 보자, 아들.

아버지가.

캐릭 그레이
파트너
그레이, 크루거, 데이비스 앤드 홀트 LLP

나는 캐릭에게 전화를 걸었지만 음성 사서함으로 넘어갔다. 메시지를 남기고 나서 자리에 앉아 어제 황씨 일가 사람들과의 미팅에 대해 로스가 보낸 보고서를 정독했다.

30분 뒤 아버지의 전화가 왔다.

"크리스천."

"아버지. 안녕하세요. 알아낸 건요?" 나는 포틀랜드의 빌딩 숲을 내다보았다.

"아스토리아 경찰서의 지인과 통화했어. 가해자의 이름은 제프리 랜스. 경찰 쪽에 아주 잘 알려진 인물이야. 아스토리아 경찰뿐 아니라 그자의 고향인 남동부 포틀랜드 쪽에도. 이동 주택 차량 주차장에 사는 모양이야."

"고향에서 아주 멀리 왔네요."

"혈중 알코올 농도가 0.28퍼센트였어."

"그게 무슨 소리예요?"

나는 고개를 돌렸다. 모르는 사이에 아나가 대기실로 들어와 나를 조심스럽게 바라보고 있었다.

"그자가 법정 한도를 3.5배나 넘겼다는 소리야." 아버지의 말이 나를 다시 대화로 끌어들였다.

"한도를 그렇게나 많이?" 믿을 수가 없었다. 망할 놈의 술꾼. 술꾼이라면 질색이다. 두뇌 안쪽 가장 고통스러운 기억이 자리한 곳에서 독한 카멜 담배 연기와 버번 냄새, 그리고 체취가 의식 속으로 새어 나왔다.

'여기 있었구나, 이 쥐방울.'

망할. 약쟁이 창녀의 포주놈.

"3.5배라니 참." 아버지가 역겹다는 투로 중얼거렸다.

"그러게요."

"게다가 음주 운전은 이번이 처음도 아니야. 운전면허는 정지됐고. 보험도 없어. 경찰은 모든 혐의를 다 적용할 생각이고 그자의 변호사는 양형 거래를 노리고 있어. 하지만……."

"있는 대로 다 기소해야죠." 내가 끼어들었다. 피가 끓었다. 개자식. "아나의 아버지가 지금 중환자실에 있어요. 놈이 엄벌에 처해지게 힘 좀 써주세요, 아버지."

"아들아…… 난 개입할 수 없어. 인척 관계라서. 하지만 동료들 중에 이쪽 법률이 전문인 여자가 있어. 너만 좋다면 그분이 네 장인의 법률 대리인 자격으로 최고 형량을 밀어붙일 수 있을 거야."

나는 마음을 가라앉히려고 숨을 훅 내뱉었다. "그렇게 하시죠."

"그만 끊어야겠다, 아들. 지금 다른 전화가 대기 중이라서. 이따가 보자."

"계속 알려주세요."

"그래."

"상대편 운전자?" 내가 전화를 끊었을 때 아나가 물었다.

"포틀랜드 남동부에서 온 알코올중독 등신."

내 말투 때문인지 그녀의 눈이 동그래졌다. 하지만 제프리 랜스는 욕을 먹어도 싸다. 나는 마음을 가라앉히려고 심호흡을 하며 그녀에게 건너갔다. "아버지는 다 봤어? 가고 싶어?"

"음, 아뇨." 그녀가 불안해 보였다.

"무슨 문제 있어?"

"아뇨. 레이 아빠는 뇌부종 확인 때문에 CT 촬영을 하러 방사선과로 옮기셨어요. 결과 나올 때까지 기다릴래요."

"그래. 기다리자." 나는 앉아 양팔을 내밀었다. 아나가 내 무릎에 앉았다. 나는 그녀의 등을 쓸면서 그녀의 머리 냄새를 맡았다. 그것이 위로가 됐다. "오늘을 이렇게 보낼 줄은 몰랐어." 나는 그녀의 관자놀이에 대고 중얼거렸다.

"나도요. 하지만 이제는 조금 더 희망적인 기분이 들어요. 어머님이 안심되는 말씀을 해주셔서. 어젯밤에 와주시다니 정말 자상하세요."

"우리 어머니는 놀라운 분이지." 나는 턱을 그녀의 머리에 얹고 그녀의 등을 계속 쓰다듬었다.

"정말 그래요. 그런 분을 어머니로 두다니 당신 정말 복이 많아요."

그건 전적으로 동의해.

"엄마에게 전화해야겠어요. 레이 아빠 소식을 알려야죠." 아나가 말했다.

그건 곤란한데. 지금 아나의 어머니는 포틀랜드로 오는 중일 것이다.

"엄마가 통 전화도 없고 이상해요." 아나가 인상을 썼다. 나는 속임수를 쓴 것이 조금 양심에 찔렸다.

"하셨는지도 몰라." 내가 말했다.

아나는 주머니에서 휴대전화를 꺼냈지만 부재중 전화는 한 통도 없었다. 그녀가 문자 메시지를 확인했다. 옆에서 보니까 친구들의 생일 축하 메시지는 있었지만 그녀의 어머니가 보낸 것은 없었다. 아나가 고개를 저었다.

"지금 전화해봐." 나는 어차피 통화가 안 될 걸 알고 그렇게 말했다. 아나는 전화를 걸었다가 금방 끊었다.

"안 받아요. 뇌 CT 결과 나오면 전화해야겠어요."

나는 그녀를 더 가까이 끌어당겨 그녀의 머리에 키스했다.

그녀에게 말해주고 싶은 마음이 간절했지만 그러면 깜짝 파티를 망치게 된다. 내 휴대전화가 웅웅 울렸다. 나는 아나를 놓지 않고 주머니에서 휴대전화를 꺼냈다.

"안드레아."

"사장님, 애덤스 내외께서 15분 전 서배너에서 이륙하셨습니다."

"그래."

"테일러가 공항에서 그분들을 모시기로 했습니다."

"예상 도착 시간은?"

아나가 그분들과 호텔에서 마주쳐선 안 된다.

"현재로선 4시 35분입니다."

"그리고 다른……음……." 나는 아나를 흘끔거렸다. 들키고 싶지 않았다. "짐은?"

"모두 오고 계세요. 아버님은 자동차로 내려오실 거고요. 형님과 누이동생, 케이트와 이든 캐버너는 스테판이 비행기로 모실 거예요. 그분들은 5시 30분은 되어야 출발이 가능하세요. 누이동생분의 새 직장 문제로요. 하지만 6시 30분쯤엔 만나보실 수 있을 겁니다."

"히스먼 호텔 쪽 준비는 모두 끝났고?"

"묵으실 방은 모두 예약됐어요. 7시 30분에 열두 명 저녁 식사 자리도 준비됐고요. 모든 메뉴와 케이크가 서빙될 거예요. 요청하신 대로 초콜릿 케이크로 준비했어요."

"좋아."

"조선소 계약 건으로 보고서 받으셨는지 로스가 궁금해합니다. 별문제 없으면 서명하시게 주요 조건 합의서를 보내겠답니다."

"그렇게 해. 월요일 아침까지 시간이 있긴 하지만, 일단 이메일로 보내. 인쇄해서 서명하고 스캔해서 다시 보내줄 테니까."

"사미르와 헬레나가 인사 문제로 상의드릴 게 있답니다. 마르코는 2분 정도 통화해야 하고요."

"기다리라고 해. 이제 퇴근해, 안드레아."

전화기 너머에서 안드레아가 미소 짓는 소리가 들리는 듯했다. "다른 거 더 필요한 거 있으세요? 있으면 제 휴대전화로 전화하시면 됩니다."

"없어. 충분해. 고마워." 나는 전화를 끊었다.

"별일 없는 거죠?" 아나가 물었다.

"응."

"그 대만 일이에요?"

"응."

"내가 일에 방해되는 거 아니에요?"

천만에! "아니야, 자기야."

아나가 대만 건 때문에 걱정하는 거냐고 물었다. 나는 그렇지 않다고 그녀를 안심시켰다.

"난 그거 중요한 일인 줄 알았어요."

"중요하지. 여기 조선소가 그 거래에 달렸으니까. 많은 일자리가 없어질 수도 있어. 우리로선 그걸 노조에 맡길 수밖에 없어. 샘과 로스가 맡아서 진행할 거야. 하지만 경제 상황이 이대로 흘러 간다면 누구도 선택의 여지는 별로 없을 거야."

아나가 하품을 했다.

"내 이야기 재미없지, 그레이 부인?" 나는 즐거운 마음으로 다시 그녀의 머리에 키스했다.

"아뇨! 전혀. 당신 무릎이 너무 편해서 그래요." 그녀가 중얼거렸다. "당신 일 이야기 듣는 거 좋아요."

"그래?"

"물론이죠. 내게 하사하시는 정보는 뭐든 즐겁게 듣고 있어요." 그녀가 큭큭 웃었다. 나를 놀리고 있었다.

"항상 정보에 굶주려 있군, 그레이 부인."

"말해봐요." 그녀가 머리를 내 가슴에 다시 기댔다.

"뭘 말이야?"

"왜 그러는 건지."

"그러다니 뭘?"

"왜 그렇게 일을 하는지."

나는 큭 웃음이 났다. 재밌네. 너무 뻔한 거 아닌가? "남자라면 자기 밥벌이를 해야 하잖아."

"크리스천, 밥벌이 정도가 아니라 그보다 훨씬 더 벌잖아요." 그녀가 말했다. 늘 그렇듯 거짓 없는 그녀의 눈이 진실을 요구했다.

"가난뱅이가 되고 싶지 않으니까. 이미 겪어봤거든. 그때로 다시 돌아가고 싶지 않아."

배고픔.

불안감.

취약함.

……두려움.

그레이, 밝게 굴어. 오늘은 그녀의 생일이야.

"게다가 이건 게임이야. 이겨야 하는. 내게는 언제나 아주 쉬운 게임이지만."

"인생은 다르죠." 그녀가 혼잣말을 하듯 중얼거렸다.

"응, 그렇겠지." 그런 식으로는 한 번도 생각해본 적 없었다. 나는 그녀에게 미소를 지었다. 통찰력이 있군, 그레이 부인. "그래도 너와 함께라면 더 쉬울 거야."

그녀가 나를 껴안았다. "모든 게 게임일 리 없어요. 당신은 인정이 넘치는 사람이니까."

나는 어깨를 추어올렸다. "어떤 면에서는 그럴지도." 아나, 날 너무 치켜세우지 마. 형편이 되어서 베푸는 거니까.

"난 인정 많은 크리스천이 좋더라." 그녀가 속삭였다.

"그런 면만?"

"오, 과대망상증 크리스천도 사랑해요. 통제광 크리스천도, 섹스의 달인 크리스천도, 변태 크리스천도, 낭만적인 크리스천도, 수줍은 크리스천도…… 말하자니 끝이 없네요."

"크리스천이 많기도 하네."

"적어도 50가지는 있을 걸요."

내가 하하 웃었다. "50가지 빛깔." 나는 그녀의 머리에 대고 속삭였다.

"나의 50가지 빛깔."

나는 상체를 세우고 그녀의 머리를 젖혀 키스했다. "자, 빛깔 부인, 그만 아버님이 어쩌고 계시는지 보러 갑시다."

"좋아요."

슬러더 박사가 기쁜 소식을 전해주었다.

레이의 머리에 생긴 부종이 가라앉아서 내일 아침 혼수상태에서 그를 깨우기로 했다고 한다.

"경과가 좋아서 저도 기뻐요. 환자분이 짧은 시간 안에 많이 회복되셨어요. 회복이 빨라요. 예후가 좋습니다, 그레이 부인."

"고맙습니다. 선생님." 아나가 감사함이 가득한 눈빛을 반짝이며 말했다.

나는 아나의 손을 잡았다. "이제 가서 점심 먹자."

"우리 드라이브 갈까요?" 아나가 시동을 걸면서 물었다.

"좋지. 네 생일이잖아⋯⋯. 하고 싶은 건 뭐든 해." 잠시 나는 시애틀의 주차장으로 순간 이동했다. 만족할 줄 모르는 아나가 주도권을 잡았던 곳.

아나가 야해진 눈으로 나를 빤히 쳐다보았다. "뭐든?" 그녀의 목소리가 허스키했다.

"뭐든." 내가 말했다.

"글쎄요." 유혹적인 말투였다. "운전하고 싶어요."

"그럼 운전해, 자기야." 우리는 바보들처럼 서로를 향해 히죽 웃었다. 나는 그녀를 덮치고 싶은 충동을 억눌렀다.

점잖게 굴어, 그레이.

아나는 운전대를 돌려 주차장을 빠져나간 다음 5번 고속도로로 향했다. 차분한 속도라 내 혈압은 정상으로 유지되었다. 아나가 고속도로에 진입하자마자 가속페달을 신나게 밟는 바람에 우리 둘의 몸이 뒤로 젖혀져 좌석에 착 붙었다. 젠장! 안전하게 달릴 것처럼 날 속여 넘겼겠다.

"아나! 천천히, 자기야." 내가 경고하자 그녀가 속도를 줄였다. 우리는 차분히 다리를 건넜다. 다행히 길은 막히지 않았다. 윌래밋강을 내려다보는데 여기 포틀랜드에서 아나스타샤 스틸 양을 쫓아다니며 강둑을 따라 조깅하던 것이 기억났다.

그런데 이제 이렇게 여기 같이 있네. 그녀가 아나스타샤 그레이가 되어서.

"점심 먹으러 가고 싶은 데 있어요?" 그녀가 물었다.

"아니. 배고파?" 내가 들어도 기대에 찬 목소리였다.

"배고프죠."

"어디 가고 싶어? 오늘은 너의 날이야, 아나."

"적당한 곳을 알아요."

아나는 5번 고속도로를 빠져나와서 다시 강을 건너 포틀랜드 시내로 들어갔다. 그녀가 호세 로드리게즈의 사진 전시회에 다녀와서 같이 식사했던 식당 밖에 차를 세웠다. 내가 그녀를 되찾은 날이었지.

"혹시 네가 취해서 나한테 전화한 그 무시무시한 술집에 가나 했지." 내가 그녀를 놀렸다.

"내가 왜요?"

"거기 진달래가 아직 살아 있나 보려고." 곁눈질로 그녀를 슬쩍 쳐다보니 그녀의 얼굴이 빨갰다.

오, 맞아, 자기야. 그때 너 내 발에 토했어.

"그 얘긴 꺼내지 마요! 어차피 당신도 나를 당신 호텔 방으로 데려갔잖아요." 그녀가 큭큭 웃으면서 턱을 치켜들어 특유의 고집스럽고 의기양양한 몸짓을 취했다.

"태어나 가장 잘한 결정이었어."

"네. 아무렴요." 그녀가 몸을 기울여 내게 키스했다.

"그 거만한 자식 말이야, 아직도 거기서 일하고 있을까?" 내가 물었다.

"거만해요? 난 그 남자 괜찮게 봤는데요."

"너한테 잘 보이려고 했어."

"그럼 성공했네요."

아나, 넌 너무 좋게만 봐.

"이제 가볼까요?" 그녀가 즐겁게 말했다.

"앞장서시죠, 그레이 부인."

나는 콧대를 쥐었다. 벌써 두 시간째 중환자실의 대기실 칸막이 자리에서 일하는 중이었다. 아나는 점심을 먹고 돌아와 줄곧 레이 아빠의 병상을 지키고 있다. 마지막으로 들여다봤을 때는 레이 아빠에게 책을 읽어주고 있었다. 아나는 다정하고 배려심이 많은 딸이다. 아나에게서 그런 애정을 끌어내다니, 레이는 분명 훌륭한 아버지였을 것이다.

나는 조선소의 주요 조건 합의서를 다 읽고 질문 목록을 만들어 로스에게 이메일로 보냈다. 더 논의를 하기 전에는 아무것도 서명하지 않을 생각이었다. 어차피 급한 용무는 이르면 다음 주 월요일이나 되어야 처리할 수 있었다.

휴대전화가 웅웅거렸다. 테일러였다. 아나의 어머니와 그녀의 남편을 히스먼 호텔에 모셨다고 했다. 시간을 확인해보니 오후 5시가 막 지난 시각이었다. 칼라도 레이의 소식을 알아야 했다……. 더는 미룰 수 없었다. 나는 마지못해 호텔로 전화를 걸어 애덤스 부부의 방으로 연결해달라고 부탁했다.

정말 내키지 않는 일이었다.

"여보세요." 칼라가 전화를 받았다.

나는 숨을 크게 들이마셨다. "칼라, 저 크리스천입니다."

"크리스천." 칼라가 반가운 말투로 말했다. "비행기로 여기까지 아주 즐겁게 왔어요. 정말 고마워요."

"편히 오셨다니 기쁩니다. 그런데 안 좋은 소식이 있습니다."

"어머, 어떡해! 아나 괜찮아요?"

"아나는 잘 있습니다. 레이 일이에요. 교통사고를 당해 지금 여기 포틀랜드의 중환자실에 계세요. 그래서 저희가 지금 시애틀이 아니라 포틀랜드에 있는 거고요. 아버님 상태는 호전되는 중입니다. 지금은 인위적 혼수상태지만, 내일 깨어나실 거예요."

"아, 안 돼." 칼라가 숨을 몰아쉬었다. "아나는 어떡하고 있나요?"

"잘 버티고 있어요. 중환자실의 모든 의료진에게 희망적인 소식을 듣고 아나의 생일 파티를 원래대로 열기로 했습니다."

"그럼요. 그럼요, 그래야죠."

"오늘 저녁 만나 뵙기 전에는 아셔야 할 것 같아서요. 그래도 어머님이 오셨다는 건 비밀로 했으면 합니다."

"좋아요. 그렇게 하죠." 칼라가 말했다. "나도 깜짝 놀래켜주려고 일부러 아나에게 전화도 문자도 하지 않았어요."

"감사합니다. 이런 소식을 전하게 되어 안타깝네요. 듣기 거북한 얘기일 텐데."

"아니에요. 크리스천. 말해줘서 고마워요. 나도 레이를 몹시 아껴요."

"그럼 이따가 저녁에 뵙죠."

"그래요. 그럽시다. 그럼 이만." 칼라가 전화를 끊었다.

생각보다 그리 힘들지 않았다.

그만 호텔로 돌아가야 할 시간이었다. 나는 노트북 컴퓨터를 챙겨 넣은 뒤 기지개를 켰다. 여기 의자는 아주 편하지는 않았다.

아나는 아직 레이 아빠에게 휴대전화로 글을 읽어주고 있었다. 나는 침대 발치에서 아나가 레이 아빠의 손을 쓰다듬다가 가끔씩

레이 아빠를 쳐다보는 모습을 지켜보았다. 그녀의 눈 속에서 사랑이 찬란히 타올랐다.

아나가 나를 발견했을 때 마침 켈리 간호사가 다가왔다.

"그만 가야 할 시간이야, 아나." 내가 상냥하게 말했다.

아나는 떠나기 싫어서 레이의 손을 더욱 꼭 쥐었다.

"뭐 좀 먹어야지. 가자. 늦었어." 내가 고집을 부렸다.

"스틸 씨 몸을 닦아드려야 해요." 켈리 간호사가 말했다.

"알았어요." 아나가 물러섰다. "우리는 내일 아침에 다시 올게요." 그녀는 몸을 숙여 레이의 뺨에 키스했다.

아나는 말없이 생각에 잠겨 나와 같이 주차장을 건너갔다.

"내가 운전할까?" 내가 물었다.

그녀의 얼굴이 휙 내게로 향했다. "아뇨. 괜찮아요." 그녀가 운전석 문을 열었다.

내 여자답다.

나는 빙그레 웃으며 옆자리에 올라탔다.

그녀는 엘리베이터 안에서도 말이 없었다. 마음은 레이한테 가 있는 게 분명했다. 나는 두 팔로 그녀를 감싸 안고 그녀에게 내가 줄 수 있는 하나뿐인 위안을 내주었다.

나. 내 몸의 온기까지.

나는 그녀를 꼭 끌어안았다.

우리는 그렇게 우리 층으로 올라갔다.

"아래층에서 식사하면 어떨까 생각했어. 개인 식사실에서." 나는 우리 스위트룸의 문을 열고 그녀를 안으로 들여보냈다.

"정말요? 몇 달 전에 시작한 거 마무리하려고요?" 아나가 한쪽 눈썹을 추켜올렸다.

"그건 아주 운이 좋으면, 그레이 부인."

그녀가 소리 내어 웃었다. "크리스천, 나 차려입을 만한 옷이 없어요."

오, 아나, 이렇게 믿음이 없어서야.

나는 침실에서 옷장 문을 열었다. 거기에 소여가 말한 대로 드레스 백이 걸려 있었다.

"테일러?" 아나가 놀라 말했다.

"크리스천이 한 거야." 내가 말했다. 그녀가 내 능력을 의심했다는 게 조금 기분이 상했다.

아나가 웃음을 터트렸다. 가끔씩 보이는 관대한 웃음이었다. 그녀가 드레스 백의 지퍼를 열고 드레스를 꺼내 들어 보더니 숨을 들이켰다. "아주 예뻐요. 고마워요. 옷이 맞아야 할 텐데."

"맞을 거야." 맞아야 할 텐데. "그리고 이거." 나는 옷장 안쪽에서 상자를 꺼냈다. "어울리는 구두."

나랑 섹스하자고 조르는 하이힐 펌프스. 내가 가장 좋아하는 스타일.

"뭐 하나 빠트린 게 없네요. 고마워요." 그녀가 내게 달콤하게 키스를 했다. 가볍게 입술을 댔다가 떼는 입맞춤이었다. 나는 좋아서 그녀에게 피식 웃었다.

"나 원래 그래." 나는 그녀에게 더 작은 두 번째 노드스트롬 쇼핑백을 건넸다. 깃털처럼 아주 가벼웠다. 아나가 쇼핑백 안에서 드레스에 맞는 검은색 레이스 란제리를 꺼냈다. 나는 그녀의 턱을 위로 올리고 입술에 부드럽게 키스했다. "나중에 이거 벗기는 거 기대할게."

"나도 기대할게요." 그녀가 속삭였다. 그녀의 말이 내 아랫도리를 자극했다.

지금은 안 돼, 그레이.

"내가 목욕물 받아줄까?"

"부탁해요."

아나가 욕조에 몸을 담그는 동안 나는 안드레아가 요청한 것들이 제대로 준비됐는지 호텔 측에 확인했다. 안드레아가 파티 장식까지 모든 면에서 세심히 신경을 쓴 것 같았다.

그 여자 월급 좀 올려줘, 그레이.

아나를 기다려야 해서 노트북 컴퓨터를 열고 지오루마라의 손익 계산서를 꺼내 몇 분 동안 훑어보았다.

흠……. 생각보다 판매 실적은 좋지 않지만 비교적 신생 회사인 걸 감안하면 현금 보유분이 넉넉했다. 그렇다고는 해도 나가는 비용이 상당해서 순익이 기대한 만큼 높지 않았다. 그래도 방법은 있었다. 할 수 있는 것들을 몇 가지 메모하다가 옆방에서 헤어드라이어 소리가 나서 스프레드시트에서 눈을 들었다.

시간 가는 줄 몰랐네.

천천히 침실로 들어가 보니 티 없이 깨끗한 아나가 수건을 몸에 두른 채 침대 가장자리에 걸터앉아 머리를 말리고 있었다. "이리와. 내가 해줄게." 내가 화장대 옆 의자를 가리켰다.

"내 머리 말려주게요?" 의외라는 투였다.

아나, 나 풋내기 아니야.

하지만 내가 착한 행동에 대한 대가로 서브미시브들의 머리를 말려주곤 했다는 걸 과연 아나가 알고 싶어 할지는 의문이었다.

"이리 와." 나는 그녀를 구슬렸다. 그녀가 의자에 앉더니 거울 속에서 미심쩍은 눈초리를 내게 던졌다. 하지만 그녀는 내 손길을 순순히 받아들였고 나는 그녀의 머리를 빗겼다. 집중하게 되는 작업이라 이내 나도 그 일에 빠져들었다……. 엉킨 머리카락을 풀고 나서 머리를 말렸다. 그것이 옛날로 나를 데려갔다. 돌아가고 싶지 않은 까마득한 옛날로.

디트로이트 빈민가의 작고 허름한 방으로.

나는 그 생각을 즉시 제지했다.

"처음 해보는 솜씨가 아닌데요." 아나가 내 몽상을 흩어버렸다. 나는 거울 속에서 그녀에게 미소를 짓고 아무 말도 하지 않았다.

알고 싶지 않을걸, 아나.

머리 손질이 끝났을 때 부드럽고 풍성한 그녀의 머릿결이 화장대 위의 전등 불빛에 반짝거렸다.

아름다워.

"고마워요." 아나가 머리를 흔들어 머리카락을 등 뒤로 늘어뜨렸다. 나는 그녀의 맨 어깨에 키스하고 나서 얼른 샤워하겠다고 말했다. 아나가 미소를 지었지만 슬픈 빛을 띠어서 파티를 열기로 한 것이 잘한 결정인지 의문이 들었다.

젠장.

이런 생각에 무거운 마음으로 쏟아지는 온수 속으로 들어갔다.

신께 조용히 기도를 올렸다.

레이를 낫게 해달라고.

하느님, 제발.

욕실에서 나왔을 때 아나가 나를 기다리고 있었다. 눈부시게 아름다운 모습으로. 완벽하게 들어맞는 드레스가 그녀의 아름다운 몸매를 강조했다. 팔에는 그 팔찌가 반짝거렸다. 그녀가 한 바퀴 휙 돌고는 내게 지퍼를 올려달라고 동작을 멈추었다.

"오늘 생일이라서 그런가 눈부시게 아름답네." 내가 속삭였다.

아나가 돌아서서 두 손을 벌거벗은 내 가슴에 얹었다. "당신도 요." 긴 속눈썹 사이로 나를 올려다보는 그녀의 모습이 내 피를 달 궜다.

아나.

"나 얼른 옷 입어야지 안 그랬다간 저녁이고 뭐고 그 드레스 지 퍼를 내릴 것 같아."

"멋진 선택이세요, 그레이 씨."

"그대는 멋지게 차려입었고, 그레이 부인."

미아가 내게 문자를 보내 모두 한자리에 모여 있다고 알려주었 다. 나는 아나의 손을 꼭 쥐고 엘리베이터에서 내려 중이층에 들 어섰다. 아나가 깜짝 파티를 좋아해주기를 바라면서. 나는 개인 식사실로 방향을 틀었다. 눈부시게 아름다운 나의 아내는 자신을 향한 감탄의 시선들은 까맣게 모르는 듯했다. 나는 복도 끝에서 순간 멈칫거리다가 문을 열었다. 우리가 안으로 들어갔을 때 "놀 랐지!" 하는 함성이 터져 나왔다.

어머니와 아버지, 케이트, 엘리엇, 호세 부자, 미아, 이든, 밥과 칼라가 일제히 유리잔을 들어 올리며 환호했다. 우리는 가족과 친 구들 앞에 섰다. 아나가 내게로 고개를 돌리고 입을 딱 벌렸다. 나 는 모두가 한자리에 모인 것이 기뻐서 함박웃음을 짓고 아나의 손 을 꼭 쥐었다. 칼라가 앞으로 나와서 아나를 끌어안았다.

"우리 딸, 참 예쁘네. 생일 축하해."

"엄마!" 아나가 울먹였다. 그 소리를 들으니 좋기도 하고 안쓰럽 기도 했다. 나는 두 사람이 시간을 보내도록 물러나서 나머지 손 님들과 인사를 나누었다.

모두 만나니 반가웠다. 호세마저도. 호세와 그의 아버지는 충분히 휴식을 취했는지 어제보다 덜 지쳐 보였다. 엘리엇과 이든은 찰리 탱고 이야기를, 미아와 케이트는 히스먼 호텔 이야기를 늘어놓았다.

"나도 오빠 헬기 탔어. 너무너무 고마워!" 미아가 두 팔을 내게 감았다. 나는 미아에게 새 일자리는 어떠냐고 물었다. "아직까지는 좋아." 미아가 활짝 웃었다. "오, 이제 아나 언니 차례야!" 미아가 내 아내를 성가시게 하러 달려갔다.

"모두 고마워요, 크리스천." 케이트가 말했다. "아나도 분명 고마워할 거예요."

"그럼 나야 좋죠."

아나 쪽으로 돌아서니 엘리엇이 아나를 꼭 끌어안고 있었다. 나는 아나의 손을 잡아 그녀를 내 옆으로 끌어당겼다. "내 아내 그만 만져. 형 약혼녀나 만지라고." 내가 담담히 말했다. 엘리엇이 케이트에게 윙크했다.

웨이터가 아나와 나에게 샴페인 잔에 담긴 로제 샴페인을 돌렸다. 우리가 늘 마시는 스파클링 와인 그랑 아네였다. 내가 헛기침을 하자 소란스러운 실내가 조용해지면서 모두 나를 주목했다. "이 자리에 레이 아버님이 계셨더라면 완벽했겠지만, 그래도 멀리 계신 건 아닙니다. 회복 중이시고요. 아버님도 함께하고 싶으셨을 거야, 아나. 그리고 여러분 모두…… 제 아름다운 아내의 생일을 축하하러 와주셔서 고맙습니다. 오늘을 시작으로 앞으로 이런 자리가 자주 있을 겁니다. 생일 축하해, 내 사랑." 내가 내 여자를 향해 잔을 들었을 때 "생일 축하해!" 하는 합창 소리가 터져 나왔다. 아나의 눈에 눈물이 반짝거렸다.

오, 자기야.

나는 그녀의 관자놀이에 키스했다. 그녀의 근심을 덜어주고픈 마음이 간절했다. "놀랐지만 기분 좋지?" 나는 갑자기 불안해져서 물었다.

"놀랐지만 기분 엄청 좋은데요. 고마워요, 우리 남편." 아나가 입술을 들어 내 입술에 댔다. 가족들이 보는 앞이라 나는 가볍게 쪽 하고 입을 맞추었다.

저녁을 먹는 동안 아나는 평소와 다르게 힘이 없었지만, 나는 아버지가 걱정되어 그런 것이려니 생각했다. 그녀가 대화에 끼어 제때 웃음을 터뜨릴 때는 우리 가족과 친구들의 유쾌한 분위기에 기분이 풀렸구나 생각했다. 하지만 속으로는 괴로워하는 것 같았다. 안색이 창백했고 입술을 씹기도 했다. 가끔은 산만해 보였다. 어두운 생각에 사로잡힌 것 같기도 했다.

그녀의 고통이 뻔히 보이는데 도와줄 수가 없네.

좌절감이 들었다.

그녀가 음식을 깨작거렸지만 나는 눈감아주었다. 그녀가 점심을 배불리 먹었다는 것에 감사할 뿐이었다.

엘리엇와 호세는 기분이 최고였다. 이 사진작가가 유머 감각이 그리 훌륭할 줄이야. 케이트도 아나의 기분을 간파하고 아나를 세심히 챙겼다. 두런두런 대화가 진행되는 동안 나는 두 사람이 함께 웃는 것을 보았다. 아나가 새 팔찌를 보여주자 케이트가 감탄하는 소리를 냈다. 캐버너에게 쌓였던 감정들이 조금 누그러졌다.

내 아내를 웃게 하는군.

지금 아나에게 필요한 건 기분 전환이야.

마침내 스물두 개의 촛불이 타오르는 거대한 초콜릿 케이크가 직원 두 명에 의해 들어왔다. 엘리엇이 힘차게 생일 축하 노래를 시작했고 모두 같이 노래를 불렀다. 아나의 미소에 아쉬운 빛이 어렸다.

"소원 빌어야지." 내가 그녀에게 속삭였다. 그녀는 아이처럼 눈을 꼭 감더니 입으로 바람을 훅 불어 단번에 모든 촛불을 껐다. 그러고는 걱정스런 눈으로 나를 올려다보았다. 레이 아빠 생각을 하는 게 분명했다. "괜찮으실 거야, 아나. 시간을 좀 드리자."

손님들에게 밤 인사를 하고 나서 우리는 호텔 방으로 올라갔다. 이만하면 오늘 밤은 성공을 거둔 것 같았다. 아나는 더 만족스러운 표정이었다. 이런 상황에서도 모두와 즐거운 시간을 보냈다는 것이 신기했다. 내가 우리 스위트룸의 문을 닫고 문에 기댔을 때 아나가 돌아서서 나를 마주했다. "마침내 우리 둘이다." 내가 중얼거렸다.

아나가 피곤할 거라는 생각이 들었다.

그녀가 내게 다가와 손가락으로 내 재킷의 깃을 쓰다듬었다. "멋진 생일 보내게 해줘서 고마워요. 정말로 당신은 세상에서 가장 생각이 깊고 배려가 넘치는 너그러운 남편이에요."

"내가 좋아서 하는 일이야."

"그래요, 당신이 좋아하는 거. 우리 그거 해요." 그녀가 속삭이고는 입술을 내 입술로 올렸다.

아나는 우리 스위트룸 소파에 웅크리고 앉아 호텔에서 인쇄해 가져온 원고를 읽었다. 그녀는 미간에 작은 V자가 생기도록 차분히 집중하며 파란 색연필로 원고 여백에 상형 문자 같은 글씨를 휘갈겨 썼다. 가끔씩 통통한 아랫입술을 씹었는데, 읽고 있는 내용을 판단하는 중인지 아니면 이야기에 빠져 있는 건지 알 수 없었지만 어쨌든 평소처럼 내 몸에 같은 효과를 일으켰다.

저 입술을 깨물고 싶네.

나는 속으로 웃으며 오늘 아침 내가 깜짝 선물한 모닝콜을 떠올렸다. 섹스에 관한 한 아나는 점점 주도적이 되어가고 있었지만 그녀의 열정이 가져오는 혜택을 생각하면 나로서는 불평할 일이 아니었다. 이 어려운 시기에 가장 가까운 사람들을 보는 것만으로도 그녀에겐 큰 힘이 되었을 것 같았다.

그렇긴 해도 오늘 아침은 울적한 시간이 이어졌다. 우리는 가족, 친구들과 함께 유쾌한 아침 식사를 마친 뒤 칼라와 밥 부부를 제외하고 모두와 작별 인사를 나누었다. 부모님은 자동차로 시애틀로 돌아가셨고 엘리엇과 미아, 케이트, 이든은 스테판이 모는 찰리 탱고를 타고 돌아갔다. 시애틀에서는 거기 남은 라이언이 보잉 필드에서 그들을 차에 태워 가기로 했다.

모두 떠난 뒤 칼라와 아나, 나는 레이를 보러 갔다. 정확히는 칼라와 아나만 보러 들어갔고, 나는 두 사람이 레이와 시간을 보내도록 대기실에서 업무를 보았다. 칼라와 밥이 공항으로 떠날 시간이 되어 우리는 그들을 공항까지 배웅했다. 든든한 베일리와 부기장이 걸프스트림 옆에 서 있다가 그들을 맞이했다. 아나는 울먹이며 어머니와 작별 인사를 나누었다. 지금은 스위트룸에 돌아와 점심을 가볍게 먹고 잠시 쉬는 중이었다. 아나는 레이 아빠 생각을 하지 않으려고 원고를 읽는 것 같았다.

나는 집에 가고 싶었다.

하지만 그것은 레이의 회복 여부에 달려 있었다.

레이가 얼른 깨어나기를 바랄 수밖에 없었다. 그래야 레이를 시애틀로 옮기고 우리도 에스칼라로 돌아갈 계획을 세울 수 있었다. 하지만 이런 이야기는 아나에게 하지 않았다. 이야기해봤자 그녀의 걱정거리만 늘어날 것이다.

나는 읽어야 하는 건 다 읽은 터라 시간을 때울 겸 아내의 사진들을 모아 정리하기 시작했다. 노트북 컴퓨터나 휴대전화의 대기화면으로 쓸 생각이었다. 신혼여행 때 찍은 아나의 사진이 엄청 많았다. 어느 사진을 보아도 아나는 눈부시게 아름다웠다. 기분이 각기 다른 그녀를 다양하게 포착하기를 잘했다는 생각이 들었다. 웃는 모습, 생각에 잠긴 모습, 시무룩한 모습, 즐거운 모습, 느긋한 모습, 행복한 모습. 내게 인상을 쓰는 사진도 있었다. 그 사진들을 보니 미소가 저절로 지어졌다.

호세 로드리게즈의 전시회에서 크고 사랑스러운 그녀의 이미지를 보았을 때 느꼈던 충격이 새삼 떠올랐다. 이후 우리가 나눈 대화도.

나랑 있을 때도 그렇게 느긋하면 좋으련만.

나는 다시 그녀를 쳐다보았다. 그래, 지금처럼. 느긋하게. 일에 몰두해 있군.

임무 완수, 그레이.

새 집에는 다른 사진을 걸 거니까 이 사진들 중 하나를 에스칼라의 서재에 걸면 어떨까.

아나가 고개를 들었다. "왜요?"

나는 집게손가락으로 입술을 톡톡 두드리다가 고개를 저었다. "아무것도 아냐. 책은 어때?"

"정치 스릴러예요. 초현실 디스토피아 미래가 배경이에요."

"흥미진진하겠네."

"네. 새로운 작가가 단테의 《신곡》 지옥편을 시애틀을 배경으로 재창작한 것 같아요." 아나의 눈이 좋은 작품이 주는 스릴로 생기를 띠었다.

"나도 어서 읽어보고 싶다."

그녀가 미소를 짓고 나서 원고로 돌아갔다.

나도 웃으며 사진 모음으로 돌아갔다.

조금 뒤 아나가 일어나 희망이 가득한 표정으로 내게 건너왔다. "다시 가볼까요?"

"그러자." 나는 노트북 컴퓨터를 닫았다. 아나스타샤 그레이 부인의 사진 모음이 마음에 들었다.

"당신이 운전할래요?"

"그래." 테일러는 딸을 보러 가고 없었고 소여도 하루 휴가를 주었다.

"가는 길에 〈오리거니언〉을 한 부 가져가야겠어요. 아빠한테 스포츠 뉴스를 읽어드리게."

"좋은 생각이네. 안내 데스크에 한 부 있을 거야. 가자." 나는 재킷과 노트북 컴퓨터를 집어 들었다. 우리는 방을 나섰다.

레이는 병원 침대에 평온하게 잠들어 있었다. 아나와 나는 레이가 더 이상 산소호흡기를 끼고 있지 않다는 걸 조금 후에야 알아차렸다. 단짝처럼 늘 그의 곁에서 반복적이고 규칙적으로 뿜어져 나오던 공기가 이제 없었다. 그는 스스로 호흡을 하고 있었다. 아나는 안심이 되어 얼굴이 밝아졌다. 그녀는 수염이 까끌까끌하게 돋은 그의 턱을 한없이 다정한 손길로 쓰다듬고 휴지로 그의 침을 닦아냈다.

나는 고개를 돌렸다.

나는 방해만 됐다. 딸이 아버지에게 말없이 쏟는 이런 사랑 표현은 너무 친밀해서 지켜볼 수가 없었다. 레이는 자신의 가장 약한 모습을 내가 여기 서서 전부 보고 있다는 걸 알면 굴욕감을 느끼겠지만. 나는 새로운 소식이 없는지 들어보려고 의사들을 찾아나섰다. 켈리 간호사와 동료 간호사 리즈가 간호사 사무실에 있었다. "슬러더 박사님은 지금 수술 중이세요." 켈리가 전화기를 들었다. "이제 나오실 때가 다 됐어요. 박사님께 문자 메시지라도 보내볼까요?"

"아뇨. 괜찮습니다. 고마워요." 나는 두 간호사를 떠나 너무 익숙해진 대기실로 돌아갔다. 또다시 나 혼자였다. 의자 한 곳에 앉아 노트북 컴퓨터를 열고 가장 마지막으로 작업한 아나의 사진 모음을 열었다. 거기에 우리 결혼식 사진을 몇 장 추가하기로 했다.

그 작업에 몰두해 있는데 아나가 대기실로 들어와서 나를 컴퓨터 화면에서 밖으로 끌어냈다. 그녀는 새로 흘린 눈물로 눈이 빨갛게 부어 있었지만 기쁨에 들떠 있었다. "아빠가 깨어나셨어요." 아나가 소리쳤다.

하느님 감사합니다. 드디어.

나는 노트북 컴퓨터를 옆으로 치우고 그녀를 안으려고 일어섰다. "상태가 어떠셔?"

그녀가 내 품에 안겨서 눈을 감고 두 팔을 내게 감았다. "말을 하세요. 갈증이 나시나 봐요. 어리둥절해하시고. 사고를 전혀 기억 못 하세요."

"그럴 수도 있어. 이제 깨어나셨으니까 아버님을 시애틀로 이송하고 싶어. 그럼 우리도 집에 갈 수 있고 우리 어머니도 아버님을 살펴주실 수 있으니까."

"아빠 상태가 이송해도 될 만큼 좋은지는 모르겠어요."

"슬러더 박사랑 이야기해볼게. 의견을 들어봐야지."

"집에 가고 싶어요?" 아나가 나를 올려다보았다.

"응." 몹시.

"알았어요." 그녀가 미소를 지었다. 우리는 함께 병실로 돌아갔다. 레이는 침대에 일어나 앉아 있었다. 조금 정신이 없어 보였고 내가 여기 있다는 것이 황당한 것 같았다.

"레이. 우리 곁으로 돌아와주셔서 정말 다행입니다."

"고맙네, 크리스천." 레이가 잠긴 목소리로 말했다. "너희가 여기서 고생 많았겠구나."

"아빠, 고생이라뇨. 다른 데는 가고 싶지도 않아요." 아나가 그를 안심시키려 했다.

실력이 출중한 슬러더 박사가 우리에게 다가왔다. "스틸 씨. 잘 돌아오셨어요."

"웃음이 그치질 않네." 아나가 R8을 히스먼 호텔 앞에 세웠을 때 나는 아나의 머리카락을 귀 뒤로 넘기며 말했다.

"이제야 마음이 놓여요. 행복하고." 그녀가 내게 미소를 지었다.

"잘됐다." 우리는 차에서 내렸다. 아나가 자동차 키를 주차원에게 넘겼다. 날이 저물면서 점점 쌀쌀해졌다. 아나가 몸을 떨어서 나는 팔로 그녀의 어깨를 감쌌다. 우리는 호텔 안으로 들어갔다. 로비에서 호텔에 딸린 마블 바가 눈에 띄었다. "우리 축하할까?"

"축하요?" 아나가 인상을 썼다.

"아버님 일 말이야."

아나가 큭큭 웃었다. "아, 아빠."

"그 소리 그리웠어." 나는 그녀의 머리에 키스했다.

"그냥 방에서 먹으면 어때요? 안에서 조용히 밤을 보내면?"

"그래. 가자." 나는 그녀의 손을 잡고 엘리베이터로 걸어갔다.

아나는 저녁밥을 순식간에 해치웠다. "맛있다." 그녀가 자기 접시를 옆으로 밀었다. "여기 타르트 타탱(자른 사과를 버터와 설탕에 튀긴 뒤 반죽을 덮고 구워낸 프랑스식 사과 파이 – 옮긴이)은 정말 제대로네요."

물론이지, 아나. "여기 오고 나서 너 이렇게 많이 먹는 거 처음 봐."

"배가 고팠거든요." 아나가 배가 불러 등을 뒤로 기댔다. 보기에 흡족한 광경이었다. 갓 목욕을 해서 싱그럽고 깨끗한 아나는 내 티셔츠와 팬티만 입고 있었다. 그녀의 눈과 미소, 말총머리, 그리고 다리…… 특히 다리가 돋보였다.

나는 와인 잔을 들어 한 모금 마셨다. "이세 뭐 하고 싶어?" 나는 다정한 말투를 유지했다. 조금은 유혹적으로 들리기를 바라면서. 뒤쪽에서 내 아이팟이 연주하는 평온한 음악이 들려왔다. 나야 무얼 하고 싶은지 알고 있었지만 그녀에게 오늘은 감정 소모를 많이 한 날이었다.

"당신은 뭐 하고 싶은데요?"

날 떠보는 건가?

나는 즐거워 한쪽 눈썹을 추켜올렸다. "항상 하고 싶은 거."

"그게 뭘까요?"

"그레이 부인, 내숭은 그만둬."

그녀가 입을 꾹 다물고 은근한 미소를 짓더니 탁자 너머로 손을 내밀어 내 손을 잡아 뒤집었다. 그리고 집게손가락으로 내 손바닥을 살살 쓸어 간질거리는 느낌을 일으켰다. 그 묘한 느낌에 나는 숨이 막혔다.

"이걸로 날 만져줬으면 좋겠어요." 그녀의 목소리는 낮고 자극적이었다. 그녀의 손끝이 계속 내 집게손가락을 쓸었다.

그녀의 촉감이 울려 퍼졌다. 온몸으로.

젠장.

나는 의자에서 꿈지럭거렸다. "그게 다야?"

"어쩌면 이것도." 그녀가 내 가운뎃손가락을 따라 손바닥까지 일자를 쭉 그었다. "그리고 이것도." 그녀가 내 약손가락을 향해 고불고불 올라갔다. "이건 반드시." 그녀의 손길이 멈추었다. 그녀의 손가락이 내 백금 반지를 눌렀다. "이건 정말 섹시하네요."

"그래?"

"당연하죠. '이 남자는 내 거'라고 말해주는데."

젠장. 벌써 단단해졌어.

그래. 아나. 네 거 맞아.

그녀는 손톱으로 반지에 쓸려 생긴 작은 손바닥 굳은살의 윤곽을 쓸었다. 그녀의 눈이 내 눈을 마주했다. 눈동자가 확장되고 어둠이 연파란색을 뒤덮었다.

그녀는 나를 녹이고 있었다.

나는 몸을 기울여 그녀의 턱을 쥐었다. "그레이 부인. 지금 나 유혹하는 거야?"

"바라는 바예요."

"아나스타샤, 난 이미 넘어갔어." 항상 그래. "이리 와." 나는 그녀를 내 무릎 위로 끌어당겨 그녀를 안았다. "언제든 자유롭게 너랑 접촉하고 싶어." 나는 그녀의 허벅지에서 엉덩이까지 맨살을 쓰다듬다가 다른 손으로 그녀의 뒷목을 움켜쥐고 머리를 기울여 그녀에게 키스했다. 깊게. 그녀의 입을 탐험하고 내 혀에 맞닿은 그녀의 혀를 맛보았다. 그녀의 손가락이 내 머리카락을 찾았다.

그녀에게서 애플파이와 아나의 맛이 났다.

희미하게 샤블리 맛도 났다.

모든 면에서 자극적인 조합이었다. 내가 몸을 뗐을 때 우리 둘 다 숨을 헐떡거렸다. "침대로 가자." 나는 그녀의 입술에 대고 속삭였다.

"침대?" 그녀가 코웃음을 쳤다.

뭐지!

나는 몸을 젖히고 그녀의 머리를 당겨 눈을 똑바로 들여다보았다. "그럼 어디가 더 좋을까, 그레이 부인?"

그녀가 무심히 어깻짓을 했다. 도발하네. "날 놀래켜봐요."

"오늘 저녁은 아주 거침이 없군." 나는 코로 그녀의 코를 쓸면서 머릿속으로 갖가지 가능성들을 따져보았다.

"어쩌면 나 묶여야 할지도 모르겠어요."

"그래야 할지도 모르겠어. 이대로 가다간 나이 들면 아주 씩씩한 여장부가 될 판이야."

"그러면 어떻게 할 건데요?" 그녀가 어깨를 쫙 폈다. 전투를 앞두고 늘 보이는 몸짓이었다.

오, 아나. "내가 어떻게 할지는 이미 알고 있어. 관건은 네가 그걸 하려고 하느냐지."

"오, 그레이 씨, 지난 이틀 동안 무척 부드럽게 날 대했잖아요. 난 유리로 만들어지지 않았어요."

"부드러운 거 별로야?"

"물론 당신이 부드러운 건 좋죠. 하지만 알다시피…… 다양성은 인생의 양념이에요." 그녀가 속눈썹을 파닥거렸다.

"덜 부드러운 게 끌린다는 거지?"

"뭔가 삶을 긍정하게 되는 거?"

와우. "삶을 긍정하게 되는 거?"

놀라 그녀를 쳐다보는 동안 머릿속에서 갖가지 섹시한 각본들이 속속 떠올랐다. 그녀가 고개를 끄덕거렸다. 그리고 내 눈을 들여다보며 이로 아랫입술을 깨물었다.

일부러.

나를 자극하고 있었다.

그녀가 삶을 긍정하고 싶다면 나야 얼마든지. "입술 깨물지 마." 나는 그녀를 안은 손에 힘을 주고 그대로 일어서서 그녀를 바짝 안았다. 그녀가 놀라 숨을 들이켜며 내 팔을 붙잡았다. 나는 그녀를 안고 방을 건너가서 가장 먼 데 있는 소파에 그녀를 앉혔다.

나한테 다 생각이 있지. 그녀가 새롭게 발견한 성적 자신감이 어디까지 뻗어나갈지 알아보고 싶었다.

그걸 지켜보고 싶어.

"여기서 기다려. 움직이지 마." 그녀가 고개를 돌려 침실로 향하는 나를 눈으로 쫓았다. 나는 침실을 둘러보다가 오늘 아침 식사할 때 아나가 개봉한 선물들 중 하나가 기억났다. 케이트가 선물한 값비싼 화장품. 멋진 선물 상자 안에서 향기가 나는 작은 보습 오일 병을 발견했다. 진갈색 샌들우드.

완벽해. 나는 그것을 청바지 뒷주머니에 넣고 나서 호텔 목욕 가운 두 벌에서 허리끈을 모두 빼냈다. 그리고 가장 큰 수건을 하나 챙겼다.

거실로 돌아왔을 때 아나가 소파에 그대로 앉아 있는 걸 보니 흐뭇했다.

말 잘 듣네! 드디어!

나는 그녀가 나를 보거나 기척을 못 듣게 뒤에서 맨발로 다가갔다. 내가 몸을 숙여 그녀의 티셔츠 밑자락을 잡자 그녀가 놀라 숨을 들이켰다. "이건 없애야겠어." 나는 그걸 그녀의 머리 위로 끌어당겨 벗겨낸 뒤 바닥에 던져버렸다. 그녀의 젖꼭지를 감상했다. 옷감에 스친 데다 실내의 서늘한 기온 때문에 젖꼭지가 뾰족했다. 나는 뒤로 묶은 그녀의 머리채를 잡아 머리를 뒤로 젖히고 짧은 키스로 그녀의 입술을 소유했다.

"일어서." 나는 그녀의 피부에 대고 속삭였다. 그녀가 팬티 말고는 벌거벗은 몸으로 내 말을 따랐다. 나는 수건을 소파에 깔았다. 소파 천에 오일이나 다른 것이 묻으면 곤란했다.

"팬티 벗어."

나는 아나를 똑바로 쳐다보았다. 그녀는 침을 삼켰지만 눈은 내 눈에 고정했다. 그녀가 망설이지 않고 내 말을 따랐다.

아나가 이럴 때마다 얼마나 좋은지 몰라.

"앉아."

그녀가 시키는 대로 했다. 나는 다시 그녀의 말총머리를 잡아 보드라운 머리채를 내 손가락에 감았다. 머리채를 당겨 그녀의 머리를 뒤로 젖히고 그녀를 굽어보았다. "너무 심하면 멈추라고 말해, 알았지?"

그녀가 고개를 끄덕였다.

젠장, 아나. "말로 해."

"알았어요." 그녀가 대답했다. 가늘고 헐떡거리는 목소리가 그녀의 흥분을 드러냈다.

나는 큭큭 웃고 목소리를 낮게 깔았다. "좋아. 그럼, 그레이 부인…… 요청을 받아들여 널 묶도록 할게." 내가 기둥 장식이 있는 이 유일한 소파를 선택한 데는 그만한 이유가 있었다. "무릎 세워. 그리고 등을 뒤로 기대." 그녀가 망설임 없이 다시 순순히 따랐다. 나는 그녀의 왼쪽 다리를 잡아 허리끈을 허벅지 아래쪽에 감아 무릎 위에서 풀매듭을 지었다.

"목욕 가운?" 아나가 물었다.

"임시변통했지." 나는 끈의 다른 쪽 끝을 소파의 왼쪽 귀퉁이 장식 기둥에 묶은 뒤 당겨서 그녀의 허벅지를 벌렸다. "움직이지 마." 그녀의 오른 다리도 똑같이 묶고 나서 끝을 소파 오른쪽 장식 기둥에 묶었다. 아나의 몸이 활짝 열렸다. 넓게 벌린 두 다리가 그녀가 내줘야 할 것을 모두 드러냈다. 두 손은 옆에 놓여 있었다.

"괜찮아?" 나는 위에서 그 모습을 감상하며 물었다.

그녀가 고개를 끄덕이고 나를 올려다보았다. 부드럽고 사랑스럽고 연약한 모습으로. 내 거.

나는 몸을 숙여 그녀에게 키스했다. "지금 네가 얼마나 섹시해 보이는지 넌 모를 거야." 나는 코로 그녀의 코를 쓸면서 앞으로 일어날 일에 대한 기대감을 억눌렀다. "음악을 바꿔야겠다." 나는 아이팟 쪽으로 건너갔다.

아티스트를 검색했다. 음악을 선택해 반복 재생을 눌렀다.

"〈스위트 어바웃 미〉." 완벽해.

가브리엘라 칠미의 달콤하고 관능적인 목소리가 실내를 가득 채웠다. 나는 돌아서서 벌거벗고 묶여 있는 내 아내와 눈을 마주한 채 그녀에게 천천히 돌아갔다. 그녀의 시선이 내 눈을 떠나지 않았다. 그녀 앞으로 가서 무릎을 바닥에 대고 앉았다. 그녀의 제단에 경배하기 위해.

그녀가 입을 벌려 숨을 들이켰다.

오, 아나.

네 자신감이 얼마만큼 자랐는지 보자.

그녀의 기분이 어떨지는 알고 있었다. "노출된 느낌이지? 약해진 느낌?"

그녀가 입술을 핥고 고개를 끄덕였다.

"그래." 내가 속삭였다.

자기야, 할 수 있어. "손 내밀어." 나는 뒷주머니에서 작은 오일 병을 꺼냈다. 아나가 손바닥을 오므렸고 나는 그녀의 손에 오일을 조금 부었다. 향기는 진했지만 불쾌하지는 않았다. "손에 발라."

그녀가 소파 위에서 꼼지락거렸다.

오, 이러면 안 되지. "가만히 있어." 내가 경고했다.

아나가 꼼지락거리는 걸 멈추었다.

"아나스타샤, 이제 네 몸을 만져."

그녀가 눈을 깜빡거렸다. 놀란 것 같았다.

"목에서 시작해서 아래로 내려가."

그녀의 이가 아랫입술을 파고들었다.

"부끄러워 말고, 아나. 얼른. 해봐."

어서, 아나.

그녀는 양손을 목 옆에 대고 젖가슴 꼭대기로 미끄러져 내렸다. 손이 지나간 피부 위에 미끌미끌하고 반짝거리는 자국이 남았다.

"더 아래로." 내가 속삭였다.

그녀의 손이 잠시 멈칫하다가 젖가슴을 감싸 쥐었다.

"주물러."

그녀는 짙어진 눈을 내 눈에 고정하고 망설이다가 엄지손가락과 집게손가락으로 각각의 젖꼭지를 잡고 살짝 당겼다.

"더 세게." 내가 그녀를 재촉했다. 동산의 뱀이 된 기분이었다. "내가 하듯이." 나는 덧붙였다. 그녀를 만지고 싶은 걸 참느라 내 허벅지를 움켜쥐었다. 그녀가 신음으로 대답을 대신하고 더 세게 비틀어 당겼다. 그녀의 손길에 젖꼭지가 단단하고 길어지는 게 보였다.

진짜 섹시해.

"그래. 그렇게. 다시."

그녀가 눈을 감고 신음했다. 엄지손가락과 다른 손가락으로 젖꼭지를 돌리고 비틀었다.

"눈을 떠." 탁한 목소리가 나왔다.

아나가 눈을 떴다.

"다시." 내가 명령했다. "널 보고 싶어. 네 손길을 즐기는 너를 봐."

그녀가 계속 몸을 만졌다. 그녀의 눈은 짙은 욕망으로 혼탁했고 욕망이 그녀를 삼킬수록 호흡이 거칠어졌다. 그 사이 내 갈망은 그녀의 갈망을 따라갔다.

엄청 젖겠지…….

바지가 1초가 다르게 팽팽해졌다. 충분해. "손. 더 아래로."

그녀가 꼼지락거렸다. "가만히 있어, 아나. 쾌락을 흡수해. 더 아래로."

"당신이 해요." 그녀가 속삭였다.

"아, 할 거야. 곧. 너는. 더 아래로 가. 얼른." 지금 자기가 얼마나 미치게 섹시한지 그녀는 모르겠지. 그녀가 두 손을 젖가슴 밑으로 내렸다. 손이 윗배를 지나 아랫배로 향하는 동안 그녀의 몸이 뒤틀리며 다리를 묶은 가운 끈을 당겼다.

안 되지. 안 돼. 나는 고개를 저었다. "가만히." 나는 손으로 그녀의 무릎을 하나씩 잡고 그녀를 움직이지 못하게 했다. "어서, 아나……. 더 아래로." 그녀의 손이 아랫배로 미끄러져 내려갔다.

"더 아래로." 내가 입 모양으로 말했다.

"크리스천, 제발." 그녀가 애원했다. 나는 두 손을 그녀의 무릎에서 허벅지로 내려 다리가 교차하는 정점, 노출된 부위로 향했다.

내 최종 목적지.

그녀의 목적지.

"자, 아나. 널 만져."

그녀의 왼손이 음부를 쓸었다. 그녀가 손가락으로 클리토리스 주위를 둥글게 문지르기 시작했다. "아!" 숨을 토해내는 그녀의 입이 일그러진 동그라미를 그렸다.

"다시." 그 말은 속삭임이자 명령이었다.

그녀가 신음하며 헐떡거렸다. 눈을 감고 고개를 젖혀 소파에 기댔다. 그러는 동안에도 그녀의 손은 계속 움직였다.

"다시."

그녀가 다시 신음했다. 나 없이 혼자 사정하는 건 싫었다. 나는 그녀의 두 손을 꽉 붙잡고 그녀의 허벅지 사이로 몸을 숙여 코와 혀로 클리토리스를 문질렀다. 앞뒤로. 다시. 그녀를 더 높이 밀어 올렸다.

그녀가 완전히 젖었다. 성욕이 넘쳐흘렀다.

"아!" 아나가 소리치며 두 손을 움직이려 했다. 나는 그녀의 손목을 단단히 움켜쥐고 애무를 계속했다.

"이것도 묶어버리는 수가 있어. 가만히 있어." 나는 그녀의 가장 은밀한 곳에 대고 소곤거렸다.

아나가 신음했다. 나는 그녀를 놓아주고 손가락 두 개를 그녀 안에 천천히 넣었다.

완전히 젖었다.

완전히 굶주렸어.

아주 탐욕스러워.

내 손바닥의 밑동이 클리토리스를 밀어댔다.

"빨리 사정하게 해줄게, 아나. 준비됐지?"

"그래요." 그녀가 헐떡거리며 마구 고개를 끄덕였다.

나는 손을 움직였다. 세게. 그녀의 안과 밖을 동시에 자극했다. 그녀가 내 위에서 끙끙거렸다. 머리가 앞뒤로 뒤틀리고 발가락이 고부라졌다. 손가락은 밑의 수건을 할퀴었다. 다리를 펴서 그 강렬한 느낌을 풀어버리고 싶을 것이다. 하지만 그럴 수가 없겠지. 절정이 임박했다.

코앞이었다.

하지만 나는 멈추지 않았다.

느껴졌다.

끝이.

그녀의 오르가슴이. 사정이.

시작되는 것이.

"항복해." 내가 속삭이자 그녀가 울부짖었다. 크고 당당히. 나는 손바닥으로 클리토리스를 눌러 그녀의 오르가슴을 연장시켰다. 오르가슴이 이어지고 이어졌다.

와. 아나.

나는 다른 손으로 가운 끈을 하나씩 풀었다.

그녀가 지상으로 다시 내려왔을 때 내가 중얼거렸다. "내 차례야." 나는 손가락을 그녀 안에서 빼고 뒤로 조금 물러나 그녀를 뒤집었다. 그녀가 무릎을 바닥에 대고 소파에 엎드렸다. 나는 청바지를 열어젖히고 무릎으로 그녀의 다리를 벌리고는 아름다운 엉덩이를 세게 때렸다.

"아!" 그녀가 소리쳤다. 나는 그녀 안으로 밀고 들어갔다. 최대한 깊이. 그녀가 다시 울부짖었다.

"오, 아나." 나는 그녀의 골반을 잡고 움직이기 시작했다. 세게. 빠르게.

다시. 쾌락을 취했다. 그녀가 거칠게 해달라고 했지.

우리는. 쾌락으로. 달려갔다.

나는 그녀 안으로 돌진했다. 나를 잊었다. 그녀 안에서. 그렇게 그녀 안에서.

그녀의 비명이 나를 더 높이 끌어올렸다.

젠장.

그녀가 다시 비상하기 시작했다.

느낌이 왔다.

"어서, 아나!" 내가 소리쳤다. 그녀가 다시 사정하며 나를 데리고 절벽을 넘어갔다.

나는 그녀를 소파에서 끌어내렸다. 우리는 바닥에 누웠다. 그녀가 내 몸 위에서 축 늘어져 천장을 바라보았다.

우리는 말없이 함께 숨을 돌렸다.

"이제 삶을 긍정하게 됐어?"

내가 그녀의 머리에 키스하며 물었다.

"오, 그럼요." 그녀의 두 손이 내 허벅지에 놓였다. 그녀가 내 청바지 앞섶을 당겼다. "다시 한번 가야 할 것 같아요. 이번엔 당신 옷 없이."

또! "맙소사, 아나. 남자가 아쉬워할 틈을 줘야지."

그녀가 깔깔거렸다. 나도 따라 웃지 않을 수 없었다. "아버님이 의식을 찾으셔서 다행이야. 네 식욕도 돌아온 것 같고."

그녀가 내 위에서 돌아눕더니 인상을 썼다. "지난밤과 오늘 아침 일은 잊었나 보네요?" 그녀가 입을 비쭉거리고는 내 가슴 위에 손을 대고 턱을 얹었다.

"둘 다 잊을 수 없는 시간이었어." 나는 빙그레 웃고 두 손으로 그녀의 풍만한 엉덩이를 움켜쥐었다. "엉덩이가 참 근사해, 그레이 부인."

"당신도요." 그녀가 한쪽 눈썹을 추켜올렸다. "당신 엉덩이는 아직 옷에 가려져 있긴 하지만."

"그래서 어떻게 할 건데, 그레이 부인?"

"음, 당신 옷을 벗길 거예요, 그레이 씨. 완전히."

그녀의 열기가 전염되었다.

"당신에겐 사랑스러운 면이 많은 것 같아요." 그녀가 반복되는 노랫말을 넣어 속삭였다. 그녀의 눈이 따스함과 사랑을 발산했다.

젠장.

"정말이에요." 그녀가 힘주어 말하고 내 입가에 키스했다. 나는 눈을 감고 두 팔로 그녀를 꼭 안았다.

왜 이런 말을 하는 거야?

"크리스천, 그게 당신이에요. 당신 덕분에 이번 주말이 너무나 특별해졌어요……. 레이 아빠에게 그런 일이 생겼는데도. 고마워요."

커다랗고 반짝이는 눈이 내 눈을 맞이했다.

"너를 사랑하니까 그런 거야." 내가 중얼거렸다.

"알아요. 나도 당신을 사랑하는걸요." 그녀가 손끝으로 내 가슴을 쓸어내렸다. "당신도 내게 소중한 존재예요. 알죠, 응?"

소중하다고. 내가?

별안간 기운이 빠지면서 두려움이 엄습했다. 무기력한 느낌이 몰려왔다.

무슨 말을 해야 하지?

'지금은 안 돼, 애벌레.'

젠장. 나는 눈을 감았다. 그걸 머릿속에서 몰아내고 싶었다.

"내 말 믿어요." 그녀가 속삭였다. 나는 다시 눈을 떴다. 잿빛 눈이 파란 눈을 만났다.

"쉽지가 않아." 말이 들릴락 말락 하게 나왔다.

이런 얘기는 하고 싶지 않아.

너무 아픈 이야기다. 지금은. 이유는 모르겠지만.

나를 장악한 그녀의 힘이 너무 크다. 그것이 이유다.

"노력해봐요. 힘껏 노력해봐요. 그것이 진실이니까." 그녀가 내 얼굴을 어루만졌다. 그녀가 진심을 담아 말하고 있다는 게 느껴졌다. 이런 말을 듣고도 두려움이 일지 않으면 좋으련만.

"너 감기 걸리겠다. 가자." 나는 그녀를 옆으로 움직이고 일어서서 그녀를 일으켜 세웠다.

아나는 우리가 사랑을 나눈 흔적을 뒤로하고 팔을 내게 감았다. 나는 아이팟을 껐다. 함께 침실로 돌아가며 방금 진의 내 반응을 생각했다.

가끔씩 그녀에게서 사랑한다는 말을 듣는 것이 왜 이리 거북한 걸까?

나는 고개를 저었다.

"우리 텔레비전 볼까요?" 아나가 물었다. 이전에 같이 껴안고 보냈던 시간을 재현하고 싶은 듯했다.

"난 2라운드를 기대하고 있었는데."

그녀의 눈길이 내 마음을 살폈다. "음, 그런 거라면 내게 맡겨봐요."

오!

갑자기 그녀가 힘껏 나를 침대 위로 넘어뜨렸다.

어찌할 새도 없이 그녀가 내 위에 올라타고 내 팔을 머리 위로 올려 찍어 눌렀다.

"그레이 부인, 날 가졌군. 이제 날 어떻게 할 거야?"

그녀가 몸을 숙여 내게 속삭였다. 그녀의 숨결이 내 귀를 간지럽혔다. "내 입으로 당신을 가질래요."

오, 이런.

나는 눈을 감았고 그녀가 이로 내 턱을 긁었다. 나는 그녀에게 항복했다. 내 평생의 사랑에게 항복했다.

나는 아나를 계속 자게 두고 스위트룸을 나왔다. 간밤에 그렇게 힘을 썼으니 그럴 만도 했다.

섹스에 굶주려서 만족할 줄 몰랐어.

나야 불만은 없지만.

즐거운 기억을 곱씹으며 옷가지를 모아 들고 옷을 입으러 거실로 나갔다. 간밤에 나눈 정사의 잔해가 소파에 가득했다. 허리끈을 풀고 수건을 집는데 아침 일찍 방을 치우는 청소부가 들어와서 이걸 봤다면 어떤 상상을 했을까 궁금해졌다. 나는 그것들을 접어 침실 문 옆 콘솔 탁자 위에 놓았다.

아침 식사를 주문했다. 30분은 기다려야 하는데 배가 고팠다. 생각을 다른 데로 돌리려고 책상 앞에 앉아 노트북 컴퓨터를 열었다. 오늘은 레이를 노스웨스트 종합병원으로 이송하는 절차를 밟을 생각이었다. 거기라면 어머니가 레이를 돌봐줄 수 있을 것이다. 메일함을 여니 놀랍게도 클라크 형사의 메일이 한 통 와 있었다. 개자식 하이드에 관해 아나에게 물어볼 게 있다고 했다.

뭐야, 이거?

현재 우리가 포틀랜드에 와 있어서 시애틀로 돌아갈 때까지 기다려야 할 거라고 간단한 답장을 보냈다. 그리고 어머니에게 전화를 걸어 레이를 이송하는 문제에 관해 메시지를 남긴 뒤 다른 이메일을 훑어보았다. 로스의 이메일이 한 통 있었다. 황가 사람들이 이번 주 후반에 그쪽으로 와달라고 우리를 초청했다는 내용이었다.

그건 레이에게 달렸다.

아마도.

나는 이메일로 로스에게 내가 방문할 가능성은 있지만 장인에게 일이 생겨 아직 확답은 할 수 없다는 답장을 보내라고 지시했다.

이 일을 아나 혼자 감당하게 두고 떠나고 싶지 않아.

전송 버튼을 눌렀을 때 클라크의 답장이 도착했다.

그가 포틀랜드로 오겠다고 했다.

젠장.

그 정도로 중요한 문제란 말이야?

"좋은 아침." 아나의 달콤한 목소리가 내 생각을 방해했다. 돌아보니 아나가 침대 시트만 몸에 감고 침실 문간에 서서 수줍은 미소를 짓고 있었다. 헝클어진 머리를 가슴 위에 늘어뜨리고. 그녀의 환한 눈동자가 내 눈을 파고들었다.

그녀는 그리스 여신처럼 보였다.

"그레이 부인. 일찍 일어났네." 나는 두 팔을 활짝 벌렸다. 그녀가 침대 시트를 감은 몸으로 예쁜 다리를 살짝살짝 보여주며 후다닥 방을 건너왔다.

"당신도 일찍 일어났네요."

나는 그녀를 안고 머리에 키스했다. "일하던 중이었어."

"무슨?" 그녀가 묻더니 나를 살피려고 고개를 젖혔다. 무슨 일이 있다는 걸 알아챈 것 같았다.

나는 숨을 훅 뱉었다. "클라크 형사가 이메일을 보냈어. 하이드 그 개자식에 관해 너랑 얘기를 하고 싶대."

"정말요?"

"응. 네가 당분간 포틀랜드에 있을 거라서 기다려야 할 거라고 했어. 그랬더니 널 여기서 면담하고 싶다는군."

"여기로 오겠대요?"

"그렇대."

아나가 인상을 썼다. "얼마나 중요한 문제길래 기다릴 수 없대요?"

"그러게 말이야."

"언제 온대요?"

"오늘. 그 사람에게 답장해야 해."

"난 숨길 게 아무것도 없어요. 나한테 뭘 알고 싶은지 궁금하네요."

"그 사람이 오면 알게 되겠지. 나도 그게 궁금해." 나는 의자에서 움직거렸다. "아침 식사가 곧 나올 거야. 아침 먹고 아버님 뵈러 가자."

"당신은 원하면 여기 있어요. 바빠 보여요."

"아니야, 너랑 같이 가고 싶어."

"그래요 그럼." 그녀가 활짝 웃었다. 내가 같이 가겠다고 해서 기분이 좋은 것 같았다. 그녀가 내게 키스한 뒤 왈츠 동작으로 침실로 가다가 내게 도발적인 시선을 던지며 침대 시트를 떨구고 문간을 넘어갔다.

젠장. 여신이 따로 없네.

이젠 내 차례인가. 이메일과 아침 식사는 급하지 않다.

나는 그녀의 초대에 호응하려고 그녀를 따라 침실로 들어갔다.

레이는 깨어 있었지만 기분이 썩 좋지 않아 보였다. 나는 인사를 나눈 뒤 아나가 레이를 돌보게 두고 대기실로 나갔다. 이제는 여기가 새로 얻은 사무실 같았다. 슬러더 박사로부터 레이를 시애틀로 옮겨도 좋다는 허락은 이미 받았기 때문에 노스웨스트 병원에 남은 자리가 있는지 어머니가 확인해주면 헬기 이송을 진행할 생각이었다. 슬러더 박사는 이르면 내일 이송 가능할 것으로 생각했지만, 추가 검사만 끝나면 오늘에라도 승인해줄 것 같았다.

나는 안드레아에게 전화를 걸었다.

"좋은 아침입니다, 사장님."

"안드레아, 안녕. 내일 레이먼드 스틸을 이송할까 해. 항공 구급 서비스 업체 좀 수배할 수 있을까? 포틀랜드의 오리건 보건과학 대학 병원에서 노스웨스트 종합병원으로. 우리 어머니가 믿을 만한 회사를 알고 계실 거야. 같이 수송해야 할 특별한 의학 장비가 있는지는 내가 레이의 주치의한테 확인할 거야. 그리고 어머니나 내가 알려줄게."

"제가 그레이 박사님께 전화드릴게요."

"그래. 남은 병실이 있는지 어머니의 연락을 기다리는 중이야."

"알겠습니다. 제가 처리할게요."

"대만 건 말인데. 화요일 저녁에 로스랑 내가 비행기로 가면 되겠어. 제트기가 필요하겠지."

"목요일 아침에 워싱턴 주립 대학에 가셔야 하는데요."

"알아. 그래도 스테판이랑 승무원들 대기시켜. 아직 잠정적이긴 하지만."

"네, 사장님. 그런데 로스가 할 말이 있답니다."

"알았어. 고마워. 연결해줘."

로스에게 간단히 업무 보고를 받았다. 대만 조선소의 주요 조건 합의서에 서명하는 것은 내일까지 기다리기로 했다. 희망한 대로 내일 시애틀로 돌아가서 처리하고 싶었다. 전화를 끊자마자 전화기가 웅웅 진동했다. 클라크 형사였다.

"그레이 씨. 오늘 면담 약속 고맙습니다. 4시 정각 어떠세요?"

"그러시죠. 우리 지금 히스먼 호텔에 있습니다."

"그때 뵙죠."

아나가 대기실로 들어왔다. 심각한 얼굴이었다.

무슨 문제가 생겼나?

"그럼 이만." 나는 클라크에게 대답하고 전화를 끊었다. "클라크가 오늘 오후 4시에 올 거야."

그녀가 인상을 썼다. "알았어요. 레이 아빠가 커피랑 도넛 먹고 싶대요."

뜻밖의 대답에 나는 웃음이 터졌다. "그럴 만도 하지. 사고를 당했다면 나라도 그럴 거야. 테일러한테 부탁해봐."

"아뇨, 내가 갈래요."

"테일러 데려가."

아나가 눈을 위로 흘겼다. "알았어요." 발끈한 10대 아이의 말투였다.

나는 큭큭 웃고 고개를 한쪽으로 기울였다. "여기 아무도 없어."

그녀가 내 말뜻을 알아듣고는 눈이 조금 동그래졌다. 마음이 동한 게 분명했다. 그녀가 내게 도전하려고 폼 잡을 때처럼 어깨를 쫙 펴고 고집스런 스틸 집안의 턱을 치켜들었다.

아나 뒤로 젊은 커플이 내기실로 들어왔다. 남지기 눈물을 흘리는 여자를 팔로 감싸고 있었다. 여자가 힘들어 보였다. 젠장, 여긴 진짜 있을 곳이 못 돼.

아나의 눈이 연민으로 커다래졌다. 그녀는 나를 돌아보더니 후회가 되는지 어깨를 축 늘어뜨렸다.

오호. 엉덩이 맞을 각오였구나. 그 생각에 흥미가 일었다.

엄청.

나는 노트북 컴퓨터를 들고 그녀의 손을 잡았다. 우리는 대기실을 빠져나왔다. "프라이버시는 우리보다 저 사람들이 더 급하겠어." 내가 중얼거렸다. "노는 건 나중에 하자."

테일러가 건물 밖 차 안에서 기다리고 있었다. "다 같이 커피와 도넛을 사러 갑시다." 내가 말했다. 우린 기분 전환이 필요했다.

아나가 내 미소에 미소로 답했다. "포틀랜드에선 부두 도넛이죠. 세상에서 가장 맛있는 도넛이에요." 그녀는 그렇게 말하며 SUV의 뒷좌석에 올라탔다.

클라크 형사는 제 시간에 도착했다. 그가 테일러의 안내를 받아 스위트룸으로 들어왔다. 예전처럼 후줄근하고 심드렁한 모습이었다. "그레이 씨, 그레이 부인, 시간 내주셔서 감사합니다."

"클라크 형사님." 나는 악수하고 나서 그에게 앉으라고 손짓한 뒤 아나와 같이 앉으려고 소파 쪽으로 건너갔다. 어젯밤 그녀를 묶었던 그 소파였다.

"제가 뵙고자 한 사람은 그레이 부인인데요." 클라크가 조금 거친 말투로 말했다. 테일러와 나는 불필요하다는 뜻이었다.

하. 난 당신이 무슨 말을 하는지 알아야겠어.

내가 테일러에게 고갯짓을 하자 테일러가 알아듣고 방을 나가 문을 닫았다.

"내 아내에게 하실 말씀은 뭐든 내 앞에서 하셔도 됩니다." 하이드에 관한 일이라면 내 아내 옆을 떠나지 않을 생각이었다.

"남편분이 계셔도 괜찮겠어요?" 클라크가 아나에게 물었다.

아나가 어리둥절한 표정을 지었다. "그럼요. 숨길 게 없는데요.

그냥 면담하러 오신 거잖아요?"

"맞습니다."

"남편이 같이 있는 게 좋겠어요."

봐. 내가 그렇다고 했잖아. 나는 그를 노려보았다. 아나가 내 편을 들어주어서 기뻤다. 나는 그녀 옆에 앉아 속이 부글부글 끓는 걸 아무렇지 않은 척 숨겼다.

"알겠습니다." 클라크가 중얼거렸다. 그가 헛기침을 했다. 긴장한 것 같았다. "그레이 부인, 하이드 씨는 부인께서 그를 성희롱하고 몇 차례 성적인 시도를 했다고 주장하고 있습니다."

무슨 개소리야!

아나는 충격적이면서도 재미난 말을 들었다는 표정이었다. 그녀가 손을 내 허벅지에 얹었지만 나는 가만히 있지 않았다. "터무니없는 소리예요." 내가 말했다. 그녀의 손톱이 내 살을 파고들었다. 입 다물고 있으라는 뜻 같았다.

"그건 사실이 아니에요." 아나가 클라크의 눈을 똑바로 쳐다보며 지극히 차분하게 진술했다. "오히려 그 정반대예요. 그 사람은 아주 공격적인 태도로 내게 추근거렸고 그 때문에 해고되었어요."

클라크가 뻔한 대답이라는 듯 입을 딱 다물었다. "하이드는 부인께서 그를 해고시키려고 성추행 이야기를 꾸며냈다고 주장하고 있어요. 자기가 부인의 접근을 거부했고, 또 부인께서 자기 자리를 차지하려는 속셈이었다고 말이죠."

아나의 얼굴이 역겹다는 듯 일그러졌다. "그건 사실이 아니에요."

개소리, 또 개소리.

"형사님, 이런 얼토당토않은 혐의 때문에 내 아내를 괴롭히겠다고 여기까지 운전해 오신 건 아니겠죠."

클라크가 내게 체념한 표정을 지었다. "제 입장에선 그레이 부인의 말씀을 들어봐야 하니까요." 아나가 다시 내 허벅지를 쥐었다. 입 다물고 가만있으라는 뜻이었다.

"이런 헛소리 들을 필요 없어, 아나."

"클라크 형사님도 어찌된 일인지 아셔야죠." 그녀가 눈부시게 파란 눈으로 나를 제압하며 닥치고 있으라고 부탁했다.

알았어, 자기야. 자기 마음대로 해.

나는 계속하라고 손짓한 뒤 입을 꾹 다물고 성질을 죽였다. 아나가 두 손을 무릎에 포개고 말을 이었다. "하이드의 말은 전혀 사실이 아니에요." 그녀의 목소리가 차분하고 또렷하게 실내에 울려 퍼졌다. "어느 날 저녁에 하이드 씨가 회사 탕비실에서 저에게 추근거렸어요. 자기 덕분에 취직했으니 성적인 것으로 보답을 하라고. 제가 크리스천에게 보낸 이메일을 들먹이면서 저를 협박했어요. 그때 크리스천은 아직 제 남편이 아니었거든요. 하이드가 제 이메일을 염탐하고 있는 줄은 몰랐습니다. 망상증 환자였어요. 심지어 크리스천이 보낸 스파이가 아니냐고 의심까지 했죠. 이이가 회사를 인수하는 걸 도우려는 게 아니냐고요. 크리스천이 이미 SIP를 인수했다는 걸 모르고 말이에요." 아나가 고개를 절레절레 젓고는 손깍지를 꼈다. "결국 저는…… 그 사람을 제압했어요."

"제압했다고요?" 클라크가 어리둥절한 얼굴로 끼어들었다.

"제 아버지가 전직 군인이세요. 하이드가, 음, 저를 만졌지만, 저는 호신술을 알고 있었어요." 그녀의 눈이 내 눈으로 휙 날아왔다. 나는 내 여자에 대한 자긍심과 존경심을 숨길 수 없었다.

내 여자한테 수작을 걸지 말았어야지.

이 여자는 전사란 말이야.

"그렇군요." 클라크가 숨을 훅 내뱉고 소파에 등을 기댔다.

"하이드의 예전 비서들에게 연락해보셨어요?" 내가 물었다. 경찰의 수사가 웰치를 앞서가고 있는지 궁금했다.

"네, 했죠. 하지만 아무도 경찰과 얘기를 하려 들지 않는군요. 그가 모범적인 상사였다는 말만 하면서. 그런데 석 달 이상 근무한 사람이 없어요."

젠장. "우리도 그래서 애를 먹었어요. 제 보안 팀장이 하이드의 과거 비서 다섯 명을 면담했습니다."

이 이야기에 클라크가 관심을 보였다. 그가 인상을 썼고 그의 눈이 내 눈을 파고들었다. "왜 그러셨죠?"

"제 아내가 그자 밑에서 일하고 있었거든요. 그때 저는 아내와 같이 일하는 사람들을 모두 조사했어요."

클라크의 얼굴이 붉어졌다. "그렇군요." 그의 무성한 두 눈썹이 가까이 붙었다. "이 사건은 보기보다 뭔가 더 있는 것 같습니다, 그레이 씨. 내일 우리가 하이드의 아파트를 더 샅샅이 수색할 거예요. 그때 뭐가 드러날지도 모르죠. 다만, 그가 거기서 한동안 지내지 않은 건 분명합니다."

"이미 수색을 하신 거네요?"

"네. 다시 하는 겁니다. 이번엔 샅샅이 뒤져보려고요."

"아직 로스 베일리와 저에 대한 살인미수 혐의로 그를 기소하지 않으셨죠?"

그건 FBI의 소관인가?

"항공기 고의 손상 사건과 관련해 증거를 좀 더 찾는 중입니다, 그레이 씨. 쪽지문 말고 증거가 더 필요합니다. 그가 구금돼 있는 동안 기소하면 됩니다."

"순전히 이것 때문에 여기까지 오신 겁니까?"

클라크가 순간 긴장했다. "네, 그레이 씨, 그렇긴 합니다만, 혹여 그 쪽지에 대해 더 생각나신 거 없습니까?"

아나의 눈이 다시 내 눈을 탐색했다. 하지만 이번에는 인상을 쓰고 있었다.

"아뇨. 그건 이미 말씀드렸죠. 전혀 모르겠습니다." 내 아내가 그 일까지 알 필요는 없잖아! "전화로 얼마든지 해도 되는 이야기인데 이해를 못 하겠네요."

"말씀드렸다시피 전 발로 뛰는 수사를 선호합니다. 게다가……." 그가 살짝 퉁명스럽게 덧붙였다. "포틀랜드에 사시는 이모할머님 댁도 방문할 겸. 일석이조죠."

"음, 말씀 다 끝나셨나요. 저는 해야 할 일이 있어서." 나는 클라크가 말귀를 알아듣기를 기대하며 일어섰다.

그가 알아들었다. "시간 내주셔서 고맙습니다. 그레이 부인."

아나가 고개를 끄덕였다.

"그레이 씨도."

나는 문을 열었고 그가 밖으로 나갔다.

살 것 같네.

아나가 소파에 축 늘어졌다.

"어처구니없는 인간이네?" 나는 두 손으로 머리를 쓸어 넘겼다.

"클라크요?" 아나가 말했다.

"아니. 그 개자식, 하이드."

"그러게요. 나도 못 믿겠어요." 아나는 황당한 표정이었다.

"무슨 꿍꿍이지?"

"모르죠. 클라크가 내 말을 믿어줄까요?"

"믿고말고. 하이드가 정신 나간 개자식이라는 거 알 텐데……."

"아주 욕쟁이시네요." 아나가 나를 나무랐다.

"욕쟁이? 그거 맞는 말이야?"

"지금이랑 딱 맞는 말이죠."

그렇게 그녀의 유머 감각이 내 분노를 녹여 없애버렸다. 나는 그녀가 건 주문에 홀려 그녀 옆에 앉아서 그녀를 끌어안았다. "그 자식 생각은 하지 마. 아버님 보러 가자. 내일 이송하는 문제도 의논하고."

"부담 주기 싫다고 포틀랜드에 그냥 있겠다고 고집을 부리셨어요."

"내가 말씀드려볼게."

아나가 내 셔츠의 단추를 만지작거렸다. "아빠 이동할 때 같이 있고 싶어요."

그건 가능해. "그래. 나도 같이 갈게. 차는 소여랑 테일러에게 맡기면 돼. 오늘 밤 R8 운전은 소여더러 하라고 하자."

그녀가 내게 감사함이 담긴 달콤한 미소를 지었다. 나는 세상을 다 얻은 것만 같았다.

레이가 고집을 꺾었다. 오늘 아침보다 훨씬 활기차 보였다. 도넛이 마법을 부렸을까. 게다가 내일 헬기를 탄다고 은근히 좋아하는 눈치였다. 헬기를 타고 아스토리아에서 여기로 온 것은 아무것도 기억하지 못했다. 나는 나중에 레이를 찰리 탱고에 태워 날아보기로 했다.

아나가 레이 옆에 앉아 있는 동안 나는 레이의 이송 문제를 마무리 짓기 위해 대기실로 갔다.

안드레아가 모든 걸 준비해놓았다. 그녀는 이제까지 있었던 내 비서들 중에 단연 최고다.

"고마워, 안드레아."

"별말씀을요, 사장님. 더 필요한 거 있으세요?"

"아니, 됐어. 퇴근해."

"알겠습니다, 사장님."

나는 사미르에게 재빨리 이메일을 써서 안드레아의 연봉을 검토하고 넉넉히 인상할 것을 권고했다.

병실로 돌아가기 전에 클라크가 찾아온 일을 곰곰이 복기해보았다. 그가 한 말과 하지 않은 말을 따져보았다. 그는 찰리 탱고의 고의 손상 사건과 관련해 FBI와 연계해 수사 중인 게 분명한데 다시 하이드의 아파트를 수색하겠다고 했다. 왜일까? 다른 단서가 있는 걸까? 뭔가가 있는데 우리한테 말하지 않은 게 아닐까? 하이드는 납치 계획을 세울 때 어디서 지냈을까? 시애틀에 있었던 건 분명했다. 내게는 그걸 증명할 CCTV 영상이 있다. 한번 파볼 가치가 있었다.

나는 웰치와 바니에게 이메일을 보내 하이드가 에스칼라로 침입하기 전에 그가 사용한 흰색 트럭의 동선을 추적해보라고 지시했다.

어쩌면 그들이 뭐든 건져낼지도 몰랐다.

　나는 어머니와 전화 통화를 마치고 아나의 흑백 눈을 마주했다. 그녀는 사무실 벽에서 매혹적인 미소를 띠고 나를 내려다보았다. 그녀의 찬란한 눈에 지성이 가득했다. 그녀와 헤어진 지 고작 세 시간 밖에 되지 않았는데 벌써 아나가 그리웠다. 지금 무얼 하고 있을까? 아나는 일을 하고 있을 테고, 모든 게 계획대로 되었다면 레이는 노스웨스트 종합병원 병실에 자리를 잡았을 것이다. 이제부터는 어머니가 레이의 경과를 지켜보게 될 것이다. 나는 레이가 거기서 편안히 지내기를 바랐다. 최대한 편안히. 헬기로 오리건 보건과학대학 병원에서 보잉 필드로 올 때는 그 시간을 즐기는 것 같았다. 하지만 레이는 보살핌 받는 걸 좋아하지 않는 남자였다. 좋아하기는커녕 정반대였다. 자기 딸과 비슷하게.

　그리고 나는 여기 있었다. 그녀를 그리워하면서.

　아버지와 함께 구급차를 타고 병원으로 떠나던 모습이 오늘 내가 마지막으로 본 그녀의 모습이었다.

　나는 손목시계를 쳐다보았다.

　그녀는 분명히 일하는 중일 것이다.

　나는 재빨리 이메일을 썼다.

보낸 사람: 크리스천 그레이

제목: 보고 싶어

날짜: 2011년 9월 13일 13:58

받는 사람: 아나스타샤 그레이

그레이 부인,

사무실에 돌아온 지 세 시간밖에 안 됐는데 네가 벌써 보고 싶어.

레이 아버님이 새 병실에 무사히 적응하셨으면 좋겠다. 어머니가 오늘 오후에 가서 아버님 상태를 확인하실 거야.

오늘 저녁 6시에 데리러 갈게. 아버님 뵙고 집에 들어가자.

괜찮지?

사랑하는 남편으로부터.

크리스천 그레이

CEO, 그레이 엔터프라이즈 홀딩스 Inc.

나는 전송 버튼을 누르고 보고서를 책상 위에 펴고 읽기 시작했다. 하지만 얼마 못 가 새 이메일의 알림음이 나를 방해했다. 아나?

아니, 바니의 이메일이었다.

보낸 사람: 바니 설리번

제목: 잭 하이드

날짜: 2011년 9월 13일 14:09

받는 사람: 크리스천 그레이

시애틀 근방의 CCTV에 의하면 그 흰색 트럭은 사우스 어빙 스트리트에서 왔습니다.

그전엔 아무런 흔적이 없었으니 하이드는 그 지역에 근거지를 둔 게 분명합니다.

웰치가 보고드린 대로 언서브 차량은 신원 미상의 여성이 가짜 면허증으로 대여했는데, 사우스 어빙 스트리트 지역과 결부 지을 만한 점은 없습니다.

GEH와 SIP 직원들 가운데 그 지역에 거주하는 사람 명단을 첨부합니다. 같은 내용은 웰치에게도 전달했습니다.

하이드의 SIP 컴퓨터에서 예전 비서들의 자료는 전혀 발견되지 않았습니다.

참고로 하이드의 SIP 컴퓨터에서 나온 자료를 요약하면 다음과 같습니다.

그레이 집안의 주소지:
시애틀의 부동산 5곳
디트로이트의 부동산 2곳

상세 이력서:
캐릭 그레이
엘리엇 그레이
크리스천 그레이
그레이스 트레벨리언 박사
아나스타샤 스틸
미아 그레이

신문과 인터넷 관련 기사:

그레이스 트레벨리언 박사

캐릭 그레이

크리스천 그레이

엘리엇 그레이

사진:

캐릭 그레이

그레이스 트레벨리언 박사

크리스천 그레이

엘리엇 그레이

미아 그레이

계속 조사하다가 뭐든 더 발견하면 보고드리겠습니다.

B 설리번

IT 부서장, GEH

바니의 이메일을 가만히 쳐다보다가 하이드가 언제부터 내 가족의 정보를 찾아 인터넷을 뒤지기 시작했을지 궁금해졌다. 아나가 그자와 함께 일하기 전부터? 아니면 나를 만난 이후에? 바니에게 답장을 쓰려는데 아까 보낸 이메일에 대한 아나의 답장이 받은 편지함에 떴다.

보낸 사람: 아나스타샤 그레이

제목: 보고 싶어요
날짜: 2011년 9월 13일 14:10
받는 사람: 크리스천 그레이

좋아요.

x

아나스타샤 그레이
편집자, SIP

오. 나는 조금 김이 빠져서 벽에서 미소를 짓는 신비로운 여신을 쳐다보았다. 즐거운 이메일 놀이를 기대했는데.

평소 그녀는 그 놀이에 아주 능했다.

이건 그녀답지가 않았다.

보낸 사람: 크리스천 그레이
제목: 보고 싶어
날짜: 2011년 9월 13일 14:14
받는 사람: 아나스타샤 그레이

괜찮은 거시?

크리스천 그레이
CEO, 그레이 엔터프라이즈 홀딩스 Inc.

아나의 답장을 기다리는 동안 바니가 첨부한 주소 파일을 훑어
보았다. GEH 직원 둘과 SIP 직원 한 명의 이름이 눈에 확 띄었다.
가장 먼저 눈에 들어온 이름은 엘리자베스 모건. SIP 인사부 책임
자. 그녀의 이름이 머릿속 저편의 뭔가를 흔들어놓았지만 정확히
무엇인지는 알 수 없었다. 다음에 웰치를 만나면 이 여자를 파보
라고 지시하기로 했다. 하지만 이들 중 누구라도 하이드와 관련돼
있다고 믿기는 어려웠다.

나는 꼬리를 물고 이어지는 생각들을 떨쳐버렸다. 아나가 무얼
하고 있는지 궁금했다. 전화기를 들어 그녀에게 전화하고 싶은 충
동이 일었다. 전화기로 손을 뻗는데 그녀의 이메일이 도착했다.

보낸 사람: 아나스타샤 그레이
제목: 보고 싶어요
날짜: 2011년 9월 13일 14:17
받는 사람: 크리스천 그레이

괜찮아요. 그냥 좀 바쁘네요.
6시에 봐요.
x

아나스타샤 그레이
편집자, SIP

당연히 바쁠 것이다. 지난 며칠간 일을 못 했으니까. 그리고 내
여자는 성실 그 자체다.

그레이, 침착해.

나는 바니의 이메일로 돌아가서 목록을 다시 읽어보았다. 딱히 짚이는 건 없었지만 바니에게 묻고 싶은 게 있었다.

보낸 사람: 크리스천 그레이

제목: 잭 하이드

날짜: 2011년 9월 13일 14:23

받는 사람: 바니 설리번

바니

이메일 고마워. 하이드가 언제부터 인터넷 검색을 시작했는지 알 수 있을까?

크리스천 그레이

CEO, 그레이 엔터프라이즈 홀딩스 Inc.

시간을 확인했다. 로스의 업무 보고 시간이었다.

나는 테일러와 함께 SIP 밖에서 아나를 기다렸다. 이제나저제나 그녀가 나오기를 바라면서 초조하게 출입구 쪽을 흘끔거렸다. 휴대전화에서 이메일이 도착했다는 알림음이 울렸다.

보낸 사람: 바니 설리번

제목: 잭 하이드

날짜: 2011년 9월 13일 17:35

받는 사람: 크리스천 그레이

하이드의 이메일 계정으로 그 주제에 대한 인터넷 검색은 2011년 6월 13일 월요일 19시 32분에서 2011년 6월 15일 수요일 17시 14분 사이에 있었습니다.

B 설리번

IT 부서장, GEH

흠…… 흥미로운데. 그 금요일에 술집에서 그를 만난 것이 기억났다. 아나와 만나기로 약속한 날이었다. 당시 놈은 입만 산 등신이었다. 내 가족과 관련해 특별히 뭔가를 찾고 있었나? 그걸 찾았을까? 나는 차창 밖을 내다보았다. 마침내 아나가 나타났다. 그녀가 비를 피해 달려왔고 소여가 바짝 뒤쫓아 왔다. 나는 웃는 얼굴로 그녀를 바라보다가 그녀가 차 안을 흘끔 보는 순간 가슴이 철렁했다.

회색빛 빗속에서 그녀의 얼굴이 석고처럼 창백했다.

이런!

소여가 문을 열어주었고 그녀가 내 옆에 올라탔다.

"안녕!" 나는 멈칫거리는 목소리로 말했다. 무슨 일이야, 아나?

"안녕." 그녀의 시선이 잠깐 내 얼굴에 머물렀다. 너무 순식간이라 보인 건 내게 반사된 그녀의 혼란스러움이 전부였다.

"무슨 일 있어?"

그녀가 고개를 저었을 때 테일러가 차를 빼 도로로 들어갔다. "아무것도 아니에요."

아무것도 아닌 게 아닌 것 같은데. "일은 잘되고?"

"네, 그럼요. 고마워요." 그녀의 말투가 딱딱했다.

말하라고! "아나, 무슨 일이야?" 걱정이 실리는 바람에 말이 의도한 것보다 더 매섭게 나갔다.

"당신이 보고 싶어서 그런가 봐요. 레이 아빠 걱정도 되고 해서."

오, 그랬구나. 다행이다. 나는 즉시 밝아졌다. "레이 아버님은 괜찮아." 나는 그녀를 안심시키려 했다. "오늘 오후에 어머니랑 이야기했는데, 놀라울 정도로 경과가 좋대." 나는 그녀의 손을 잡았다. 손이 차가웠다. "이런, 손이 차갑네. 오늘 뭐 좀 먹었어?"

그녀가 얼굴을 붉혔다.

"아나." 대체 왜 이러는 거야?

"오늘 저녁은 먹을게요. 정말 시간이 없었어요."

나는 따뜻하게 해주려고 그녀의 손을 문질렀다. "내가 보안 팀 업무 목록에 '내 아내 식사 챙길 것'까지 추가해야 되겠어?" 순간 백미러 안에서 테일러와 눈이 마주쳤다.

"미안해요. 먹을게요. 오늘 이상한 날이라 그런 거예요. 아빠를 이송하기도 했고."

그렇긴 하지. 아나가 고개를 돌려 차창 밖을 내다보는 바람에 나는 당황할 수밖에 없었다.

뭔가 잘못됐어.

아까부터 계속 이상히네.

그녀의 말을 믿어봐, 그레이.

나는 그녀에게 바다를 건너가게 됐다는 소식을 전했다. "대만에 가봐야 할 것 같아."

"오. 언제요?" 이제야 그녀가 관심을 보였다.

"이번 주 후반에. 어쩌면 다음 주."

"그렇구나."

"너도 같이 가면 좋겠어."

그녀가 입을 꾹 다물었다. "크리스천, 제발. 나도 일이 있어요. 같은 말다툼 반복하고 싶지 않아요."

나는 숨을 훅 내뱉었다. 실망감을 숨길 수가 없었다. "그냥 물어본 거야."

"얼마나 걸려요?" 아나의 목소리는 부드러웠지만 산만했다.

내 여자답지 않아. 너무 조용하고 자꾸 망설이는 게.

"길어야 이틀. 무슨 일로 고민하는 건지 말해주지 그래."

"사랑하는 남편이 멀리 간다니까 그럴 수밖에요……." 그녀가 말꼬리를 흐렸다. 나는 그녀의 손을 들어 내 입술에 대고 손가락 관절에 키스했다.

"오래 떠나 있지 않을 거야."

"됐어요, 그럼." 그녀는 내게 살짝 웃어 보였지만 마음은 딴 데가 있었다.

나는 차창 밖을 내다보며 아나의 고민거리가 무엇일지 이리저리 추측해보았다. 그중 한 가지는 알 것 같았다. 그녀의 아버지가 얼마 전 사고를 당했고 회복하기까지 시간이 걸릴 거라는 사실이었다.

그래.

그거야.

그레이, 마음 좀 가라앉혀.

레이먼드 스틸은 우리를 반갑게 맞이했다. "이렇게 신경을 써줘서 뭐라고 고맙다고 해야 할지 참." 레이가 널찍한 병실을 손으로 가리켰다. 그의 검은 눈망울에 잔잔한 진지함이 가득했다.

"레이, 별말씀을 다 하십니다." 나는 레이가 고마워하는 것이 민망해서 화제를 바꾸었다. "스포츠 잡지가 많이 보이네요."

"애니가 가져다줬어. 마리너스랑 그들의 이번 시즌 기사를 읽고 있어." 레이가 올해 마리너스의 경기에 많이 실망했다면서 비판을 시작했다. 그 점에선 나도 동의할 수밖에 없었다. 이번 시즌은 아직까지 결과가 그리 좋지 않았다. 대화는 낚시 이야기로 흘러갔다. 레이는 아스토리아 낚시 여행이 불발로 끝난 것을 못내 아쉬워했다. 나는 얼마 전 아스펜에서 한 낚시 이야기를 꺼냈다.

"로어링 포크……. 거기 알지."

"한번 오셔서 놀다 가세요. 회복되시는 대로, 주말 정도에."

"고맙네, 크리스천."

우리가 이야기를 나누는 동안 아나는 줄곧 말이 없었다.

너무 조용했다. 분명 마음이 딴 데 가 있었다.

나는 그것이 신경이 쓰였다. 아나. 무슨 일이야?

레이가 하품을 했다. 아나가 나를 흘끔거렸다. 그만 가야 할 시간이었다. "저희는 그만 갈 테니까 좀 주무세요."

"고맙다, 아나. 네가 와서 정말 좋아. 오늘 자네 어머니도 만났네, 크리스천. 그분 말씀이 많이 위로가 되었어. 게다가 마리너스 팬이시던데!"

"낚시는 그다지 좋아하지 않으세요."

"여자들은 대부분 그렇지, 뭐." 레이의 미소에서 지친 기색이 보였다. 그만 쉬어야 했다.

"내일 또 올게요, 아셨죠?" 아나가 그의 이마에 키스했다. 그녀의 목소리에 슬픈 빛이 어렸다.

맙소사. 왜 슬퍼하는 거야? "가자." 나는 손을 내밀었다. 피곤해서 그런가? 오늘은 일찍 잠자리에 들게 해야 할 것 같았다.

아나는 차 안에서 내내 말이 없었고 집에 도착해서도 말이 없었다. 지금은 뚱한 얼굴로 산만하게 포크로 접시의 음식을 깨작거리는 중이었다. 내 불안 경보가 최고 단계로 격상됐다.

"젠장! 아나, 무슨 일인지 나한테 그냥 말하면 안 돼?" 나는 내 빈 접시를 밀어버렸다. "부탁이야. 너 때문에 미칠 것 같아."

그녀가 걱정이 가득한 눈으로 내 눈을 보았다.

"나 임신했어요."

뭐라고? 나는 멍하니 그녀를 쳐다보았다. 등줄기에서 불신의 전율이 주르르 흘러내렸다. 어느새 나는 스카이다이빙 비행기 문 앞에 서서 낙하산 없이 세상을 굽어보고 있었다. 뛰어내리기 직전이었다.

하늘로.

허공으로.

"뭐?" 내 목소리가 낯설게 들렸다.

"임신했어요."

그렇게 듣긴 들었어.

이건 해결된 걸로 알았는데.

"어떻게?"

그녀가 고개를 한쪽으로 기울이고 한쪽 눈썹을 추켜올렸다.

망했다. 한 번도 느껴본 적 없는 분노가 내 안에서 폭발했다. "주사 맞잖아?" 내가 화를 냈다. "주사 맞는 거 잊었어?"

그녀가 나를 물끄러미 쳐다보았다. 눈물이 그렁그렁한 그 눈이 내 마음을 꿰뚫어 보는 것 같았다. 그녀는 아무 말도 하지 않았다.

아이 갖기 싫단 말이야.

아직은.

지금은 아니야.

가슴속에서 두려움이 용솟음쳐 목구멍을 틀어막고 분노를 키웠다. "맙소사, 아나!" 나는 주먹으로 탁자를 쾅 내려치고 일어섰다. "하나만, 딱 하나만 기억하면 되잖아. 젠장! 빌어먹을, 믿을 수가 없네. 어쩜 그렇게 멍청할 수가 있지?"

그녀가 눈을 감았다가 자기 손가락을 내려다보았다. "미안해요." 그녀가 중얼거렸다.

"미안? 빌어먹을!" 아이라니. 아이를 나더러 어쩌라고?

"때가 아주 좋지 않다는 건 알아요."

"아주 안 좋다 뿐이야!" 내 고함 소리가 실내에 울려 퍼졌다. "이제 겨우 서로를 알아가고 있는데! 너에게 세상을 보여주고 싶었어. 그런데…… 제기랄! 기저귀와 구토와 똥만 구경하게 생겼잖아!" 나는 눈을 감았다.

넌 이제 날 사랑하지 않을 거고.

"잊은 거야? 말해. 아니면 일부러 그런 거야?"

"아뇨." 그녀가 얼른 그것을 부정했다.

"이 문제에선 서로 뜻이 맞는 줄 알았어!" 누가 듣든 말든 상관없었다.

그녀는 두 팔로 자기 몸을 감싸고 움츠러들었다. "알아요. 그랬죠. 미안해요."

"이러니까! 이러니까 내가 통제하려는 *거야*……. 이런 개똥 같은 일이 따라붙어 모든 걸 망쳐버리니까!"

"크리스천, 제발 소리 지르지 마요."

젠장.

이러다 쫓겨나겠는데.

그녀가 울기 시작했다.

아나, 어림도 없어. "눈물 작전 쓰지 마! 제기랄." 나는 한 손으로 머리를 쓸어 넘기며 이 거대한 재난을 이해하려고 애썼다. "내가 아버지가 될 준비가 됐다고 생각해?" 마지막 말에서 목소리가 갈라졌다.

아나가 눈물이 가득한 눈을 내게 돌렸다. "당신도 나도 준비가 안 됐다는 거 알아요." 그녀가 중얼거렸다. "하지만 당신은 좋은 아빠가 될 거예요. 같이 헤쳐나갈 수 있어요."

"그걸 네가 어떻게 알아!" 내 목소리에 실내가 진동했다. "어디 말해보라고!"

그녀가 입을 열었다가 다시 닫았다. 눈물이 그녀의 얼굴을 줄줄 흘러내렸다.

그녀의 얼굴에 그것이 있었다……. 후회.

그녀의 얼굴에 온통 후회한다고 쓰여 있었다. 나라는 짐을 진 것을 후회한다고.

못 참겠어.

분노로 숨이 막힐 지경이다.

"아, 다 집어치워!" 나는 세상에 대고 분노를 쏟아내고 물러나서 두 손을 치켜들어 패배를 표시했다.

난 못 해…….

여기서 나갈 거야.

나는 재킷을 집어 들고 성큼성큼 방을 나와 현관문을 쾅 닫았다. 미친 듯이 엘리베이터 버튼을 눌렀다. 엘리베이터가 우리 층에 서 있는데도 문이 더럽게 천천히 열렸다.

아이?

빌어먹을 아이는 무슨.

엘리베이터에 올라탔지만, 머릿속에선 난장판이 된 더러운 오두막의 부엌 탁자 밑에 숨어 나를 찾는 그 남자를 기다렸다.

'여기 있구나, 이 똥덩어리 새끼.'

지옥이 따로 없네.

제길. 이건 아니야.

나는 에스칼라의 1층 앞문을 박차고 나가 보도에 섰다. 폐에 공기를 한껏 들이켰지만 혈관에 범람하는 분노와 두려움은 누그러지지 않았다. 본능적으로 오른쪽으로 돌아 걷기 시작했다. 비가 그쳤다는 것도 거의 의식하지 못했다.

나는 걸었다.

계속 걸었다.

정신없이.

한 발을 다른 발 앞에 내려놓는 단순한 동작에 집중했다.

다른 생각들은 모두 흐려졌다.

한 가지 생각만 났다.

어떻게 나한테 이럴 수가 있지?

어떻게?

내가 어찌 아이를 사랑할 수 있겠어?

그녀를 사랑하는 법도 간신히 배웠는데.

고개를 드니 플린의 병원 앞이었다. 그가 있을 리 없었다. 문이 꿈쩍도 하지 않았다. 잠겨 있었다. 그에게 전화를 걸었지만 음성사서함으로 넘어갔다. 메시지를 남기지 않았다. 나도 나 자신을 믿을 수가 없었다.

재킷 주머니에 두 손을 찔러 넣고 거리를 오가는 행인들을 무시하며 계속 터벅터벅 걸었다.

정처 없이.

고개를 들어보니 엘레나가 미용실 문을 닫고 있었다. 평소처럼 온통 검은색으로 치장한 모습이었다. 그녀는 유리창 저쪽에, 나는 유리창 이쪽에 있었다. 그녀가 자물쇠를 풀고 문을 열었다.

"안녕, 크리스천. 꼴이 말이 아니네."

나는 말문이 막혀서 그녀를 그저 쳐다보았다.

"들어올래?"

나는 고개를 젓고 물러섰다.

그레이, 지금 뭐 하는 거야?

무의식 깊은 곳에서 경계경보가 울렸다.

나는 그것을 외면했다.

엘레나가 한숨을 내쉬고 빨간 손톱으로 빨간 입술을 톡톡 두드렸다. 그녀의 은반지가 저녁 불빛에 반짝거렸다. "한잔하러 갈래?"

"그럴까요."

"더 마일 하이?"

"아뇨. 덜 붐비는 데로."

"그래." 그녀는 놀란 기색을 숨기지 못했다. "알았어."

"모퉁이를 돌면 술집이 하나 있어요."

"나도 알아. 조용한 곳이지. 나 가방 좀 가져올게."

보도에 서서 엘레나를 기다리는데 머리가 멍했다.

방금 임신한 아내를 두고 나와버렸다.

하지만 지금은 너무 화가 나서 그녀를 돌아볼 겨를이 없었다.

그레이, 지금 뭐 하는 거야?

나는 불편한 목소리를 머릿속에서 떨쳐버렸다. 엘레나가 미용실에서 나와 문을 잠그고 고개를 살짝 틀어 오른쪽을 가리켰다. 나는 두 손을 주머니에 찔러 넣었다. 우리는 함께 걸어가서 모퉁이를 돌아 술집으로 들어갔다.

술집 안은 대대적으로 리모델링을 해서 지난번 여기 왔을 때와는 딴판이었다. 더 이상 싸구려 술집이 아니라 벽에 나무 패널을 대고 폭신한 벨벳 의자를 갖춘 고급 바가 되어 있었다. 엘레나의 말처럼 오디오 시스템에서 빌리 홀리데이의 부드럽고 멜랑콜리한 목소리가 흘러나올 뿐 조용한 곳이었다.

마침맞군.

우리는 칸막이 좌석으로 들어갔다. 엘레나가 손짓으로 여종업원을 불렀다.

"안녕하세요, 제 이름은 서니입니다. 무얼 드릴까요?"

"난 윌래밋 피노누아 한 잔 주세요." 엘레나가 말했다.

"난 병으로 하나." 나는 여종업원을 쳐다보지도 않고 주문했다. 엘레나의 눈썹이 조금 올라갔지만 냉정하게 거리를 두는 특유의 분위기는 여전했다. 어쩌면 그래서 지금 내가 여기 있는 건지도 몰랐다.

"곧 가져다드리죠." 젊은 여자가 우리를 두고 물러갔다.

"크리스천 그레이의 세상이 순조롭지 않은가보네." 엘레나가 말했다. "널 다시 볼게 될 줄 알았어." 그녀의 눈이 내 눈에 고정돼 있었다. 나는 무슨 말을 해야 할지 난감했다. "그런 거지, 응?" 엘레나가 우리 사이의 침묵을 메웠다. "내 문자 메시지 받았어?"

"내 결혼식 날?"

"응."

"받았어요. 지웠지만."

"크리스천, 여기서도 네 분노가 느껴질 정도야. 분노의 기운이 풀풀 풍긴다고. 그래도 내가 적이었다면 날 찾아오진 않았겠지."

나는 훅 숨을 내쉬고 칸막이 쪽으로 기댔다.

"여기 왜 온 거야?" 그녀가 물었다. 당연한 질문이었다.

젠장. "모르겠어요." 이보다 더 침울한 목소리가 있을까?

"걔가 널 떠났니?"

"그건 아니고." 나는 얼음장처럼 차갑게 그녀를 보았다.

아냐 얘긴 하고 싶지 않아.

엘레나가 입을 꾹 다물었을 때 여종업원이 돌아왔다. 우리 둘이 등을 기대고 지켜보는 동안 여종업원이 와인의 코르크 마개를 따서 맛을 보라고 내 잔에 와인을 조금 따랐다. "난 됐어요." 나는 엘레나 쪽으로 손을 저었다. 종업원이 우리 잔을 번갈아 채웠다.

"맛있게 드세요." 그녀가 명랑하게 말하고는 병을 두고 물러갔다.

엘레나가 손을 내밀어 자기 잔을 들어 올렸다. "옛 친구를 위하여." 그녀가 큭큭 웃더니 한 모금 마셨다.

나는 코웃음을 쳤다. 어깨를 죄던 긴장감이 풀렸다. "옛 친구라." 나는 내 잔을 들어 맛을 음미하지 않고 꿀꺽꿀꺽 삼켰다. 엘레나가 인상을 쓰더니 입을 꾹 다물고 아무 말도 하지 않았다. 하지만 눈은 내 눈을 떠나지 않았다.

나는 한숨을 쉬었다. 그녀는 내가 침묵을 깨주기를 바라고 있었다. 무슨 말이든 해야 했다. "사업은 어때요?"

"좋아. 내게 그걸 증여하다니 관대한 처사였어. 그건 고마워."

"내가 최소한 할 수 있는 걸 한 거예요."

그녀가 자기 잔을 내려다보았다. 우리 사이의 침묵이 팽창했다. 결국 그녀가 침묵을 깼다. "네가 이렇게 왔으니까, 네 부모님 집에서 내가 한 행동은 사과할게."

웬일이지. 사과를 모르는 링컨 부인답지 않게. "절대 사과하지 말고 절대 설명하지 말라"는 것이 그녀가 입버릇처럼 하는 말이었다.

"하지 말아야 할 말들을 하고 말았어." 그녀가 조용히 덧붙였다.

"그건 우리 둘 다 마찬가지죠, 엘레나. 다 지난 일이고요."

나는 그녀에게 와인을 더 권했지만 그녀가 사양했다. 그녀의 잔은 반 정도 차 있었고 내 잔은 비어 있었다. 나는 내 잔에 와인을 따랐다.

그녀가 한숨을 쉬었다. "내 사교 범위가 확 줄어들었어. 네 어머니가 그리워. 네 어머니가 날 보려고 하지 않아서 속상해."

"어머니에게 연락하지 않는 게 좋을 거예요."

"알아. 이해해. 네 어머니가 우리 이야기를 엿들을 줄은 몰랐어. 그레이스는 자기 자식들을 보호하는 일이라면 항상 물불을 안 가렸지." 그녀는 잠시 아쉬운 표정을 지었다. "그래도 좋은 시절을 함께한 사이인데 말이야. 네 어머니가 파티의 귀재잖아."

"알고 싶지 않아요."

엘레나가 웃음을 터뜨렸다. "네 어머니를 떠받드는 건 여전하구나."

"어머니 얘기하러 여기 온 건 아니에요."

"그럼 무슨 이야기를 하러 왔어, 크리스천?" 그녀가 고개를 한쪽으로 기울이고 빨간 손톱으로 유리잔 가장자리를 쓰다듬었다. 얼음 같은 연푸른색 눈이 내 눈을 향해 있었다.

나는 고개를 젓고 와인을 다시 쭉 들이켰다.

"걔가 널 떠났구나?"

"아니라니까!" 내가 쏘아붙였다. 누가 떠났다고 해도, 집을 나온 건 나였다.

세상에 어떤 남자가 임신한 아내를 두고 집을 나온단 말인가?

젠장. 어쩌면 아버지 말이 맞는지도 모른다.

아버지의 말이 망령처럼 되살아났다. '네가 문제지. 책임을 다하며 살아야 할 녀. 믿음직하고 훌륭한 인간이어야 할 녀. 좋은 남편감이 되어야 할 녀 말이야!'

어쩌면 난 좋은 남편감이 아닐지도 모른다.

나는 고개를 흔들어 그 생각을 떨쳐버렸다. 엘레나가 나를 물끄러미 바라보았다. 무슨 일인지 추측하는 중이었다. "그립구나? 그 삶이? 그래서 그러는 거지? 그 어린 여자가 네가 원하는 걸 채워주지 못해서."

웃기지 마요, 엘레나.

이 여자의 헛소리를 듣고 있을 이유가 없다.

나는 칸막이에서 나가려고 했다.

"크리스천. 가지 마. 미안해." 그녀가 내 손을 잡으려다가 멈추었다. 쭉 펴졌던 그녀의 손이 탁자 위에서 주먹이 되었다. "제발. 가지 마." 그녀가 애원했다.

이 짧은 시간 안에 링컨 부인의 입에서 사과가 두 번이나 나왔다.

나는 다시 좌석에 몸을 기댔다. 경계심이 더 높아졌다.

"미안해." 그녀가 힘주어 다시 사과했다. 그러고는 다른 전술을 구사했다. "아나스타샤는 어떻게 지내?"

"잘 있어요." 나는 대답했다. 아무 힌트도 주지 않았기를 바랐다.

엘레나가 눈을 가늘게 떴다. 내 말을 믿지 않았다.

나는 숨을 내쉬고 실토했다. "아나가 아이를 원해요."

"아하." 엘레나가 스핑크스의 수수께끼를 풀었다는 투로 말했다. "그거라면 놀랄 이유가 없지. 걘 산란을 하기에는 너무 어리긴 하다만."

"산란?"

나는 코웃음을 쳤다. 그녀는 마지막 말을 지독한 욕설처럼 내뱉었다. 엘레나는 한 번도 아이를 원한 적이 없었다. 그녀에게 모성이라는 게 존재하기나 할런지 의문이었다.

"아기 그레이." 그녀가 흥얼거렸다. "그것이 너의 흥겨운 놀이에 종지부를 찍겠구나." 그녀는 즐거운 표정이었다. "아님 벌써 종지부를 찍었거나."

나는 그녀에게 인상을 구겼다. "엘레나. 닥쳐요. 당신이랑 내 성생활을 의논하려고 여기 온 게 아니니까." 나는 내 잔을 비우고 두 잔에 와인을 더 따라 병을 비웠다. 피노누아가 마법을 부리기 시작했다. 시야가 부옇게 흐려지고 있었다. 평소엔 그리 즐기지 않지만 지금은 유리잔 바닥에서 내게 손짓하는 망각이 그저 반가웠다. 나는 그 여종업원에게 한 병 더 가져오라고 손짓했다.

"걔가 특별히 네 심기를 거스르는 짓을 한 거야? 네가 이렇게 퍼마시는 건 오랜만에 봐." 엘레나는 심히 못마땅한 목소리였지만 내 알 바 아니었다.

"아이작은 잘 있어요?" 나는 이야기의 초점을 내 아내에게서 그녀의 연인으로 옮기고 싶어 물었다. 내 결혼 생활은 그녀가 관여할 일이 아니었다.

엘레나가 희미한 미소를 짓더니 팔짱을 꼈다. "그래. 알겠네. 별로 얘기하고 싶지 않은 거야." 그녀가 잠시 입을 다물었다. 내가 내 입으로 털어놓기를 기다리는 중이었다. 하지만 내 비밀은 오롯이 내 것이었다. 그녀의 것이 아니라.

"아이작은 잘 있어." 그녀가 결국 말을 이었다. "물어봐줘서 고마워. 사실, 우린 아주 잘 지내." 그녀는 최근에 즐긴 그들의 성적 유희를 화제에 올렸다. 나로서는 그녀의 속셈을 알 수가 없었다. 나는 반은 이야기를 듣고 반은 와인이 이끄는 대로 흘러갔다.

"사업 때문에 그래? 그게 문제야?" 내가 반응하지 않자 그녀가 물었다.

"아뇨, 일은 잘되고 있어요. 조선소를 인수했어요."

그녀가 고개를 끄덕였다. 감탄하는 눈치였다. 나는 새로 나온 병으로 두 잔을 채우고 나서 그녀에게 요새 하는 일을 간단히 들려주었다. 태양광 전지 태블릿, 파이버옵틱 사업체 인수, 지오루마라, 그리고 조선소 이야기까지.

"바빴겠네."

"늘 그렇죠."

"일 이야기는 술술 잘도 하면서 아내 이야기는 안 하네."

"그게 왜요?" 그게 문제가 되나?

"난 네가 돌아올 줄 알았어." 그녀가 속삭였다.

뭐라고?

"왜 이렇게 술을 많이 마셔?"

"목이 말라서요." 두 시간 전 내가 한 행동도 잊을 겸.

그녀가 게슴츠레한 눈으로 나를 바라보았다. "목이 말라?" 그녀가 중얼거렸다. "얼마나 마른데?" 그녀가 몸을 기울이고 손을 내밀어 내 손을 잡았다. 내가 긴장하는 순간, 그녀의 손가락이 내 손바닥을 스치며 재킷과 셔츠 소매 밑으로 미끄러져 들어왔다. 그녀의 손톱이 맥박이 뛰는 부위의 살을 파고들었다. "내가 기분 좀 풀어줄까? 너도 그거 그립잖아." 그녀의 숨결이 역겨웠다. 아나처럼 달콤하지 않았다. 그녀의 손이 내 팔목을 꽉 움켜쥐었다. 가슴속 어딘가에서 별안간 어둠이 회오리치며 목구멍까지 치솟기 시작했다. 한동안 잠잠하던 감정이 더 증폭되어 몸 구석구석으로 퍼져나가 풀어달라고 비명을 질렀다.

"지금 뭐 하는 거야?" 나는 그 말을 간신히 짜냈다.

어둠이 나를 꽉 옥죄었다.

나 건드리지 마.

예전에도 이런 식이었어.

항상.

이 여자가 내게 손을 댈 때마다 난 두려움과 싸웠어.

"나 건드리지 말라고." 나는 그녀에게 잡힌 손을 뺐다.

그녀가 하얘진 얼굴로 인상을 썼다. 그녀의 눈이 내 눈을 보았다. "그게 네가 원하는 거 아니야?"

"아니!"

"그래서 여기 온 거 아니었어?"

"아니, 엘레나. 아니야. 당신한테 그런 생각 없어진 지 벌써 오래됐어." 나는 고개를 저었다. 어떻게 내 의도를 엉뚱하게 넘겨짚나 싶었지만 또렷하게 생각을 할 수가 없었다. "난 내 아내를 사랑해." 내가 중얼거렸다.

아나.

엘레나가 나를 뜯어보았다. 하얗던 뺨이 와인 때문인지 수치심 때문인지 붉게 물들었다. 어쩌면 둘 다일지도. 그녀가 시무룩하게 탁자를 내려다보았다. "미안해." 그녀가 중얼거렸다.

세 번째 사과였다.

사과가 풍년이로군.

"모르겠어······. 내가 뭐에 씌었나 봐." 그녀가 웃음을 터뜨렸다. 하시민 옷 웃소리가 크고 억지스러웠다. "그만 가야겠다." 그녀가 가방을 집었다. "크리스천, 아내랑 잘 살길 바랄게." 그녀가 멈칫하더니 내 눈을 똑바로 응시했다. "난 네가 그리워. 네가 상상하는 이상으로."

"잘 가요, 엘레나."

"이제 영영 끝이라는 말투네."

나는 대답하지 않았다.

그녀가 고개를 끄덕였다. "쉽지 않았을 거야. 알아. 날 보러 와 줘서 기뻐. 이제 서로 마음이 풀린 것 같네."

서로? 뭐가 풀렸다는 거야? 우리? 우리라는 것 자체가 없는데.

"잘 가요, 링컨 부인." 그녀에게 이런 말을 하는 것도 이번이 마지막이었다.

그녀가 고개를 끄덕였다. "행운을 빌게, 크리스천 그레이." 그녀가 칸막이 자리를 나갔다. "만나서 반가웠어. 무슨 일로 고민하는지 몰라도 잘 헤쳐나가길 빌게. 넌 할 수 있을 거야. 아버지가 되는 문제라면, 넌 잘해낼 거야." 그녀가 윤기 나는 머리를 어깨 뒤로 넘기고 한 번도 뒤돌아보지 않고 술집을 나갔다. 나는 반쯤 빈 피노누아 병과 불편한 죄책감과 함께 남겨졌다.

집에 가고 싶었다.

아나에게.

젠장.

두 손으로 머리를 감쌌다. 집에 가면 아나가 펄펄 뛰며 화를 낼 것이다.

나는 술병과 잔을 들고 계산을 하러 바로 갔다. 빈 스툴이 하나 있어서 거기 앉아 잔을 채웠다.

아껴야 잘살지.

나는 잔을 쥐었다. 천천히.

빌어먹을. 아나가 화를 내는 거 싫은데. 지금 집에 가면 후회할 말을 할 것 같았다. 게다가 엄청 취했다. 아나에게 취한 모습을 한 번도 보인 적이 없었는데. 나는 그녀가 취한 걸 보긴 했지만. 히스먼 호텔에서 그녀와 처음 잔 날. 그녀가 처녀 파티를 치르고 온 날 밤에도……

그녀가 한 말이 술에 취해 느려진 머릿속을 유영했다.

'나 벌줄 거예요?'

'벌을 주다니?'

'이렇게 취한 벌. 처벌 섹스. 당신은 하고 싶은 건 뭐든 나한테 할 수 있으니까.'

그만해, 그레이.

언제 임신했을까 궁금했다.

신혼여행 때? 우리 침대에서? 빨간 방에서?

젠장…….

자식이라니.

빌어먹을 미니밴이 필요하겠군.

녀석이 아나의 푸른 눈을 가졌을까? 내 성질을 닮았을까? 젠장. 잔이 비었다. 나는 잔을 다시 채우고 병을 비웠다.

내가 엘레나와 술을 마셨다는 걸 아나가 알면 대가를 톡톡히 치러야 할 것이다. 아나는 엘레나를 싫어한다.

크리스천…… 만약 아기가 아들이면 어떨 것 같아?

오, 아나, 아나, 아나.

그 생각은 하고 싶지 않다 .

지금은. 너무 쓰라리고 너무 고통스럽다.

망각이 필요하다.

나라는 인간을, 내가 한 행동을 잊고 싶다.

과거의 내 삶도…… 이전도…… 모두.

로빈슨 부인 이전도.

바텐더가 내 쪽을 쳐다보았다.

"버번 주세요."

"다 왔습니다." 운전기사가 나를 돌아보며 큰 치아가 다 보이도록 활짝 웃었다.

"에?" 여긴 자동차 안이었다……. 택시. 내 얼굴이 차가운 유리창에 들러붙어 있었다. 머리가 빙빙 돌았다. 제기랄. 한쪽 눈을 감고 차 앞의 건물을 게슴츠레하게 올려다보았다. 황동 전등이 어둠 속에서 환한 자태를 뽐냈다.

"에스칼라 맞죠?" 운전기사가 말했다.

"어. 맞아요."

나는 안주머니에서 지갑을 더듬더듬 찾아 지폐를 꺼냈다. 그리고 택시 기사에게 이거면 되겠지 하고 한 장을 건넸다.

"와우! 고맙습니다!"

나는 차 문을 열고 보도 위에 풀썩 쓰러졌다.

"젠장."

"괜찮아요?" 운전기사가 외쳤다.

"네." 잠시 그대로 누워 밤하늘을 올려다보면서 세상이 그만 빙빙 돌기를 기다렸다. 깨끗한 하늘에서 별 몇 개가 반짝거리며 내게 윙크를 했다. 평화로웠다.

나는 보도 위에 누워 있었다.

일어나, 그레이.

어떤 남자가 전등 불빛을 막아서며 나를 굽어보았다. 순간 가슴이 철렁했다. "자." 남자가 내게 손을 내밀었다.

아, 도와주려는 거네……. 택시 운전사? 그런가 보네. 그가 나를 일으켜 세웠다.

"많이 드셨네요?"

"네. 퍼마셨어요. 그런 것 같네요." 나는 어설프게 옷을 털려고 했다. 운전기사가 택시에 다시 올라탔다. 나는 돌아서서 비틀거리기 시작했다. 앞으로 쏠리는 가속도를 이용해 건물 안으로 들어가서 엘리베이터로 갔다. 침대까지만 가면 괜찮을 것 같았다. 엘리베이터 문이 열려서 나는 우당탕 안으로 들어갔다. 비밀번호를 눌렀다……. 엘리베이터가 움직이지 않았다.

다시 눌렀다.

잠잠했다.

젠장.

다시.

한쪽 눈을 감고 버튼을 눌렀다. 성공! 문이 스르륵 닫혔다. 엘리베이터가 웅웅 소리를 내는 걸 보면 움직이는 것 같았다. 잠깐만. 안 돼……. 모든 게 움직이고 있잖아. 눈앞이 빙빙 돌아서 벽에 몸을 기대고 눈을 감았다. 핑 소리가 났다. 다 왔다! 눈을 뜨고 현관으로 비틀비틀 들어갔다.

젠상. 뭔가에 부딪혔다.

누가 현관 탁자를 옮겨놓은 거야?

"재수 없게!" 나는 두 손으로 탁자를 짚고 몸을 가누었지만 빌어먹을 탁자가 또다시 움직였고, 뭔가가 긁히는 소리가 그나마 깨어 있던 신경을 쪼아댔다.

"제기랄!" 나는 짝문까지 겨우 도달했다.

"크리스천, 괜찮아요?"

나는 고개를 들었다. 그녀가 은막 위의 여신 같은 차림으로 서 있었다.

아나. 나의 아프로디테. 내 아내. 내 가슴에 사랑과 빛이 차올랐다. 그녀는 너무나 아름다웠다. "그레이 부인." 문설주가 나를 지탱했다. "오, 너 정말 예쁘다, 아나스타샤."

어느새 그녀가 성큼 다가와 있어서 그녀를 또렷이 보려면 실눈을 떠야 했다.

"어디 갔었어요?" 그녀가 걱정스러운 목소리로 물었다.

오, 안 돼. 아나에게 그걸 말해선 안 된다. 지독하게 화를 낼 것이다. 나는 손가락을 입술에 댔다. "쉿!"

"침대로 가는 게 좋겠어요."

침대. 아나랑. 거기 말고 더 좋은 데는 없지. "너랑." 나는 그녀에게 최대한 예쁘게 미소 지었지만 그녀는 인상을 썼다.

"침대로 데려다줄게요. 내게 기대요." 그녀가 팔을 내 허리에 감았다. 나는 그녀에게 기대 향긋한 머리 냄새를 맡았다.

꿀 냄새. "정말 아름답다, 아나."

"크리스천, 좀 걸어봐요! 내가 침대에 눕혀줄 테니까."

대장처럼 구네! 하지만 나는 그녀가 행복하기를 바랐다. "그래." 우리는 움직였다. 함께. 통로를 걸어갔다. 한 번에 한 걸음씩 느리게. 어느새 침실 안이었다. "침대다." 가장 반가운 풍경이었다.

"그래요, 침대." 아나가 말했다. 그녀의 얼굴이 흐릿했다. 그래도 아름다웠다. 나는 그녀를 내게로 끌어당겼다.

"같이 누워."

"크리스천, 당신 좀 자야 해요."

오, 싫은데. "벌써 시작됐구나. 나도 다 들었어."

"듣다니 뭘요?"

"아기가 생기면 섹스는 없다고."

"그건 사실이 아니에요. 그럼 집집마다 자식이 하나뿐이게요."

그레이 부인은 모르는 게 없다. 말도 또박또박 잘하고. "너 참 재밌어."

"당신은 취했고요."

"응." 많이.

잊으려고 그랬어.

'여기 있구나, 이 뚱덩어리 새끼.'

"얼른요, 크리스천." 아나가 재촉했다. 상냥하고 마음이 넓은 아나. "침대에 누워요."

어느새 나는 침대에 누워 있었다.

너무 편안했다.

그냥 여기 있어야겠다.

그녀가 서서 나를 굽어보았다. 실크나 새틴 같은 옷을 입은 모습이 이브처럼 유혹적이었다. 나는 두 팔을 그녀에게 쭉 내밀었다. "너도 누워."

"우선 당신 옷 좀 벗기고요."

흠……. 벌거벗고. 아나랑. "이제야 말이 좀 통하네."

"일어나 앉아봐요. 당신 재킷 벗기게."

"방이 빙빙 돌아."

"크리스천. 일어나 앉아요!"

나는 그녀를 올려다보며 미소를 지었다. "그레이 부인, 우리 꼬마 대장님."

"맞아요. 시키는 대로 일어나 앉아보라고요." 그녀가 양손을 옆구리에 얹었다. 엄하게 보이려고 하네……. 하지만 그녀는 그저 사랑스럽게 보였다.

내 아내.

사랑하는 나의 아내.

나는 천천히 침대와 씨름하며 일어나 앉았다.

내가 이겼다.

아나가 내 넥타이를 잡았다.

내 옷을 벗기려 하는 것 같았다. 그녀가 가까웠다. 너무 가까웠다. 나는 그녀의 독특한 향기를 들이마셨다. "너 냄새 좋아."

"당신은 독한 술 냄새 나요."

"응. 부르. 번." 아으, 젠장. 방이 빙글빙글 돌았다. 침대에 붙어 있으려고 두 손을 아나 위에 얹었다. 그러자 도는 속도가 느려졌다. 나이트가운이 따스하고 부드러워 그녀의 체온이 더 강하게 느껴졌다. "이 천 감촉이 참 좋다, 아나스테이—시아. 새틴인지 실크인지 항상 이런 것만 입어."

물론. 지금은 그녀만 있는 게 아니다. 나는 그녀를 더 가까이 끌어당겼다. 그레이 주니어에게 말을 걸고 싶었다. 기본 원칙을 정해야 했다. "이 안에 침입자가 있어. 너 나 잠 못 자게 할 거지, 그치?"

아나의 두 손이 내 머리카락 속을 파고들었다. 나는 얼굴을 들어 그녀를 올려다보았다. 나의 마돈나. 내 아이의 어머니. 그 순간 나는 나의 가장 큰 두려움을 그녀에게 털어놓았다. "넌 나보다 이 녀석을 우선하게 될 거야."

"크리스천, 잘 모르면서 그런 말 하지 말아요. 바보 같은 말 말라고요……. 난 누구보다 누구를 더 우선하지 않아요. 그리고 딸일 수도 있어요."

"딸. 오 하느님."

여자애?

여자 아기?

안 돼. 방이 계속 빙빙 돌아서 나는 침대로 쓰러져버렸다……

　풍성한 검은 머리와 검은 눈망울의 아기 미아. 아나가 미아를 안
고 있다. 산들바람이 살랑살랑 내 얼굴에 와닿는다. 햇빛 속에 있
는데도 시원하다. 우리는 과수원에 있다. 아나는 사랑이 가득한 얼
굴에 미소를 머금고 미아를 내려다보다가 슬픈 눈으로 나를 본다.
그녀가 뒤돌아보지 않고 떠나간다. 나는 우두커니 서서 그녀를 바
라본다. 그녀는 돌아보지 않는다. 그대로 걸어가서 히스먼 호텔의
주차장 안으로 사라진다. 그녀가 돌아보지 않는다. 나는 힘줄 하나
하나, 뼈 마디마디, 골수 속 원자 하나하나가 아프다. 안 돼. 소리
치고 싶은데 말을 할 수가 없다. 말이 안 나온다. 나는 바닥에 웅크
리고 있다. 꽁꽁 묶여서. 입에 재갈을 물고. 아프다. 온몸이. 빨간
킬힐이 판석을 때리는 소리가 울려 퍼진다. 너 취했구나. 또. 엘레
나가 하니스를 차고 길고 가느다란 지팡이를 휘두른다. 안 돼. 안
돼. 감당하기가 어려울 것이다. 미안해요. 말하라고 한 적 없어. 그
녀의 말투가 무뚝뚝하다. 형식적이다. 나는 두 팔로 내 몸을 감싼
다. 안으로 깊이 움츠러든다. 그녀가 지팡이로 내 등허리를 쭉 훑
는다. 별안간 그것이 내 몸에서 떨어진다. 그녀가 잠깐 멈칫하다가
내 등을 후려친다. 나는 숨을 크게 들이마시며 피부에 퍼지는 불같
은 고통을 받아들인다. 그녀가 지팡이 끝으로 내 두개골을 찌른다.
고통이 머릿속을 관통한다. 문이 쾅 열리며 그의 거대한 덩치가 문
간을 메운다. 엘레나가 비명을 지른다. 비명을 지른다. 그 소리에
내 머리가 쪼개질 것 같다. 그자가 여기 있다. 그자가 나를 때린다.
왼손 훅이 내 턱에 꽂히고 내 두개골은 고통으로 폭발한다. 젠장.

나는 눈을 조금 떴다. 햇빛이 수술용 메스처럼 내 두뇌를 난도질했다. 나는 얼른 눈을 감았다. 아이고 머리야……. 머리가 욱신욱신 쑤셨다.

뭐지?

나는 침대에 누워 있었다. 몸이 차갑고 뻣뻣했다.

옷을 입고 있네?

왜? 다시 눈을 떴다. 빛이 조금 새어들게 이번엔 천천히 떴다. 집이었다.

어떻게 된 거지? 기억을 애써 더듬었다. 뭔가 사고를 쳤다는 느낌이 의식 언저리에서 아른거렸다.

그레이. 무슨 짓을 한 거야?

간밤의 기억을 가렸던 커튼이 천천히 걷히며 내 만행의 일부를 드러냈다.

술을 퍼마시고.

고주망태가 된 나.

나는 일어나 앉았다. 너무 빨리 일어났는지 머리가 핑 돌더니 구토 욕구가 솟구쳤다. 그것을 삼켜버리고 관자놀이를 문질렀다. 그리고 얼마 남지 않은 정신머리를 추슬러 어떻게 된 일인지 기억을 더듬었다. 어제저녁의 희미한 잔상들이 흐릿하고 일그러진 모습으로 뇌리를 스쳤다. 레드 와인이랑 버번?

무슨 생각으로 그랬을까?

아기. 망할.

아나를 보려고 고개를 들어보았지만 그녀는 여기 없었다. 어젯밤 이 침대에서 자지 않은 게 분명했다.

어디 있지?

나는 내 몰골을 살폈다. 다친 데는 없었지만 어제 입은 옷을 그대로 입고 있었고 냄새도 났다.

젠장. 내가 아나를 쫓아낸 건가?

몇 시지? 시계를 보니 오전 7시 5분이었다.

나는 떨리는 몸을 일으켜 두 발로 섰다. 맨발이었다. 양말을 벗은 기억이 나지 않았다.

이마를 문질렀다.

내 아내는 어디 있을까? 불안함이 슬며시 고개를 들더니 통렬한 죄책감을 불러왔다.

젠장, 무슨 짓을 한 거야?

침대 옆 탁자 위에 내 휴대전화가 있었다. 그걸 집어 들고 욕실로 비틀비틀 걸어갔다.

아나는 거기에도 없었다. 빈방에도 없었다.

존스 부인이 부엌에 있었다. 그녀는 나를 보는 둥 마는 둥 흘끔거리고는 하던 일로 돌아갔다. 아나가 아무 데도 보이지 않았다. "안녕, 게일. 아나는요?"

"못 봤는데요." 말투가 쌀쌀맞았다. 존스 부인이 화가 났다.

나한테?

왜?

나는 게일을 무시하고 도서실을 살폈다. 없네.

불안감이 팽창했다.

나는 게일의 차가운 시선을 교묘히 피하며 거실을 다시 통과해 서재와 TV실을 확인하러 갔다. 아나는 거기에도 없었다.

젠장.

똥줄이 타서 허둥지둥 거실로 돌아가서 위층으로 뛰어올라가 손님방 두 곳을 확인했다. 아나는 없었다.

그녀가 가버렸다. 젠장, 그녀가 가버렸다. 나는 아래층으로 뛰

175

어 내려갔다. 관자놀이가 쪼개질 것 같았지만 무시하고 테일러의 사무실로 뛰어들었다. 그가 고개를 들었다. 놀란 것 같았다.

"아나는?"

그의 얼굴은 무표정했다. "전 못 봤습니다, 사장님."

"이런 제기랄, 여기 보안 요원이 대체 몇 명이야? 내 아내 지금 어디 있냐고, 젠장?" 나는 폭발했다. 머리가 쿵쿵 울렸다. 테일러의 얼굴이 하얗게 질릴 때 나는 눈을 감았다.

젠장. 정신 똑바로 차려, 그레이.

"밖에 나간 거야?"

나는 최대한 차분한 목소리를 끌어내 물었다.

"녹화 영상에는 찍힌 게 없습니다, 사장님."

"찾을 수가 없어서 그래." 무얼 어떻게 해야 할지 난감했다.

테일러가 CCTV 모니터를 살폈다. "모든 차량이 제자리 있습니다. 아무도 들어올 수 없는데요."

나는 그의 말뜻을 알아듣고 해쓱해졌다. 납치된 거 아냐?

테일러가 내 표정을 보았다. "아무도 안으로 들어올 수 없습니다, 사장님." 그가 힘주어 같은 말을 반복했다.

"레일라 윌리엄스랑 잭 하이드는 들어왔잖아!" 내가 딱딱거렸다.

"윌리엄스 양은 열쇠를 가지고 있었고, 하이드는 라이언이 들였습니다." 테일러가 반박했다. "제가 아파트 안을 살펴보죠."

나는 고개를 끄덕인 뒤 그를 따라 복도로 나갔다.

떠나지는 않았을 것이다. 떠났을까? 나는 어지럽고 지끈거리는 머릿속을 헤집어 아나의 모습을, 어젯밤의 그녀를 떠올렸다. 엄청 부드러운 새틴 옷을 입고 있었어. 향기롭고 아름다운 모습으로, 미소를 지으며 나를 내려다보았어. 테일러가 우리 침실로 향했다.

거기를 살피러 가는 게 분명했지만 나는 그를 말리지 않았다. 내가 못 보고 지나쳤을 수도 있으니까.

내 휴대전화!

그녀에게 전화를 걸어보자.

잠깐.

그녀의 문자 메시지가 있었다. 느낌표가 잔뜩 붙은 된 문자 메시지가 고함을 마구 질러댔다.

아나

링컨 부인이 보낸 문자에 관해 이야기를 해야 하니까 그 여자도 부르지 그래요?!

그럼 다시 쪼르르 달려가는 수고를 덜 수 있겠죠!! 당신의 아내로부터.

> **전달된 메시지: 엘레나**
> 만나서 반가웠어. 이젠 이해해.
> 안달하지 마. 넌 좋은 아빠가 될 테니까.

아, 환장하겠네.

아나가 내 문자를 읽었다.

언제?

어떻게 그런 짓을 하지?

분노가 들끓었다. 나는 통화 버튼을 눌렀다. 아나의 휴대선화가 울렸다. 계속. 빌어먹을 계속 울리기만 하다가 결국 음성 사서함으로 넘어갔다. "대체 어디 있는 거야?" 나는 내 블랙베리에 대고 으르렁거렸다. 아나가 내 문자를 읽었다는 것도 화가 났고, 아나가 엘레나 일을 알았다는 것도 화가 났고, 엘레나에게도 화가 났다. 하지만 무엇보다 나 자신에게, 내 숨통을 조이려고 발톱을 휘두르는 두려움에게 화가 치밀었다. 아나가 없어졌다.

아나, 대체 어디 있는 거야? 날 떠난 걸까.

어디로 갔을까? 케이트. 당연하지. 나는 캐버너에게 전화했다.

"여보세요." 신호음이 몇 번 울린 뒤 케이트가 전화를 받았다. 졸음기가 가득한 목소리였다.

"크리스천이에요."

"크리스천? 무슨 일이에요? 아나 괜찮아요?" 케이트가 잠이 확 깨서 평소의 집요한 말투를 즉시 회복했다. 지금은 절대 사양이었다.

"아나랑 같이 있는 거 아니에요?"

"아뇨. 그럴 이유가 있나요?"

"아뇨. 걱정하지 말아요. 다시 자요."

"크리스······." 나는 전화를 끊었다.

머리가 쿵쿵 울렸다. 아내가 사라졌다. 생지옥이 따로 없었다. 여기가 생지옥이었다. 아나의 휴대전화로 다시 전화를 걸었지만 이번에도 음성 사서함으로 연결됐다. 나는 부엌으로 들어갔다. 게일이 커피를 끓이고 있었다. "두통약 좀 가져다줄래요?" 아내가 사라진 남편치고는 품위 있게 말했다. 게일이 웃음을 꾹 참았다.

내가 괴로워하는 꼴이 재밌나 보네?

나는 게일에게 인상을 썼고 게일은 말없이 두통약이 담긴 약통을 식탁 위에 놓고는 유리잔에 물을 따르려고 돌아섰다. 나는 아이가 쉽게 열 수 없게 만든 뚜껑을 열려고 용을 썼다. 겨우 플라스틱 튜브 통에서 알약 두 개를 꺼냈을 때 존스 부인이 냉랭한 표정으로 물 잔을 내 앞에 놓았다.

나는 그녀를 쏘아보면서 알약을 입에 넣었지만, 그녀는 레인지

쪽으로 다시 돌아섰다. 나는 물을 한 모금 마셨다.

젠장. 물이 미지근했다. 맛대가리 없게.

나는 존스 부인을 노려보았다. 일부러 그랬네. 나는 물 잔을 카운터에 탁 내려놓고 나서 돌아서서 아나를 찾으러 다시 위층으로 쿵쾅쿵쾅 올라갔다. 약이 머릿속의 폭풍을 잠재워주기를 바랐다.

테일러가 예전 서브미시브 방에서 나왔다. 표정이 어두웠다. 나는 오락실 문을 확인했다. 잠겨 있을 테지만 혹시 몰라 애타게 문을 흔들어보고는 복도 저편으로 아나의 이름을 불렀다. 고통이 머릿속을 헤집는 바람에 목소리를 높인 것을 즉시 후회했다.

"없어?" 내가 테일러에게 물었다.

"없어요. 체육실도 확인했고, 소여랑 라이언도 깨웠습니다. 그들이 직원 숙소를 수색하는 중입니다."

"그래. 계획을 세워야겠어."

"아래층에서 모이죠."

우리는 부엌으로 돌아갔다. 소여와 라이언이 우리와 합류했다. 라이언은 나보다 더 잠이 모자라 보였다.

"그레이 부인이 사라졌어." 나는 그들에게 호통을 쳤다. "소여, CCTV 영상 확인하고 그녀의 동선을 추적할 수 있는지 알아봐. 라이언, 테일러, 두 사람은 다시 아파트 안을 수색하고."

그 순간 모두 일제히 화들짝 놀란 표정을 지었다. 그들의 눈이 휘둥그레지고 입이 딱 벌어졌다.

뭐야?

시야 가장자리 쪽에서 뭔가가 움직이며 내 주위를 끌었다.

아나였다.

하느님 감사합니다. 그녀가 여기 있다. 잠시 안도감이 걷잡을 수 없이 밀려왔다. 하지만 일어서서 우리를 둘러보는 그녀의 모습은 냉정하고 멀게 느껴졌다. 그녀는 눈을 크게 뜨고 있었지만 눈밑 그늘이 뚜렷했다.

아나는 잔뜩 화가 나 있었다. 그런 그녀를 보자 불길한 느낌이 등줄기를 따라 흐르면서 뒤통수의 머리털이 일어섰다. 아나가 좁은 어깨를 쫙 펴고 고집스럽게 턱을 치켜들더니 나를 싹 무시하고 루크에게 말했다. "소여, 나 20분 후에 출발할 거예요." 그녀는 몸을 감싼 이불을 더 여미며 턱을 계속 치켜들었다.

오, 아나. 나는 그녀가 여기 있다는 게 그저 행복했다. 나를 떠나지 않았어.

"아침 드시겠어요, 그레이 부인?" 게일이 물었다. 나는 지극히 다정하고 배려하는 그 말투에 놀라 게일을 돌아보지 않을 수 없었다. 나를 흘끔거리는 게일의 시선은 여전히 냉랭했다.

아나가 고개를 저었다. "배고프지 않아요. 고마워요." 그녀의 목소리는 부드럽고 낭랑했지만 표정은 완강했다. 나를 벌주려고 일부러 안 먹는 건가? 그래서 이러는 거야? 하지만 지금은 그런 걸로 말다툼을 벌일 때가 아니었다.

"어디 있었어?" 내가 어리벙벙해서 물었다. 별안간 뒤쪽에서 직원들이 물러가는 소리가 소란스럽게 들려왔다. 나도 아나도 그들은 아랑곳하지 않았다. 그녀가 돌아서더니 침실로 향했다.

"아나! 대답해!"

빌어먹을, 날 무시하지 말라고!

나는 당당하게 걸어가는 그녀를 쫓아서 복도를 지나 침실로 들어갔다. 그녀가 욕실로 들어가서 문을 닫고 잠갔다.

젠장!

"아나!" 나는 문을 쾅쾅 두들기다가 손잡이를 흔들었다. "아나, 빌어먹을 문 열어."

나한테 왜 이러는 거지? 내가 어젯밤에 집을 나갔다고? 엘레나를 만났다고 이래?

"저리 가요!" 그녀가 소리쳤다. 샤워기에서 물이 쏟아지는 소리가 같이 들렸다.

"난 아무 데도 안 갈 거야."

"마음대로 해요."

"아냐, 제발."

나는 화가 났다는 걸 표현하려고 다시 문을 흔들어댔지만 무력한 분노 말고는 아무것도 느껴지지 않았다. 어떻게 문을 잠글 수가 있지? 문을 부수고 싶은 걸 자제력을 총동원해 꾹 참았다. 그녀의 태도도 마음에 걸렸지만 머리가 아파서 그건 좋은 선택 같지 않았다.

왜 이렇게 화를 내지?

자기가 왜 화를 내냐고?

나한테 아기 폭탄을 투하해놓고?

아니면 내가 술을 퍼마셨다고 이러나?

무엇이 문제인지는 어렴풋이 알고 있었다.

엘레나. 어째서 링컨 부인은 자기 생각을 혼자만 알고 있지 못할까?

그 여자를 만난 게 실수였다.

그건 그 술집에 있을 때 이미 알고 있었다.

큰일 났다, 그레이.

어머니가 늘 하는 말처럼 손바닥도 마주쳐야 소리가 나는 것이다. 원래 아내들은 항상 남편들에게 화를 낸다. 아닌가? 이런 일은 지극히 정상이다. 나는 잠긴 문을 향해 인상을 썼다.

나더러 뭘 어쩌라고?

'행복한 공간을 찾아보세요.' 벽에 몸을 기대는데 플린의 말이 생각이 많은 머릿속을 비집고 들어왔다.

여기 이렇게 등신처럼 서 있는 건 내 행복한 공간이 아니다.

나의 행복한 공간은 저 샤워기 안에 있다.

하지만 선택의 여지가 없었다.

머리가 쿵쿵 울렸다. 샤워기에서 쏟아지는 물소리가 내 고함 소리보다는 그래도 덜 고통스러웠다. 저것마저 없으면 고요할 테니까. 나도 빈방에서 샤워를 할까 생각해보았지만 그사이에 그녀가 나를 피해 나가버릴 것 같았다. 한숨이 나왔다. 나는 머리를 쓸어 넘기며 그냥 그레이 부인을 기다리기로 했다.

또다시.

어차피 늘 하는 건데 뭐.

내 마음은 전날 저녁으로 흘러갔다. 엘레나에게도. 무슨 얘기를 나눴더라? 기억을 더듬자 불편한 느낌이 되살아났다. 무슨 대화가 오갔지? 내 일. 그래. 그녀의 일. 아이작. 아나가 아이를 원한다는 거. 엘레나에게 아나가 임신했다는 말은 하지 않았다. 했나?

안 했다. 천만다행이다.

산란. 큭 웃음이 나왔다. 엘레나다운 단어 선택이다.

그리고 그녀가 사과를 했다. 최초가 하나 더 생겼다.

그것 말고 또 무슨 얘기를 했더라? 뭔가가 의식의 가장자리를 맴돌았다. 망할. 왜 그렇게 퍼마셨을까? 통제 불능이 되는 건 질색인데. 술꾼들도 질색이다.

더 어두운 기억이 표면 위로 떠올랐다. 어젯밤 일이 아니라 늘 묻어버리려고 애쓰는 그것. 그 남자. 약쟁이 창녀의 개 같은 포주. 싸구려 술 아니면 자기 몸과 약쟁이 창녀의 몸에 찔러 넣을 수 있는 건 뭐든 넣고 해롱거리던.

제기랄.

여긴 나의 행복한 공간이 아니다. 그자의 씻지 않은 몸에서 나던 악취, 이 사이에 물린 카멜 담배 냄새를 떠올리자 식은땀이 솟아났다. 나는 솟구치는 공포감을 잠재우려고 숨을 깊고 길게 들이마셨다.

다 지난 일이야, 그레이.

진정해.

문이 딸각거리는 소리가 났다. 눈을 뜨니 아나스타샤 그레이 부인이 수건 두 장을 몸에 두르고 욕실에서 나왔다. 그녀는 내가 투명인간인 것처럼 성큼성큼 나를 그대로 지나쳐 옷방으로 들어갔다. 나는 그녀를 따라가서 문간에 서서 그녀를 지켜보았다. 그녀는 아무 일도 없는 양 오늘 입을 옷을 골랐다.

"지금 나 무시해?" 내가 어이없다는 투로 말했다.

"눈치가 참 빠르시네요?" 그녀는 내게 아직도 있었냐는 식으로 중얼거렸다.

나는 그녀를 쳐다보았다. 무기력하게. 어떡하지?

그녀는 두 손에 옷을 들고 왈츠를 추며 나를 향해 다가오다가 멈춰 서더니 마침내 내 눈을 똑바로 응시하며 "썩 비켜, 등신아" 하는 표정을 지었다. 똥구덩이에 제대로 빠졌네. 페어레이디호에서 머리빗을 내게 던졌을 때 말고 아나가 이렇게 화가 난 적은 처음이었다. 나는 그녀에게 길을 비켜주었다. 그녀를 잡아 벽에 밀어붙이고 키스하고 싶은 마음이 간절했지만. 그녀의 정신이 혼미해질 때까지 키스하고 싶었다. 그리고 나서 그녀 안에 들어가고 싶었다. 하지만 나는 빌어먹을 애완견처럼 그녀를 따라 침실로 들어가 문간에 섰고 그녀는 서랍장으로 건너갔다. 어쩜 이렇게 태연할 수가 있지?

나 좀 보라고! 나는 속으로 그녀에게 소리쳤다.

그녀가 몸에 두른 수건을 풀어 바닥에 떨어뜨렸다. 내 아랫도리 녀석이 꿈틀꿈틀 반응하며 분노를 더했다. 세상에, 그녀는 아름다웠다. 흠 하나 없는 피부, 부드럽게 퍼지는 옆구리, 동그란 엉덩이, 그리고 내 몸을 감아주었으면 하는 길고 긴 다리까지. 그녀의 몸 어디에서도 침입자의 태는 보이지 않았다. 아니, 어디가 임신을 했다는 거야.

젠장. 나는 아이 생각은 저편으로 밀어버렸다.

그녀를 침대로 데려가기까지 얼마나 걸릴까?

그레이, 안 돼⋯⋯. 정신 차려.

그녀는 계속 나를 무시했다. "왜 이러는 거야?" 나는 목소리에서 절박한 빛을 최대한 감추었다.

"왜 그러는 거 같아요?" 그녀가 서랍에서 속옷을 꺼냈다.

"아나⋯⋯." 그녀가 몸을 굽혀 팬티를 당겨 올릴 때는 숨이 막혔다. 그녀의 멋지고 멋진 엉덩이가 꼼지락거렸다. 그녀는 일부러 그러고 있었다. 머리가 지끈거리고 기분이 더러운데도 그녀랑 섹스하고 싶었다. 당장. 우리가 괜찮다는 걸 확인하고 싶었다. 점점 발기하는 놈이 그것에 찬성했다.

"가서 당신의 로빈슨 부인한테 물어봐요. 그 여자가 설명해주겠죠." 그녀는 나를 아랫것 부리듯 무시하며 서랍 안을 뒤적거렸다.

역시나 생각한 대로 엘레나 때문이었다.

뭘 기대한 거야, 그레이?

"아나, 이미 말했지만, 그 여자는 아니야⋯⋯."

"듣고 싶지 않아요, 크리스천." 아나가 손을 치켜들었다. "어제 얘기할 시간이 있었는데도 당신은 소리나 지르고 당신을 오랫동안 학대했던 여자랑 같이 술을 퍼마셨어요. 그 여자한테 전화해요. 그 사람이 기꺼이 당신 말에 귀를 기울일 테니까."

뭐라고?

아나가 브래지어를 골랐다. 검은색 레이스 브래지어였다. 그것을 차고 고정했다. 나는 방 안으로 들어가서 두 손을 옆구리에 올리고 그녀를 노려보았다. 그녀가 선을 넘었다.

"왜 내 걸 몰래 보고 그래?" 그녀가 내 문자를 보았다는 게 믿기지 않았다.

"지금 중요한 건 그게 아니잖아요, 크리스천?" 그녀가 쏘아붙였다. "문제는, 힘든 일만 생기면 당신이 그 여자에게 달려간다는 거예요."

"그런 게 아니야……."

"관심 없어요!" 그녀가 침대로 건너갔다. 나는 그녀를 바라보았다. 난감했다. 그녀가 너무나 차가웠다. 이 여자에게 이런 면이 있었나?

그녀가 침대에 걸터앉아 길고 미끈한 다리를 뻗고 발가락을 모으더니 허벅지까지 오는 밴드 스타킹을 천천히 끌어올렸다. 그녀의 두 손이 다리를 쓸어 올리는 걸 보고 있으려니 입 안이 마르다 못해 모래사막이 되었다.

"어디 있었어?" 지금 조리 있게 만들 수 있는 문장은 그것뿐이었다. 그녀는 내 말을 무시하고 다른 쪽 스타킹도 똑같이 천천히 육감적으로 끌어 올렸다. 그러고는 일어서서 나를 등지고 몸을 숙여 수건으로 머리를 말렸다. 그녀의 등이 완벽한 곡선을 그렸다. 나는 그녀를 잡아 침대에 던지지 않으려고 파편이 되어버린 자제력을 끌어모아야 했다. 그녀가 다시 똑바로 서서 축축하고 풍성한 갈색 머리를 휙 넘기자 머리카락이 그녀의 등쪽 브래지어 선 아래로 폭포수처럼 흘러내렸다.

"대답해." 내가 중얼거렸다. 하지만 그녀는 서랍장으로 돌아가서 헤어드라이어를 집어 스위치를 켜고 무기처럼 휘둘러댔다. 그 소음이 이미 너덜너덜한 내 신경을 긁어 아주 풀어헤쳤다.

아내가 나를 무시할 땐 어떻게 해야 하지?

막막했다.

그녀가 손가락으로 머리카락을 훑으며 머리를 말렸다. 나는 그녀에게 손을 뻗고 싶은 걸 참느라 주먹을 쥐었다. 그녀를 만지고 이 헛짓거리를 끝장내고 싶은 마음이 간절했다. 하지만 그녀가 오락실에서 엉덩이를 맞고 독하게 쏘아붙이던 기억이 떠올랐다.

'넌 엉망진창으로 망가진 개자식일 뿐이야.'

나는 창백해졌다. 그런 일이 반복되는 건 싫었다.

절대.

나는 말없이, 멍하니 그녀를 바라보았다. 며칠 전까지만 해도 내가 머리를 말려주게 하더니. 그녀는 정수리에 머리가 뭉쳐 있는데도 과장된 동작으로 머리 말리기를 끝냈다. 빨간색과 금색이 섞인 적갈색 머리채가 어깨 아래로 떨어졌다. 일부러 이러는 거 알아. 그 생각이 분노를 부채질했다.

"어디 있었냐고?" 내가 속삭였다.

"무슨 상관인데요?"

"아냐. 그만해. 당장."

그녀가 내 알 바 아니라는 식으로 어깨를 추어올렸다. 피가 끓어올랐다. 나는 재빨리 그녀 쪽으로 다가갔다. 딱히 무얼 하겠다는 생각은 없었다. 하지만 그녀가 복수의 천사처럼 휙 돌아서서 나를 마주했다. "손대지 마요!" 그녀가 이를 악물고 딱딱거렸다. 나는 그녀가 오락실을 떠나던 그 순간으로 돌아갔다.

정신이 번쩍 났다.

"어디 있었냐고?" 나는 손이 떨리는 걸 막으려고 주먹을 쥐었다.

"나가서 옛 애인과 술을 마시진 않았어요." 그녀의 눈이 정당한 분노로 활활 타올랐다. "그 여자랑 잤어요?"

그녀에게 얼굴을 얻어맞은 기분이었다.

나는 숨을 들이켰다. "뭐라고? 아니!" 어떻게 그런 생각을 하지? 엘레나랑 잤냐고? "내가 널 두고 바람을 피운 거라고 생각해?" 맙소사, 나를 뭐로 알고. 순간 속이 울렁거리며 레드와인과 버번의 안개 속에 묻혔던 기억이 꿈틀거렸다.

"그럼요." 아나가 말했다. "우리의 내밀한 사생활과 당신의 줏대 없는 속내를 그 여자에게 털어놓았잖아요."

"줏대 없다니. 정말 그렇게 생각해?" 맙소사, 내가 실수한 건 알았지만 이건 걱정한 것보다 훨씬 더 심각했다.

"크리스천, 나 그 문자 봤어요. 나도 다 알아요."

"그 문자는 너에게 보낸 게 아니잖아!"

"당신 재킷에서 블랙베리가 떨어져서 본 거예요. 당신이 자기 옷도 못 벗을 만큼 너무 취해서 내가 벗겨주다가요. 당신이 그 여자를 보러 가면 내가 얼마나 상처를 받을지 알기나 해요?" 그녀는 숨도 안 쉬고 말을 쏟아냈다. "어젯밤에 집에 들어왔을 때 기억나요? 무슨 말을 했는지 기억나냐고요?"

젠장. 안 나. 어젯밤에 무슨 말을 했지? 그냥 너한테 화가 났어, 아나. 네 폭탄선언에 충격을 받았고. 나는 그렇게 말하고 싶었지만 말문이 막혔다.

"당신 말이 맞았어요. 나는 당신보다 이 힘없는 아기를 선택할 거예요."

별안간 세상이 동작을 멈추었다.

그게 무슨 뜻이지?

"자식을 사랑하는 부모라면 누구나 그럴 거예요. 당신 친어머니도 그랬어야 했는데 안타깝게도 그러지 않았죠. 만약 그랬다면 지금 우리가 여기서 이런 대화를 하고 있진 않겠죠. 하지만 이제 당신은 어른이에요. 어른처럼 굴라고요. 현실을 똑바로 직시하고 토라진 아이처럼 구는 거 그만하란 말이에요." 그녀가 마구 퍼부었다.

나는 인상을 쓰고 기세등등한 그녀에게 입을 딱 벌렸다. 그녀는 속옷만 입고 있었다. 머리는 마호가니 빛깔의 구름처럼 젖가슴께에 흘러내려 있었고, 부릅뜬 검은 눈은 쓸쓸했다. 그녀에게서 분노와 상처가 뚝뚝 흘러내렸지만, 그럼에도 아름다웠다. 나는 정신이 아득해졌다. "이 아이가 달갑지 않을 수도 있어요." 그녀가 말했다. "나도 좋기만 한 건 아니에요. 타이밍도 안 좋은 데다 당신이 이 새 생명에게, 당신의 피붙이에게 싸늘한 반응을 보이니까 좋기만 할 수가 있나요. 하지만 당신과 내가 함께 해나가거나, 나 혼자 해나가거나 둘 중 하나예요. 결정은 당신에게 달렸어요. 당신이 자기 연민과 혐오 속에서 허우적대든 말든 난 일하러 갈 거예요. 그리고 돌아와서는 내 짐을 위층으로 올려놓을 거예요."

그녀가 짐을 싸서 나가려 한다. 떠나려 한다.

나보다 아기를 선택하려 한다.

공포가 나를 삼켰다. 칼처럼 몸 속을 휘저었다.

"괜찮다면 옷을 마저 입고 싶어요."

나는 모골이 송연해서 심연을 향해 다가갔다. 그녀가 떠나려 한다. 나는 물러섰다. "그게 네가 원하는 거야?" 나는 충격을 받아 속삭였다. 그녀의 상처 받은 눈이 믿기지 못할 만큼 커다래져서 나를 살폈다. "더 이상 내가 무얼 원하는지 모르겠어요." 그녀가 조용히 말하더니 거울로 돌아서서 뺨에 크림을 발랐다.

"날 원하지 않는 거야?" 방 안에 산소가 없었다.

"나 아직 여기 있잖아요?" 그녀가 말하고는 마스카라를 발랐다.

어쩜 사람이 이렇게 차가울 수가 있지?

"떠날 생각을 하다니." 심연이 내 앞에서 입을 쩍 벌렸다.

"남편이 옛날 정부랑 같이 있는 걸 더 좋아한다면, 대개는 좋은 징조가 아니죠." 그녀의 말 한 마디 한 마디에서 경멸이 뚝뚝 떨어졌고 나를 심연으로 더 밀쳐냈다. 그녀는 입을 꾹 다물고 립글로스를 천연덕스럽게 톡톡 발랐다. 그동안 나는 끔찍한 벼랑 끝에서 있었다.

그녀가 부츠를 집어 들고 침대로 가서 걸터앉았다. 나는 정신이 나가 그저 그녀를 바라보았다. 그녀가 신발을 당겨 신고 나서 일어서서 두 손을 허리에 얹고 나를 마주했다. 그녀의 표정이 냉랭했다.

망할.

속옷 차림에 부츠를 신고 머리를 산발한 그녀는 길들여야 할 여자였다.

도미넌트의 몽정감.

나를 젖게 하는 꿈.

나의 유일한 꿈.

그녀를 원해. 그녀가 나를 사랑한다고 말해줬으면. 내가 그녀를 사랑하듯이 나를 사랑한다고.

그녀를 유혹해, 그레이.

내 무기는 그것뿐이었다.

"네가 뭘 하려는지 알아." 나는 목소리를 깔고 중얼거렸다.

"그래요?" 그녀의 목소리가 갈라졌다. 그녀의 갑옷에 틈이 생겼나? 순간 가슴속에서 희망이 반짝 피어났다.

느꼈군.

할 수 있겠어. 나는 앞으로 나아갔지만 그녀가 물러나 내게 양손의 손바닥을 들어 보였다. "그건 생각도 하지 마요, 그레이." 그녀의 말이 총알이 되어 내 심장을 겨누었다.

"넌 내 아내야."

"나는 당신이 어제 버린 임신한 여자예요. 나한테 손대면 집 안이 떠나가도록 소리 지를 거예요."

어이가 없네? 그건 안 돼!

"소리를 지르겠다고?"

"죽어라 지를 거예요."

해도 너무 하네! 아니면 게임을 하자는 건가? 어쩌면 그런 것일지도⋯⋯. 그게 그녀가 원하는 것일지도 모른다. "아무도 못 들을 텐데." 내가 중얼거렸다.

"지금 나 겁주는 거예요?"

뭐? 아니. 절대. 나는 물러났다. "그럴 마음은 없었어."

나는 자유낙하했다.

말해버려. 그냥 털어놔, 그레이.

뭘 말해? 엘레나가 순수한 의도로 먼저 제의한 거라고?

그건 아닌 것 같은데.

"예전에 친했던 사람하고 한잔한 거야. 화해도 했고. 다신 안 만나." 내 말 믿어줘, 제발. 아나.

"당신이 그 여자를 찾아갔죠?"

"처음부터 그런 건 아니었어. 처음엔 플린을 만나러 갔었어. 그런데⋯⋯ 어쩌다 보니까 미용실 앞이었어."

아나는 속이 부글부글 끓는지 눈을 가늘게 떴다. "그 여자를 다신 안 만난다는 말을 나더러 믿으라고요?" 그녀가 언성을 높였다. "만약 내가 또 보이지 않는 선을 넘으면 어떡할 건가요? 똑같은 말다툼을 몇 번이나 하고 또 하는지 모르겠네요. 익시온의 수레바퀴에 묶인 것만 같아요(그리스 신화에서 익시온은 영원히 돌아가는 불 수레에 묶이는 형벌을 받았다. - 옮긴이). 내가 다시 일을 망치면 또 그 여자에게 쪼르르 달려갈 거예요?"

그럴 리가! "다시는 안 만나. 이제 그 여자도 내 감정을 알아."

엘레나는 내가 피하는 걸 보았다. 내가 자기를 원하지 않는다는 걸 안다.

"그게 무슨 소리예요?"

엘레나가 내게 수작을 걸었다는 걸 알면 아나는 폭발할 것이다.

젠장. 어쩌자고 그 여자를 만나러 간 거야, 그레이?

나는 화가 난 내 아름다운 아내를 물끄러미 바라보았다. 뭐라고 말하지?

"그 여자한테는 잘도 말하면서 나한테는 왜 말을 못해요?" 아나가 조용히 말했다.

아니. 그런 게 아니야. 이해를 못하네. 그 여자는 내 유일한 친구였어.

"너한테 화가 났었어. 지금 화난 것처럼." 간절한 말들이 급히 쏟아져 나왔다.

"어머 그러셨어요." 아나가 버럭 소리쳤다. "어쩌나, 이제는 나도 당신한테 화가 났는데. 어제 너무나 차갑고 야멸차게 날 버리고 간 당신한테 화가 나요. 그때 난 당신이 필요했는데. 내가 일부러 임신했다고 말도 안 되는 말을 한 것도 화가 나요. 나를 배신한 당신한테 화가 나요."

배신 안 했어!

"주사를 꼬박꼬박 맞는 데 더 신경을 썼어야 했어요." 그녀가 조금 조용해진 목소리로 말했다. "하지만 고의로 그런 건 아니에요.

임신은 나한테도 충격이었어요. 주사 문제일 수도 있고요."

충격을 받았다고! 나도 충격 받았어.

우린 아기를 가질 준비가 안 됐단 말이야.

난 아기를 가질 준비가 안 됐어.

"어쩜 당신이 망친 거예요." 그녀가 중얼거렸다. "지난 몇 주 동안 내겐 감당할 일들이 너무 많았어요."

내가 망쳤다고? 그러는 넌? 나는 다시 구석에 몰려 원망을 쏟아냈다. "망친 건 너야, 3주 전에. 주사 맞는 걸 깜빡한 순간에 망친 거라고."

"아니, 내가 어떻게 당신처럼 완벽하겠어요."

정곡을 찌르네, 아나스타샤. "연기력이 참 대단하군, 그레이 부인."

"임신한 이 몸을 재밌게 봐주시고 참."

집어치워! "나 샤워해야 돼." 나는 이를 악물었다.

"나도 쇼는 할 만큼 했어요."

"굉장한 쇼였어." 나는 중얼거리며 앞으로 나갔다. 한 번만 더 시도해보자. 그녀가 물러섰다. 어림도 없지.

"하지 마요."

"네가 만지지 말라니까 열 받아."

"아이러니하죠, 응?"

그녀의 말이 비수처럼 꽂혀서 나는 숨을 들이켰다. 그녀가 이렇게…… 난리를 칠지 누가 알았을까? 나의 다정한 아나가 상처를 입고 고통스러워하며 발톱을 드러낼지. 내가 그녀를 이렇게 만든 걸까?

이러면 우리 둘에게 좋을 게 없었다.

"우리 아직 딱히 결론을 내린 게 없어. 아냐?" 나는 쓸쓸하고 풀이 죽은 목소리로 말했다. 그녀를 설득하는 데 실패하고 말았다.

"그런 셈이에요. 내가 이 방에서 짐 싸서 나가기로 한 것 말고는."

그렇다면…… 날 떠나겠다는 건 아니었다. 나는 이 희망을 붙잡고 심연 위에 매달려 숨을 몰아쉬었다.

한 번만 더 노력해보자, 그레이. 이건 네 결혼 생활이야.

"그 여자는 내게 아무 의미도 없어." 내가 조용히 말했다. 너랑 같진 않아.

"그 여자가 필요할 땐 의미가 있겠죠."

"그 여자는 필요 없어. 난 네가 필요해."

"어제는 안 그랬잖아요. 내게 그 여자는 고정 한계예요, 크리스천."

"이제 내 인생에서 사라진 여자야."

"당신 말을 믿을 수 있다면 얼마나 좋을까."

"제발 좀, 아나."

"나 옷 좀 입게 해줘요."

나는 한숨을 쉬며 손으로 머리를 쓸어 넘겼다. 어떡하지? 그녀가 내 손길을 허락하지 않는다. 화가 많이 나서. 나는 전열을 재정비해서 다른 전략으로 접근하기로 했다. 당장은 우리 사이에 거리를 둬야 안 그랬다간 후회할 짓을 저지를 것 같았다. "이따 저녁에 봐." 나는 방을 횡하니 나가서 욕실로 들어가 문을 쾅 닫았다. 처음으로 나를 보호하기 위해 그녀처럼 문을 잠갔다. 다른 사람은 몰라도 아나는 내게 상처를 줄 수 있었다. 나는 문에 몸을 기대고 서서 고개를 젖히고 눈을 감았다.

정말 곤혹스러웠다. 지난번 그녀가 나를 떠났을 때도 큰 곤혹을 치렀는데.

'날 원하지 않는 거야?'

'나 아직 여기 있잖아요?'

나는 그 희망에 매달렸다. 지금은 샤워를 해서 간밤의 악취를 씻어내야 했다. 물줄기가 딱 좋은 세기로 쏟아졌다. 나는 물줄기를 향해 얼굴을 젖히고 나를 적시는 따끔한 열기를 맞이했다.

정말이지 혼란스러웠다. 아나와 관련된 것은 뭐 하나 간단한 게 없었다. 그걸 이제야 깨닫다니. 그녀가 화가 난 것은 내가 그녀에게 소리치고 집을 나갔기 때문이다. 게다가 엘레나를 만나서.

'내게 그 여자는 고정 한계예요, 크리스천.'

아나에게 엘레나는 처음부터 가시 같은 존재였다. 그런데 그 부주의한 문자질로 인해 이제는 내게도 가시가 되어버렸다. 어젯밤 일은 어젯밤으로 끝냈어야지. 완전히. 꼭 그런 문자를 보냈어야 했냐고.

엘레나의 말이 머릿속을 맴돌았다. '내가 기분 좀 풀어줄까? 너도 그거 그립잖아.'

그 기억에 몸서리가 났다.

젠장, 정말 엉망진창이다.

욕실에서 나와 보니 아나는 나가고 없었다. 마음이 놓이는 건지 실망스러운 건지 내 마음을 나도 알 수 없었다.

실망스러웠다.

나는 무거운 마음으로 옷을 입었다. 부적 삼아 가장 좋아하는 넥타이를 골랐다. 예전에 이것이 행운을 가져다준 적이 있다. 부엌에서 존스 부인은 여전히 찬바람이 돌았다. 짜증도 나고 벌 받는 기분이었다. 그래도 존스 부인이 아침밥으로 푸짐한 튀김 요리를 차려주었다.

"고마워요." 나는 중얼거렸다. 그녀는 입을 꼭 다문 미소로만 응답했다. 어젯밤 아나랑 내가 싸우는 소리를 들은 것 같았다.

그레이, 네가 소리를 질렀잖아.

모두 네 말을 들었어.

젠장.

테일러가 운전하는 차를 타고 출근 시간대의 도로를 달리는 동안 나는 차창 밖을 내다보았다. 망할, 아나는 인사도 없이 소여를 데리고 나가버렸다. "테일러, 그레이 부인에게 딱 붙어 있으라고 소여에게 전해. 그리고 그녀가 식사를 했는지도 알아야겠어."

"알겠습니다." 그의 말투가 딱딱했다. 오늘 아침에는 테일러조차 냉랭했다.

아나가 정말 말처럼 위층으로 거처를 옮길까.

그러면 안 되는데.

우린 아직 준비가 안 됐는데, 아직 아무것도 한 게 없는데 그녀가 피임을 망치고 아이를 떠안겼다. 그런데 빌어먹을 욕을 먹는 건 또 나네? 그녀가 어떻게 임신을 했는지 아직도 이해가 안 됐다. 사무실에 도착하면 그린 박사에게 전화를 해봐야겠다. 아내가 어떻게 주사 맞는 걸 깜박하게 됐는지 납득하게 될지도 모른다.

휴대전화가 진동했다. 순간 가슴이 쿵쾅쿵쾅 뛰었다. 아나? 아니, 로스였다.

"그레이입니다." 내가 무뚝뚝하게 말했다.

"오늘 아침에는 아주 활력이 넘치시네요, 크리스천."

"무슨 일이야, 로스?" 내가 다시 무뚝뚝하게 물었다.

그녀가 순간 멈칫하더니 즉시 사무적인 투로 말했다. "조선소의 핸셀이 회의를 하고 싶답니다. 브랜디노 상원의원도요."

젠장. 노조랑 정치인들. 오늘 하루가 언제쯤 나아지려나?

"어디서 대만 계약 건에 대해 들은 모양이지?"

"아무래도 그런 것 같아요. 그러니까 이야기를 하자는 거겠죠."

"알았어, 오늘 오후에. 약속 잡아. 자네와 사미르도 동석하고."

"알겠습니다, 크리스천."

"그게 다야?"

"네."

"그래." 나는 전화를 끊었다.

내 아내를 어쩌면 좋을까? 화가 난 아나스타샤 때문에 아직도 속이 쓰렸다. 그녀가 이렇게 반발할 줄 누가 알았냐고? 앞으로…… 평생 나한테 그렇게 고함을 지를 사람이 또 있을까 싶었다. 어머니와 아버지는 그랬지만. 그것도 내 생일 파티에서. 그때도 빌어먹을 엘레나 때문이었다. 그 아이러니에 실소가 터졌다. 그래, 빌어먹을 엘레나.

나는 역겨워 고개를 절레절레 저었다. 왜 그녀를 찾아갔을까? 왜?

두통약이 약효를 발휘했고 존스 부인의 아침밥도 도움이 됐다. 비로소 인간다워진 것 같긴 한데 비참했다……. 완전히 비참했다.

아니, 대체 왜 이러는 거야? 보라색 원피스 차림으로 비좁은 사무실에 있는 그녀의 모습이 머릿속에 그려졌다. 그녀가 이메일을 보냈을지도 모른다. 나는 얼른 휴대전화를 살폈지만 아무것도 없었다.

내가 그녀를 생각하는 것처럼 그녀도 나를 생각하고 있을까? 그랬으면. 그녀의 머릿속에 항상 내가 있었으면.

테일러가 GEH 앞에 차를 세웠다. 나는 긴 하루에 대비해 마음을 다잡았다.

"좋은 아침입니다, 사장님." 내가 엘리베이터에서 내렸을 때 안드레아가 미소를 지었다가 내 표정을 보고 미소를 거두었다.

"그린 박사에게 전화 연결하고 새러한테 커피 달라고 해."

"네, 사장님."

"그린과 통화 끝나면 플린 박사와 통화해야겠어. 그 후에 오늘 일정 보고해. 핸셀과 브랜디노 얘기는 로스한테 들었겠지?"

"네."

"그래."

"플린 박사님은 오늘 아침 일찍 학회 때문에 뉴욕으로 떠나셨는데요."

망할! "깜빡했군. 잠깐 전화 통화 가능한지 알아봐."

"알겠습니다. 스틸 씨를 위해 주문하신 평면 텔레비전이 오늘 오후에 설치될 예정입니다."

"추가 개인 운동 훈련은?"

"내일부터 시작될 겁니다."

"알았어. 그린 박사 연락되는 대로 내게 연결해." 나는 대답을 기다리지 않고 곧장 사무실로 들어가서 내 아내가 나를 내려다보는 곳에 앉았다. 나는 길고 느린 숨을 내쉬었다. 그녀의 사진작가 친구도 그녀가 오늘 아침처럼 행동하는 걸 본 적이 있으려나. 아프로디테가 전쟁의 신 아테나로 변해버렸다. 호통치고 분노하는 매력적인 아테나.

휴대전화가 진동했다. "그린 박사 연결됐습니다."

"고마워, 안드레아. 그린 박사님?"

"그레이 씨, 무얼 도와드릴까요?"

"나는 그 주사가 확실한 피임 방법인 줄 알았는데요." 내가 따졌다. 전화기 저편에서 한참 동안 침묵이 이어졌다. "그린 박사님?"

"그레이 씨, 100퍼센트 확실한 피임법은 없습니다. 금욕 아니면 그레이 씨 혹은 아내분의 불임 말고는요." 그녀의 말투가 쌀쌀맞았다. "읽어보실 의향이 있다면 제가 참고 문헌을 보내드릴게요."

나는 한숨을 쉬었다. "아뇨. 그럴 필요 없습니다."

"그럼 어떻게 도와드릴까요, 그레이 씨?"

"내 아내가 어떻게 임신하게 됐는지 알고 싶습니다."

"그건 그레이 부인께 직접 들으셔도 되지 않을까요?"

이건 뭐지? 그냥 대답이나 하시지!

"부탁드립니다. 그린 박사님. 그래서 제가 비용을 지불하는 거고요."

"제 고객은 그레이 부인이세요. 아내분과 말씀 나눠보시는 게 좋겠습니다. 자세한 이야기는 아내분께서 해주실 거예요. 다른 용건 있으세요?"

분노 수치가 끓는점에 도달했다.

심호흡해, 그레이.

"부탁합니다." 나는 이를 악물고 부탁했다.

"그레이 씨. 아내분과 말씀 나누세요. 그럼 이만." 그린 박사가 전화를 끊었다. 나는 전화기를 노려보았다. 눈빛으로 전화기를 녹여버릴 기세로. 무슨 의사 태도가 이 따위야.

문을 두드리는 노크 소리가 들린 뒤 새러가 커피를 가지고 나타났다. "고마워." 나는 중얼거리며 그 싸가지 없고 거만한, 이른바 의사라는 인간에게 치미는 분노를 내리눌렀다. "안드레아 들어오라고 해. 오늘 일정 보고하라고."

새러가 얼른 나갔고 나는 벽에 걸린 흑백의 아나를 응시했다.

이제는 네 의사까지 나한테 짜증을 내는구나.

고통이 단짝처럼 회의와 점심시간, 바스티유와의 킥복싱 경기까지 내내 나를 따라다녔다.

"비 오는 주말처럼 축 처졌군요. 그레이."

"나도 알아."

"비 온 뒤 갠 하늘 좀 봅시다."

정말?

나는 그의 엉덩이를 두 번 걷어찼다. 차라리 쓰러뜨려달라고 애원을 하지.

4시 30분인데도 아내에게서 아무런 소식이 없었다. 소리치는 느낌표나 굵은 글씨가 마구 흩뿌려진 성난 협박성 이메일 한 통 없었다. 소여로부터 아나가 점심에 베이글을 먹었다는 보고는 받았다. 그나마 다행이었다. 조선소 노조 위원장 브래드 핸셀, 브랜디노 상원의원과 한판 겨루기 전까지 딱 15분 남았다. 분명 힘든 회의가 될 것이다. 미리 보고는 받았지만 집중할 수가 없었다. 나는 앉아서 컴퓨터만 쳐다보았다. 아내의 이메일이 들어오기를 기다리면서. 하루 종일 그녀에게서 아무 연락이 없다는 게 믿기지 않았다. 감감무소식.

이런 거 싫다. 그녀에게 분노의 대상이 되고 싶지 않았다. 나는 두 손으로 머리를 감쌌다. 아무래도…… 아무래도 내가 사과를 해야겠지. 플린이 뭐라고 했더라? '전투는 내주고 전쟁을 이기는 편이 더 낫다.'

내가 일을 망쳤다는 건 뼈저리게 느끼고 있었다. 그래도 그녀가 그만 용서해주었으면 싶었다.

나는 이메일을 썼다.

보낸 사람: 크리스천 그레이

제목: 미안해

날짜: 2011년 9월 14일 16:45

받는 사람: 아나스타샤 그레이

미안해. 미안해. 미안해. 미안해. 미안해. 미안해.
미안해. 미안해. 미안해. 미안해. 미안해. 미안해.
미안해. 미안해. 미안해. 미안해. 미안해. 미안해.
미안해. 미안해. 미안해. 미안해. 미안해. 미안해.
미안해. 미안해. 미안해. 미안해. 미안해. 미안해.
내가 다 잘못했어. 제발 용서해줘.

크리스천 그레이
CEO 겸 뉘우치는 남편, 그레이 엔터프라이즈 홀딩스 Inc.

집에 가서 그녀의 분노를 다시 마주하고 싶지 않았다. 그녀의 미소, 그녀의 웃음소리, 그녀의 사랑을 원했다. 나는 사진 속에서 미소 짓는 그녀의 얼굴을 올려다보았다. 그녀가 이 사진처럼 나를 쳐다봐주었으면. 이번 회의는 한참 걸릴 것이다. 나는 존스 부인에게 전화를 걸었다.

"그레이 씨."

"오늘은 저녁때를 넘겨 귀가할 것 같아요. 그레이 부인에게 식사 챙겨주세요."

"알겠어요."

"맛있는 걸로 만들어줘요."

"그럴게요."

"고마워요, 게일." 나는 전화를 끊고 이메일을 지웠다. 이런 걸로 해결될 일이 아니었다. 보석 같은 걸 사볼까. 꽃? 전화벨이 울렸다.

"어, 안드레아."

"핸셀 씨와 브랜디노 상원의원께서 수행원들과 함께 도착하셨습니다."

"로스와 사미르에게 전화해 합류하라고 해."

"네, 사장님."

정리 해고에 관해 줄다리가 벌어질 것이다. 나는 이를 악물었다. 가끔 내 일이 싫을 때가 있다.

브랜디노가 진정하라고 호소했다. "이것이 2011년 우리의 경제 현실입니다." 그녀가 회사 중역실 탁자 반대편에 앉아 얼굴을 벌겋게 붉힌 핸셀에게 말했다.

나는 그저 집에 가고 싶었다. 하지만 아직 이야기가 끝나지 않았다.

휴대전화가 진동했다. 순간 내 심박수가 치솟았다. 내 아내였다. "실례합니다." 나는 탁자에서 일어나 내게 향한 일곱 쌍의 눈을 의식하며 중역실을 나갔다.

그녀가 전화했어. 안도감에 순간 눈앞이 어질어질하고 심장은 가슴 밖으로 탈출할 것 같았다. "아나!"

"안녕." 그녀의 목소리를 들으니 정말 좋았다.

"안녕."

딱히 할 말은 떠오르지 않았지만 그만 화를 풀라고 그녀에게 애원하고 싶었다.

제발 화내지 마. 내가 미안해.

"집에 올 거죠?" 그녀가 물었다.

"이따가."

"사무실이에요?"

나는 인상을 썼다. "응. 사무실이 아니면 어디겠어?"

"그만 끊을게요."

뭐라고? 하지만……. 하고 싶은 말이 정말 많은데 우리 둘 다 말을 하지 않았다. 침묵이 우리 사이에 깊은 간극으로 자리를 잡았다. 지금 중역실에서는 위기 대책 회의에 발이 묶인 사람들이 나를 기다리는 중이었다.

"안녕, 아나." 사랑해.

"안녕, 크리스천." 나는 그녀보다 먼저 전화를 끊었다. 서로 먼저 끊지 못하고 전화기를 붙들고 있던 때가 생각났다. 그녀가 먼저 끊는 소리를 견딜 자신이 없었다. 나는 맥없이 전화기를 바라보았다. 그래도 그녀가 집에 올 거냐고 물어주었다. 내가 그리운 걸지도. 아니면 내 동태를 살피는 것이거나. 둘 다든지. 걱정하는 건가. 혹시. 가슴 깊은 곳에서 작은 희망의 불씨 하나가 반짝거렸다. 어서 이 회의를 마무리하고 집으로, 내 아내에게로 돌아가야겠다.

늦은 시각이 되어서야 잠정적 타협안이 나왔다. 지나고 보니 노조와의 대립은 불가피한 것이었지만 각자 가진 불만을 토로한 것은 모두에게 잘된 일이었다. 이제부터는 사미르와 로스가 협상안을 정리해 거래를 마무리할 예정이었다. 집에서 치러야 할 전투에 비하면 이건 대단하지도 않았다. 로스는 탁월한 협상가다. 나는 내일 저녁 나 없이 혼자 대만에 가라고 로스를 설득했다.

"알겠어요. 크리스천. 제가 갈게요. 하지만 그들은 사장님이 오시기를 바랄 거예요."

"시간 내볼게. 이달 중으로."

그녀가 입을 꾹 다물고 아무 말도 하지 않았다.

아나랑 냉전 중인 상황에서 아나를 두고 출장을 갈 수 없다는 말을 로스에게 할 수는 없었다. 그것은 돌아왔을 때 아내가 집에 없을지 모른다는 두려움 때문이었다.

집에 도착했을 때 아파트 안은 컴컴했다. 아나는 이미 잠자리에 든 것 같았다. 나는 침실로 들어갔다가 아나가 없다는 걸 알고 가슴이 철렁 했다. 두려움을 삼키며 위층으로 올라갔다. 복도의 희미한 불빛에 예전 침실 안에서 이불을 덮고 웅크린 그녀의 형체를 알아볼 수 있었다.

예전 침실?

그럴 만했다. 그녀는 여기서 몇 번 잠을 잤었다. 두 번?

그녀는 너무나 작아 보였다. 나는 그녀를 자세히 보려고 전등 스위치를 켰지만 어둡게 해두고 팔걸이의자를 가져왔다. 거기 앉아 그녀를 바라보았다. 그녀의 피부는 창백하다 못해 거의 투명했다. 울었는지 눈두덩이와 입술이 부어 있었다. 내 심장이 절망에 짓눌려 몸 아래쪽으로 추락했다.

오, 자기야……. 미안해.

울면 이 입술은 키스하기 좋게 말랑말랑해진다……. 내가 그녀를 울게 만들면. 그녀 옆으로 올라가 끌어안고 싶었지만 그녀는 잠들어 있었다. 아나는 잠을 자야 했다. 특히 지금은.

나는 의자에 몸을 기대고 아나와 호흡을 맞추었다. 그 리듬이, 그녀 옆에 있다는 것이 내 마음을 달래주었다. 오늘 아침 깬 이후 처음으로 마음이 조금 차분해졌다. 지난번 하이드가 우리 아파트에 쳐들어왔을 때도 이렇게 의자에 앉아 잠이 든 그녀를 봤었다. 그녀가 케이트랑 같이 외출했던 날. 난 지독히 화가 났었지.

왜 난 아내에게 화를 내는 데 많은 시간을 소비할까?

나는 그녀를 사랑한다.

그녀는 절대 시키는 대로 하지 않지만.

오히려 그렇기 때문이겠지.

하느님, 바꿀 수 없는 것들을 받아들일 평온을 제게 주소서.

가능한 것들을 바꾸는 용기를 주시고

다름을 아는 지혜를 주소서.

플린 박사가 자주 인용하는 평온을 비는 기도문이 머릿속에 떠올라 얼굴을 찌푸렸다. 그건 알코올중독자 아니면 인생 망한 인간들이나 하는 기도인데. 뉴욕에 있는 플린에게 전화하기에는 한참 늦은 시각이라는 걸 알면서도 손목시계를 보았다. 내일 연락하면 될 것이다. 이제 아버지가 된다는 걸 그와 의논해보면 어떨까.

나는 고개를 저었다.

내가? 아버지가 된다고?

내가 아이에게 무얼 해줄 수 있을까? 넥타이를 풀어 내린 뒤 셔츠의 맨 위 단추를 풀고 몸을 뒤로 기댔다. 물질적인 풍요는 줄 수 있겠지. 적어도 아이가 배를 곯지는 않을 것이다. 어림없지. 내가 지켜보는 한 그런 일은 없을 것이다. 내 자식에게 그런 일은 용납할 수 없다. 그녀는 혼자 해보겠다고 했지만 어떻게 그게 가능할까? 그녀는 너무……. 연약하다는 말이 맴돌았다. 가끔 그녀는 정말 연약해 보이니까. 하지만 그녀는 연약하지 않다. 내가 아는 여자 중에 가장 강인하다. 심지어 그레이스보다 더.

그녀가 여기 누워 천진하게 잠든 모습을 지켜보자니 어제 내가 얼마나 등신이었는지 새삼 알 것 같았다. 그녀는 도전 앞에서 결코 물러서지 않았다. 내 말과 행동에 상처를 받았을 것이다. 이제야 알 것 같았다. 그녀는 내가 아기 이야기를 듣고 과잉 반응을 보일 것을 알고 있었다.

그녀는 누구보다 나를 잘 알아.

포틀랜드에 가기 전에 알았을까? 그건 아닐 것이다. 그랬다면 그때 내게 말했을 테니까. 어제 알았을 것이다. 그리고 그걸 내게 말하자마자 모든 것이 난장판이 되었다. 내 두려움이 지배하는 난장판.

어떻게 만회할 수 있을까?

"미안해, 아나. 날 용서해줘." 내가 속삭였다. "어제는 네 말에 미칠 듯이 두려웠어." 나는 몸을 내밀어 그녀의 이마에 키스했다.

그녀가 꿈틀거리며 얼굴을 찌푸렸다. "크리스천." 그녀가 웅얼거렸다. 안타까움과 열망이 가득한 목소리였다. 아까 그녀가 전화했을 때 생겨난 희망의 불씨가 불길이 되어 타올랐다.

"나 여기 있어." 내가 속삭였다.

하지만 그녀는 돌아누워 한숨을 쉬고 깊은 잠에 다시 빠져들었다. 옷을 벗고 그녀 옆에 눕고 싶은 마음이 간절했지만 환영받지 못할 것 같았다. "사랑해. 아나스타샤 그레이. 아침에 봐."

젠장. 그것도 안 되겠네.

포틀랜드로 날아가서 밴쿠버 캠퍼스에 있는 워싱턴 주립 대학의 재정 위원회를 만나야 했다. 그러려면 집을 일찍 나서야 했다.

내가 여기 있었다는 걸 그녀가 알도록 가장 좋아하는 넥타이를 그녀 옆 베개 위에 놓았다. 처음으로 그녀의 두 손을 묶었던 일이 기억났다. 그 기억이 내 아랫도리로 직행했다.

그녀를 놀리려고 이걸 매고 그녀의 졸업식에 갔었지.

우리 결혼식에서도 맸었고.

나는 감성이 충만한 바보다. "내일 봐, 자기야." 내가 속삭였다. "푹 자."

피아노를 치고 싶었지만 그냥 지나쳤다. 그녀를 깨우고 싶지 않았다. 혼자 우리 침실에 들어섰지만 가슴엔 더 큰 희망이 자리 잡고 있었다. 방금 그녀가 내 이름을 중얼거렸다.

그래. 아직 우리에겐 희망이 있다.

날 포기하지 마, 아나.

2011년 9월 15일 목요일

아침 5시 30분. 체육실에서 러닝머신을 달렸다. 간밤에 뜬눈으로 밤을 지새우다가 깜빡 잠이 들었을 때 꿈을 꾸었다.

나를 돌아보지 않고 히스먼 호텔 주차장으로 사라지는 아나.

분노한 사이렌의 모습을 한 아나. 가느다란 지팡이를 쥐고 눈은 이글이글 타올랐다. 값비싼 속옷과 가죽 부츠 외에는 아무것도 몸에 걸치지 않았다. 그녀의 성난 말이 가시처럼 박혔다.

끈적한 초록빛 깔개 위에 누워 꼼짝하지 않는 아나.

나는 마지막 이미지를 떨쳐내고 더 빠르게 내달려 내 몸을 한계선까지 밀어붙였다. 터질 듯한 폐의 고통과 다리의 통증 말고는 아무것도 느끼고 싶지 않았다. 텔레비전에서 줄줄 쏟아지는 블룸버그 통신의 경제 뉴스와 귓속에서 울려 퍼지는 〈펌프 잇〉으로 세상을 몰아냈다……. 아내 생각을 몰아냈다. 지금 그녀는 여기서부터 방 두 개를 지난 곳에서 곤히 잠들어 있다.

내 꿈 꿔, 아나. 나를 그리워해줘.

샤워 부스 안에서 운동으로 흘린 땀을 씻어내는데 그녀를 깨워 인사를 하고 떠날까 말까 고민됐다. 오늘 아침에는 찰리 탱고를 타고 포틀랜드로 날아갈 예정이다. 달콤한 미소를 가지고 떠나고 싶었다.

그냥 자게 둬, 그레이.

그녀가 나한테 얼마나 화가 났는지를 고려하면 달콤한 미소를 가져간다는 보장이 없었다.

존스 부인은 아직도 찬바람이 돌았지만 나는 물었다. "어제 아나가 뭘 좀 먹었나요?"

"드셨어요." 존스 부인은 내게 주려고 만드는 오믈렛에서 시선을 거두지 않았다. 오늘 아침에 얻을 만한 정보는 이게 전부인 듯했다. 나는 커피를 홀짝거렸다. 비참한 기분이 50가지 빛깔로 다채롭게 펼쳐졌다.

보잉 필드로 향하는 차 안에서 아나에게 이메일을 썼다.

사실 위주로 써, 그레이.

보낸 사람: 크리스천 그레이

제목: 포틀랜드

날짜: 2011년 9월 15일 06:45

받는 사람: 아나스타샤 그레이

아나,

나 오늘 포틀랜드로 날아가.

워싱턴 주립 대학과 마무리할 일이 있거든.

네가 알아야 할 것 같아서.

크리스천 그레이

CEO, 그레이 엔터프라이즈 홀딩스 Inc.

하지만 이메일을 보내는 진짜 의도는 그녀에게 알리려는 게 아니라 답장을 받기 위해서였다.

나는 희망을 먹고 산다.

스테판이 우리를 포틀랜드로 데려가기 위해 대기하고 있었다. 밤을 샌 터라 피곤해 죽을 것 같았다. 어차피 졸 거라면 뒷자리가 편할 것 같아서 처음으로 테일러에게 조종석 옆 앞자리를 양보했다. 재킷을 벗고 찰리 탱고의 뒷자리에 앉았다. 회의에 대비해 적어둔 메모를 훑어보고는 몸을 뒤로 기대고 눈을 감았다.

아나가 새 집 앞의 풀밭을 달려간다. 그녀가 소리 내어 웃고 나는 그녀를 쫓아간다. 나도 하하 웃는다. 나는 그녀를 잡아 무성한 수풀 속으로 끌어당긴다. 그녀가 깔깔거리고 나는 그녀에게 키스한다. 그녀의 입술은 부드럽다. 울어서. 안 돼. 울지 마. 자기야, 울지 마. 제발 울지 마. 그녀가 눈을 감는다. 잠이 든다. 깨지 않는다. 아나! 아나! 그녀는 너덜너덜한 깔개 위에 누워 있다. 창백하다. 움직이지 않는다. 아나. 일어나. 아나!

나는 헐떡거리며 잠에서 깼다. 잠시 어리벙벙했다. 잠깐만······. 여긴 찰리 탱고 안이다. 방금 포틀랜드에 착륙한 참이었다. 회전 날개가 아직 돌아가고 있고 스테판은 관제탑과 통신 중이었다. 나는 정신을 차리려고 얼굴을 문지르고 나서 안전벨트를 풀었다.

테일러가 문을 열고 나가 헬기장 쪽으로 내려갔다. 그사이 나는 헤드폰 케이블에 걸리지 않게 조심하면서 재킷을 걸쳤다.

"고마워, 스테판." 내가 헤드폰을 끼고 소리쳤다.

"별말씀을요, 그레이 씨."

"오늘 오후에 돌아가야 해."

"준비하고 대기하죠." 그가 인상을 썼다. 그의 이마에 생긴 가로 주름에서 걱정이 또렷이 보였다. 그사이 테일러가 밑으로 내려가 내 자리의 문을 열었다.

젠장. 나 때문에 걱정하는 건 아니기를 바랐다. 나는 헤드폰을 벗고 헬기에서 내려 테일러에게 갔다. 상쾌한 아침이었다. 시애틀보다 더 화창했지만 서늘한 산들바람에 가을의 향기가 실려 왔다. 평소 여기서 이착륙을 관리하는 고참 조가 보이지 않았다. 아직 이른 시각이어서 그런 걸까, 아니면 오늘 아침은 비번인 걸까. 설마 불길한 징조는 아니겠지. 재수 없는 일이라든가.

제발 좀, 그레이. 정신 똑바로 차려.

우리가 타고 갈 차의 운전사가 헬기장 건물 밖에서 기다리고 있었다. 테일러가 캐딜락의 문을 열었고 나는 차에 올라탔다. 테일러가 앞의 조수석에 올라탔다.

아나가 나오는 악몽이 아직 머릿속을 맴돌아서 나는 소여에게 전화를 걸었다.

"사장님."

"루크. 오늘 그레이 부인에게 바짝 붙어 있어."

"알겠습니다."

"그레이 부인이 아침을 먹었나?" 나는 묻기가 민망해서 목소리를 조금 낮추었다. 하지만 아나가 괜찮은지 알고 싶었다.

"드셨을 겁니다. 15분 뒤에 사무실로 출발할 예정입니다."

"그래. 고마워." 나는 전화를 끊고 침울하게 차창 너머 윌래밋강을 내다보았다. 스틸 브리지를 건널 때 보니 금속 빛깔이 도는 우중충한 강물이 차가워 보였다. 진저리가 났다. 이건 지옥이다. 아나와 이야기를 해야 했다. 계속 이런 식으로 지낼 수는 없었다.

돌파할 방법이 딱 하나 있었다.

사과해, 그레이.

그래. 내게 남은 방법은 그것뿐이다.

내가 등신처럼 굴었으니까 당연하지.

아나의 말이 되살아났다. '어른처럼 굴라고요. 현실을 똑바로 직시하고 토라진 아이처럼 구는 거 그만하란 말이에요.'

망할. 틀린 말이 아니었다.

지금이 그 기회였다. 워싱턴 주립 대학의 환경과학과가 미국농무부에서 추가 자금을 지원받도록 내가 도와야만 했다. 그것이 그래빗 교수와 그녀의 팀이 토양 기술 분야에서 일익을 담당하도록 디딤돌이 되어줄 것이다. 그녀의 연구는 가나에 있는 우리의 시험장에서 큰 수확을 거두는 중이었다. 그 연구는 게임 체인저가 될 전망이었다. 토양은 지구를 먹이고 식량의 불안정과 기아를 완화할 뿐 아니라 탄소 격리를 통해 기후 변화를 되돌릴 수도 있다. 나는 서류 가방에서 메모한 걸 꺼내 다시 훑어보았다.

미팅은 대성공이었다. 우리는 미농무부로부터 100만 달러의 추가 지원을 확보했다. 세상을 먹이는 문제는 연방 정부에서도 지대한 관심을 가진 안건이었다. 초두리 교수와 그래빗 교수의 감사 인사가 아직 귓전을 맴도는 가운데 테일러와 함께 포틀랜드로 다시 향했다. 휴대전화를 확인했지만 아내에게 온 연락은 없었다. 내 이메일에 대한 짜증스런 답장조차 없었다. 우울했다. 어서 집으로 돌아가서 그녀의 화를 가라앉힐 방법을 찾고 싶었다……. 그럴 방법이 있다면.

외식할까?

영화?

비행?

섹스?

어떻게 하지?

그녀가 그립다.

캐딜락이 헬기장 건물 앞에 섰을 때 테일러가 전화를 걸었다.

"소여, 문자 읽었어." 테일러가 중얼거렸다. 내 관심이 테일러에게 오롯이 쏠렸다.

문자? 아나가 괜찮은 건가?

테일러가 귀를 기울이며 인상을 썼다. "알았어." 테일러의 눈이 내 눈과 마주쳤다. "그래. 잠깐만." 테일러가 루크에게 말하고 나서 내게 말했다. "그레이 부인께서 몸이 안 좋으시답니다. 소여가 부인을 아파트로 모시고 가는 중입니다."

"많이 아프대?"

"그런 것 같지는 않습니다."

"알았어. 에스칼라로 곧장 날아가자고."

"네, 사장님. 소여, 우리 곧 출발해. 에스칼라로 곧장 가서 거기 착륙할 거야."

"아나를 잘 지켜!" 내가 소여에게 들리도록 크게 소리쳤다.

"사장님 말씀 잘 들었지? 상황이 바뀌면 내게 문자 보내." 테일러가 전화를 끊었다.

테일러와 나는 마음이 급해져서 건물 안으로 들어갔다. 엘리베이터가 대기 중이라 다행이었다.

아나가 괜찮아야 할 텐데⋯⋯. 아기도.

어머니에게 전화해서 가서 아나를 좀 봐달라고 할까. 아니면 그린 박사에게⋯⋯. 하지만 그 사람이 내 전화를 받을지 의문이었다. 집에 도착하려면 한 시간은 걸릴 텐데 그때까지 기다릴 수 없었다. 어머니에게 전화를 걸려고 했지만 통신 신호가 잡히지 않았다. 우리는 엘리베이터 안에 있었다. 아나에게도 전화를 걸 수가 없었다.

많이 아팠다면 그녀가 나한테 전화를 했겠지?

젠장. 나랑 말하기 싫어하는 걸 감안하면 확실하지 않았다.

엘리베이터 문이 열렸다. 찰리 탱고가 우리가 떠날 때 있던 그 자리에 그대로 있었고 스테판이 조종석에서 대기 중이었다.

에라 모르겠다. 내가 조종해야겠어. 그럼 에스칼라에서 일어나는 일에 매달리기보다 비행으로 주의를 돌릴 수 있을 것이다.

아나가 자러 갔기를 바랐다. 우리 침실로.

스테판이 조종석에서 내려와 우리를 맞이했다.

"스테판. 내가 직접 조종해서 돌아갈게요. 항로는 에스칼라로 변경해야 할 겁니다."

"알겠습니다." 그가 조종석 문을 내게 열어주었다. 내 태도가 바뀐 것에 놀란 것 같았다. 나는 헬기에 올라타고 벨트를 맨 뒤 최종 비행 전 점검을 시작했다.

"점검 모두 끝난 겁니까?" 스테판이 내 옆자리에 올라탔을 때 내가 물었다.

"트랜스폰더만요."

"아, 네. 그렇군요. 집에 있는 아내에게 가봐야 해서. 테일러, 벨트 맸나?"

"네, 사장님." 테일러가 보이지는 않았지만 그의 목소리가 크고 또렷하게 내 헤드폰을 파고들었다. 나는 관제탑에 무전을 했다. 그들도 우리를 보낼 준비를 마쳤다.

"자, 신사분들, 집으로 가봅시다." 나는 콜렉티브 조종간을 뒤로 당겨 찰리 탱고를 매끄럽게 하늘로 띄워 시애틀을 향해 날아갔다.

우리는 빠른 속도로 하늘을 갈랐다. 직접 조종하기로 한 것은 잘한 결정이었다. 고도가 떨어지지 않게 집중해야 했지만 저 깊은 곳 어딘가에서 걱정이 나를 야금야금 좀먹고 있었다. 나는 아나가 괜찮기를 빌었다.

우리는 예정대로 2시 30분에 착륙했다.

"멋진 비행이었습니다, 사장님." 스테판이 말했다.

"이놈을 보잉 필드로 잘 데려다줘요."

"그러죠." 그가 환히 웃었다.

나는 벨트를 풀고 휴대전화를 켠 다음 테일러를 따라 에스칼라의 옥상에 내려섰다. 테일러가 인상을 쓰고 휴대전화를 내려다보았다. 그가 음성 메시지를 듣는 동안 나는 기다렸다.

"소여의 전갈입니다. 그레이 부인이 은행에 계시다네요." 테일러가 옥상에 몰아치는 바람 소리 때문에 목소리를 높였다.

뭐라고? 몸이 안 좋다더니. 뜬금없이 은행에서 뭘 하는 거야?

"소여가 거기까지 따라갔는데 사모님이 소여를 따돌렸답니다."

가슴속에서 불안감이 회오리치며 일어나 심장을 옥죄었다. 껐다가 켜진 휴대전화가 삑삑거리고 부르르 떨면서 알림음을 줄줄이 쏟아냈다. 4분 전에 안드레아가 보낸 문자 한 통, 거래 은행에서 온 부재중 전화 두 통, 웰치의 부재 중 전화 한 통.

뭐야, 이거?

안드레아
거래 은행의 트로이 휠란이
사장님과 급히 통화를 원합니다.

나는 휠란의 단축번호를 눌렀다. 그가 즉시 전화를 받았다.

"휠란, 크리스천 그레이입니다. 무슨 일이죠?" 나는 쌩쌩 부는 바람 소리 때문에 목청을 높였다.

"그레이 씨, 안녕하세요. 음, 사모님께서 500만 달러를 인출하러 오셨습니다."

뭐라고?

피가 얼어붙었다.

"500만?" 그의 말을 믿을 수가 없었다.

무엇 때문에 500만 달러가 필요한 거지?

망할. 날 떠나려는 거구나.

온 세상이 와르르 무너져 내리며 불길에 휩싸였다. 발치에서는 절망의 동굴이 입을 쩍 벌렸다.

"네, 고객님. 아시다시피 현재 은행 법규상 500만 달러는 현금으로 드릴 수가 없습니다."

"네, 그렇죠." 나는 충격을 받아 심연의 가장자리에서 휘청거렸다. "그레이 부인 좀 바꿔주세요." 내가 로봇 같은 말투로 말했다.

"그러죠. 잠시만 기다려주세요."

이건 고통이다. 나는 바람을 피할 데로 향했다. 엘리베이터 문 옆에 서서 아내의 목소리가 들려오기를 조용히 기다렸다……. 아내의 목소리를 듣는 것이 두려웠다.

그녀가 가려 한다. 나를 떠나려 한다.

그녀 없이 내가 무얼 할 수 있을까? 전화기에서 딸깍거리는 소리가 나는 순간 공포감이 들이닥쳤다.

"안녕." 아나가 말했다. 헐떡거리며 날카롭게 갈라진 목소리였다.

"날 떠나려는 거야?" 나도 모르게 그 말이 튀어나갔다.

"아뇨!" 그녀가 잠긴 목소리로 대답했다. 고통스럽게 애원하는 것처럼 들렸다.

오, 하느님 감사합니다. 하지만 내 안도감은 얼마 가지 못했다.

"맞아요." 그녀가 방금 결심한 것처럼 속삭였다.

뭐라고!

"아나, 나는……."

말문이 막혔다. 떠나지 말라고 애원하고 싶었다.

"크리스천, 제발. 그러지 마요!"

"떠나는 거야?" 정말 떠나는구나.

"맞아요."

안 돼! 안 돼! 안 돼! 나는 심연 속으로 데굴데굴 굴러떨어졌다. 떨어지고. 떨어지고. 떨어졌다. 나는 손을 내밀어 벽을 붙잡아 몸을 지탱했다. 가슴이 무너졌다.

날 떠나지 마.

젠장, 결국 이렇게 될 거였어? 그녀가 나를 사랑하기는 했을까?

빌어먹을 내 돈 때문에?

"하지만 왜 현금이야? 항상 돈 때문이었던 거야?" 돈 때문이 아니었다고 말해. 제발. 형언할 수 없는 고통이 일었다.

"아니에요!" 그녀가 강조하는 투로 말했다.

그녀의 말을 믿어야 할까?

내가 엘레나를 만났다고 이래? 맙소사! 일이 이렇게 되고 보니 엘레나가 더없이 원망스러웠다. 나는 심호흡을 하며 생각을 똑바로 하려고 애썼다.

"500만 달러면 충분하겠어?" 아나 없이 어떻게 살아가지?

"그래요."

"그럼 아기는?" 그녀가 우리 아기도 데려가겠지? 내 영혼에 박힌 칼이 비틀렸다.

"아기는 내가 키울게요."

"이게 네가 원하는 거야?"

"네." 나는 그녀의 목소리를 겨우 알아들을 수 있었다. 견딜 수 없는 고통이 밀려왔다. 그녀는 내가 먼저 전화를 끊기를 바랐다. 느낌으로 알 수 있었다. 그만 끝내고 내게서 떠나고 싶어 했다.

"모두 가져가." 내가 중얼거렸다.

"크리스천." 그녀가 울먹였다. "당신을 위해서예요. 당신 가족을 위해서. 제발. 그러지 마요."

"모두 가져가라고, 아나스타샤." 나는 버럭 소리치고는 고개를 젖혀 머리 위의 잿빛 하늘에 대고 속으로 울부짖었다.

"크리스천……." 내 이름의 음절 하나하나에 그녀의 절망이 배어 있었다. 더는 그녀의 목소리를 들을 수가 없었다.

"영원히 널 사랑할 거야." 내가 중얼거렸다. 사실이 그러니까. 사형 선고를 받은 남자가 남기는 마지막 말이었다. 나는 전화를 끊고 깊은 한숨을 훅 내뱉었다. 공허했다……. 빈껍데기보다 더.

이 말은 예전에도 한 적이 있다.

샤워를 하면서.

그리고 그녀에게 사랑한다고 말했지.

"사장님?" 테일러가 나를 부르고 있었다. 나는 그를 무시하고 휄란에게 다시 전화했다.

"트로이 휄란입니다."

"크리스천 그레이예요. 내 아내에게 돈을 내주세요. 얼마를 원하든 상관 말고."

"그레이 씨, 그건 불가능……."

"태평양 북서부 지역의 예비비를 보유하고 있잖아요. 유보자금 계좌에서 송금해요. 아니면 내 자산의 일부를 유동화하든가. 상관없어요. 내 아내에게 그 돈을 주라고."

"그레이 씨, 그건 규정을 정면으로 위반하는 건데요."

"그냥 하라니까 그러네, 웰란. 방법을 찾아요. 아님 모든 계좌를 닫고 GEH의 자금 거래를 다른 데로 이동할 테니까. 알아들었어요?"

그가 전화기 반대편에서 침묵했다.

"빌어먹을 서류 작업은 나중에 해결하면 돼요." 내가 더 달래는 어조로 덧붙였다.

"알겠습니다, 그레이 씨."

"아내가 얼마를 원하든 그냥 다 줘요."

"알겠습니다, 그레이 씨." 나는 전화를 끊었다.

울고 싶었다. 여기 옥상에서 그대로 주저앉아 엉엉 울고 싶었다. 하지만 그럴 수는 없었다. 나는 눈을 감았다. 여기 나 혼자 있으면 얼마나 좋을까.

"사장님." 테일러의 목소리가 고통을 뚫고 들어왔다.

나는 고개를 돌려 그를 마주 보았다. 그의 얼굴이 핼쑥했다. "뭐야?" 내가 버럭 소리쳤다.

"하이드가 보석을 허가받았어요. 풀려났습니다."

나는 테일러를 응시했다. 이건 또 무슨 짓거리지?

하이드가 풀려나? 어떻게? 그건 이미 끝난 일인 줄 알았는데.

테일러와 나는 어이가 없어 동그래진 눈으로 서로를 쳐다보았다. 이게 무슨 일이지?

'날 떠나려는 거야?'

'아뇨!'

'당신을 위해서예요. 당신 가족을 위해서. 제발. 그러지 마요.'

"아나!" 내가 중얼거렸다. "아나가 500만 달러를 인출하려고 했어."

218

테일러의 눈이 휘둥그레졌다. "젠장!" 그가 말했다.

우리 둘은 동시에 같은 결론에 도달했다. 그녀가 무얼 하려는 것이든 그 하이드 개자식과 관련된 게 틀림없었다. 나는 주먹으로 엘리베이터 호출 버튼을 쳤다. 지극한 절망감이 두려움으로 엉겨 붙었다. 아내가 잘못될 거라는 두려움. "소여 어디 있어?"

"은행에 있어요. 사모님의 차를 추적했답니다." 우리는 엘리베이터 안으로 뛰어들었고 나는 주차장 버튼을 눌렀다. 찰리 탱고의 회전날개가 다시 돌아가기 시작했다. 귀가 먹먹했다.

"차 키 가지고 있지?" 문이 닫힐 때 내가 테일러에게 소리쳤다.

"네, 사장님."

"은행으로 가자. 하이드의 위치는 파악됐나?"

"아뇨. 제가 웰치에게 문자를 보내겠습니다."

"웰치가 내게 문자를 남겼어. 젠장…… 하이드 소식인 게 분명 해."

엘리베이터를 타고 주차장으로 내려가는데 평생이 걸리는 것 같았다. 아나는 무슨 생각으로 이러는 걸까? 왜 곤경에 처했다고 내게 말하지 않았을까? 두려움이 심장과 장기들을 감싸고 나를 안에서부터 옥죄기 시작했다. 아나가 나를 떠나는 것보다 더 끔찍 한 일이 있을까? 아까 꾼 악몽의 우울한 잔상이 머릿속으로 침투 해 더 오래된, 훨씬 더 오래된 괴로운 기억들을 끌어냈다. 나는 눈을 질끈 감았다.

안 돼. 제발. 안 돼.

"우리가 사모님을 찾을 겁니다." 테일러가 단단히 벼르는 투로 말했다.

"그래야지."

"사모님의 휴대전화를 추적해보죠."

마침내 엘리베이터 문이 열렸다. 테일러가 내게 Q7의 키를 던져주었다. 나더러 운전하라고?

정신 똑바로 차려, 그레이. 아내를 곤경에서 구해내라고.

그 개자식이 아나를 협박하고 있는지도 모른다.

우리는 차에 올라탔다. 나는 시동을 켰다. 후진으로 차를 빼서 주차장 출입구를 향해 속도를 높일 때 타이어가 비명을 질러댔다. 주차장 문이 올라가기를 기다리는 시간이 고통스러웠다. "빨리. 빨리. 빨리. 빨리!"

문이 완전히 올라가기 전에 우리는 은행 방향의 거리로 튀어나갔다.

테일러가 그의 전화기를 대시보드에 놓고 신호를 기다리면서 조급증이 나 조용히 욕설을 지껄였다.

"사모님은 아직 은행에 계십니다." 그가 마침내 말했다.

"잘됐다."

생각보다 길이 막혔다. 돌아버릴 것 같았다.

빨리, 빨리, 빨리!

아나가 왜 이러는지 이해가 안 갔다. 왜 혼자 똥물을 뒤집어쓰려는 거지?

지난 이틀 동안 내가 보인 행태를 돌이켜보았다.

그다지 모범적인 행태가 아니었다는 건 나도 인정한다. 하지만 그래도 그렇지, 왜 이 모든 개짓거리를 자기 혼자 감당하려 하냐고. 왜 도움을 요청하지 않느냐고?

"아나 그레이." 나는 휴대전화의 블루투스 기능에 대고 소리쳤다. 조금 뒤 그녀의 휴대전화로 신호가 갔다. 신호음이 울리고 또 울리다가 결국 음성 사서함으로 넘어갔다. 가슴이 철렁했다.

"안녕하세요, 아나입니다. 지금은 전화를 받을 수 없으니 삐 소리가 나면 메시지를 남기세요. 곧 전화드릴게요."

맙소사!

"아나! 이게 무슨 짓이야?" 나는 고함을 질렀다. 고함이라도 지르니 속이 좀 시원했다. "나 지금 너 데리러 가는 중이야. 전화해. 얘기 좀 하자고." 나는 전화를 끊었다.

"소여는 아직 거기 있나?"

"네, 사장님."

"소여한테 전화해!" 나는 핸즈프리에 대고 소리쳤다. 잠시 후 그의 전화로 신호가 갔다.

"사장님?"

"아나 어디 있어?"

"방금 방향을 틀어 어느 사무실로 들어가셨습니다."

"가서 데려와."

"사장님, 제가 무장을 해서 보안 검색대를 통과하지 못합니다. 출입구 옆에 서서 아나스타…… 그레이 부인을 지켜보는 중입니다. 상황이 아주 수상합니다. 지금 차로 돌아가 권총을 놓고 돌아가면 사모님을 놓칠지 모릅니다."

빌어먹을 총기.

"대체 아나가 자네를 어떻게 따돌린 거야?"

"사모님은 꾀가 아주 많은 분입니다, 사장님." 방금은 이를 악물고 말한 것 같았다. 짜증이 날 만도 하지. 소여에게 희미한 전우애가 느껴졌다. 나도 아나 때문에 환장할 것 같았다.

"아나를 데려오고 나서 나중에 자세한 경위를 보고해. 잭 하이드가 보석으로 풀려났어. 테일러와 내 생각엔 아무래도 아나의 행동이 그자와 관련이 있는 거 같아."

"젠장!" 루크가 말했다.

"그러니까. 우리 5분 뒤에 도착해. 아나를 다시 놓치지 마, 소여."

"네."

나는 전화를 끊었다.

테일러와 나는 입을 다물었다. 나는 차들 사이를 이리저리 빠져나갔다.

무슨 생각인 거야, 아나스타샤 그레이?

널 되찾고 나서는 무얼 어찌하면 좋을까?

여러 가지 시나리오가 뇌리를 스쳤다. 나는 의자에서 꿈지럭거렸다.

제발 좀, 그레이. 지금은 그럴 때가 아니야.

"사모님이 움직입니다." 테일러의 말에 나는 깜짝 놀랐다.

"뭐?" 아드레날린이 날뛰고 심장이 벌렁거렸다.

"남쪽으로 갑니다. 2번가에서."

"소여에게 전화해!" 내가 소리쳤다. 잠시 후 그의 전화로 다시 신호음이 울렸다.

"사장님." 그가 즉시 전화를 받았다.

"아나가 움직이잖아!"

"네? 사모님은 정문 쪽으로 아직 나오지 않으셨는데요." 그가 어리둥절한 투로 말했다.

"지금 2번가에서 남쪽으로 가고 있어." 테일러가 끼어들었다.

"제가 따라가겠습니다. 차에서 전화드리죠." 소여가 뛰어가는 것 같았다. "사모님이 타신 건 사모님 차가 아닙니다. 그 차는 아직 여기 있어요."

"젠장!" 내가 소리쳤다.

"아직 2번가에서 남쪽으로 가고 있어요." 테일러가 말했다. "잠깐만. 왼쪽으로 방향을 바꿔 예슬러로 들어갔어요."

우리는 내 거래 은행을 지나쳤다. 멈출 이유가 없었다. "세 구역 거리지?" 내가 테일러에게 물었다.

"네, 사장님."

나는 테일러가 내 옆에 있다는 걸 신에게 수억 번째 감사했다. 테일러는 이 도시를 자기 손바닥처럼 훤히 꿰고 있다. 그가 텍사스주 어느 소도시 출신인 걸 감안하면 기묘한 일이었다.

3분 뒤 우리는 예슬러를 따라 동쪽으로 달렸다.

"사모님은 아직 예슬러에 있습니다." 테일러가 말했다. 그의 시선은 휴대전화에 붙어 있었다. "남쪽으로 방향을 틀었네요. 23번가. 여기서 여덟 구역 거리예요."

"제가 사장님 바로 뒤에 있습니다." 핸즈프리에서 소여가 소리쳤다.

"바짝 따라와. 내가 이번 신호를 뚫고 나갈 테니까." 나는 테일러를 흘끔거렸다. "당신이 운전했으면 좋았을걸."

"잘하고 계십니다."

아나는 대체 어디 있는 걸까? 누구랑?

우리는 몇 분쯤 말없이 갔다. 나는 도로에 집중했고 테일러는 가끔 방향을 알려주었다. 우리는 남쪽으로 달리다가 다시 동쪽으로 틀어 주택가 도로를 통과했다.

"사모님이 남쪽으로 틀어 30번가로 가십니다."

우리는 몇 구역을 달리다가 동쪽으로 틀었다.

"멈췄어요. 사우스 데이 스트리트. 두 구역 거리예요."

두려움에 애간장이 녹는 심정으로 뒷길을 달렸다.

3분 뒤 나는 사우스 데이 스트리트로 꺾어 들어갔다.

"속도 늦추세요." 테일러가 지시했다. 나는 놀랐지만 일단 시키는 대로 했다. "여기 어딘가에 있어요." 그가 몸을 앞으로 쭉 뺐다. 우리는 길 양옆을 살폈다. 내 쪽에 버려진 건물들이 줄줄이 이어졌다.

"망할!" 바닥에 움푹 파인 주차장 한 곳에 어떤 여자가 검은색 닷지 차량 옆에 서서 두 손을 들고 있었다. 닷지! 나는 운전대를 틀어 주차장으로 들어갔다. 거기 그녀가 있었다…….

땅바닥에. 움직이지 않았다. 눈을 감고.

아나. 나의 아나……. 안 돼! 모든 것이 느릿느릿 움직이고 폐에서 공기가 모두 빠져나갔다. 가장 큰 두려움이 현실이 되었다. 여기서. 지금.

테일러가 차에서 내리고 나서야 나는 완전히 차를 끼익 멈추었다. 나는 엔진을 끄지도 않고 테일러를 따라내렸다.

"아나!" 내가 소리쳤다.

제발, 하느님. 제발, 하느님. 제발, 하느님.

아나는 콘크리트 바닥 위에서 축 늘어져 있었다. 그녀 앞에서 하이드 그 개자식이 윗다리를 움켜잡고 바닥을 데굴데굴 구르며 고통스럽게 비명을 내지르고 있었다.

놈의 손가락 사이로 피가 새어 나왔다. 테일러가 총을 뽑아 들자 그 여자가 두 손을 올린 채 뒷걸음질을 쳤다.

하지만 내 관심은 오로지 아나에게 쏠렸다. 그녀는 차갑고 딱딱한 바닥에 누워 움직이지 않았다.

안 돼!

그녀를 만난 이후 쭉 두려워했던 일이 일어났다. 지금 이 순간. 나는 그녀 옆에 무릎을 꿇고 앉았다. 겁이 나 그녀를 만질 수가 없었다. 테일러가 아나 옆에 놓인 권총을 집어 들고 그 여자에게 바닥에 엎드리라고 명령했다. "쏘지 말아요. 쏘지 말아요." 그 여자가 지껄였다.

젠장! SIP의 엘리자베스 모건이었다.

이 여자가 어떻게 이런 난장판에 끼어든 거지?

어느새 소여가 우리 옆에 있었다. 그가 권총을 엘리자베스에게 겨누고 그녀 위에 서서 그녀를 감시했다.

하이드가 고통스럽게 비명을 질렀다. "나 좀 도와줘! 나 좀 도와줘! 저년이 날 쐈어!" 우리는 놈을 무시했다.

테일러가 몸을 숙여 아나의 턱 밑 맥박을 확인했다.

"살아 있어요. 맥박이 강해요." 그가 말했다. 하느님 감사합니다. 테일러가 소여를 다그쳤다. "당장 911에 전화해. 구급차랑 경찰 불러."

소여가 휴대전화를 들었다. 그사이 테일러는 부드러운 손길로 아나의 몸을 재빨리 훑으며 다친 데가 없는지 확인했다.

"출혈은 없는 것 같습니다."

"내가 만져도 될까?"

"골절이 있을 수도 있어요. 구급대원에게 맡기는 게 가장 좋습니다."

오, 안 돼. 내 아내. 내 여자. 내 아름다운 여자.

나는 그녀의 머리카락을 쓰다듬고 머리카락을 귀 뒤로 넘겨주었다. 얼굴에 붉은 자국이 있었지만 그녀는 잠든 것처럼 보였다. 그 자식이 널 때린 거야? 놈이 너에게 이런 짓을 한 거야?

나는 하이드에게 주의를 돌렸다. 놈은 여전히 고래고래 비명을 질러댔다. 아드레날린이 키운 분노가 혈관을 따라 질주했다.

개자식. 놈이 내 아내에게 손을 댔고, 아내가 놈을 쏜 것이다.

세상에, 아나가 놈을 쐈구나.

나는 일어서서 그쪽으로 건너가서 놈을 굽어보았다. 놈이 땅바닥에서 몸부림쳤다.

나는 생각할 겨를도 없이 닷지에 몸을 기대고 다리를 뒤로 당겼다가 힘껏 놈의 배를 걷어찼다. 세게. 두 번. 세 번. 매번 체중을 실어 발길질을 했다.

놈이 비명을 질렀다.

"네놈이 내 아내한테 이런 짓을 했지, 이 개자식아?" 나는 분노를 쏟아내고 다시 놈을 걷어찼다. 놈이 배를 보호하려고 두 손을 올렸다. 나는 온 체중을 실어 피가 흐르는 허벅지의 상처 부위를 짓밟았다. 놈이 다시 비명을 질렀다……. 이번 소리는 더 크고 달랐다. 짐승이 괴로워 울부짖는 소리였다. 나는 몸을 숙여 놈의 재킷 깃을 움켜잡고 놈의 머리를 땅바닥에 박았다. 한 번. 두 번. 놈이 공포심에 거칠고 커다래진 눈으로 내 손을 잡았다. 놈의 피가 내게 묻었다.

"죽여버릴 거야, 이 비뚤어진 정신병자 호래자식!"

저 멀리 터널 반대쪽에서 목소리들이 들려왔다. "사장님! 사장님! 크리스천! 크리스천, 그만!" 테일러였다. 테일러와 소여가 나를 뒤로 끌어냈다……. 하이드라는 버러지로부터 나를 떼어냈다. 테일러가 양쪽 어깨를 붙잡고 나를 흔들었다.

"크리스천! 그만! 그만!" 테일러가 다시 나를 흔들었다.

나는 그에게 눈을 깜빡거리다가 어깨를 움직여 그를 밀쳐냈다.

나 만지지 마!

테일러가 하이드와 나 사이에 끼어들더니 당장에라도 다시 주먹을 휘두를 폭주하는 위험인물을 보듯 나를 주시했다. 나는 심호흡을 했다. 그사이 붉은 살인 안개가 물러갔다.

"나 괜찮아." 내가 중얼거렸다.

"아내를 돌보셔야죠." 테일러가 힘주어 말했다.

나는 고개를 끄덕였다. 그리고 바닥의 개자식을 다시 흘끔거렸다. 그 족제비 똥 같은 놈이 몸을 흔들면서 허벅지를 부여잡고 징징거렸다. 게다가 오줌까지 지렸다. 역겨운 새끼. "피 흘리다가 뒤지게 그냥 둬." 나는 테일러에게 투덜거리고는 고개를 돌렸다.

나는 아나 옆에 무릎을 꿇고 앉아 그녀의 숨소리를 들어보려고 고개를 숙였지만 아무 소리도 들리지 않았다. 두려움이 다시 나를 덮쳤다. "아직 숨 쉬고 있겠지?" 나는 테일러를 올려다보았다.

"가슴을 보세요. 오르내리고 있어요." 테일러가 다시 몸을 숙여 그녀의 맥박을 확인했다. "아직 강해요."

오, 아나. 무슨 생각을 했던 거야? 아기는 어떡하고?

내 눈에 눈물이 고였다. 이렇게 무기력한 느낌은 질색이다. 그녀를 품에 안고 싶은데. 그녀의 머리에 얼굴을 묻고 울고 싶은데…… 하지만 그녀를 만질 수가 없다니. 이건 고통이다. 빌어먹을 구급차는 어디 있는 거야?

"그 여자. 그 여자." 갑자기 엘리자베스가 지껄이기 시작했다.

무슨 여자? 모두 땅바닥에 엎드린 그녀를 돌아보았다.

"안에." 그녀가 말했다.

"저기. 저 건물." 그녀가 턱으로 가리켰다.

속임수를 쓰려는 건가?

테일러가 조용히 지시하는 소리가 들렸다. "소여, 들어가서 확인해."

멀리서 사이렌이 울렸다. 하느님 감사합니다!

"테일러!" 내가 돌아보니 소여가 문간에 서 있었다. "이 안에 그레이 양이 있어."

"여기 있어요, 크리스천!" 테일러가 한 손가락을 들어 경고했다.

미아? 내 여동생? 가슴속에서 두려움이 피어났다. 저 개자식이 내 여동생에게 무슨 짓을 한 거야? 나는 멍하니 주시했다. 그사이 테일러가 건물 안으로 사라졌다. 소여는 문간에서 테일러를 지켜보았다.

'당신을 위해서예요. 당신 가족을 위해서. 제발. 그러지 마요……'

그제야 아나가 한 말이 모두 이해가 되었다. 나는 그녀를 내려다보았다. 그녀가 이 정신병자에게 살해당할 뻔했다는 것이 실감났다. 구역질이 목구멍까지 치솟았다. 시간이 멈춰버렸다. 테일러가 건물에서 나타났다. "동생분은 괜찮은 것 같습니다. 약물에 취한 것 같아요. 잠들었어요. 딱히 부상을 입거나 폭행당한 흔적은 없습니다. 옷을 다 입고 있고요. 제가 동생분을 옮길 수는 없어요. 구급대원들이 하게 돼야 합니다."

"미아?" 내가 물었다. 이 끔직한 상황이 얼떨떨했다.

테일러가 고개를 끄덕였다. 그의 입매가 우울한 선을 그렸다.

사이렌 소리가 더 커졌다.

하이드가 내 여동생에게 무슨 개짓거리를 하려 한 거지? 놈은 조금 조용해졌지만 상처 입은 개처럼 아직도 끙끙거렸다. 피를 많이 흘렸을 것이다. 내 알 바 아니지. 놈을 죽여버리고 싶었다. 천천히, 고통스럽게…… 하지만 구급차 두 대, 순찰차 두 대, 소방차 한 대가 도착해 번쩍번쩍하는 경광등과 귀청을 때리는 사이렌 소리로 주변의 평온을 산산조각 내고 하이드의 목숨을 구해주었다.

악몽 같은 현실이었다. 나는 구급차 안에서 미아와 아나 사이에 자리를 잡고 앉아 있었다. 우리는 시애틀 시내를 뚫고 달렸다. 두 손으로 머리를 감싼 채 조마조마한 마음으로 두 사람을 위해 기도했다. 종교는 없지만 지금은 가릴 때가 아니었다. 내 아내와 내 아이, 내 여동생이 괜찮은지 알려달라고 신에게 매달렸다.

"바이털사인은 좋습니다. 그레이 씨. 아내분과 동생분 모두." 구급대원이 검은 눈망울에 연민을 가득 담고 말했다.

"아내가 임신 중이에요."

구급대원이 아내를 내려다보았다. "출혈의 흔적은 없어요."

나는 하얗게 질렸다. 그는 나를 안심시키려 했지만 소용이 없었다. "왜 아직 의식이 없는 겁니까?" 속삭이는 목소리가 나왔다. "그건 도착해서 의사 선생님들이 보시고 진단하실 거예요."

미아가 꿈틀거리며 알 수 없는 말을 웅얼거렸다. 의식이 돌아오고 있었다. 약물에 취했던 게 분명했다. 그래도 상태가 평온했다. 나는 미아의 손을 꼭 쥐었다. "괜찮아, 미아. 우리 여기 있어."

미아가 뭐라 뭐라 웅얼거렸지만 눈을 뜨지는 않았다. 하지만 내 손을 꽉 쥐었다가 다시 놓아버렸다. 나는 미아가 다시 잠이 든 것이길 바랐다.

내 여동생, 내 아내, 태중의 내 아이. 기회가 있을 때 하이드를 죽였어야 했다. 가슴속에서 무력한 분노가 다시 한번 똬리를 틀었다. 나는 눈을 질끈 감고 그걸 몰아내려고 애썼다. 눈물을 쏟고 싶었다. 울부짖어 이 고통을 해소하고 싶었지만 그럴 수가 없었다.

젠장. 피곤했다. 아나랑 마지막으로 주고받은 말들…….

'날 떠나려는 거야?'

'아뇨!'

'당신을 위해서예요. 당신 가족을 위해서. 제발. 그러지 마요.'

그리고 나는 그녀에게 영원히 널 사랑할 거라고 했다. 그래도 그 말은 했구나.

제발 눈 좀 떠봐, 아나.

마음속 깊은 곳에서 아기에 대한 걱정이 나를 괴롭혔다. 아나가 정말 아팠던 걸까? 아니면 꾸며낸 말일까? 이렇게…… 스트레스를 받았으니, 젠장. 아기한테 좋을 리가 없지.

내 아이. 녀석이 괜찮으려나?

마침내 우리는 응급실에 도착했다. 나는 즉시 옆으로 밀려나고 구급대원들이 행동에 돌입했다.

어머니와 아버지가 기다리고 있다가 밀차에 실린 내 여동생에게 달려갔다. 그 애가 잠든 것인지 의식을 잃은 것인지 알 수 없었다. 그레이스가 미아를 보자마자 눈물을 글썽였다. 그리고 미아의 손을 잡았다. "사랑한다, 우리 아가." 어머니가 눈물을 쏟았다. 구급대원들이 미아를 짝문 쪽으로 이동시켰다. 아버지는 따라가지 않고 옆에 서서 어머니가 그들을 따라 응급실 안으로 들어가는 것을 지켜보았다. 간호사와 의사가 아나의 밀차를 받았다.

"신중을 기해주세요. 아내가 임신 중이에요." 내가 걱정이 되어 거칠고 숨죽인 목소리로 말했다.

"저희가 잘 돌봐드릴게요." 주치의가 말했다. 나는 아나의 손을 놓았다. 그들이 미아를 따라 아나도 데려갔다.

캐릭이 내게 다가왔다. 납빛이 된 얼굴이 나이가 들어 보였다.

우리는 서로를 바라보았다. "아버지." 내가 갈라진 목소리로 말했다.

"오, 아들아." 캐릭이 두 팔을 활짝 벌렸다. 나는 난생처음 아버지의 품에 안겼다. 아버지는 나를 꼭 안았고 나는 울컥한 감정을 삼키며 아버지의 재킷을 쥐었다. 조용히 힘이 되어주는 아버지가 말할 수 없이 고마웠다. 아버지의 든든한 존재감, 아버지의 익숙한 냄새, 무엇보다 아버지의 사랑이 고마웠다. "괜찮을 거야, 아들. 둘 다 괜찮을 거야."

"괜찮을 거예요." 나는 기도문처럼 되뇌었다. 고통을 억누르느라 목이 멨다. "둘 다 괜찮을 거예요."

하지만 아버지도 그건 확실히 모른다.

제발 그렇기를 기도할 수밖에.

나는 다 자란 성인 남자 둘이 응급실 출입구에서 부둥켜안고 있다는 생각이 들어 몸을 뗐다. 캐릭이 미소를 지으며 내 어깨를 꼭 쥐었다. "대기실로 가자. 무슨 일이 있었는지 얘기해다오. 그리고 너 좀 씻어야겠다."

"네." 나는 고개를 끄덕이며 내 손을 내려다보았다. 젠장! 손이 그 더러운 놈의 피로 얼룩덜룩했다.

아나는 뺨에 난 멍 자국 말고는 창백했다. 그 개자식이 아나를 때린 게 분명했다. 그녀는 그냥 잠든 것처럼 눈을 감고 있었지만 여전히 의식이 없었다. 내 눈에는 터무니없게 어리고 작아 보였다. 수많은 줄이 그녀의 몸으로 구불구불 들어가거나 나와 있었다. 두려움이 내 심장을 움켜쥐고 쥐어짰다. 하지만 바틀리 박사는 의식이 없는 내 아내를 차분히 내려다보았다.

"환자분 갈비뼈에 멍이 들었네요, 그레이 씨. 두개골에 가는 선 골절이 있긴 하지만 바이털사인은 안정적이고 강해요."

"왜 아직 의식이 없는 겁니까?"

"그레이 부인은 머리에 크게 타박상을 입었어요. 그래도 두뇌 활동이 정상적이고 뇌부 종도 없어요. 때가 되면 깨어나실 겁니다. 시간을 갖고 기다려보죠."

"아기는요?" 내가 조용히 물었다.

"아기는 무사합니다, 그레이 씨."

"오, 하느님 감사합니다." 안도감이 폭풍처럼 나를 휩쓸었다.

하느님 감사합니다.

"그레이 씨. 더 궁금한 거 있으세요?"

"아내가 제 말을 들을 수 있을까요?"

바틀리 박사가 온화한 미소를 지었다. "그걸 누가 알겠어요? 만약 들을 수 있다면 분명 남편분 목소리를 듣고 싶어 할 겁니다."

그건 확실하지 않아요. 아내가 화를 낼 거예요. 난 아내가 나를 떠나는 줄 알았어요.

"이따가 제 동료 싱 박사가 아내분을 봐드릴 겁니다."

"고맙습니다." 내가 말했고 박사는 나갔다.

나는 의자를 끌어와 아나 옆에 앉았다. 그리고 그녀의 손을 살며시 잡았다. 그녀의 손이 따뜻해서 다행이었다. 나는 그녀가 깨어나길 바라는 마음으로 손을 살짝 쥐었다. "일어나 자기야, 제발." 내가 속삭였다. "나한테 화내도 좋으니까 제발 깨어나." 나는 몸을 숙여 그녀의 손가락 관절에 입술을 비볐다. "미안해. 모두 다 미안해. 제발 깨어나."

제발. 사랑해.

나는 두 손으로 그녀의 손을 감싸 쥐고 이마를 손에 댄 채 기도를 올렸다.

하느님, 제발. 제발. 제 아내를 제게 돌려주세요.

아나는 계속 잠을 잤다. 침대 옆 탁자 위 전등이 내뿜는 둥그런 불빛과 문틈으로 비쳐드는 희미한 빛 외에 병실은 어둠에 싸였다. 나는 재킷을 이불 삼아 덮고 의자에 앉아 꾸벅꾸벅 졸음과 싸웠다. 그녀가 의식을 찾았을 때 깨어 있고 싶었다.

문이 열리는 기척에 잠에서 깼다. 그레이스가 들어왔다. "안녕, 아들." 어머니가 소곤거렸다. 화장을 하지 않은 얼굴이 파리했다. 내가 그렇듯 피곤하고 진이 빠져 보였다.

"어머니." 나는 너무 피곤해 일어설 기운도 없었다.

"그냥 들렀어. 이제 가서 눈 좀 붙이려고. 캐릭이 남아서 미아를 지킬 거야."

"미아는 좀 어때요?"

"괜찮아. 화를 내고 있어. 약물 후유증 때문에 아직 힘들어 해. 잠을 자려고 애쓰는 중이야. 아나는 어떠니?"

"그대로예요."

그레이스가 침대 발치에서 아나의 차트를 집어 들고 내용을 읽어보았다. 눈이 동그래지더니 숨을 들이켰다. "임신했다고?"

나는 고개를 끄덕였다. 너무 노곤하고 초조해서 그것 말고는 아무것도 할 수 없었다.

"오, 크리스천, 정말 기쁜 소식이다. 축하해." 어머니가 앞으로 나와 내 어깨를 잡았다.

"고마워요, 어머니. 아직은 어떻게 될지 몰라요."

"알아. 보통 12주는 되어야 주위에 알리곤 하지. 얘, 지쳐 보인다. 집에 가서 좀 자거라."

나는 고개를 저었다. "아나가 깨면 잘 거예요."

어머니는 입을 꾹 다물었지만 아무 말 하지 않고 몸을 숙여 내 이마에 입을 맞추었다. "꼭 깨어날 거야, 크리스천. 아나에게 조금 시간을 주자. 억지로라도 조금 자도록 해."

"가세요, 어미니."

어머니가 내 머리를 헝클었다. "아침에 보자꾸나." 어머니가 올 때처럼 조용히 나갔다. 나는 더욱더 큰 상실감 속에 남겨졌다.

나 자신에게 벌도 줄 겸 잠들지 않기 위해 지난 이틀 동안 내가 저지른 못된 짓들을 반추했다.

내가 등신처럼 굴었다.

아기 문제도.

엘레나를 만난 것도.

사과하지 않은 것도.

무엇보다 아나의 말을 믿은 것이 잘못이었다……. 나를 떠난다는 그녀의 말을 곧이곧대로 믿다니.

눈이 감기고 고개가 앞으로 떨어졌다. 나는 화들짝 깼다.

망할.

나는 아내를 응시하며 눈을 뜨라고 기운을 불어넣었다.

아나. 제발. 내게 돌아와. "내가 사과할 수 있게. 제대로. 제발, 자기야." 나는 그녀의 손을 잡았다. 다시 내 입술로 가져와 손가락 관절 하나하나에 입을 맞추었다. "네가 그리워."

나는 등을 기대고 눈을 감았다. 아주 잠깐.

얼마 후 나는 잠에서 깼다. 젠장. 얼마나 잤을까? 손목시계를 확인했다. 세 시간 가까이 지났다. 아내를 돌아보니 그녀는 여전히 평온하게 잠들어 있었다.

실제로는 자는 게 아니었지만. 그녀는 의식이 없었다.

"내게 돌아와, 자기야." 내가 속삭였다.

"크리스천."

"아버지! 깜짝 놀랐잖아요."

"미안하다." 캐릭이 어둠 속에서 나타났다.

"얼마나 거기 서 계셨어요?"

"얼마 안 됐어. 널 깨우고 싶지 않아서. 간호사가 아나의 바이털을 확인하고 갔어. 모두 좋대." 아버지가 내 아내를 내려다보았다. "그레이스에게 들으니 아나가 내 손자를 임신하고 있다면서." 아나를 바라보는 아버지의 눈에서 감격한 눈빛이 반짝거렸다.

"네. 맞아요."

"축하한다, 아들."

나는 아버지에게 쓸쓸한 미소를 지었다. "아나가 아이와 자기자신을 걸고 위험을 무릅썼어요." 나는 몸서리를 쳤다. 밤공기가 차서인지 아니면 아나가 그렇게 쉽게 죽을 수도 있다는 사실 때문인지 알 수 없었다.

캐릭이 입을 꾹 다물고 심각한 표정을 지었다가 주의를 내게 돌렸다. "많이 피곤할 거야. 집에 가서 쉬도록 해."

"아나를 두고 갈 수가 없어요."

"크리스천, 너도 잠을 자야지."

"아뇨, 아버지. 아나가 깨어났을 때 옆에 있고 싶어요."

"내가 옆에 있을게. 아나가 내 딸의 생명을 구했으니까 나도 뭐라도 해야지."

"미아는 좀 어때요?"

"잠들었어. 탈진해서 겁을 냈다가 화를 냈다가 그랬어. 로힙놀약효가 떨어지려면 몇 시간 걸릴 거야."

"세상에." 하이드, 이 정신병자, 변태, 망나니 개새끼.

"그러게 말이다. 그 애의 안전에 소홀했던 내가 천하의 바보였어. 네가 경고를 했는데도 미아가 어지간히 고집을 부려야 말이지. 아나가 없었다면……."

"우리 모두 하이드는 까맣게 잊고 있었어요. 그런데 정신 나간 내 아내가 바보처럼……. 왜 내게 말을 안 했을까요?" 흘러나오지 않은 눈물이 목구멍을 태웠다.

"크리스천, 진정해라." 아버지가 내 쪽으로 조금 다가왔다. "아나는 어리지만 대단한 여성이야. 놀랍도록 용감하고."

"용감하고 고집불통 쇠고집에 멍청하죠." 감정을 억제하느라 마지막 말에서 목소리가 갈라졌다.

하지만 아나가 아니었다면 미아에게 무슨 일이 벌어졌을까?

너무나 혼란스러웠다. 나는 심란해 두 손으로 머리를 감쌌다.

"얘." 아버지가 손을 내 어깨에 얹었다. 아버지의 손길이 위안이 되었다. "아나나 네 자신을 너무 몰아붙이지 말거라, 아들. 나는 그만 네 어머니에게 가봐야겠다. 새벽 3시가 넘었어, 크리스천.

제발 눈 좀 붙여."

"어머니는 집에 가신 줄 알았는데요."

캐릭이 짜증스럽게 숨을 훅 내쉬었다. "네 어머니가 미아 곁을 차마 떠나질 못하는구나. 고집쟁이야, 너처럼. 아기 일은 다시 축하한다. 이런 엉망인 상황에서도 그건 좋은 소식이야."

머리에서 피가 빠져나가는 기분이었다. 나는 캐릭처럼 좋은 아버지가 될 자신이 없었다.

"애야." 아버지가 다정하게 말했다. "넌 할 수 있어."

지치고 낙심한 상태라 아버지가 내 불안감을 아주 정확히 꿰뚫어 보는 것이 화가 났다.

통찰력이 있으시네요, 아버지.

"넌 훌륭한 아버지가 될 거야, 크리스천. 그만 걱정해라. 그 생각에 적응할 시간이 몇 달이나 있잖니." 아버지가 다시 내 어깨를 다독였다. "난 이따가 아침에 다시 오마."

"가세요, 아버지."

나는 아버지가 조용히 문을 닫는 걸 지켜보았다.

훌륭한 아버지라고?

나는 두 손으로 머리를 감쌌다.

지금은 그저 아내가 돌아오기를 바랄 뿐이었다. 아기 생각은 하고 싶지 않았다.

나는 일어서서 기지개를 켰다. 늦은 시각이었다. 몸이 뻣뻣하고 여기저기 쑤시고 걱정으로 가슴이 아렸다.

왜 깨지 않는 걸까? 나는 몸을 숙여 그녀의 뺨에 키스했다. 내 입술에 닿는 그녀의 살결이 보드랍고 포근하게 따스했다.

"일어나, 자기야." 내가 속삭였다. "네가 필요해."

"좋은 아침이에요, 그레이 씨."

뭐? 나는 또다시 졸다가 깜짝 깼다. 간호사가 커튼을 젖히자 황금빛 가을 햇살이 쏟아져 들어왔다. 나이 든 간호사였는데, 이름이 기억나지 않았다. "아내분의 정맥주사 좀 확인할게요."

"그러세요." 내가 웅얼거렸다. "저는 나가 있을까요?"

"좋을 대로 하세요."

"다리 좀 펴고 올게요." 나는 찌뿌둥한 몸을 일으켰다. 마지막으로 아내를 한 번 쳐다보고 나서 비틀비틀 복도로 나갔다. 여기 어디 커피가 있을 것 같았다.

8시 30분쯤 테일러가 휴대전화 충전기와 존스 부인이 챙겨준 아침 식사를 가지고 왔다. 이걸 존스 부인의 평화 협정 제안으로 봐도 되려나. 갈색 종이봉투 안을 슬쩍 보니까 역시나 햄 치즈 크루아상 샌드위치가 두 개 들어 있었다. 냄새가 기막히게 좋았다. 보온병에 담긴 커피도 있었다. "게일에게 고맙다는 인사 전해줘."

"그럴게요. 그레이 부인은 좀 어떠십니까?" 테일러가 아나 쪽을 쳐다보았다. 꽉 다문 턱선에 걱정하는 기색이 역력했다.

"모든 징후가 좋아. 그저 깨어나기만 기다리는 중이야. 지난 주말을 오리건 보건과학대학 병원에서 보냈는데 이번 주말에는 노스웨스트 병원에 있다니 믿을 수가 없네."

테일러가 고개를 끄덕여 공감을 표시했다.

"여기서 보고하는 게 좋겠어. 난 아나 옆을 떠날 수가 없어서." 나는 그에게 내 옆자리를 권했다. 내가 아침을 먹는 동안 테일러는 구급차가 범죄 현장을 떠난 이후 일어난 일들을 간략히 보고했다.

"…… 경찰이 그레이 부인의 휴대전화를 찾았습니다."

"음."

"사모님이 현금이 담긴 더플백 하나에 그걸 넣어두셨더라고요."

"그래?" 나는 잠이 든 아내를 흘끔거렸다. 천재적이네. "그럼 우리가 그 돈을 추적했던 거야?"

"그런 셈이죠." 테일러가 아나의 천재성에 감탄하는 투로 대꾸했다. "현금은 경찰이 챙겼습니다." 그제야 500만 달러 생각이 났다.

"돌려받을 수 있겠지?"

"나중에요."

나는 눈을 위로 치켜떴다. 지금 그건 문제도 아니다. "웰치에게 경찰에 연락하라고 해야겠어. 그들과 협조해 돈을 회수하라고."

"하이드가 여기서 치료를 받고 있습니다. 경찰의 감시하에." 테일러가 말했다.

"아나가 놈을 끝장냈어야 했는데."

테일러가 입을 다물었다. 내가 그 개자식을 곤죽이 되도록 패고 있을 때 테일러가 나를 억지로 떼어낸 것이 기억났다. 테일러가 잘한 건지 아닌지 판단이 안 섰다.

젠장. 테일러가 안 말렸으면 지금 나는 구치소에 있을 것이다.

"클라크 형사가 사장님과 면담을 하고 싶답니다." 내가 두 번째 크루아상을 베어 먹었을 때 테일러가 현명하게 화제를 바꾸었다.

"지금은 곤란해."

"라이언이 그레이 부인의 차를 회수했습니다. 주차 위반 딱지 말고는 아무 문제 없습니다." 그가 씁쓸한 미소를 띠었다. "소여가 사모님을 놓쳤다고 속상해합니다."

"그렇겠지."

"병원 밖에 사진 기자들이 진을 쳤어요."

젠장.

내 휴대전화가 진동했다. 레이 아버님. 젠장.

"레이 아버님. 안녕하세요."

"우리 애니를 좀 봐야겠는데."

레이가 언론을 통해 아나의 영웅담에 대해 듣고 아나를 보겠다고 나선 것이다. 이 세상에서 나를 위협할 수 있는 유일한 사람에게 안 된다는 말은 감히 할 수 없었다.

나는 테일러를 그쪽으로 보냈다. 30분 뒤 레이는 아나의 침대 발치에 놓인 휠체어에 앉아 있었다.

"애니." 내가 휠체어를 침대 쪽으로 더 가까이 밀 때 레이가 말했다. "대체 무슨 생각으로?" 그가 잠긴 목소리로 말했다. 면도를 하고 헐렁한 반바지와 셔츠 차림의 그는 다리가 부러지고 멍은 들었지만 원래의 모습과 가까워 보였다.

"모르겠습니다. 레이. 그걸 물어보려면 아나가 깨어나기를 기다릴 수밖에요."

"자네가 안 하면 내가 따끔하게 혼내야겠어. 대체 무슨 생각으로 그런 짓을 했을까?" 이번에는 좀 더 단호한 말투였다.

"절 믿으세요. 레이, 제가 하겠습니다." 아나가 받아준다면. 내가 그녀의 손을 잡았을 때 레이가 고개를 절레절레 흔들었다.

"아나가 놈을 쐈어요."

레이의 입이 딱 벌어졌다. "납치범을?"

"네."

"별일이 다 생기는군."

"아버님이 아나에게 총 쏘는 법을 가르쳐주시기를 잘하셨어요. 언젠가 저도 좀 가르쳐주세요."

"크리스천, 그거야 얼마든지." 우리는 고집스럽고 무모하고 용감한 내 아내를 함께 바라보았다. 우리 둘 다 두려운 생각에 잠겼다. 아나는 여전히 의식이 없었다.

"아나가 깨어나면 연락 주게."

"알겠습니다, 레이."

"칼라에게는 내가 전화하지." 그가 중얼거렸다.

"그래 주시면 저야 고맙죠. 감사합니다."

그가 아나의 손에 입을 맞추었다. 그의 눈이 눈물로 반짝거려서 나는 고개를 돌려야 했다.

레이가 갔을 때 나는 회사와 통화한 뒤 웰치에게 전화를 걸었다. 지금 그는 디트로이트에서 하이드의 행적을 조사하는 중이었다. 웰치는 하이드에게 보석금을 내줄 사람이 있었다는 데 놀라움을 금치 못했다. 누가 어떤 이유로 그랬는지는 나중 문제였다. 그가 시애틀 경찰서의 지인에게 전화해 어떤 상황인지 알아보기로 했다.

나는 피로를 이기려고 창가를 왔다 갔다 서성이면서 전화 통화를 하고 아내를 지켜보았다. 그녀는 내내 잠을 잤다. 그녀가 잠을 자는 동안 가족들과 친구들이 보낸 꽃들이 속속 도착해서 오후가 저물 무렵 병실은 플로리스트의 방을 닮아 있었다. 사람들이 전화를 해서 그녀의 안부를 묻는데도 그녀는 계속 잠을 잤다.

모두가 아나를 사랑했다.

어찌 사랑하지 않을 수 있을까? 나는 손가락 관절로 그녀의 보드랍고 투명한 뺨을 쓰다듬으며 울고 싶은 충동과 싸웠다. "자기야, 일어나. 제발. 일어나서 다시 나한테 화를 내란 말이야. 뭐든 하라고. 나를 미워해도 좋아……. 그냥 일어나기만 해. 제발."

나는 그녀 옆에 앉아 기다렸다.

케이트가 노크도 없이 병실로 불쑥 들어왔다.

"케이트. 왔군요."

그녀가 고개를 숙여 인사를 하고는 곧장 아나의 침대로 다가와 그녀의 손을 잡았다. "좀 어때요?"

나는 하도 반복해서 지겨운 말을 또 했다. "의식이 없어요."

"아나! 아나! 일어나야지." 케이트가 소리를 빽 질렀다.

맙소사. 집요한 캐버너 양의 등장이로군. "내가 이미 해봤어요, 케이트. 때가 되면 틀림없이 깨어날 거예요."

케이트가 입을 꾹 다물었다. "원래 이렇게 무분별하게 행동하는 애가 아닌데."

아니라곤 할 수 없지.

케이트가 나를 돌아보았다. "어떻게 버티고 있어요?"

내 걱정을 다 하다니 의외였다. "괜찮아요. 걱정되고 피곤하고 그렇죠."

그녀가 고개를 끄덕였다. "그래 보여요. 둘이 화해는 했어요?"

나는 한숨을 쉬었다. "안 했어요. 아나가 깨어나면……." 나는 말꼬리를 흐렸다.

웬일로 케이트가 이해하는 것처럼 나를 몰아붙이지 않았다. "어떻게 된 거예요? 어쩌다가 애가 이렇게 됐죠?" 케이트가 팔짱을 꼈다. 어차피 그녀를 쫓아내기는 틀린 것 같아서 사건의 대략적인 경위를 말해주었다. 하이드가 내 여동생을 납치했고, 아나가 영웅적이긴 하지만 바보 천치처럼 나서서 동생을 구출했다고.

"아주 미쳤네!" 내가 말을 마치자 케이트가 말했다. "대체 무슨 생각으로 그런 거지? 똑똑한 애가."

"그러니까요."

"알겠지만, 크리스천…… 애가 당신을 엄청 사랑해요."

"알아요. 안 그랬다면 여기 이렇게 누워 있지 않겠죠." 나는 그녀를 의심한 나 자신이 미워 이를 악물었다.

"내가 왔었다고 전해주세요."

"그럴게요."

"눈 좀 붙여요." 케이트가 마지막으로 아나를 쳐다보았다. 아나의 손을 한 번 잡아보고는 병실을 나갔다.

다행이다.

문을 두드리는 소리에 졸다가 깼다. 클라크 형사가 들어왔다. 도저히 반길 수 없는 사람이었다. 아무에게나 아내를 보여주고 싶지 않았다. 특히 아내가 이런 상태일 때는.

"방해해서 죄송합니다. 혹시 그레이 부인과 이야기를 나눌 수 있을까 해서요."

"형사님, 보시다시피 제 아내는 질문에 대답할 상태가 아닙니다." 나는 그를 맞이하려고 일어섰다. 기분이 진짜 더러웠다. 그냥 가주었으면 싶었다.

다행히 그의 방문은 짧게 끝났다. 얻은 정보도 있었다. 그의 말에 따르면 엘리자베스 모건은 경찰에 적극적으로 협조하고 있었다. 하이드가 그녀의 남부끄러운 동영상을 가지고 시키는 대로 하라고 협박한 것 같았다. 미아를 체육관에서 밖으로 유인한 것도 모건이었다.

"하이드, 그 미친놈." 클라크가 중얼거렸다. "당신 아버지와 당신에게 극심한 원한을 품고 있던데요."

"이유를 아십니까?"

"아직은 몰라요. 그레이 부인이 깨어나시면 다시 오죠. 아내분은 여기 계시면 안전합니다. 우리가 하이드를 수갑으로 침대에 묶어놓았고 경찰이 매일 24시간 지키고 있으니까요. 놈은 아무 데도 못 갑니다."

"마음이 놓이네요. 우리 돈은 돌려받을 수 있겠죠?"

클라크가 인상을 썼다.

"몸값 말입니다."

그가 슬쩍 미소를 지었다. "나중에요, 그레이 씨."

"그것도 안심이 되네요."

"저는 그만 가볼 테니까 쉬십시오."

"고맙습니다."

클라크 형사가 문을 닫고 나갈 때 나는 그의 등에 대고 인상을 썼다.

하이드가 여기 있다. 이 병원 어딘가에. 내 아내가 놈의 몸에 총알을 박아서.

분노가 다시 치밀었다.

놈을 찾아내서 끝장내버릴까.

경찰이 놈을 지키고 있어, 그레이. 나는 놈이 오래오래 감옥에서 썩게 해달라고 신께 빌었다.

바틀리 박사가 돌아왔다. "좀 어떠세요, 그레이 씨?"

"저야 괜찮습니다. 제 아내가 걱정이라서 그렇죠."

"아내분을 보러 왔습니다."

나는 물러서서 그녀가 아나를 진찰하게 했다.

"왜 깨어나지 않는 겁니까?" 내가 물었다.

"궁금하실 만해요. 저도 지금쯤 깨어날 거라고 생각했습니다만, 정신적으로 큰 충격을 받아서 그걸 처리할 시간이 더 필요한가 봅니다. 혹시 아내분이 다른 스트레스를 겪고 있었나요?" 바틀리 박사가 나를 똑바로 쳐다보았다. 나는 뜨끔해서 얼굴을 붉혔다.

"글쎄요, 음…… 임신?" 나는 모호하게 대답했다.

"아내분을 깨울 만한 방도가 하나 있긴 한데, 그게 통할지 생각을 좀 해봐야겠어요. 임신부가 오랫동안 카테터를 꽂고 있는 것도 마뜩치 않고요. 요로감염증의 위험이 있거든요."

"알겠습니다. 저는 나가 있을까요?"

"좋을 대로 하세요."

"그럼 커피 한잔하고 오겠습니다."

복도로 나가는데 휴대전화가 울렸다. 존 플린이었다.

"크리스천. 아나 소식 들었습니다. 아나는 좀 어떤가요?"

나는 한숨을 쉬고 나서 요점만 집어 말해주었다. "언제 깨어날지 몰라요. 그저……."

"압니다. 당신이 힘들겠네요. 아나는 유능한 의료진이 보살필 겁니다. 저번에 전화를 못 받았어요. 그때 아들의 사친회 모임에 갔었거든요."

아. 내가 선을 넘었던 그날 밤. 그때 플린이 내 전화를 받았으면 좋았을 것을.

"다음 주에 이야기 나눌까요?" 플린이 물었다.

"그러죠."

"제가 필요하시면 언제든 연락하세요."

"고마워요, 존."

"안녕, 아들."

저녁에 그레이스가 작은 보온백을 가지고 들어왔다.

"어머니."

어머니는 나를 잠깐 포옹하고는 내 얼굴을 찬찬히 뜯어보았다. 눈에 걱정이 가득했다. "마지막으로 식사한 게 언제니?"

나는 멍한 눈으로 어머니를 쳐다보며 기억을 더듬었다. "아침에?"

"오, 크리스천, 벌써 8시가 넘었어. 배고프겠다." 어머니가 내 뺨을 쓰다듬었다. "마카로니 앤드 치즈를 좀 가져왔어. 너 주려고 내가 직접 만든 거야."

너무 피곤해서 목이 메다 못해 눈시울이 뜨거워졌다.

"고마워요." 내 아내가 아직 의식이 없다는 사실에도 불구하고 배가 고팠다.

배가 고픈 정도가 아니라 배가 고파 죽을 지경이었다.

"가서 이걸 데워올게. 간호사 숙소에 전자레인지가 있어. 2분쯤 걸릴 거야."

어머니가 만든 마카로니 앤드 치즈는 전국 최고의 맛을 자랑한다. 게일이 만든 것보다도 더. 어머니가 돌아왔을 때 병실에 맛있는 냄새가 진동했다. 우리는 나란히 앉았고 어머니는 이런저런 얘기를 했다. 우리는 고집스럽게 깨어나지 않는 내 아름다운 아내를 지켜보았다.

"미아는 오늘 아침에 집으로 데려갔어. 지금 캐릭이 같이 있어."

"좀 어때요?" 내가 물었다.

"크리스천! 입에 음식 넣고 말하지 마라."

"죄송해요."

나는 입에 음식을 잔뜩 넣고 웅얼거렸고 그레이스는 웃음을 터뜨렸다. 모처럼 내 입술이 올라가며 어정쩡한 미소를 지었다.

"좀 낫구나." 그레이스의 눈이 모성애로 반짝였다. 그래도 어머니가 여기 있으니 조금은 기분이 밝아졌다. 나는 포크로 다 먹어치우고 접시를 탁자에 놓았다. 너무 피곤해 움직일 기운도 없었다.

"맛있네요. 고마워요, 어머니."

"고맙긴 뭘. 아주 용감했어, 네 아내 말이다."

"멍청한 거죠." 내가 투덜거렸다.

"크리스천!"

"사실이잖아요."

그레이스가 눈을 가늘게 뜨고 나를 뜯어보았다. "왜 그러니?"

"무슨 소리예요?"

"무슨 일이 있잖아. 아나가 여기 의식 없이 누워 있는 거 말고. 네가 지쳤다는 것도 빼고."

어떻게 안 거지?

그레이스는 아무 말 하지 않았지만 속을 꿰뚫어 보는 시선이 말을 하고도 남았다. 병실이 침묵이 휩싸였다. 아나의 혈압을 모니터하는 기계가 웅웅거리는 소리만이 침묵을 깼다.

망할.

참견쟁이.

숨겨봐야 소용없었다. 어머니의 탐문에 걸리면 언제나 그렇듯 꼼짝 못했다. "우리 다퉜어요."

"다퉜다고?"

"네. 이 일이 있기 전에. 서로 말을 안 했어요."

"무슨 소리야, 서로 말을 안 했다니? 너 무슨 짓을 했구나?"

"어머니……." 왜 어머니는 내 잘못이라는 생각부터 하는 거지?

"크리스천! 무슨 짓을 했냐니까?"

나는 침을 삼켰다. 억누른 눈물과 피곤함, 불안감으로 목이 타는 것 같았다. "화가 많이 났었어요."

"얘." 그레이스가 내 손을 잡았다. "아나한테 화가 났었어? 왜, 걔가 어쨌길래?"

"아무 짓도 안 했어요."

"이해가 안 되는구나."

"아기 말이에요. 충격이었어요. 그래서 집을 뛰쳐나갔어요."

어머니가 내 손을 잡았다. 갑자기 모든 걸 털어놓고 싶은 충동이 밀려왔다. "엘레나를 봤어요." 내가 중얼거렸다. 수치심이 격랑처럼 나를 덮쳤다. 어머니가 눈을 동그랗게 뜨고 내 손을 놓았다.

"그게 무슨 소리야, '봤다'니?" 어머니가 마지막 말을 강조하며 쏘아붙였다. 마지막 말에 실린 경멸감이 나를 흔들었다. '그 여자랑 잤어요?' 아나가 내게 물었던 말이 떠올랐다······. 그게 언제였더라? 어제? 그저께인가?

처음엔 아나가 그러더니 이젠 어머니까지!

"그런 거 아니에요! 제기랄, 어머니!"

"내 앞에서 욕하지 마, 크리스천. 그럼 내가 무슨 생각을 해야 되니?"

"그냥 얘기만 나눴어요. 게다가 나 취했었어요."

"취해? 이런 망할!"

"어머니! 어머니야말로 욕하지 마세요! 안 어울려요."

어머니가 입을 꾹 다물었다. "내 자식들 중에서 내 입에서 그런 저속한 말이 나가게 만드는 건 너밖에 없어. 네 입으로 인연을 완전히 끊었다고 했잖아." 어머니의 시선에 원망이 가득했다.

"그랬죠. 하지만 그 여자를 만나니까 그제야 모든 게 제대로 보였어요. 아이 때문에. 처음이었어요, 그런······ 불편한 느낌. 불편한 것 이상이었어요. 우리가 한 짓. 잘못된 일이었어요."

"그 여자가 잘못이야. 넌 어린애였어!" 그레이스는 다시 입을 꾹 다물더니 한숨을 내쉬었다. "크리스천, 아이들이 원래 그렇단다. 다른 시각에서 세상을 보게 만들어."

"그 여자도 결국은 알아들었어요. 내 생각엔 그래요. 나도 깨달았고. 그 여자랑은 완전히 끝났어요. 그리고 내가 아나에게 상처를 줬어요." 수치심이 다시 밀려왔다.

"우리는 항상 사랑하는 사람에게 상처를 주지. 아나에게 미안하다고 말하렴. 진심으로. 그리고 시간을 줘."

"아나가 나를 떠나겠다고 했어요."

"그 말을 믿었니?"

"믿었죠, 처음에는."

"애, 왜 항상 모든 사람에게서 최악을 예상하는 거니. 너 자신을 포함해서. 넌 항상 그래. 아나는 널 아주 많이 사랑해. 너도 그 애를 사랑하는 게 분명하고."

"아나가 나한테 화났어요."

"그럴 만도 하지. 나도 지금 너한테 엄청 화가 나는데. 누구한테 진심으로 화가 난다는 건 그 사람을 정말 사랑해서가 아닐까."

"나도 그런 생각해봤어요. 아나는 나를 얼마나 사랑하는지 몇 번이고 나에게 보여주었어요. 그러다 못해서 자기 목숨까지 걸었네요."

"그래, 그랬구나."

"오, 어머니, 아나가 왜 깨어나질 않는 걸까요?" 갑자기 모든 게 버겁게 느껴졌다. 목구멍에 뭐가 걸린 듯 목이 메고 감정이 북받쳐 올랐다…… 아나와 다툰 일, 아나가 날 떠나고 죽을 뻔한 일, 하이드, 미아…… 젠장…… 참으려고 해도 눈물이 걷잡을 수 없이 터졌다. "그녀를 잃을 뻔했어요." 나는 간신히 들리는 그 말을 겨우 짜내며 가장 지독한 두려움을 소리 내어 말했다. 댐이 터졌다.

"오, 크리스천." 어머니가 두 팔로 나를 감싸 안았다. 나는 무너져 내렸다. 평생 처음 어머니의 품에 안겨 눈물을 흘렸다. 내 아내를 위해, 무너진 내 아내를 위해, 나 자신을 위해, 바보 같았던 나 자신을 위해.

젠장. 젠장. 젠장.

그레이스가 나를 안고 흔들었다. 내 머리에 입을 맞추고 달래는 말을 흥얼거리며 나를 울게 두었다. "잘될 거야, 크리스천. 잘될 거야."

어머니가 나를 안아주었다. 꼭. 어머니를 놓고 싶지 않았다.

어머니.

나를 구해준 첫 번째 여인.

나는 상체를 일으키고 얼굴을 닦았다.

어머니도 같이 울고 있었다.

"아후, 어머니, 울지 마세요."

어머니의 눈물이 미소로 바뀌었다. 어머니는 가방에서 휴지를 꺼내 내게 건네주고 자기 것도 꺼냈다. 어머니가 손을 내밀어 내 얼굴을 어루만졌다. "드디어 24년 만에 처음으로 이렇게 널 안게 해주는구나." 어머니가 서글프게 말했다.

"그러게요, 어머니."

"늦더라도 안 하는 것보다는 낫지." 어머니가 내 얼굴을 톡톡 두드렸다. 나는 젖은 얼굴로 어머니에게 미소를 지었다.

"어머니랑 얘기하니까 좋네요."

"나도, 아들. 언제든 환영이야." 어머니가 사랑이 가득한 눈길로 나를 쳐다보더니 설레는 것처럼 미소를 지었다. "내가 할머니가 된다니 믿을 수가 없네!"

어둠이 내렸다. 시간이 흘렀다. 몇 시인지 알 수 없었다. 너무 지쳐 시계를 쳐다볼 기운도 없었다. 아나는 자신만의 세상 안에 누워 있었다.

"오, 자기야, 제발 나한테 돌아와. 미안해. 모두 다 미안해. 그냥 깨어나기만 해. 네가 그립단 말이야. 사랑해." 나는 그녀의 손가락 관절에 키스하고는 침대에 댄 머리를 팔로 감쌌다.

부드러운 손길이 느껴졌다. 부드러운 손가락이 내 머리카락을 쓸었다. 꿈속이지만 그녀의 손길이 너무도 좋았다. 젠장. 나는 잠에서 화들짝 깨어 똑바로 앉았다. 아나가 크고 아름다운 푸른색 눈으로 나를 물끄러미 보고 있었다. 기쁨이 내 가슴에서 샘솟았다. 그 눈을 보는 것이 이토록 기뻤던 적이 없었다.

"안녕." 그녀가 잠기고 갈라진 목소리로 말했다.

"오, 아나." 오, 하느님 감사합니다. 하느님 감사합니다. 하느님 감사합니다. 나는 그녀의 손을 잡아 손바닥을 내 얼굴에 댔다. 그녀가 나를 어루만졌다.

"화장실 가고 싶어요." 그녀가 중얼거렸다.

"그래."

아나가 일어나 앉으려고 했다.

"아나, 가만히 있어. 내가 간호사 부를게." 나는 일어서서 침대 옆의 부저로 손을 내밀었다.

"어서요." 그녀가 중얼거렸다. "나 일어날래요."

"한 번만이라도 시키는 대로 할 순 없어?" 내가 딱딱거렸다.

"정말 오줌 마려워서 그래요." 그녀가 말했다.

간호사가 왔다. 간호사도 이나가 의식이 돌아온 걸 보고 기뻐했다. "그레이 부인, 깨어나셔서 다행이에요. 바틀리 박사님에게 깨어나셨다고 알릴게요." 간호사가 아나의 침대 옆으로 왔다. "내 이름은 노라예요. 여기가 어딘지 아시겠어요?" 그녀의 파란 눈이 친절하게 반짝거렸다.

"네. 병원. 나 오줌 마려워요."

"환자용 변기 가져다드릴게요." 노라 간호사가 말했다.

아나가 인상을 쓰며 질색했다. "제발요. 나 일어나고 싶어요."

"그레이 부인……." 노라는 물러서지 않았다.

"제발요."

"아나." 그녀가 일어나려고 버둥거려서 내가 경고했다.

"그레이 씨, 아무래도 그레이 부인께서 혼자 있고 싶으신가봐요."

노라가 한쪽 눈썹을 추켜올렸다. 나더러 나가라는 말투 같았다. 꿈도 꾸지 마, 자기야. "나 아무 데도 안 갑니다."

"크리스천, 제발……." 아나가 내 손을 잡았다. 나는 그녀의 손을 꼭 쥐었다. 그녀가 돌아온 것이 말도 못하게 고마웠다. "제발." 그녀가 다시 말했다.

젠장.

"알았다고!" 나는 머리를 쓸어 넘겼다. 벌써부터 나를 내쫓으려 하다니 속이 상했다. "2분 줄게요." 나는 노라 간호사에게 딱딱거렸다. 그리고 몸을 숙여 내 아내의 이마에 키스하고는 씩씩거리며 병실을 나왔다.

나는 복도를 서성거렸다.

아나가 내가 옆에 있는 걸 원치 않는다.

설마 자기 눈에 띄지 말라는 건 아니겠지.

그렇다고 해도 그녀를 탓할 수는 없다.

망할. 견딜 수가 없네.

씩씩거리며 병실로 돌아가니 노라가 침대에서 일어나려는 아나를 돕고 있었다.

"제가 부축할게요." 내가 말했다.

"그레이 씨, 제가 할 수 있어요." 노라 간호사가 냉랭한 눈초리로 나를 나무랐다.

"젠장, 제 아내란 말입니다. 제가 부축할게요." 나는 아나의 정맥 주사 거치대를 내 앞에서 치웠다.

"그레이 씨!" 노라가 나를 꾸짖었다. 하지만 나는 노라를 무시하고 조심스럽게 두 팔을 내 아내에게 두르고 받쳐서 아내를 들어올렸다.

아나가 팔을 내 목에 감았고 나는 그녀를 병실에 딸린 욕실로 데려갔다. 노라 간호사가 정맥 주사 거치대를 밀며 따라왔다.

"그레이 부인, 너 너무 가볍다." 나는 아나를 내려놓고 서게 한 다음 그녀가 넘어지지 않게 한 손을 그녀에게 대고 있었다. 그녀의 몸이 조금 흔들리는 것 같았다. 내가 불을 켜자 아나가 휘청거렸다.

젠장! "앉아, 쓰러질라." 나는 널 놓지 않아. 그녀가 조심조심 시키는 대로 했다. 그녀가 앉았을 때 나는 그녀를 놓았다.

"가요." 그녀가 나가라고 손짓했다.

"싫어. 그냥 뭐, 아나."

"못해요. 당신이 여기 있으면." 그녀가 나를 올려다보았다. 크고 어두워진 눈망울이 내게 간청했다.

"너 쓰러질지도 몰라."

"그레이 씨!" 노라가 불만을 표출했지만 우리 둘 다 아랑곳하지 않았다.

"제발." 아나가 말했다.

망할. 정신 차려, 그레이.

"난 밖에 서 있을게. 문은 열고." 나는 밖으로 나가서 노라와 같이 서 있었다. 노라가 나를 쏘아보았다.

"돌아서요, 제발." 아나가 말했다. 나는 웃음이 났다. 서로 별짓

253

다 한 사이인데 그녀에게는 이게 고정 한계라고? 나는 눈을 위로 치켜떴지만 그녀가 부탁한 대로 했다.

노라가 숨죽여 꿍얼거렸다. 끼어드니 어쩌니 하는 말이 들렸지만 아나가 깨어났다는 게 너무 안심이 되어 그 말이 거슬리지도 않았다.

1, 2분 후 아나가 끝났다고 말했다. 나는 그녀를 다시 안아 들었다. 그녀가 두 팔을 내게 감는 순간 그저 황홀했다. 나는 코를 그녀의 머리카락에 묻었지만 아나의 냄새가 아니라서 깜짝 놀랐다. 그녀에게서 화학약품과 병원과 빌어먹을 트라우마 냄새가 났다. 하지만 상관없었다. 그녀가 돌아왔으니까. "오, 네가 그리웠어, 그레이 부인." 나는 속삭이고 그녀를 다시 침대에 눕혔다. 노라 간호사가 인상을 쓰는 샤프롱(사교장에 나간 젊은 여성을 따라가서 보살피는 나이 든 여성 – 옮긴이)처럼 정맥 주사 거치대를 가지고 따라왔다.

"그레이 씨, 볼일 다 끝나셨나요. 이제 그만 그레이 부인의 상태를 확인할까 하는데요." 노라 간호사는 화가 나니 야위고 날카로운 인상이 되었다.

나는 물러서서 두 손을 들어 항복을 표시했다. "맡길게요."

노라는 못마땅한 한숨을 훅 내쉬었지만 아나에게는 미소를 지었다. "기분이 좀 어떠세요?"

"몸이 아프고 목도 말라요. 목이 엄청 말라요."

"물 가져다드릴게요. 바이털부터 확인하고요. 그 뒤에 바틀리 박사님이 진찰하실 거예요." 그녀가 혈압 측정 띠를 가져와서 그걸 아나의 위팔에 둘렀다. 나는 잠자코 지켜보았다. 아나의 눈이 내게 머물렀다. 그녀가 얼굴을 찌푸렸다.

왜 그러지?

내가 나가기를 바라는 걸까?

그레이, 지금 너 꼴이 말이 아닐 거야.

나는 노라의 손이 닿지 않을 만한 침대 가장자리에 걸터앉았다.
"기분 어때?" 내가 아나에게 물었다.

"혼란스러워요. 아프고. 배고프고."

"배고파?"

그녀가 고개를 끄덕였다.

"뭐 먹고 싶어?"

"뭐든. 수프."

"그레이 씨, 그레이 부인은 뭐든 먹기 전에 의사의 허락을 받아
야 해요."

노라와 나는 서로 박자가 맞지 않았다. 나는 주머니에서 휴대전
화를 꺼내 테일러에게 전화했다.

"사장님."

"아나가 치킨 수프가 먹고 싶대."

"반가운 소식이네요, 사장님." 테일러의 웃는 얼굴이 보이는 듯
했다. "게일이 여동생네 가고 없어요. 제가 올림픽 호텔에 전화해
서 지금 이 시간에도 룸서비스가 가능한지 알아보겠습니다."

"그래."

"금방 갈게요."

"고마워." 나는 전화를 끊었다.

노라는 더욱더 살벌해 보였다. 하지만 상관없었다.

"테일러?" 아나가 물었다.

나는 고개를 끄덕였다.

"혈압은 정상이네요, 그레이 부인. 의사 선생님 모셔 올게요."
노라는 혈압 측정 띠를 제거하더니 말 한마디 없이 내게 불편한
심기를 발산하며 병실을 나갔다.

"당신이 노라 간호사를 화나게 한 것 같아요."

"내가 여자들에게 그런 기운을 발산하나 봐." 나는 아나에게 킥
킥거렸다. 그녀도 웃음을 터뜨렸지만 별안간 뚝 그치더니 얼굴을
일그러뜨리며 옆구리를 부여잡았다. "맞아요, 당신 그래요." 그녀
가 다정하게 말했다.

"오, 아나, 네 웃음소리 들으니까 좋다." 네가 웃다가 아파하는
건 싫지만.

노라가 물병을 들고 돌아왔다. 그녀가 물을 따르는 동안 아나와
나는 입을 다물고 서로 시선을 교환했다. "조금씩 마셔요." 노라가
주의를 주었다.

"그럴게요." 아나는 한 모금 마시고는 잠시 눈을 감았다. 그녀가
눈을 뜨더니 나를 똑바로 쳐다보았다. "미아는요?"

"무사해. 네 덕분이야."

"놈들이 미아를 데리고 있었죠?"

"응."

"어떻게 미아를 데려간 거죠?"

"엘리자베스 모건."

"말도 안 돼!"

나는 고개를 끄덕였다. "그 여자가 미아가 운동하는 데서 미아
를 차에 태웠어."

아나가 인상을 썼다. 모건과 하이드의 엄청난 범죄 행위가 도저
히 이해가 안 되는 것 같았다.

"자세한 이야기는 나중에 해줄게. 미아의 상태는 양호한 편이
야. 약물에 취했었어. 탈진한 데다 충격을 받긴 했지만 기적적으
로 다친 데는 없어." 나는 다시 분노가 치밀었다. 아나가 자기 자
신과 아이를 걸고 위험을 무릅썼다는 사실 때문에. "네가 한 일

은……." 나는 손가락으로 머리를 쓸어 넘기면서 할 말을 신중히 고르고 분을 삭였다. "엄청나게 용감하고 엄청나게 어리석은 짓이었어. 너 살해당할 수도 있었어."

"달리 어떻게 해야 할지 몰라서 그랬어요." 그녀가 중얼거리며 손가락을 내려다보았다.

"나한테 말을 했으면 됐잖아!"

"다른 사람한테 말하면 미아를 죽이겠다고 그놈이 그랬단 말이에요. 그런 위험을 감수할 수 없었어요."

최악의 결과가 상상이 되서 나는 눈을 감았다. 안 돼, 미아. 안 돼, 아나. "목요일 이후 난 수천 번 죽다 살아났어." 잠긴 목소리가 나왔다.

"오늘 무슨 요일이에요?"

"토요일이 거의 다 됐어." 나는 손목시계를 확인했다. "너 24시간 넘게 의식이 없었어."

"잭과 엘리자베스는?"

"경찰에 체포됐어. 하이드는 경찰의 감시 아래 여기 있지만. 네가 놈에게 쏜 총알을 제거하느라고." 아나가 놈을 끝장냈더라면 좋았을 걸 하는 아쉬움이 다시 남았다. "이 병원 어디에 있는지는 몰라. 다행이지. 알았더라면 내 손으로 죽여버렸을 거야."

아나가 눈을 동그랗게 뜨더니 진저리를 쳤다. 겁이 나는지 어깨를 움츠리고 눈물을 글썽였다.

"헤이." 나는 다가가서 그녀의 손에서 유리잔을 빼앗아 침대 옆 탁자 위에 놓아두고 그녀를 다정하게 안았다. "이제 안전해."

"크리스천, 정말 미안해요." 그녀가 울기 시작했다.

아니야. 아나. 넌 안전해. "쉿." 나는 그녀의 머리를 쓰다듬으며 그녀가 울게 두었다.

"내가 한 말. 당신을 떠날 생각은 한 적이 없어요."

"쉿, 자기야. 알아."

"알아요?"

그녀가 몸을 떼고 눈물이 고인 눈으로 나를 살펴보았다.

"알아냈어. 결국. 아나, 대체 무슨 생각으로 그랬어?"

아나가 머리를 내 어깨에 얹었다. "당신이 날 놀래켰잖아요. 은행에서 통화할 때. 내가 당신을 떠날 거라고 생각하다니. 당신이 나를 너무 모른다는 생각이 들었어요. 당신을 절대 떠나지 않겠다고 몇 번이고 당신에게 말했는데."

나는 숨을 천천히 내쉬었다. "내가 형편없이 행동한 뒤라서 그랬어……." 나는 그녀를 안은 팔에 힘을 주었다. "한동안 널 잃었구나 생각했지."

"아니에요, 크리스천. 절대. 난 당신을 끌어들여 미아의 목숨을 위태롭게 만들고 싶지 않았어요."

끌어들인다고!

"어떻게 알아낸 거예요?" 그녀가 물었다.

나는 그녀의 머리카락을 귀 뒤로 넘겼다. "시애틀에 막 착륙했을 때 은행에서 전화를 받았어. 마지막으로 들은 말은 네가 몸이 좋지 않아서 집에 간다는 얘기였는데."

"그럼 소여가 차에서 전화했을 때는 포틀랜드에 있었겠네요."

"이륙하기 직전이었어. 네가 걱정되더라고."

"그랬어요?"

"당연하지." 나는 엄지손가락으로 그녀의 아랫입술을 쓸었다. "널 걱정하는 게 내 생활인걸. 알면서 그래."

그 말이 그녀의 미소를 끌어냈다. 근사했다. "잭이 사무실로 전화했어요." 그녀의 눈이 다시 커다래졌다. "두 시간 줄 테니까 돈을 가져오라고." 그녀가 어깨를 추어올렸다. "떠난다고 하는 게 가장 좋은 핑계 같았어요."

하이드, 망할 놈. "그래서 소여를 따돌렸구나. 소여도 너한테 화났어." 내가 중얼거렸다.

"소여도?"

"나만큼이나."

아나가 손을 들었다. 그녀의 손끝이 다시 내 얼굴을 어루만졌다. 나는 눈을 감고 그녀의 손길을 즐겼다. 그녀의 손가락이 내 꺼끌꺼끌한 수염 위를 미끄러졌다. "나한테 화내지 마요. 제발." 그녀가 소곤거렸다.

"너한테 정말 화가 나. 네 행동은 어처구니없을 만큼 멍청한 짓이었어. 미친 짓이나 다름없는."

"말했잖아요, 달리 어떡해야 할지 몰랐다고."

"넌 네 안전은 안중에도 없는 것 같아. 홀몸도 아닌데."

아나나 내가 무슨 말을 하기 전에 문이 열리더니 바틀리 박사가 안으로 성큼 들어왔다. "안녕하세요, 그레이 부인. 저는 바틀리 박사예요."

나는 바틀리 박사에게 고개를 끄덕인 뒤 내 아내를 진찰하게 뒤로 물러났다. 그녀가 진찰을 하는 동안 나는 아버지에게 전화해 아나가 깨어났다고 알렸다.

"오, 정말 잘됐구나, 아들." 아버지가 잠시 입을 다물었다. 그레이스의 말을 듣고 있는 게 분명했다. "네 어머니가 너더러 사과하라는데."

"할 거예요, 아버지."

"왜? 무슨 일 있었어?" 캐릭이 어리둥절한 말투로 물었다.

"얘기하자면 길이요."

"알았다. 아나에게 사랑한다고 전해주고. 우리는 내일 보러 가마."

나는 칼라에게 전화해 기쁜 소식을 알렸다.

"고마워요, 크리스천!" 칼라가 울먹였다.

그다음은 캐버너였다. "하느님 감사합니다." 케이트가 말했다. "둘이 화해도 했으면 좋겠네요."

그건 당신이 알 바 아니지, 하는 생각이 들었지만 나는 "그래야죠" 하고 말했다. "레이에게 전화해야 해서. 그럼 이만."

"그래요." 케이트가 말했다. "아나에게 이제 납치범 추격전은 그만하라고 전해줘요."

"그러죠."

레이는 크게 안도하고 마음을 추스르느라 잠시 말을 잇지 못했다. 마침내 그가 말했다. "전화해줘서 고맙네, 크리스천. 애니에게 사랑한다고 전해줘."

"알겠습니다, 레이."

장인과 전화 통화를 끝내고 나니 바틀리 박사가 내 아내의 갈빗대를 찔러보고 있었다. "금이 가거나 부러진 데는 없는데 멍이 들었네요. 아주 운이 좋았어요, 그레이 부인."

아나가 나를 흘끔거렸다. "무모했죠." 내가 입 모양으로 말했다.

나 아직 화 안 풀렸어, 아나.

"진통제 처방해드릴게요. 이쪽에 통증이 있을 테니까요. 두통도 있을 테고. 하지만 전반적으로 정상인 것 같네요, 그레이 부인. 수면을 좀 취하시고요. 아침에 상태가 어떤지에 따라 퇴원할지 아닐지 결정하죠. 그때는 제 동료인 싱 박사가 봐드릴 거예요."

"고맙습니다."

노크 소리가 요란하게 나더니 테일러가 페어먼트 올림픽 호텔의 상자를 가지고 들어왔다.

"음식?" 바틀리 박사가 놀라 말했다.

"그레이 부인이 배고프다고 해서요." 내가 바틀리 박사에게 말했다. "닭고기 수프예요."

"수프는 괜찮을 거예요. 국물만. 부담되는 건 안 됩니다." 그녀가 우리 둘을 매섭게 쳐다보고는 노라 간호사와 같이 병실을 나갔다.

구석에 바퀴가 달린 트레이가 있었다. 나는 그걸 아나 쪽으로 끌어왔다. 테일러가 상자를 그 위에 놓았다. "돌아오신 걸 환영합니다, 그레이 부인." 그가 다정하게 웃는 얼굴로 말했다.

"안녕, 테일러. 고마워요."

"별말씀을요, 사모님……." 그가 말꼬리를 흐렸다. 나는 상자를 열고 안에 든 것들을 꺼내면서 테일러를 슬쩍 쳐다보았다. 그가 할 말이 더 있는 것 같았다. 아나에게 쓴소리를 하려는 걸까? 그럴 만도 했지만, 그는 그저 아나에게 미소를 지었다. 수프가 든 보온병 말고도 롤빵이 든 작은 바구니, 리넨 냅킨, 도자기 대접, 수프 숟가락, 은빛 숟가락이 하나씩 있었다.

"근사하네요, 테일러." 아나가 말했다.

"이거면 되겠습니까?" 테일러가 물었다.

"응, 고마워." 내가 말했다. 그만 자러 가라는 뜻이었다.

"테일러, 고맙다고."

"뭐 좀 더 가져다드릴까요, 그레이 부인?"

아나가 나를 쳐다보고는 한쪽 눈썹을 추켜올렸다. "크리스천이 갈아입을 깨끗한 옷이 필요해요."

테일러가 나를 흘끔 보더니 씩 웃었다. "네, 사모님."

뭐? 나는 내 셔츠를 확인했다. 셔츠에 아무것도 흘린 적 없는데.

하지만 며칠 동안 씻지도 면도도 하지 않았다.

꼴이 말이 아니겠네.

"그 셔츠 입은 지 얼마나 됐어요?" 아나가 물었다.

"지난 목요일 아침부터." 나는 사과하는 의미로 그녀에게 어깨를 으쓱거렸다. 테일러가 나갔다. "테일러도 너한테 진짜 화났어." 나는 그렇게 덧붙이고 나서 수프를 대접에 부으려고 보온병의 뚜껑을 열었다.

아나는 수프 그릇에 달려들어 한 번도 본 적 없는 식욕을 선보였다. 첫 숟가락을 입에 넣고 황홀한 듯 눈을 감았다.

"맛있어?" 나는 다시 침대에 걸터앉았다.

그녀는 열렬히 고개를 끄덕거리더니 다시 한 숟가락 퍼 먹고는 숟가락질을 멈추고 리넨 냅킨으로 입을 닦았다. "무슨 일이 있었는지 말해줘요…… 당신이 사태를 파악한 후에."

"오, 아나, 네가 먹는 거 보니까 좋다."

"배고프다니까요. 말해봐요."

나는 기억을 더듬어 일어난 일들의 순서를 가늠하느라 인상을 썼다. "은행에서 전화를 받았을 때는 정말 하늘이 무너지는 것 같더라……"

아나는 숟가락질을 멈추고 멍하니 나를 바라보았다.

"먹는 거 멈추지 마. 안 먹으면 나도 얘기 안 할 거야." 의도한 것보다 더 매서운 말투가 나와버렸다. 그녀가 입을 딱 다물었다가 계속 먹었다. "어쨌든 너랑 통화를 끝낸 직후에 테일러로부터 하이드가 보석으로 풀려났다는 보고를 받았어. 어떻게 그렇게 된 건지는 모르겠어. 우리가 놈의 보석 허가 시도를 철저히 차단했다고 생각했는데 말이야. 하지만 잠깐 네가 한 말을 생각하다가 뭔가 크게 잘못되었다는 걸 깨달았지."

"절대 돈 때문이 아니었어요." 그녀가 별안간 언성을 높였다.

"어떻게 그런 생각을 할 수가 있어요? 한 번도 당신의 빌어먹을 돈 때문이었던 적은 없었어요!"

우와! "험한 말은 쓰지 말고." 내가 다그쳤다. "진정하고 먹기나 해."

그녀가 나를 쏘아보았다. 눈이 분노로 이글거렸다.

"아냐."

"난 그게 가장 가슴 아팠어요, 크리스천." 그녀가 속삭였다. "당신이 그 여자를 만나러 간 것만큼이나."

젠장. 뼈저리게 후회가 되어 눈을 감았다. "알아." 나는 한숨을 쉬었다. "그리고 미안해하고 있어. 네가 생각하는 것보다 더. 제발 먹어. 수프 따뜻할 때." 나는 깊이 뉘우치는 어조로 상냥하게 말했다. 그건 내가 그녀에게 잘못한 것이다.

그녀가 숟가락을 집었다. 나는 안도의 한숨을 내쉬었다.

"계속해요." 아나가 말랑말랑한 롤빵을 베어 먹으며 재촉했다.

"미아가 실종된 건 몰랐어. 놈이 널 협박하고 있다는 건 눈치챘지만. 너에게 다시 전화했지만 네가 받지 않았어." 나는 그때 느꼈던 무력한 느낌이 기억나 인상을 썼다. "너에게 메시지를 남기고 나서 소여에게 전화를 걸었어. 테일러는 네 휴대전화를 추적하기 시작했고. 네가 은행에 있다는 건 알고 있었기 때문에 우린 곧장 거기로 향했지."

"소여가 어떻게 날 찾아냈는지 모르겠네요. 소여두 내 휴대전화를 추적한 거예요?"

"사브에 추적 장치가 달려 있었거든. 우리 차량은 모두 그래. 은행 근처까지 갔을 때 네가 움직이기 시작해서 널 따라갔어. 왜 웃어?"

"역시나 짐작대로 당신은 날 스토킹하고 있었네요."

"그게 왜 재미있다는 건지 모르겠네?"

"잭이 나더러 휴대전화를 버리라는 거예요. 그래서 휠란의 휴대전화를 빌려서 그걸 대신 버렸죠. 내 건 더플백에 넣고. 당신 돈을 추적할 수 있게요."

나는 한숨을 쉬었다. "우리 돈이야, 아나. 먹어."

나는 그녀의 냉정한 두뇌와 빠른 판단이 다시 한번 감탄스러웠지만 그냥 그녀가 마지막 빵 조각으로 수프 그릇을 싹싹 훑어 입안에 넣는 걸 보기만 했다. "다 먹었다."

"착하다."

문을 두드리는 노크 소리가 났다. 노라 간호사가 작은 종이컵을 들고 다시 들어왔다. "진통제예요." 노라가 알려주었다. 나는 아나가 식사하고 남은 쓰레기를 올림픽 호텔 상자 안에 도로 넣었다.

"그거 먹어도 괜찮나요? 아시다시피 배속에 아기가 있는데요?"

"그럼요, 그레이 부인." 간호사가 아나에게 알약과 물 컵을 건넸다. "타이레놀이에요…… 괜찮아요. 아기에게 영향을 주지 않아요."

아나가 알약을 삼키고 하품을 하더니 나른하다는 듯이 눈을 깜빡거렸다.

"이제 쉬셔야 해요, 그레이 부인." 노라 간호사가 내게 눈총을 주었다.

나는 고개를 끄덕였다. 그럼요. 쉬어야죠.

"가려고요?" 아나가 놀란 표정으로 소리쳤다.

나는 큭 웃었다. "네가 내 시야 밖으로 벗어나게 안 해. 한순간이라도 그렇게 생각했다면, 그레이 부인, 그건 오산이야."

노라가 아나가 눕도록 베개를 정리하면서 살벌한 눈초리로 나를 쏘아보았다. "잘 자요, 그레이 부인." 그녀는 그렇게 말하고 나서 심히 못마땅한 눈초리로 나를 마지막으로 쳐다보고는 병실을 나갔다.

"아무래도 노라 간호사는 내가 별로인가 봐." 나는 아내를 내려다보았다. 그녀가 의식을 찾았다. 그리고 여기 있다. 밥도 먹었다. 안도감에 가슴이 벅찼지만 기운이 쭉 빠지면서 피로감이 뼛속까지 스며들었다. 평생 이렇게 피곤한 적이 있었나 싶을 정도로.

"당신도 쉬어야 해요, 크리스천. 집에 가요. 피곤해 보여요."

"너 두곤 아무 데도 안 갈 거야. 이 팔걸이의자에서 잠깐 눈 붙이면 돼." 밤샘 간호는 잠시 멈춰도 될 것 같았다.

아나가 인상을 쓰더니 짓궂은 생각이 난 것처럼 미소를 짓고는 옆으로 움직였다. "나랑 같이 자요."

뭐라고! 절대 안 돼! "안 돼. 못 해."

"왜 안 돼요?"

"널 다치게 하고 싶지 않아."

"다치게 하긴요. 제발, 크리스천."

"정맥 주사 줄 있잖아."

"크리스천. 제발."

너무나 달콤한 제안이었다. 그러면 안 되는 거 알지만…… 그러면 그녀를 안을 수 있다. 그녀를 안고 싶다는 충동이 나의 분별력을 밀어냈다.

"제발." 아나가 남요를 들추고 나를 침대 안으로 초대했다.

"나도 모르겠다." 나는 신발과 양말을 벗고 침대 위 아내 옆으로 올라가서 그녀를 마주 보았다. 다정하게 한 팔을 그녀에게 둘렀다. 그녀가 머리를 내 가슴에 댔다.

오. 그녀의. 이. 감. 촉.

아나.

나는 그녀의 머리에 키스했다. "노라 간호사는 이 배치를 별로 좋아하지 않을 거야."

아나가 깔깔거리다가 웃음을 뚝 멈추었다. "나 웃기지 마요. 아프다고요."

"아, 난 그 소리가 듣기 좋은걸." 그리고 널 사랑해, 아나. 온 마음을 다해. "미안해, 자기야. 진짜진짜 미안해." 나는 그녀에게 다시 키스하고 그녀의 향기를 들이마셨다. 나의 아나에게서 희미한 냄새가 났다. 그녀가 여기 있다. 약을 먹고.

내 아내. 나의 아름다운 아내.

그녀가 손을 내 가슴에 댔다. 나는 손으로 그녀의 손을 덮고 눈을 감았다.

"어째서 그 여자를 보러 갔어요?"

"아, 아나." 나는 앓는 소리를 냈다. "그 이야기를 지금 해야겠어? 안 하면 안 돼? 나 후회하고 있다고."

"난 알아야겠어요."

"내일 말할게." 내가 중얼거렸다. 너무 피곤해 그녀의 질문에 화를 낼 기운도 없었다. "아, 참, 클라크 형사가 너랑 얘기하고 싶어해. 절차상. 이제 자." 나는 다시 그녀의 머리에 키스했다.

"잭이 왜 이런 짓을 했는지 알아요?"

"흠⋯⋯." 졸음이 내게 손짓했다. 세차고 빠르게. 오랫동안 걱정과 후회, 피로감에 시달린 터라 그것에 굴복해 꿈이 없는 깊은 잠속으로 떨어졌다.

2011년 9월 17일 토요일

아나의 몸이 싸늘하다. 그녀를 깨울 수가 없다. 일어나, 아나. 일어나. 엘레나가 다가와 내 옆에 앉는다. 그녀는 벌거벗고 있지만 팔꿈치까지 오는 길고 꼭 맞는 가죽 장갑을 끼고 있다. 그리고 밑창이 빨간 검은색 하이힐을 신었다. 그녀가 내 손을 잡는다. 싫어. 그녀의 손가락이 내 허벅지를 움켜쥔다. 싫어. 나 만지지 마. 더 이상 싫어. 아나만 만질 수 있어. 그녀의 눈이 분노로 타오르지만 눈 속의 불길이 사그라든다. 그녀가 패배해 일어선다. 이제 검은 옷을 입고 있다. 잘 있어, 크리스천. 그녀가 머리카락을 한쪽으로 휙 넘기고 문을 향해 걸어간다. 한 번도 돌아보지 않고. 나는 돌아선다. 아나가 깨서 내게 미소를 짓고 있다. 나랑 같이 누워요. 나랑 같이 자요. 내 곁에 있어줘요. 가슴이 벅차다. 그녀의 말이 내게 기쁨을 가져온다. 그녀가 내 뺨을 어루만진다. 내 곁에 있어줘요. 제발. 그녀가 애원한다. 내가 어떻게 거부할까? 그녀는 나를 사랑한다. 정말로. 나도 그녀를 사랑한다.

잠에서 깨었을 때 내가 아나의 병실 침대에 있다는 걸 깨닫기까지 시간이 조금 걸렸다. 아나는 내 옆에서 베개를 베고 나를 향해 잠들어 있었다. 감긴 눈, 벌어진 입술. 뺨은 하이드의 잔혹한 일격이 남긴 희미한 보랏빛 멍 자국 외엔 창백했다. 그것을 보니 분노

267

가 치밀었다.

그 생각은 그만해, 그레이.

그녀가 여기 있잖아. 그녀는 안전해.

나는 눈을 깜빡여 잠을 몰아냈다. 피로는 풀렸지만 몸이 더러웠다. 샤워와 면도, 깨끗한 옷이 시급했다. 손목시계가 아침 6시 20분을 가리켰다. 시간은 있었다. 아나가 살아 있는 자들의 세상으로 돌아왔으니 잠시 그녀를 떠나도 괜찮을 것 같았다. 행운이 따라준다면 돌아올 때까지 그녀는 계속 잠들어 있을 것이다. 나는 그녀를 깨우지 않으려고 조심조심 침대를 빠져나와 신발을 신었다. 입술로 쓸듯 그녀의 이마에 살며시 키스하고 나서 휴대전화와 충전기, 재킷을 집어 들고 범죄 현장을 도망치는 사람처럼 까치발로 병실을 빠져나왔다.

꼴이 말이 아니네.

그 생각에 즐거워졌다.

우린 결혼한 사이인데 뭐.

다행히 노라와 그녀의 동료들이 간호사 사무실에 없어서 눈에 띄지 않고 탈출할 수 있었다. 오늘은 운이 따라주었다. 병원 출입구에 택시 한 대가 대기 중인 데다 사진 기자들도 없었다. 게다가 이른 시각이어서 금세 에스칼라에 도착했다. 엘리베이터 문이 펜트하우스를 향해 열리는 순간 기분이 날아갈 것 같았다.

테일러가 현관에서 막 나오는 참이었다. 그가 물러서서 나를 훑어보고는 놀라 입을 딱 벌렸다가 얼른 입을 다물었다. "사장님. 어서 오십시오."

"좋은 아침, 테일러."

"제가 모시러 갔을 텐데요. 사모님 지시대로 갈아입으실 옷과 〈시애틀 타임스〉를 가지고 가려던 참입니다." 그가 가죽 더플백을 흔들었다.

"괜찮아. 샤워 좀 해야겠어. 끝나면 같이 가자고."

"네, 사장님. 소여에게 같이 가자고 말해놓겠습니다."

"가는 길에 아나가 먹을 아침밥을 사 가자."

그가 고개를 끄덕였다.

뜨거운 물줄기가 위에서 쏟아졌다.

내 죄까지 씻어주길.

젠장. 그런 짓을 해놓고 그렇게 간단히 해결되길 바라다니. 설상가상 아나는 내가 엘레나와 나눈 이야기를 전부 알고 싶어 한다. 아니, 뭐라고 말하냐고?

있는 그대로 말해, 그레이.

아나가 좋아할 리 없었다. 하지만 나는 그녀에게 빚을 졌다. 특히 최근에 저지른 못난 행동들을 생각한다면. 나는 면도를 하면서 거울 속에서 나를 물끄러미 쳐다보는 머저리에 대해 생각했다.

넌 그녀에게 그보다 더한 빚을 졌어.

아나가 너를 위해 한 일들을 생각해봐.

아나는 네 여동생을 구했어.

너를 구했어.

나는 눈을 감았다.

사실이다. 이 여지는 언제나 나를 무력화시킨다. 내 모든 장벽을 허물고 나를 활짝 열어젖히고 들어와 안에서 환한 빛을 비춘다. 내가 허튼짓을 하면 용납하지 않는다. 전사처럼 내 어둠을 쫓아버린다……. 그리고 내게 희망을 제시한다. 나를 사랑하기 때문에. 이제 나는 그걸 알고 있다.

그리고 그녀는 내 아이를 임신했어.

망할. 아이라니.

잿빛 눈의 머저리가 당황해서 나를 마주 보았다.

그녀는 이 모든 걸 해냈다. 나를 사랑한다는 이유만으로. 그리고 훌륭한 인간이기에.

그런데 나는 그녀를 어떻게 취급했나?

나쁘다는 말로는 부족해, 그레이.

그녀의 말이 머릿속을 맴돌았다. '나는 당신보다 이 힘없는 아기를 선택할 거예요. 자식을 사랑하는 부모라면 누구나 그럴 거예요. 당신 친어머니도 그랬어야 했는데 안타깝게도 그러지 않았죠. 만약 그랬다면 지금 우리가 여기서 이런 대화를 하고 있진 않겠죠. 하지만 이제 당신은 어른이에요. 어른처럼 굴라고요. 현실을 똑바로 직시하고 토라진 아이처럼 구는 거 그만하란 말이에요.'

그런데 나는 그녀가 떠날 거라고 생각했다.

나는 얼굴을 닦았다.

그만큼 더 잘하면 돼, 그레이.

병원으로 가는 길에 우리는 차를 멈추었다. 테일러가 미리 전화로 포장 주문을 해둔 카페로 얼른 들어가서 아나가 먹을 아침 식사를 가지고 돌아왔다. 아나가 식욕이 있어야 할 텐데. 소여가 병원 출입구에 차를 세워서 차에서 내리자마자 잠복 중이던 사진 기자 둘이 사진을 찍기 시작했다.

"아내분은 좀 어떠십니까, 그레이 씨?"

"그레이 씨, 고소하실 생각이십니까?"

나는 그 머저리들을 무시하고 쏜살같이 로비 안으로 들어갔다. 테일러가 아나의 아침을 들고 따라왔다.

우리는 간호사 사무실의 주방으로 가서 트레이에 아나의 아침을 차렸다. 젠장, 작은 꽃병을 하나 가져올걸, 아쉬웠다. 그랬다면 그녀가 받은 많은 꽃다발 중에서 꽃을 한 송이 뽑아 꽂아둘 수 있었을 텐데. 그렇게 사과의 의미를 전달했더라면 좋았을 것을.

"사장님." 내가 음식을 차린 트레이를 들었을 때 테일러가 말했다. "게일이 외출하기 전에 그레이 부인이 드실 닭고기 스튜를 만들어두었어요. 필요하면 점심거리로 가져다드리라고요."

"잘됐네. 잘하면 오늘 아침에 아나를 집으로 데려갈 수 있을지 몰라."

테일러가 동의하는 의미로 고개를 끄덕이고는 내가 들어갈 수 있게 아나의 병실 문을 밀어 열어주었다. 나는 따뜻한 환영을 기대하며 안으로 들어갔다.

그녀가 없었다.

젠장.

"아나!" 내가 소리쳤다. 심장이 벌렁벌렁 날뛰었다.

"나 화장실에 있어요!"

오, 다행이다.

테일러가 나만큼이나 놀라 문을 박차고 들어왔다. "괜찮아." 내가 그를 안심시키자 그는 다시 밖으로 나갔다. 복도에 앉아 있으려는 것 같았다. 나는 음식을 롤링 트롤리에 꺼내놓고 그레이 부인을 또다시 기다렸다……. 이번에는 참을성 있게. 잠시 후 아나가 나타나 활짝 웃는 얼굴로 나를 쳐다보았다. 그녀가 기운을 차린 모습을 보니 안심이 되었다.

"좋은 아침, 그레이 부인. 아침 가져왔어."

그녀가 침대로 올라가는 사이 나는 바퀴 달린 트레이를 그녀 쪽으로 끌어와 뚜껑을 열었다. 그녀의 동그래진 눈과 그것에 담긴 감사한 눈빛이 내게 확신을 주었다. 그녀가 오렌지 주스를 꿀꺽꿀

껵 삼키고 오트밀을 먹기 시작했다. 나는 침대 가장자리에 걸터앉았다. 맛있게 먹는 그녀를 보니 내가 먹는 것처럼 좋았다. 그녀는 식욕이 왕성하기도 했지만 뺨에 혈색이 돌았다. 기운을 차리는 중이었다. "왜요?" 그녀가 음식을 입에 가득 넣고 물었다.

"네가 먹는 걸 보니까 좋아서. 몸은 좀 어때?"

"나아졌어요."

"너 이렇게 먹는 거 처음 봐."

아나가 눈을 들더니 진지한 표정을 지었다. "임신해서 그래요, 크리스천."

나는 코웃음을 쳤다. "임신해서 이렇게 잘 먹을 줄 알았으면 진작에 이렇게 만들 걸 그랬지." 나는 그녀가 진지한 이야기를 꺼낼까 봐 말머리를 돌리려고 센 척하는 말을 던졌다.

난 아직은 얼떨떨해.

"크리스천 그레이!"

그녀가 오트밀 그릇에 숟가락을 떨어뜨렸다.

"먹는 거 멈추지 마."

"크리스천, 우리 할 얘기가 있잖아요."

"무슨 할 말이 있어? 그냥 우리는 부모가 되는 거야." 나는 그녀가 화제를 바꾸기를 바라며 어깨를 으쓱거렸다.

아나는 넘어가지 않았다. 그녀가 트레이를 옆으로 밀어놓고 침대에서 내려와 두 손으로 내 손을 잡았다. 나는 멍하니 그녀를 쳐다보았다. "당신은 두려운 거예요. 나도 알아요." 그녀가 상냥하게 말했다. 그녀의 짙푸른 눈이 나를 꼼짝 못하게 붙잡았다. "나도 그래요. 당연한 거예요."

나는 숨을 참았다.

내가 어떻게 아이를 사랑할 수 있겠어?

널 사랑하는 법도 이제 겨우 알게 되었는데.

"나는 어떤 아버지가 될까?" 나는 좁아진 목구멍으로 그 말을 간신히 토해냈다.

"오, 크리스천." 그녀가 울먹이며 내 이름을 말했다. 그것이 내 가슴을 쥐어짰다. "최선을 다하는 아버지가 되겠죠. 그건 누구나 할 수 있어요."

"아냐…… 내가 할 수 있을지 자신이 없어."

"할 수 있고말고요. 당신은 사랑이 넘치고 재미있고 강한 사람 이에요. 울타리가 되어줄 거예요. 우리 아이들은 부족함 없이 자 랄 거예요." 커다래진 그녀의 눈이 내게 애원했다.

아냐. 내겐 너무 급작스러워…….

내 마음에 다른 사람을 위한 자리가 있을까?

네 마음에 우리 둘 다 들어갈 자리가 있을까?

아나가 말을 이었다. "물론 더 기다릴 수 있었다면 더할 나위 없 이 좋았겠죠. 우리 둘만의 시간이 더 길었더라면. 하지만 우리는 셋이 될 거예요. 우리 모두 성장할 거예요. 가족이 될 거예요. 우 리만의 가족. 그리고 당신 아이는 조건 없이 당신을 사랑할 거예 요, 내가 그러듯이."

"오, 아나." 나는 눈물이 삼키느라 숨을 몰아쉬었다. "널 잃은 줄 알았어. 널 또 잃었구나 생각했지. 차갑고 하얗게 질려 의식이 없 이 땅바닥에 쓰러진 널 보았을 때…… 가장 두려워했던 일이 현실 이 된 줄 알았어. 그런데 지금 넌 여기 이렇게 있네……. 용감하고 강하게 내게 희망을 주면서. 나를 사랑하면서……. 내가 그런 짓 을 저질렀는데도."

"그럼요, 당신을 사랑해요, 크리스천, 진심으로. 언제나 그럴 거 예요."

나는 두 손을 올려 그녀의 머리를 감싸고 엄지손가락으로 그녀의 눈물을 살며시 닦았다. "나도 사랑해." 나는 그녀의 입술을 내게로 당겨 키스했다. 그녀가 무사히 여기 있다는 것이 말할 수 없이 고마웠다. 그녀가 내 것이라는 것이 고마웠다. "좋은 아버지가 되도록 노력할게."

　"노력해봐요. 그럼 성공할 거예요. 그리고 현실을 직시해요. 어차피 선택의 여지가 별로 없을걸요. 꼬마 점과 나는 아무 데도 안 갈 거니까요."

　"꼬마 점?"

　"꼬마 점."

　꼬마 점. "난 태명을 주니어로 할까 생각했지."

　"그럼 주니어로 해요."

　"꼬마 점 좋은데." 나는 입술을 간지럽히듯 멈칫거리며 그녀에게 다시 키스했다. 그것이 마른 장작에 불을 댕겼다. 즉각적인 반응이 일어났다. 본능적으로.

　안 돼. 나는 몸을 뗐다. "온종일 키스하고 싶지만 아침이 식겠어." 아나의 눈이 여름 하늘의 빛깔을 띠고 반짝거렸다. 즐거운 것 같았다. "얼른 먹자." 내가 재촉했다.

　그녀가 침대로 돌아갔다. 나는 트레이를 그녀 앞으로 밀어주었다. 우리 사이에 장벽이 생겼다. 그녀가 열심히 팬케이크를 먹기 시작했다. "알겠지만." 그녀가 입에 팬케이크를 가득 넣고 말했다. "꼬마 점은 딸일 수도 있어요."

　아이고. 나는 손으로 머리를 쓸어 넘겼다. "그럼 여자가 둘이 되나?"

　"어느 쪽이었으면 좋겠어요?"

　"어느 쪽?"

"아들인지, 딸인지."

"건강하면 돼." 맙소사. 딸이라고? 아나를 닮은 아이? "먹어." 내가 딱딱거렸다.

"먹고 있어요, 먹고 있다고요. 참 나, 흥분하지 마시라고요, 그레이."

나는 침대에서 떨어져서 그녀 옆에 놓인 팔걸이의자에 앉았다. 마침내 우리가 그…… 꼬마 점 이야기를 꺼냈다는 것을 자축했다.

꼬마 점.

그래, 그 이름 마음에 든다.

나는 신문을 집었다.

젠장! 아나의 기사가 일면을 장식했다. "너 또 신문에 실렸어, 그레이 부인." 속이 부글부글 끓었다. 왜 우리를 가만히 두질 않는 걸까? 망할 놈의 언론.

"또?"

"글쟁이들이 어제 일을 요약했어. 그래도 사실대로 정확하게 쓰긴 했네. 읽어볼래?"

그녀가 고개를 저었다. "읽어줘요. 나 먹는 동안."

당신을 먹게 할 수만 있다면 뭐든지 하죠, 부인.

나는 기사를 읽어주었고 아나는 아침을 먹었다. 그녀는 기사에 대해 아무런 의견도 말하지 않고 더 읽어달라고만 했다. "당신 목소리 듣고 있으니까 좋아요."

그녀의 말이 내 영혼을 따스하게 감싸주었다.

그녀는 아침을 다 먹고 나서 등을 기대고 내 목소리에 귀를 기울였다. 하지만 문을 두드리는 소리가 끼어들었다. 클라크 형사가 안으로 들어오는 순간 나는 마음이 무거워졌다. "그레이 씨, 그레이 부인. 제가 방해가 됐나요?"

"네." 내가 딱딱거렸다. 전혀 반갑지 않은 사람이었다.

들은 체도 안 하는 클라크의 태도에 나는 불안해졌다. 저 거만한 작자. "깨어나셔서 다행입니다, 그레이 부인." 그가 말했다. "목요일 오후의 일에 대해 몇 가지 묻고 싶은 게 있어서요. 그냥 절차상 묻는 겁니다. 지금 시간이 괜찮죠?"

"그럼요." 아나가 그렇게 중얼거렸지만 고개를 돌렸다.

"내 아내는 휴식을 취해야 합니다."

"금방 끝납니다, 그레이 씨. 그래야 제가 더 이상 두 분을 귀찮게 해드리지 않죠." 그의 말이 맞았다. 나는 아나에게 사과하는 표정을 지으며 마지못해 일어서서 그에게 의자를 내주고 침대 반대쪽에 걸터앉아 아나의 손을 잡았다. 내 아내는 클라크에게 하이드가 시도한 끔찍한 납치와 갈취 사건에 대해 알고 있는 대로 진술했다. 나는 조용히 듣고만 있었다. 그런 말들은 그녀의 부드럽고 사랑스런 목소리와 어울리지 않았다. 나는 분노를 억누르느라 가끔씩 그녀의 손을 꼭 쥐었다. 이미 끝난 일이라는 것이 위안이 되었다. 다행히 아나는 많은 것들을 자세히 기억하고 있었다.

"좋습니다, 그레이 부인." 클라크는 흡족한 기색이었다.

"더 높이 겨냥해 쐈으면 좋았을걸." 내가 중얼거렸다.

"만약 그랬다면 여성 인류를 위한 그레이 부인의 봉사가 됐겠지요."

아나의 어리둥절한 표정이 클라크에서 내게로 날아왔다. 그녀는 우리가 무슨 말을 하는지 알아듣지 못했지만 지금은 그걸 설명할 기분이 아니었다.

"고맙습니다, 그레이 부인. 오늘은 이쯤 해두죠." 클라크가 가려고 앉은 자리에서 움직였다.

"그 사람이 다시 풀려날 일은 없겠죠?"

아나가 그 생각에 움찔했다.

"이번에는 보석이 어려울 겁니다, 부인."

"누가 그자의 보석금을 내줬는지 알 수 있을까요?"

내가 물었다.

"아뇨. 그건 기밀 사항이라서요."

나는 웰치를 시켜 하이드의 보석금을 댄 자를 알아보기로 했다. 클라크가 가려고 일어섰을 때 싱 박사와 인턴 두 명이 병실로 들어왔다. 나는 아나의 트레이를 들고 형사를 따라 밖으로 나갔다.

"그럼 이만, 그레이 씨." 클라크가 내게 경례를 붙이고 나서 복도를 걸어갔다.

테일러가 아나의 병실 바깥 의자에 앉아 있다가 일어서서 나를 따라 간호사 사무실의 주방으로 들어왔다. 나는 트레이를 내려놓았다. "사장님, 제가 하겠습니다."

"고마워." 나는 그에게 뒤처리를 맡기고 아나의 병실로 돌아가서 싱 박사가 아나를 진찰하는 동안 물러나 있었다.

"상태가 좋으시네요. 집에 가셔도 좋겠어요." 싱 박사가 아나에게 상냥한 미소를 지었다.

다행이다.

"그레이 부인, 두통이 심해지거나 시야가 흐려지지 않는지 각별히 주의하세요. 그런 증상이 나타나면 곧장 병원으로 다시 오셔야 합니다."

아나가 활짝 웃으며 고개를 끄덕였다. 퇴원하는 것이 나만큼이나 감사한 것 같았다.

"싱 박사님, 뭐 좀 물어봐도 될까요?"

"그러세요."

우리는 복도로 나갔다. 테일러가 병실 밖의 의자에 없어서 좋았다. "제 아내가…… 음……"

"네, 그레이 씨?"

"다쳤잖습니까……. 그래서 혹시 하면 안 되는 게 있는지……"

싱 박사가 인상을 썼다.

"성행위라든가……."

그녀가 알아듣고 내 말을 끊었다. "네, 그레이 씨, 괜찮아요." 그녀가 웃는 얼굴로 목소리를 낮추고 덧붙였다. "다만 아내분이……원할 때만."

나는 함박웃음을 지었다.

"무슨 얘기 했어요?" 내가 병실 문을 닫았을 때 아나가 물었다.

"섹스!" 나는 짓궂은 미소를 지었다.

아나가 얼굴을 붉혔다. "그래서요?"

"해도 된대."

아나가 즐거운 기색을 숨기지 못했다. "나 머리 아파요." 그녀가 짓궂게 큭큭 웃는 바람에 나는 그녀의 말이 심히 의심스러웠다.

"알아. 한동안 너한테 손 안 댈게. 그냥 확인해본 거야."

그녀가 인상을 썼다. 내가 그녀의 표정을 제대로 읽은 거라면 실망한 것 같았다. 노라 간호사가 병실 안으로 들어와서 거만한 시선으로 나를 흘끔거리더니 아나의 정맥 주사 줄을 제거했다.

아나가 노라에게 고맙다고 말했다. 노라는 병실을 나갔다. 노라가 나갈 때 나는 웃음이 났다. 그녀에게 악감정은 전혀 없었다. 내 아내를 돌봐준 사람이니까. 이 병원 직원들의 감사 기금에 상당한 액수를 기부하기로 했다.

"집으로 데려다줄까?" 나는 아나를 돌아보았다.

"레이 아빠를 먼저 보고 싶어요."

그레이, 아버지가 보고 싶은 게 당연해! "그러자."

"아빠도 아기 소식을 아시나요?"

"네가 직접 말씀드리는 게 좋을 것 같아서. 장모님께도 아직 말씀드리지 않았어."

"고마워요."

"우리 어머니는 아셔. 차트를 보셨거든. 아버지께는 말씀드렸는데, 다른 사람들은 몰라. 어머니는 보통 12주 정도는 기다려야 확실하다고 하셨어." 나는 어깨를 으쓱 추어올렸다. 이건 그녀가 결정할 문제다.

"레이 아빠한테 말해도 될지 잘 모르겠어요."

말하지 않는 게 좋을지도 몰라. "미리 말해두는데, 아버님이 불같이 화내셨어. 나더러 엉덩이를 때려주라고도 하셨고."

아나의 입꼬리가 축 쳐졌다. 나로서는 너무나 만족스런 반응이라 웃음이 났다. "그래서 기꺼이 그러겠다고 말씀드렸지."

"설마요!" 아나가 내게 입을 딱 벌렸지만 눈에서는 즐거움이 반짝거렸다. "이거, 테일러가 깨끗한 옷을 가져왔어. 옷 입는 것 도와줄게."

레이는 딸을 보고 조용히 기뻐했다. 잠시 아나에게 머무는 그의 시선에서 그의 마음이 엿보였다. 그의 검고 깊은 눈 속에 두려움과 안도감, 사랑, 분노가 한꺼번에 어른거렸다. 나는 레이가 아나를 혼낼 것 같아 얼른 밖으로 나왔다. 혼날 만도 하지. 테일러가 병실 밖 문 옆에서 기다리고 있었다. "사장님, 주 출입구 밖에 사진 기자들이 아직 있습니다."

"빠져나갈 뒷문이 있는지 알아보고, 소여한테 차를 가지고 거기서 대기하라고 해."

"알겠습니다." 그가 성큼성큼 사라졌다. 나는 휴대전화를 꺼내 웰치에게 전화했다.

"사장님." 그가 전화를 받았다.

"웰치. 무슨 소식 없어?"

"있습니다. 지금 비행기에 탑승하려고 기다리는 중입니다. 일단 조용한 데로 가서 말씀드리죠." 부스럭거리는 소리가 나더니 비행기 이륙을 알리는 방송 소리가 웅얼웅얼 들려왔다. 하지만 시애틀행은 아니었다. "그게요." 그가 굵은 목소리로 말문을 열었다. "하이드에 관한 정보를 알아냈습니다. 지금 그걸 가지고 가는 중입니다. 전화로 말씀드리기보다는 직접 보여드리는 게 나을 것 같습니다."

"지금 말하면 안 돼?"

"안 하는 게 좋겠어요. 여기는 공개된 장소라 안전하지가 않습니다."

뭐길래 그러지?

"하나 더, 경찰이 하이드의 아파트에서 지문을 채취하다가 USB를 몇 개 발견했습니다. 섹스 테이프. 모두 다요. 놈의 예전 비서들을 찍은 거라네요. 모건 것도 있고요. 심각한 사안이에요."

망할. 나는 머리털이 곤두섰다.

"그 영상을 이용해서 여자들의 입을 다물게 했을 겁니다. 모건을 협박하는 데도 썼고요." 웰치의 굵은 음성이 핵심을 찔렀다.

모건은 그럴 거라고 생각했지만…… 예전 비서들까지?

아나가 놈을 따라 뉴욕에 가려는 걸 막기를 잘했지.

"경찰은 그것도 기소할 것 같습니다." 웰치가 말을 이었다. "하지만 수사는 아직 진행 중입니다."

"알았어. 보석금을 댄 사람에 대한 소식은?"

"확실한 건 없어요. 하지만 돌아가면 알아보겠습니다."

"몇 시쯤 만날 수 있지?"

"오후 5시쯤 도착할 겁니다."

"그때 보자고." 나는 전화를 끊었다. 웰치가 찾은 나와 하이드의 연결 고리가 무엇일지 궁금했다.

함께 병원 뒷문을 향해 가는데 아나가 시무룩해 보였다. 아버지를 다시 만났을 때 꾸지람을 들은 모양이었다. 이 문제에 관해선 그녀의 아버지와 전적으로 의견이 같았지만 아주 조금은 안쓰러운 마음이 들었다. 나라도 레이먼드 스틸에게는 노여움을 사고 싶지 않을 것 같았다.

아나는 차에 올라타고 나서 엄마에게 전화를 걸었다. "안녕, 엄마……." 아나가 감정을 억누르느라 잠긴 목소리로 말했다. 전화기 저편에서 칼라가 훌쩍훌쩍 흐느끼는 소리가 전화기를 통해 들려왔다.

"엄마!"

아나가 무너질 것 같았다. 그녀의 눈에 눈물이 차올라서 나는 기운을 내라고 그녀의 손을 꼭 쥔 다음 엄지손가락으로 그녀의 손가락 관절을 쓸었다. 하지만 생각이 웰치와 나눈 이야기로 흘러가서 그들의 대화는 귀에 들어오지 않았다. 웰치가 전화상으로 힌트조차 주지 않은 게 짜증이 났다.

꼭 알아야 하는 일일까?

나는 차창 밖을 내다보며 생각에 잠겼다.

"뭐가 잘못됐어요?" 아나가 물었다. 어느새 엄마와 통화를 끝낸 후였다.

"웰치가 만나자고 하네."

"웰치가요? 왜요?"

"하이드 그 개자식에 관해 뭘 알아낸 모양이야." 놈의 이름을 말할 때 내 입술이 사나운 빛을 띠었다. 온몸의 세포 하나하나가 놈에 대한 증오로 들끓었다. 혐오라는 말로는 충분하지 않았다. 증오라는 말로도 충분하지 않았다. 놈과 놈이 한 모든 짓거리에 아주 넌더리가 났다. 아나는 여전히 나를 쳐다보며 설명을 기다렸다. "전화로는 할 얘기가 아닌가 봐."

"아하."

"오늘 오후에 디트로이트에서 여기로 올 거야."

"무슨 연관성을 찾은 걸까요?"

나는 고개를 끄덕였다.

"뭐 같아요?"

"모르겠어." 심란했지만 일단 그 생각은 접어두었다. 지금은 아내에게 집중해야 했다.

"집에 오니 좋아?" 함께 에스칼라의 엘리베이터 안으로 들어섰을 때 내가 물었다.

"그럼요." 아나가 착 가라앉은 목소리로 말했다. 그녀의 얼굴에서 핏기가 서서히 가시는 게 보였다. 그녀가 눈물이 그렁그렁한 눈을 내게 들어 올리더니 몸을 덜덜 떨기 시작했다.

젠장.

결국은 이 일이 그녀에게 타격을 가하고 있었다.

트라우마가 된 것이다.

"헤이." 나는 그녀를 내 품에 안았다. "집에 왔잖아. 이젠 안전해." 나는 그녀의 머리에 키스했다. 이번에는 약물과 소독약의 독하고 인공적인 냄새 없이 아나다운 냄새가 나서 좋았다.

"오, 크리스천." 그녀의 입술에서 흐느끼는 소리가 터져 나왔다.

그녀가 울기 시작했다.

"그만. 쉿." 나는 그녀의 머리를 내 가슴에 댔다. 상처와 두려움을 쫓아내주고 싶었다. 이 감정을 계속 꾹꾹 담아두고 있었던 게 분명했다.

나를 위해 그런 걸까?

그건 아니기를.

그녀가 우는 모습은 보고 싶지 않았지만 지금은 불가피한 상황이었다.

모두 쏟아내, 자기야. 내가 여기 있잖아.

엘리베이터 문이 열렸을 때 나는 그녀를 번쩍 안아 들었다. 그녀는 계속 훌쩍거리면서 내게 매달렸다. 울음소리가 날 때마다 내 가슴에 생채기가 났다. 나는 그녀를 안고 현관을 통과해 복도를 지나서 우리 침실로 들어갔다. 그리고 유리로 만들어진 사람인 양 그녀를 하얀 의자에 내려놓았다. "목욕할래?"

아나가 고개를 젓고 인상을 썼다.

젠장. 머리가 아픈가 보네.

"그럼 샤워?"

그녀가 고개를 끄덕였다. 아직도 얼굴에 눈물이 흘러내렸다. 그 모습이 내 영혼을 할퀴었다. 나는 복잡한 감정들을 억누르려고 숨을 훅 들이켰다. 하이드에 대한 적개심, 이런 일이 일어나게 한 나 자신에 대한 분노. 샤워기 물을 틀고 돌아서니 아나가 손으로 얼굴을 감싸고 몸을 천천히 흔들면서 엉엉 울고 있었다. "헤이." 나는 무릎을 그녀의 발 옆에 대고 앉아 눈물로 얼룩진 그녀의 뺨에서 그녀의 손을 하나씩 천천히 떼어냈다. 그리고 그녀의 얼굴을 감싸 쥐었다. 그녀가 눈을 깜빡거리며 눈물을 그쳤다. 우리는 서로의 눈을 물끄러미 바라보았다. "이제 안전해. 너희 둘 다 안전해." 내가 중얼거렸다.

그녀의 눈에 다시 슬픔이 차오르며 내게 무력감을 안겼다. "이제 그만. 네가 우니까 내가 못 견디겠어." 잠긴 목소리가 나왔다. 그것이 내 솔직한 심정이었다. 그래도 내가 느끼는 비통함은 그녀가 겪는 고통의 파도에 비하면 보잘것없는 것이었다. 엄지손가락으로 다시 그녀의 눈물을 닦아주었지만 이길 수 없는 싸움처럼 눈물이 계속 흘러내렸다.

"미안해요, 크리스천. 모든 게 미안해요. 걱정시킨 것도, 모든 걸 위험에 빠뜨린 것도, 그런 말을 한 것도."

"쉿, 자기야, 제발." 나는 그녀의 이마에 키스했다. "나야말로 미안해. 손바닥도 마주쳐야 소리가 나는 거야, 아나." 나는 그녀의 기운을 돋으려고 억지로 씁쓸한 미소를 끌어냈다. "어머니가 늘 하는 말이야. 나 역시 떳떳하지 못한 말과 행동을 저질렀어."

내가 한 말이 되살아나 머릿속을 맴돌았다.

'이러니까 내가 통제하려는 거야.'

'이런 개똥 같은 일이 들러붙어 모든 걸 망쳐버리니까!'

가슴속에서 수치심이 장작불처럼 활활 타올랐다. 그레이, 이러면 도움이 안 돼.

"옷이나 벗자."

아나가 손등으로 코를 쓱 훔쳤다. 그 천진한 행동에 그녀가 더욱 사랑스럽게 보였다. 나는 그녀의 이마에 키스했다. 그녀가 무슨 행동을 하든 내가 그녀를 사랑한다는 걸 알려주고 싶었다. 그리고 그녀의 손을 잡아 부축하면서 일으켜 세우고 재빨리 옷을 벗겼다. 티셔츠는 아주 조심스럽게 머리 위로 당겨 벗겼다. 그녀를 샤워기로 데려가서 부스 문을 열었다. 둘이 거기 잠시 서 있을 때 나는 옷을 벗어버렸다. 벌거벗고 그녀의 손을 다시 잡았다. 우리는 같이 샤워기 아래로 들어갔다.

쏟아지는 물줄기 아래서 나는 그녀를 꽉 끌어안았다.

널 놓고 싶지 않아.

그녀는 계속 울었다. 그녀의 눈물이 우리를 감싸며 흘러내리는 폭포수에 의해 씻겨 나갔다. 나는 그녀를 옆으로 살살 흔들어주었다. 그 리듬이 내게 위안이 되어서 아나에게도 위안이 되기를 바랐다.

나는 내 아이도 흔들어주고 있었다……. 그녀의 배 속에 든 아이까지.

와. 그 생각을 하니 기분이 묘해지네.

나는 그녀의 머리에 키스했다.

요란하게 코를 훌쩍거리는 소리가 들리더니 아나가 내 품을 벗어났다. 이제 울음을 그친 것 같았다.

"좀 괜찮아?"

그녀가 고개를 끄덕였다. 눈이 맑았다.

"좋아. 어디 좀 볼까."

그녀의 눈썹이 꿈틀거렸다. 제발 못 하게 하지 마. 그 등신 자식이 내 아내에게 무슨 짓을 했는지 내 눈으로 똑똑히 봐야만 했다. 나는 그녀의 손을 잡아 뒤집었다. 내 시선은 그녀의 손목에 난 까진 상처에서 시작해 팔꿈치의 긁힌 자국으로, 어깨에 난 주먹만 한 커다란 멍 자국으로 이동했다. 그 자국들을 보니 속에서 천불이 일어나 먼저 생겨난 하이드에 대한 분노의 불씨를 다시 살렸다. 나는 고개를 숙여 상처와 멍 자국에 일일이 키스했다. 모든 부위에 살살 톡톡 찍듯이. 그리고 선반에서 목욕 수건과 샤워 젤을 집어 수건에 비누 거품을 냈다. 달콤한 재스민 향을 들이마셨다.

"돌아서."

아나가 시키는 대로 했다. 그녀는 상처를 입어 취약한 상태였다. 나는 그녀의 팔과 목, 어깨, 등을 최대한 부드럽게 씻어주었다. 내내 가벼운 손놀림으로 그 일에 열중했다. 그녀는 불평하지 않았다. 내가 어깨를 씻어주자 어깨에 어렸던 긴장감이 조금씩 풀렸다. 그녀를 돌려세우니 옆구리에 난 멍 자국이 선명히 보였다. 내 손가락이 검푸른 멍 자국 위를 미끄러졌다. 그녀가 얼굴을 찡그렸다.

개자식.

"아프지 않아요." 아나가 조용히 말했다. 나는 고개를 들어 그녀의 찬란한 시선을 마주했다.

안 아프긴.

"그놈 죽여버리고 싶어. 거의 죽일 뻔했지만." 하이드가 땅바닥에 쓰러졌을 때 느꼈던 분노가 영혼 깊은 곳에서 타올랐다.

곤죽이 되도록 놈을 밟아줬어야 했는데.

나는 내 살인 충동으로부터 아나를 보호하기 위해 목욕 수건에 샤워 젤을 발라 다시 거품을 내는 데 집중했다. 그녀의 몸을 다시 문질렀다. 옆과 뒤를 닦고 그녀의 발치에 무릎을 구부리고 앉아 그녀의 다리를 문질렀다. 무릎에 난 멍 자국에서 동작을 멈추고 몸을 기울여 입술로 그 부위를 쓸고 나서 발로 내려가 비누칠을 했다. 그녀의 손가락이 내 머리카락을 휘감아서 내 작업을 방해했다. 나는 고개를 들었다. 천진하고 다정한 그녀의 표정에 마음이 아려왔다. 나는 일어서서 갈비뼈에 난 멍 자국을 손끝으로 쓰다듬었다. 그걸 보니 다시 분노가 치밀었지만 꾹 참았다. 분노는 우리 둘에게 도움이 되지 않았다.

"오, 자기야." 분노가 목구멍까지 치밀어서 그 말을 간신히 토해 냈다.

"나 괜찮아요."

그녀의 손가락이 다시 내 머리카락 속을 파고들었다. 그녀가 내 머리를 젖히고 내게 키스했다. 부드럽게. 달콤하게. 나는 자제했다. 그녀는 지금 아프니까. 하지만 그녀의 혀가 나를 간지럽혔다. 불길이 다시금 일어나 다른 방식으로 내 몸을 달구었다.

"안 돼." 나는 그녀의 입술에 대고 속삭이고는 몸을 뗐다. "우선 씻자."

아나가 늘 그렇듯 속눈썹 사이로 나를 바라보았다. 그녀의 시선이 일어선 내 아랫도리로 휙 내려갔다가 내 눈으로 다시 올라왔다. 그녀가 너무나 예쁘게 입을 비쭉거려서 우리 사이의 분위기가 즉시 밝아졌다. 나는 광대처럼 헤벌쭉 웃으며 재빨리 그녀에게 키스했다. "이제 깨끗해. 더럽지 않아."

"난 더러운 것도 좋은데."

"그건 나도 그래, 그레이 부인. 하지만 지금은 안 돼. 여기선 안 돼." 나는 샴푸를 집어 손에 조금 덜었다. 손끝으로만 그녀의 머리를 살살 문질렀다. 지난번 내 머리를 감겨주던 그녀의 부드러운 손길이 떠올랐다. 그때 느꼈던 소중하게 대접받는 느낌도.

나는 비누 거품을 모두 씻어내고 물을 끈 뒤 그녀를 데리고 밖으로 나갔다. 포근한 수건으로 그녀를 감싸주고 다른 수건을 내 허리에 감고서 그녀에게 머리를 말리라고 수건을 건넸다. "이거." 그녀는 두개골에 가는 선 골절을 입어서 머리를 활발히 말리지 못했다. 가벼워졌던 내 기분이 즉시 추락했다.

그 개자식.

"어쩌다 엘리자베스가 잭의 범행에 연루되었는지 모르겠네요." 아나가 어두운 내 생각들 안으로 불쑥 들어왔다.

"난 알아." 내가 말했다.

아나가 나를 빤히 보았다. 나는 질문을 기다렸지만 그녀는 나를…… 내 온몸을 보느라고 생각의 갈피를 못 잡는 것 같았다.

그레이 부인! 나는 큭큭 웃었다. "구경 재밌어?"

"어떻게 알았어요?"

"네가 구경하는 거?"

"아뇨." 그녀가 발끈했다. "엘리자베스 말이에요."

나는 한숨을 쉬었다. "클라크 형사가 귀띔해주었어."

아나가 미간을 찌푸렸다. 그녀의 시선이 나를 다그치며 더 설명할 것을 요구했다.

"하이드가 동영상을 갖고 있었어. 모두를 찍은 동영상. USB 메모리 몇 개에 담겨 있었어. 그 자식이 엘리자베스와 성관계를 하는 영상이랑 다른 비서들과도 하는 동영상들이야."

아나의 입이 딱 벌어졌다.

"그러게 말이야. 협박용이었던 거지. 놈은 거칠게 하는 걸 좋아하나봐."

그건 나도 그런데. 망할.

맙소사.

자기 혐오감이 복수의 천사처럼 나를 덮쳤다.

"그러지 마요." 아나가 끼어들었다. 그 말이 채찍처럼 날아왔다.

"뭘 그러지 마?"

"당신은 그 사람과 전혀 달라요."

어떻게 알았지?

"전혀 아니라고요." 아나의 완강한 투로 말했다.

오, 하지만, 아나, 나도 그렇단 말이야. "우린 같은 부류야."

"아니, 아니라니까요!" 아나의 격렬한 부정에 나는 말문이 막혔다. "그 사람 아버지는 술집에서 싸움을 벌이다가 죽었어요. 어머니는 그걸 잊으려고 술을 퍼마셨고. 어릴 때 양육 가정 여러 곳을 전전했죠. 이런저런 말썽도 부렸고……. 주로 차를 훔치다가. 소년원에도 갔고요." 세상에, 그녀는 아스펜으로 가는 비행기 안에서 내가 해준 말을 모조리 기억하고 있었다. 게다가 숨도 안 쉬고 줄줄이 말을 쏟아냈다. "두 사람은 방황한 과거가 있고, 둘 다 디트로이트에서 태어났어요. 그것뿐이에요, 크리스천." 그녀가 두 주먹을 불끈 쥐더니 옆구리를 짚었다.

그녀는 수건 한 장 달랑 걸치고 내게 맞서고 있었다.

이런다고 해결될 일이 아니었다.

나는 내가 어떤 인간인지 잘 알아.

하지만 그녀의 성질을 돋우고 싶지 않았다. 지금은 말싸움을 할 때가 아니었다. 그녀에게도 아기에게도 좋지 않았다. "아냐, 나에 대한 네 믿음에는 감동했어. 특히 지난 며칠을 생각하면 더 그래. 웰치가 오면 좀 더 자세히 알게 되겠지."

"크리스천……."

나는 대화를 끝내려고 고개를 숙여 그녀의 입술에 가볍게 키스했다. "이제 그만." 그녀가 부루퉁한 표정을 지었다. "그리고 부루퉁하기 없기." 내가 덧붙였다. "가자. 내가 머리 말려줄게."

그녀가 옷을 입을 때 나는 헤어드라이어의 플러그를 꽂고 침대에 걸터앉아 그녀에게 옆으로 오라고 손짓했다. 아나가 내 다리 사이에 앉았고 나는 그녀의 젖은 머리를 빗질하기 시작했다.

그녀의 머리를 빗기면 그렇게 좋을 수가 없었다.

마음이 아주 평온해졌다.

곧 우리의 침실에는 웽웽거리는 헤어드라이어 소리만 가득했다. 아나가 어깨가 축 늘어뜨리며 긴장을 풀고 내게 몸을 기댔다. 그렇게 한동안 가만히 있었다.

"내가 의식이 없는 동안 클라크 형사가 당신한테 해준 말 없었어요?" 그녀의 말이 작업에 열중하던 나를 끌어냈다.

"내 기억으론 없어."

"당신이 대화하는 소리를 몇 마디 들었어요."

"그랬어?" 나는 빗질을 멈추었다.

"네. 아빠, 당신 아버지, 클라크 형사, 당신 어머니."

"케이트는?"

"케이트가 왔었어요?"

"잠깐 왔었어. 케이트도 너한테 화났어."

그녀가 휙 돌아보았다. "다들 나한테 화났다는 말 좀 그만할 수 없어요?" 그녀의 목소리는 헤어드라이어만큼이나 언성이 높았다.

"난 그냥 사실을 말하는 거야." 나는 어깨를 추어올렸다.

나 아직 너한테 화가 다 풀린 거 아니야, 아나.

"맞아요, 무모했어요. 하지만 알다시피…… 당신 여동생이 위험에 처해 있었잖아요."

"그래. 그랬지." 이 말을 중얼거리는데 자칫 벌어질 수도 있었던 끔찍한 일에 대한 상상이 다시금 머릿속에서 재생되었다.

그래도 단순한 진실 앞에선 어쩔 수가 없네. 아나, 네가 모든 면에서 나를 겸허하게 만든다는 거.

나는 헤어드라이어를 끄고 그녀의 턱을 잡아 그 맑고 초롱초롱한 눈을 들여다보았다. 한번 빠지면 헤어나기 어려운 눈이었다.

아니. 나 화 안 났어.

내 용감무쌍한 여자를 경탄할 뿐.

아나는 용감하게 미아를 구하러 나섰던 거야.

"고마워." 고맙다는 말로는 부족했다. "하지만 더 이상 무모한 행동은 안 돼. 다음부턴 악 소리가 나도록 엉덩이 때려줄 거야."

그녀가 숨을 들이켰다. "설마!"

오, 자기야. 순간 손바닥이 근질거렸다. "정말이야." 의기양양한 미소가 터지는 걸 참을 수 없었다. "네 의붓아버지 허락도 받았어."

아나의 동공이 커지고 입술이 벌어졌다.

우리 사이에 전기가 통했다. 나는 온몸으로 그것을 느꼈고 그녀도 그것을 느낀 게 분명했다.

아나. 안 돼.

그녀가 와락 나를 덮쳤다.

이런! 아나!

나는 그녀를 붙잡아 돌렸고 우리는 함께 침대로 쓰러졌다. 아나가 내 품에 안겼다.

하지만 그녀의 얼굴이 고통으로 일그러졌다. 그녀가 숨을 몰아쉬었다.

"조심해야지!" 의도한 것보다 엄한 목소리가 나왔다.

"미안해요." 그녀가 내 뺨을 쓰다듬었다. 나는 그녀의 손을 잡아 손바닥에 키스했다.

"아나, 넌 정말 네 안전은 안중에도 없어." 나는 그녀의 티셔츠 밑자락을 들추고 손끝을 그녀의 배에 댔다. 정체불명의 전율이 내 모든 감각을 자극했다.

생명이 있어. 여기에. 그녀 안에.

그녀가 뭐라고 했었지? 내 피붙이.

우리 아이.

"넌 이제 홀몸이 아니잖아." 나는 손끝으로 그녀의 팽팽하고 따스한 피부를 쓰다듬었다. 아나가 공기를 폐로 끌어당기며 내 손길에 긴장했다. 내가 아는 소리였다. 내 눈이 그녀의 눈으로 옮겨갔다. 나는 헤아릴 수 없는 그 깊고 푸른 눈에 빠져들었다.

아나의 욕망. 내게도 느껴져.

우리의 특별한 마력.

하지만 해선 안 된다. 그녀는 다쳤다. 나는 마지못해 그녀의 피부에서 손을 떼고 티셔츠 자락을 내린 다음 어떻게든 그녀를 만져야겠기에 흘러내린 그녀의 머리카락을 귀 뒤로 넘겨주었다. 하지만 우리 둘 다 원하는 걸 그녀에게 줄 수는 없었다. "안 돼." 내가 속삭였다.

아나의 얼굴이 시무룩해졌다. 쓸쓸한 표정이었다.

"그렇게 날 쳐다보지 마. 나 멍 자국 봤어. 내 대답은 '안 돼'야." 나는 그녀의 이마에 키스했다. 그녀가 내 옆에서 꼼지락거렸다.

"크리스천." 그녀가 칭얼거리며 나를 괴롭혔다.

"안 돼. 얼른 자." 나는 유혹에서 벗어나려고 일어나 앉았다.

"자라고요?" 그녀는 침울해 보였다.

"너 쉬어야 해."

"당신이 필요하다고요." 징징거리는 투는 사라지고 목소리에 허스키한 유혹만이 남아 있었다. 나는 눈을 감고 그녀의 대담함과 내 욕망을 향해 고개를 저었다.

그녀는 다쳤다. 나는 눈을 뜨고 그녀를 똑바로 쳐다보았다. "그냥 하라는 대로 해, 아나."

"알았어요." 아나가 중얼거리며 과장되게 입을 비쭉 내민 모습이 내 기분을 끌어올렸다. 소리 내어 웃고 싶었다.

"내가 점심 가져다줄게."

"당신이 요리하게요?" 그녀가 못 믿겠다는 듯 눈을 깜빡거렸다.

"데우기만 하면 돼. 존스 부인이 요새 계속 바빠."

"크리스천, 내가 할게요. 나 괜찮아요. 섹스를 하고 싶긴 하지만…… 그래도 요리는 할 수 있어요." 그녀가 일어나려고 하다가 얼굴을 찡그렸다.

제기랄! 안 돼!

"침대에 있어!" 나는 베개를 가리켰다. 관능적인 생각들이 싹 사라졌다.

"같이 해요." 그녀가 마지막으로 한 번 더 시도했다.

그녀가 무엇에 홀린 걸까.

얼마 전까지 넌 아니었어, 그레이.

"안 돼, 침대에 누워, 당장." 내가 인상을 구겼다.

그녀가 찌푸린 얼굴로 대답을 대신하고는 일어서서 극적인 동작으로 운동복 바지를 바닥에 떨구었다. 눈초리는 새초롬해도 사랑스러워 보였다. 나는 웃음을 참았다. 지난 며칠 동안 일어난 일들에도 불구하고 그녀가 아직 나를 원한다는 사실이 한편으로는 좋아 죽을 지경이었다.

그녀는 나를 사랑해.

나는 이불을 걷었다. "싱 박사 말 들었잖아. 쉬라고 했어."

아나는 입술을 내밀고 시키는 대로 침대로 들어가서 가슴에 팔짱을 끼고 불만을 드러냈다. 나는 웃고 싶었지만 내 웃음소리는 크게 환영받지 못할 것 같았다.

"그대로 있어." 내가 명령했다. 나는 아름답지만 뚱한 그녀의 얼굴을 머릿속에 간직한 채 오늘 아침 테일러가 말한 그 유명한 닭고기 스튜를 가지러 서둘러 부엌으로 갔다.

아나가 존스 부인의 요리를 맛있게 먹는 모습은 흐뭇한 광경이었다.

나는 침대 중앙에 책상다리를 하고 앉아 그녀를 지켜보면서 내 점심을 먹었다. 맛도 있고 영양가도 있어서 아나에게 그만이었다.

"아주 잘 데워졌어요." 그녀가 입술을 핥았다. 배가 부르고 조금 나른한 듯 보였다. 나는 기분이 좋아서 그녀에게 활짝 웃었다. 이번에는 손을 데지 않으려고 조심했고…… 그래서 데지 않았다!

"피곤해 보인다." 나는 내 그릇을 그녀의 쟁반에 놓고 일어서서 그녀에게서 쟁반을 받았다.

"피곤해요." 그녀가 인정했다.

"그래. 자." 나는 얼른 그녀에게 키스했다. "난 몇 가지 할 일이 있어. 괜찮으면 여기서 할까 하는데."

그녀가 고개를 끄덕이고 눈을 감았다. 몇 초 뒤 그녀는 곯아떨어졌다.

로스가 대만 출장의 사전 보고서를 보내왔다. 그걸 읽어보니 역시 그녀를 잘 보냈다는 확신이 들었다. 그래도 조만간 내가 직접 가야만 했다. 그녀의 짧은 요약본을 읽는데 기분이 이상했다. 지난 며칠 동안 내 사업도 내 회사도 이 조선소도 심지어 세상일마저도 까맣게 잊고 지냈더니 시간관념을 무뎌졌다. 오롯이 내 아내에게 집중하느라. 나는 그녀를 쳐다보았다. 그녀는 여전히 곤히 잠들어 있었다.

다른 이메일들을 읽었다. 지오루마라의 상세한 실적 예상치 보고서 한 통. GEH 파이버옵틱스의 하산이 기대에 들떠 보낸 이메일 한 통도 있었다. 내가 다녀온 이후 직원들의 사기가 올랐고 영업도 잘되고 있었다. 그들을 보고 온 보람이 있었다.

이메일을 읽고 있는데 테일러가 문을 살짝 두드렸다. "웰치가 왔습니다, 사장님."

그가 하도 조용조용 말해서 그의 말을 겨우 알아들을 수 있었다. 나는 고개를 끄덕이고 나서 나의 잠든 미녀를 흘끔 쳐다보고는 그를 따라 거실로 나갔다.

웰치가 창가에 서서 경치를 감탄하고 있었다. 그는 커다란 서류 봉투를 하나 들고 있었다.

시작해, 그레이.

"웰치."

그가 돌아섰다. "사장님."

"내 서재로 갈까?"

나는 아나의 숨소리에 귀를 기울였다. 그녀를 바라보며 그녀의 호흡에 맞춰 숨을 쉬었다. 들이쉬고. 내쉬고. 들이쉬고. 내쉬고. 그녀에게 집중하면 웰치가 내게 주고 간 사진에 집중하지 않아도 되었다.

캐릭과 그레이스는 왜 내게 말하지 않았을까?

내가 잭슨 하이드와 같이 살았었다는 걸!

또 나는 어떻게 이걸 모르고 있었을까?

고통스런 기억을 구석구석 뒤지며 그림자가 드리운 그곳에 빛을 비추려 애썼지만 아무런 소득이 없었다. 양육 가정에서 지낼 때의 기억은 과거의 흐릿한 골짜기 안에 숨겨져 있었다.

그때 일은 전혀 기억나지 않았다. 내 삶이 뭉텅이로. 사라졌다. 아니. 사라진 게 아니다. 지워졌다.

그 자리에 전혀 알 수 없는 어둡고 뻥 뚫린 구덩이가 자리 잡고 있었다.

너무나 불안했다. 뭐든…… 기억나야 하는 것 아닌가?

아나가 뒤척였다. 그녀가 눈을 뜨고 내 눈을 찾았다.

다행이다.

"무슨 일이에요?" 그녀가 해쓱해지더니 일어나 앉았다. 그녀의 얼굴에 근심이 어렸다.

"웰치가 방금 갔어."

"그런데요?"

"나 그 개자식과 같이 살았어." 내 말이 간신히 들렸다.

"살았다고요? 잭과 같이?"

나는 불안감을 꿀꺽 삼켜버리고 고개를 끄덕였다.

"둘이 친척이에요?" 아나가 충격을 받은 기색이 역력했다.

"아니. 천만다행으로 그건 아니야."

아나가 인상을 쓰며 저쪽으로 비킨 뒤 이불을 걷었다. 옆으로 오라는 그녀의 초대였다. 나는 망설이지 않았다. 그녀가 필요했다. 그녀는 나를 현재에 묶어두고 이 놀라운 소식과 내 기억에 난 거대한 간극을 이해하는 데 도움을 줄 사람이었다.

지금 나는 표류하는 중이었다.

모든 것들부터.

나는 신발을 벗어버리고 사진을 집어 그녀 옆으로 들어갔다. 한 팔로 그녀의 허벅지 위쪽을 감싸고 머리를 그녀의 넓적다리에 얹었다. 그 자세가 위안을 가져다주고 어지러운 내 영혼을 가라앉혔다. "이해가 안 되네요." 그녀가 말했다.

나는 눈을 감고 웰치의 모습을 그리며 그가 걸걸하고 굵은 목소리로 간단히 들려준 이야기를 떠올렸다. 그에게 들은 말을 약간 첨삭해 아내에게 들려주었다. "약쟁이 창녀와 함께 발견되고 나서 캐릭과 그레이스하고 살게 되기 전에, 나는 미시간주의 보호를 받았어. 그때 어떤 양육 가정에 살았는데……." 나는 잠시 말을 멈추고 숨을 들이켰다. "그때 일은 아무것도 기억이 안 나."

아나의 손이 멈추었다가 내 머리에 머물렀다. "얼마나요?"

"두 달 정도. 기억은 없어."

"어머니 아버지하고 이 얘기 해봤어요?"

"아니."

"해야 할지도 몰라요. 공백을 채워주실지도 몰라요."

나는 아나를, 내 구명보트를 꼭 끌어안았다. "이거." 나는 그녀에게 사진을 건넸다. 혹여 깊이 파묻혀 잊힌 기억을 끄집어낼까 싶어 한참 들여다본 사진들이었다. 첫 번째 것은 쾌활한 노란색 현관문이 있는 볼품없는 작은 집이었다. 두 번째 사진에서는 평범한 노동자 계급 부부와 그들의 비쩍 마르고 특별할 것 없는 세 아이들이 보였다. 그리고 여덟 살의 잭슨 하이드와…… 내가 있었다. 네 살 난 꼬마 인간. 거칠고 얼빠진 눈빛으로 다 해진 옷을 입고 더러운 담요를 움켜쥐고 있었다. 네 살 난 꼬맹이는 극심한 영양실조로 보였다……. 이러니 항상 아나에게 먹으라고 잔소리하는 것도 놀라운 일이 아니었다.

"이거 당신이네요." 아나가 숨을 참고 눈물을 삼켰다.

"그래, 나야." 내 목소리가 쓸쓸했다. 지금 내게는 그녀를 위로할 말이 남아 있지 않았다.

가진 게 아무것도 없었다. 그저 멍했다.

나는 땅거미가 내려앉는 바깥을 내다보았다. 하늘을 가로지른 연한 분홍빛과 주황빛 띠가 다가오는 어둠을 예고했다. 어둠은 나에게 너도 다르지 않다고 주장할 것이다.

다시 한번 껍데기뿐인 인간이 되었다. 공허하고 텅 빈.

나는 시간을 잃어버렸다. 존재하는지도 몰랐던 나 자신의 일부를 잃었다.

그 이유가 납득되지 않았다.

이유를 알기가 두려웠다.

그때 내게 무슨 일이 있었던 걸까? 어떻게 그 일을 깡그리 잊을 수 있을까?

나는 수면 밑에서 앙금처럼 남아 부글부글 끓는 분노에 매달렸다. 그것이 캐릭과 그레이스를 겨냥했다.

대체 왜 나한테 말하지 않았을까?

나는 눈을 감았다. 어둠을 원하지 않았다. 너무 오랫동안 거기서 살아왔다.

아나가 가져온 빛을 원했다.

"웰치가 이 사진들을 가져왔어요?" 그녀가 물었다.

"응. 난 이것들이 전혀 기억이 안 나."

"양육 가정에서 있었던 일이요? 왜 기억해야 하죠? 크리스천, 그건 오래전 일이에요. 이것 때문에 걱정한 거예요?"

"다른 건 기억나. 그 전후로. 어머니와 아버지를 만난 것도. 하지만 이건……. 거대한 구멍이 있는 것 같아."

"이 사진에 잭이 있나요?"

"응, 나이가 더 많은 아이."

아나가 잠시 침묵했다. 나는 그녀를 더 세게 끌어안았다.

"잭이 내게 전화해서 미아를 데리고 있다고 했을 때, 상황이 달랐더라면 자기가 될 수 있었다고 했어요."

나는 혐오감이 밀려와 진저리가 났다. "개자식!"

"그레이 부부가 자기 대신 당신을 입양해서 이런 짓을 저지른 걸까요?"

"누가 알겠어? 그 새끼에게는 조금도 관심 없어."

"어쩌면 내가 면접 갔을 때부터 우리가 만나는 사이라는 걸 알고 있었을지도 모르겠네요. 그래서 날 유혹한 건지도."

"그건 아닐 거야. 놈이 우리 가족을 캐기 시작한 건 네가 SIP에서 일하기 시작한 지 일주일 정도 됐을 때였어. 바니가 정확한 날짜를 알아. 그리고 아냐, 놈은 비서들과 번번이 성관계하고 그걸 영상으로 남겼어."

아나는 말이 없었다. 그녀가 무슨 생각을 하는지 궁금했다.

하이드 생각? 내 생각?

입양되지 않았다면 나도 하이드 꼴이 됐을지도 모른다.

지금 나랑 그놈을 비교하고 있을까?

망할. 내가 하이드와 비슷하다고. 괴물이라고. 지금 그렇게 생각하고 있을까?

우리가 똑같은 종자라고?

생각만 해도 역겨웠다.

"크리스천, 내 생각엔 어머니 아버지와 얘기를 해야 할 것 같아요." 그녀가 꼼지락거려 나는 그녀의 다리를 놓았다. 그녀가 침대 아래로 내려와서 우리는 얼굴을 마주했다.

"내가 두 분께 전화할게요." 그녀가 상냥하게 속삭이며 말을 꺼냈다. 나는 고개를 저었다. "제발." 그녀가 애원했다. 어느 때보다 깊게 공감하는 진실한 표정이었다. 그녀의 눈에 사랑이 가득했다.

나를 하이드와 같은 부류로 취급하는 건 아닌 것 같았다.

부모님에게 전화해야 할까?

어쩌면 두 분이 조각난 과거의 잃어버린 조각들을 내어줄지도 모른다. 분명 기억하는 게 있을 테니까.

"내가 전화할게." 내가 중얼거렸다.

"그래요. 같이 뵈러 가요. 당신 혼자 가도 좋고. 당신 좋은 쪽으로 해요."

"아니. 두 분이 여기로 오시는 게 좋아."

"왜요?"

"네가 어디 가는 건 좀 그래."

"크리스천, 나 차 정도는 탈 수 있어요."

"안 돼." 나는 그녀에게 비뚜름한 미소를 지었다. "어차피 토요일 밤이잖아. 행사에 가셨을 거야."

"전화해봐요. 당신 이 소식 때문에 동요하고 있잖아요. 두 분이 뭔가 밝혀주실지도 몰라요." 아나의 말이 나를 흔들었다. 그녀의 눈을 살폈지만 나를 재단하는 것 같지는 않았다. 오직 그녀의 사랑만이 어둠을 뚫고 반짝거렸다.

"알았어." 나는 그녀의 방식을 따르기로 했다. 침대 옆 탁자 위에서 휴대전화를 집어 부모님의 집으로 전화를 걸었다. 내가 응답을 기다리는 동안 아나가 내게 바짝 붙었다.

집에 계시네! "아버지!" 나는 놀라운 기색을 숨길 수 없었다.

"목소리 들으니 반갑다, 아들. 아나는 좀 어떠니?"

"괜찮아요. 우리 집에 왔어요. 웰치가 방금 다녀갔는데, 연관성을 찾아냈어요."

"연관성? 무엇과 관련된 건데? 누구랑 관련된 거야? 하이드?"

"디트로이트의 양육 가정요."

전화기 저편에서 캐릭이 침묵을 지켰다.

"난 기억이 전혀 안 나요." 수치심과 부글부글 끓는 분노가 유독한 혼합물처럼 표면 위로 떠오르는 바람에 목소리가 흔들렸다. 아나가 나를 더 꼭 안았다.

"크리스천. 기억해야 할 이유가 있을까? 오래전 일인데. 그래도 그 틈은 네 어머니와 내가 메울 수 있을 거야."

"네?" 나는 내 목소리에 어린 희망이 거슬렸다.

"우리가 그쪽으로 갈게. 지금 가도 괜찮겠니?"

"그러실래요?" 믿기지가 않았다.

"물론이지. 당시의 서류를 가져가마. 금방 갈 거야. 아나도 볼 겸 해서."

서류?

"알겠어요." 나는 전화를 끊고 아나의 궁금해하는 얼굴을 바라보았다. "이쪽으로 오실 거야." 여전히 놀란 마음을 감출 수가 없었다.

내가 부모님에게 도움을 요청하다니……. 그리고 부모님이 달려오신다니.

"잘됐어요. 나 옷을 입어야겠어요." 아나가 말했다.

나는 그녀를 꼭 끌어안았다. "가지 마."

"알았어요." 그녀는 사랑스러운 미소로 나를 휘감고 다시 한번 내 옆을 파고들었다.

아나와 나는 서로 팔짱을 낀 채 거실 문간에 서서 부모님을 맞이했다. 어머니는 아나를 보고 얼굴이 환해졌다. 기뻐하고 감사하는 어머니의 마음이 우리 둘의 눈에 확연히 보였다. 나는 멈칫거리면서 아내를 어머니의 품으로 내주었다. "아나, 아나, 우리 아나." 어머니가 말했다. 나는 어머니가 아나에게 하는 말을 들으려고 귀를 세워야 했다. "내 아이들을 둘이나 구하다니. 이 고마움을 어떻게 전해야 할까?"

넵. 어머니 말이 맞아요. 아나는 나도 구원했으니까요.

아버지가 아나를 끌어안았다. 아버지의 눈이 부성애로 반짝거렸다. 아버지가 아나의 이마에 입을 맞추었다. 두 분 뒤에서 느닷없이 미아가 나타나 아나를 와락 끌어안았다.

"고마워요. 그 등신들한테서 날 구해줘서."

아나가 얼굴을 찡그렸다.

"미아! 조심해! 아나가 아파하잖아!" 내가 소리를 질러서 모두가 깜짝 놀랐다.

그럼 그렇지. 어머니가 미아에게서 한시도 눈을 뗄 수가 없어서 데려온 것이다. 미아가 약에 취해 납치당한 지 며칠밖에 되지 않았으니 그럴 만도 했다. 여동생에 대한 짜증이 눈 녹듯 사라졌다.

"아! 미안." 미아가 어리둥절해서 말했다.

"나 괜찮아요." 아나가 미아에게 입을 다물고 미소를 지었다.

미아가 쪼르르 내게 건너와서 팔을 감았다. "뗙뗙거리기 없기!" 미아가 조용히 나를 나무랐다.

나는 미아에게 인상을 썼고, 미아는 나를 향해 장난스럽게 입술을 내밀었다.

젠장. 나는 미아를 옆으로 꼭 끌어안았다.

미아가 무사해서 정말 다행이야.

어머니가 우리에게 왔다. 나는 어머니에게 웰치에게 받은 사진을 건넸다. 그레이스가 가족사진을 유심히 들여다보다가 숨을 들이켜고 손으로 입을 가렸다. 아버지가 우리에게 와서 어머니의 어깨에 팔을 두르고 그 가족사진을 살펴보았다.

"오, 얘야." 그레이스가 손을 올려 손바닥을 내 뺨에 댔다. 충격을 받고 경악한 눈빛이었다.

왜 그러지? 어머니는 내가 이걸 모르길 바라신 건가?

테일러가 끼어들었다. "사장님, 캐버너 양과 캐버너 양의 오빠, 그리고 형님이 올라오고 계십니다."

뭐라고? "고마워, 테일러."

"내가 엘리엇 오빠한테 전화해서 여기 갈 거라고 말했어." 미아가 말했다. "환영 파티니까."

어머니와 아버지가 난감한 시선을 교환했다. 아나는 이해한다는 눈빛이었다. "먹을 걸 준비하는 게 좋겠어요. 미아, 좀 도와줄래요?"

"오, 그럼요." 미아가 아나의 손을 잡았다. 두 사람은 주방 쪽으로 건너갔다.

어머니와 아버지는 나를 따라 서재로 들어왔다. 나는 두 분에게 책상 앞의 의자를 권했다. 등을 기대고 앉자 문득 아버지도 이렇게 아버지 서재에 앉아 있었다는 생각이 들었다. 그때 나는 아버지 앞에 서 있었고 아버지는 말썽을 부린 내게 설교를 늘어놓았다. 이제는 입장이 완전히 바뀌었다고 생각하니 아이러니하게 느껴졌다. 나는 대답이 필요했고 부모님은 여기 있었다. 두 분도 어둠에 싸인 내 삶의 지점에 기꺼이 빛을 비춰주려는 것 같았다. 나는 분노를 감춘 채 대답을 기대하는 눈으로 두 분을 응시했다.

그레이스가 먼저 말문을 열었다. 권위가 실린 또렷한 목소리, 의사의 목소리였다. "이 사진, 이들은 콜리어 부부야. 네 양부모였어. 네 생모가 죽자마자 넌 그들에게 갈 수밖에 없었다. 우린 주법 때문에 널 데려갈 친척이 없는지 확인될 때까지 기다려야 했어."

오.

어머니의 목소리가 작아졌다. "우린 너를 기다려야 했어. 얼마나 애가 타던지. 두 달을 꼬박." 어머니는 그 고통이 되살아나는지 눈을 감았다. 분위기가 숙연해졌다. 나는 순간 울컥하면서 분노기 사그라들었다. 헛기침을 해 감정을 숨겼다.

"그 사진에서." 나는 그레이스가 들고 있는 사진을 가리켰다. "빨간 머리 남자애 말이에요. 쟤가 잭 하이드예요."

캐릭이 몸을 내밀어 같이 그 사진을 들여다보았다. "난 기억 안나." 아버지가 말했다.

어머니가 쓸쓸한 표정으로 고개를 저었다. "나도 기억 안 나. 우린 너한테만 관심이 있었어, 크리스천."

"치…… 친절한 사람들이었나요?" 나는 멈칫거리며 희미한 목소리로 물었다. "콜리어 부부?"

그레이스의 눈에 눈물이 차올랐다. "아, 애야. 좋은 사람들이었어. 콜리어 부인이 널 아꼈단다."

나는 조용히 안도의 한숨을 내쉬었다. "그냥 궁금했어요. 기억이 안 나서."

그레이스의 커다래진 눈이 내 마음을 이해한다고 말해주었다. 어머니가 손을 내밀어 내 손을 잡았다. 녹갈색 눈이 내 눈에게 애원했다. "크리스천, 넌 트라우마를 입은 아이였어. 말을 하려 하지도 않았고 할 수도 없었다. 뼈와 가죽만 남아 있었다. 어린 네가 어떤 공포를 겪었을지 난 상상조차 할 수 없었어. 하지만 그 시절은 콜리어 부부와 함께 끝난 일이야." 어머니가 내게 믿어달라는 뜻으로 내 손을 꼭 쥐었다. "좋은 사람들이었어."

"그 사람들 기억이 났으면 좋겠어요." 내가 중얼거렸다.

어머니가 일어서서 내 손을 잡았다. "굳이 그럴 이유가 있을까. 우린 너를 간절히 바랐기 때문에 그 시간이 영원처럼 느껴졌어. 겨우 두 달뿐이었는데도. 입양을 승인받은 상태였기에 망정이지. 안 그랬으면 절차가 더 길어졌을 수도 있어."

"이거." 캐릭이 말했다. "아무것도 모른다니 답답할 거야. 너한테 주려고 그 시절에 관련된 것들을 좀 가지고 있었어. 이게 기억을 되살리는 데 도움이 될지도 몰라." 아버지가 재킷 안에서 커다란 봉투를 꺼냈다. 나는 책상 앞에 앉아서 마음을 단단히 먹고 봉투를 열었다. 봉투 안에서 콜리어 부부의 이력서와 그들의 가족, 딸과 두 아들에 관한 상세한 자료가 나왔다. 편지 몇 통과 그림 두

장도……. 내 그림인가?

나는 그것들을 내려다보았다. 이상한 기분이 들어 두피가 저릿저릿했다.

두 장 모두 크레용으로 그린 그림이었다. 아이의 시각에서 휘갈겨 그린 그림 속에 노란 문이 달린 집이 있었다. 그리고 막대기 같은 사람들, 어른 둘과 아이들 다섯 명이 있었다.

모두의 머리 위에서 햇님이 반짝거렸다. 커다랗고 밝은.

두 번째 그림도 비슷했지만 아이들은 콘 아이스크림으로 보이는 것을 들고 있었다.

행복해 보였다.

"우린 매주 그 사람들에게 네가 어떻게 지내는지 보고를 받았어. 그리고 그 집을 찾아갔지. 매주."

"왜 저한테 말을 안 해주셨어요?"

그레이스와 캐릭이 시선을 교환했다.

"미처 그럴 생각을 못했다, 아들." 캐릭이 턱을 다물고 어깨를 으쓱거리며 말했다. 조용하지만 후회하는 목소리 같았다. "우린 네가 잊기를 바랐어, 모두……." 아버지가 말꼬리를 흐렸다.

나는 고개를 끄덕였다. 그랬겠죠.

약쟁이 창녀와 함께한 삶을 잊기를 바랐겠지.

그녀의 포주도 잊고.

부모님 이전의 삶은 잊기를 바랐을 거야.

부모님을 비난할 순 없었다. 나도 잊고 싶으니까.

그런 걸 누가 기억하고 싶겠나?

"이것으로 네 의문이 조금은 풀렸기를 바란다."

아버지가 말했다.

"그럼요. 아버지에게 전화하기를 잘한 것 같아요. 아나의 제안이었어요"

캐릭이 미소를 지었다. "참 용감한 여성이야, 크리스천." 아버지가 다시 그레이스를 흘끔거렸다. 어머니가 허락을 하듯 고개를 끄덕였다. 아버지가 내게 다른 봉투를 내밀었다.

나는 어리둥절한 눈초리로 두 분을 쳐다보며 그걸 열었다. 안에서 출생증명서가 나왔다.

미시간주 출생증명서	
주 문서 번호	제출 날짜
121-83-757899	1983년 6월 29일

출생자 이름 (이름, 가운데 이름, 성, 별칭)		
크리스천 푸스타이		
출생일	성별	출생지
1983년 6월18일	남	디트로이트, 웨인 카운티
(첫 결혼 전) 친모 이름	친모 나이	친모 출생지
엘레트케 푸스타이	19	부다페스트, 헝가리
친부 이름	친부 나이	친부 출생지
미상	미상	미상
미시간 보건국의 출생 기록 부서에 제출된 상기의 출생 사실이 틀림없음을 보증함.		

크리스천(Kristian)!
전율이 등을 따라 흘렀다. 내 이름!

약쟁이 창녀도! 이름이 있었다.

난데없이 그 포주, 그 개자식의 고함 소리가 들려왔다. "엘라!"

엘라…… 엘레트케를 줄인 이름.

평소 불리던 별명은 쌍년이었다.

나는 그 생각을 떨쳐버렸다.

"이제 와서 이건 왜 주시는 거예요?" 나는 부모님을 바라보며 잠긴 목소리로 물었다.

"편지하고 그림과 함께 발견된 거야. 콜리어 부인은 편지에서 K를 써서 널 크리스천이라고 불렀어. 혹시 궁금했다면……" 어머니의 목소리가 흐려졌다.

"철자는 왜 바꾸셨어요?"

"넌 선물이니까. 우리에겐. 하느님이 주신."

나는 어머니를 물끄러미 보았다. 얼떨떨했다. 선물이라고? 내가? 지금 내 앞에 서 있는 두 사람의 속을 그렇게 썩였는데 선물이라고 생각한다고?

"우린 신께 빚을 졌다고 생각했다. 넌 언제나 선물이었어, 크리스천." 캐릭이 중얼거렸다.

눈물이 차올라 눈 뒤쪽이 아렸다. 나는 숨을 크게 들이마셨다.

선물이라.

"아이들은 선물이야. 언제나." 눈물이 글썽거리는 그레이스의 눈에서 모성애가 또렷이 드러났다. 어머니는 말을 아꼈지만, 몇 달 후에는 어차피 내가 스스로 알게 될 사실이었다. 어머니가 몸을 내밀어 내 이마에서 머리카락을 쓸어 넘겼다. 나는 어머니에게 웃어 보인 뒤 일어서서 어머니를 끌어안았다.

"고마워요, 어머니."

"천만에, 아들."

캐릭이 우리 둘을 포옹했다.

나는 눈을 감았다. 그리고 눈물을 삼키며 받아들였다.

무조건적인 사랑을.

내 부모님의 사랑을.

그러는 것이 당연하니까.

이 정도면 됐다. 나는 몸을 뗐다. "편지는 나중에 읽어볼게요." 울컥해 목소리가 거칠었다.

"그래."

"그만 다른 사람들한테 돌아가보죠." 내가 말했다.

"뭐 기억나는 거 없니?" 캐릭이 물었다.

나는 고개를 저었다.

"기억이 나든 나지 않든, 너무 신경 쓰지 마라. 너한테는 우리가 있잖아. 너한테는 가족이 있어. 그리고 네 어머니 말처럼 콜리어 부부는 좋은 사람들이었다." 아버지가 내 팔을 다정하게 쥐었다. 아버지의 온기와 애정이 내 몸으로 스며들었다.

우리는 큰 거실로 돌아갔다. 하지만 나는 현실과 유리되어 느릿느릿 움직였다. 이번에 알게 된 사실들로 머리가 터질 것 같았다. 아나가 어디 있는지 실내를 둘러보았다. 그녀는 엘리엇과 케이트하고 부엌 식탁 앞에 서서 카나페를 먹고 있었다. 두뇌 안쪽 어딘가 내 어릴 적 기억이 저장된 곳에서 기억의 파편이 나타났다. 나무 탁자에 둘러앉은 일가족의 이미지. 웃고. 장난치고. 마카로니 치즈를…… 먹는.

콜리어 가족.

분홍빛 샴페인 잔을 든 아나의 모습이 그 기억을 쫓아버렸다.

아기!

나는 그녀에게서 술을 빼앗으려고 다가갔지만 캐버너가 내 앞

308

을 막아섰다. "케이트." 나는 그녀에게 인사를 건넸다.

"크리스천." 그녀가 평소처럼 불쑥 끼어들어 대꾸했다.

"약은 어떡하려고 그러지, 그레이 부인."

나는 경고하는 투로 말하며 아나의 손에 들린 유리잔을 쳐다보았다. 절대 물러서지 않을 생각이었다. 하지만 아나는 실눈을 뜨더니 반항적으로 턱을 치켜들었다. 그레이스가 엘리엇에게 가득 채워진 샴페인 잔을 받아들고 아나에게 다가와 귓속말을 했다. 두 사람이 의미심장한 미소를 주고받더니 잔을 챙 부딪쳤다.

어머니! 나는 인상을 구겼지만 두 사람은 나를 본체만체했다.

"슈퍼스타!" 엘리엇이 내 등을 탁 치고 내게 유리잔을 건넸다.

"형." 나는 시선은 아나에게 둔 채 엘리엇과 함께 소파에 앉았다.

"이야, 죽도록 걱정했나본데."

"응."

"그 등신이 잡혀서 다행이다. 그놈의 궁둥이는 감옥행이야."

"응."

엘리엇이 얼굴을 찌푸렸다. "너 엄청난 경기를 놓쳤어."

"경기?"

야구 얘기를 하려는 건가? 내 신경을 다른 데로 돌리려고? 형은 오늘 마리너스가 레인저스에게 져서 화가 나 있었는데, 나는 형이 하는 말에 집중할 수가 없었다. 내 관심은 아나에게 묶여 있었다. 캐릭이 아나에게 오자 그레이스는 캐릭의 뺨에 키스한 뒤 소파에 아주 안락하게 앉아 있는 미아와 이든에게 가서 그들과 같이 앉았다. 남겨진 아나는 아버지와 이야기를 나누었다.

아버지와 내 아내는 두런두런 활발히 대화를 이어갔다.

무슨 얘기를 하는 거지? 내 얘기?

"내 말을 한 마디도 안 듣고 있네, 이 자식." 엘리엇이 나를 우리의 대화로 다시 끌어냈다.

"알아. 레인저스."

형이 내 팔을 주먹으로 치더니 말했다. "통과. 며칠 동안 힘들었겠다. 이제 둘이 같이 집을 보러 와."

"응. 그럴게. 원래 아나랑 같이 가보려 했는데 지옥문이 열리는 바람에."

"아나랑 미아. 망할." 엘리엇의 표정이 침울해졌다. "네 아내가 그 개자식을 잡아서 다행이야."

나는 고개를 끄덕였다.

"안녕하세요, 크리스천." 이든이 인사했다. 나는 이든이 끼어든 게 고마웠다.

"경기 봤죠?" 엘리엇이 물었고 두 사람은 벨트레가 마리너스를 상대로 홈런을 친 것을 두고 논쟁을 벌였다. 아나가 우리 쪽으로 다가오자 그들은 내 관심 밖으로 밀려났다.

"모두 이렇게 보니까 정말 좋네요." 아나가 내 옆에 앉아 캐릭에게 말했다.

"한 모금만이야." 나는 숨죽여 그녀를 나무랐다. 그리고 그 한 모금은 이미 마셨어. 나는 그녀의 손에서 유리잔을 빼앗았다.

"네, 주인님." 그녀가 속눈썹을 파닥거렸다. 그녀의 눈빛이 끈적해지더니 갑자기 기대감으로 가득 찼다. 나는 꿈틀대며 반응하는 내 몸을 무시했다.

맙소사. 손님들이 있잖아.

나는 팔을 그녀의 어깨에 두르고 슬쩍 눈총을 주었다.

얌전히 굴어, 아나.

내가 옷을 벗는 동안 아나는 침대에 웅크리고 누워 나를 바라보

았다. "우리 부모님은 네가 물 위를 걷는다고 생각하나 봐." 나는
티셔츠를 의자에 걸쳤다.

"당신은 달리 생각하니 됐어요."

"글쎄, 그건 나도 모르겠어."

"두 분이 공백을 채워주셨어요?"

"약간. 어머니와 아버지가 서류 절차를 거치는 동안 나는 콜리
어라는 사람들 집에서 두 달 정도 살았어. 엘리엇 때문에 입양 허
가는 받은 적 있었지만, 법률에 따라 나를 데려갈 친척이 있는지
확인될 때까지 대기하셔야 했지."

"그래서 기분이 어때요?"

"살아 있는 친척이 아무도 없는 거 말이야?" 안심이지 뭐! "됐다
고 해. 있어봤자 약쟁이 창녀 같은 사람들이라면……." 나는 고개
를 저었다.

어머니와 아버지가 있어서 그저 고맙지.

내게 두 분은 선물이었어. 지금도 그렇고.

나는 파자마를 입고 침대로 올라가서 내 아내 옆에 웅크리고 누
웠다. 그녀가 내 옆에 있다는 것이 말도 못하게 감사했다. 그녀가
머리를 기울였다. 표정은 따스했지만 내가 더 말해주길 바라고 있
었다. "기억이 살아났어." 내가 말했다.

마카로니 앤드 치즈…… 그래 그거.

"음식이 기억나. 콜리어 부인이 음식 솜씨가 좋았어. 적어도 그
개자식이 우리 가족에게 집착하게 된 이유는 이제 알아."

잠깐만……. 콜리어 부인이 내 침대 옆에 앉아 있곤 했었지 아
마?

그리고 나를 작은 아기 침대에 끼우듯이 눕히고 책을 한 권 쥐
여주었다. "제기랄!"

"뭐가요?"

"이제야 이해가 되네!"

"뭐가요?"

"아기 새. 콜리어 부인이 나를 아기 새라고 불렀어."

아나가 어리둥절한 표정을 지었다. "뭐가 이해가 돼요?"

"그 편지 말이야. 그 개자식이 남긴 협박 편지. 이런 식으로 쓰여 있었어. '내가 누군지 알겠나? 나는 네가 누군지 아는데, 아기 새.'"

아나는 여전히 혼란스러운 표정이었다.

"어린이 책에 나오는 구절이야. 콜리어 집에 그 책이 있었어. 제목이 《우리 엄마예요?》였는데. 젠장." 머릿속에 그 책의 표지가 떠올랐다. 작은 새와 슬퍼 보이는 늙은 개. "나 그 책 좋아했었어. 콜리어 부인이 내게 그 책을 읽어주곤 했어. 세상에. 놈이 그걸 알고 있었네. 그 개자식이 알고 있었어."

그런데 그놈에 대한 기억은 전혀 없어…… 다행히.

"경찰에 말할 거예요?"

"응. 말해야지. 클라크가 그 정보를 어떻게 쓸지 모르니까."

나는 숨을 내쉬었다. 잃어버린 기억이 내 머릿속에 있었다니. 마음이 놓였다. 오늘 저녁 부모님이 나를 만나러 온 것이 새삼 고마웠다. 무엇이 이 기억을 붙잡고 있었는지 몰라도 두 분이 그걸 풀어주었다.

아나가 미소를 지었다. 나를 위해 잘된 일이라고 생각하는 것 같았다. 불우한 지난날의 기억은 이제 그만. 아나에게 설명을 해줘야 했다. 하지만 어디서부터 시작하지? 아나가 너무 피곤할 것 같은데. 내 가족을 접대하느라 애를 썼다. "오늘 저녁은 고마워."

"뭐가요?"

"예고 없이 식구들이 들이닥쳤는데 잘 챙겨줘서."

"감사는 나 말고 미아에게 해요. 존스 부인에게도. 존스 부인이 음식을 가득 채워놓았잖아요."

아나! 칭찬을 받아들여. 가끔은 그녀 때문에 돌아버릴 것 같았지만 어쩌랴. "그래. 기분이 어때, 그레이 부인?"

"좋아요. 당신은요?"

"괜찮아."

아나의 눈이 반짝거렸다. 그녀의 손가락이 내 배 위에서 춤을 추었다.

나는 웃음을 터뜨리고 그녀의 손을 잡았다. "아, 안 돼. 생각도 하지 마."

그녀의 입술이 실망해 비쭉 나왔다. 그녀가 속눈썹 사이로 다시금 나를 빤히 올려다보았다. "아나, 아나, 아나, 널 어쩌면 좋을까?" 나는 그녀의 머리에 키스했다.

"벌써 생각했는데요." 그녀가 내 옆에서 꼼지락거리다가 별안간 동작을 멈추고 고통스러워 얼굴을 찡그렸다.

아나! 너 아프다고.

그녀가 나를 안심시키려고 재빨리 미소를 지었다.

"자기야, 너무 많은 일을 겪었어. 잠들기 전에 네게 들려줄 이야기도 있고."

그녀가 기대하는 눈으로 나를 올려다보았다.

"네가 알고 싶어 했던 이야기……." 나는 눈을 감고 침을 삼켰다. 내 생각은 청소년기로 거슬러 흘러갔다.

나는 다시 열다섯 살이 되었다.

"한번 상상해봐. 남몰래 술을 마시려고 용돈 벌이를 하는 10대 소년이 있어." 눈을 떴지만 그 시절의 내가 눈앞에 아른거렸다. 키는 크지만 앙상한 10대 소년. 밑단을 자른 반바지에 구릿빛 더벅머리, 다 꺼지라는 반항적인 태도.

그게 나였어.

젠장.

나는 옆으로 돌아누웠다. 아나와 나는 서로를 마주 보고 누워 있었다. 그녀의 커다란 눈에 질문이 가득했다. 나는 숨을 크게 들이마셨다. "그래서 나는 링컨 부부의 집 뒷마당에서 잡석과 쓰레기를 치우게 됐어. 링컨 씨가 얼마 전 집터를 넓힌 곳이었지⋯⋯."

눈을 감으니 다시 그곳에 있었다. 공중에 짙게 드리운 여름 꽃들의 향기. 웽웽거리는 곤충들. 나는 손을 휘저어 그것들을 쫓아버린다. 한낮의 뙤약볕이 쏟아져서 티셔츠를 벗어버린다. 그리고 엘레나가 있다. 가슴이 파일 대로 파인 원피스로 몸을 아슬아슬하게 가린 그 여자.

아나를 슬쩍 쳐다보니 아나는 여전히 나를 바라보며 내 말 하나하나에 집중하고 있었다. "더운 여름날이었어. 그날 거기서 열심히 일하고 있었어." 큭큭 웃음이 났다. 내가 육체노동을 한 얼마 안 되는 날들 중 하나였다는 게 기억나서. "잡석을 치우는데 허리가 끊어질 것 같았어. 혼자 일하고 있는데 엘레⋯⋯ 링컨 부인이 난데없이 나타나서 내게 레모네이드를 주더라고. 같이 잡담을 좀 나누다가 내가 재치를 부린답시고 무슨 말을 했는데 그 여자가 내 따귀를 때렸어. 엄청 세게 후려쳤지." 그 생소하고 얼얼한 느낌이 기억나 손이 자동으로 뺨으로 올라왔다. 그때까지 그렇게 내 뺨을 때린 사람은 아무도 없었다.

얘, 내 눈은 여기 있어. 링컨 부인이 두 손가락으로 자기 얼굴을 가렸지.

내가 자기 가슴을 빤히 쳐다보는 걸 그녀가 알아챈 것이다.

아니, 그걸 어떻게 모르겠나.

망할.

발기가 됐는데. 즉시. 터질 것처럼.

링컨 부인의 시선은 내 바지로 흘러갔고.

맙소사. 발기라니! 어찌나 창피하던지.

좋니, 응? 그 여자가 느릿느릿 말하며 빨간 입술을 끌어올려 섹시한 미소를 지었지.

바지에 그대로 사정할 뻔했다니까.

"그러더니 그 여자가 내게 키스를 했어. 키스를 하더니 또다시 내 뺨을 때리지 뭐야."

그 여자의 입은 뜨거웠어. 축축하고. 강렬하고. 몽정하기에 딱 좋았지.

"그때까지 키스를 한 적도 없었고 그렇게 맞은 적도 없었어."

아나가 숨을 들이켰다.

망할. "계속 듣고 싶어?"

아나가 동그래진 눈으로 물끄러미 바라보았다. 그녀의 말이 헐떡이는 속삭임에 실려 나왔다. "당신이 말해주고 싶다면."

"전후 사정을 말해주려는 거야."

아나가 고개를 끄덕였지만 유령이라도 본 표정이어서 나는 망설여졌다. 계속 해야 할까? 나는 그녀의 놀란 눈을 유심히 들여다보았다. 그 안에 더 많은 질문들이 담겨 있었다. 그녀는 궁금한 게 많았다. 항상 더 많은 걸 알고 싶어 했다.

나는 등을 대고 똑바로 누워 천장을 올려다보며 이야기를 계속했다. "당연히 나는 어이가 없고 화가 나면서도…… 엄청 꼴렸어. 섹시한 연상의 여인이 그런 식으로 접근했으니까."

누가 나한테 키스한 긴 그때가 처음이었어.

난생처음. 천국이었지. 지옥이기도 했고.

"그 여자는 나를 뒷마당에 남겨두고 집 안으로 다시 들어갔어. 아무 일도 없는 것처럼 태연히. 나는 황당했지." 그 자리에서 누구든 대가리를 깨버리고 싶었는데 그럴 수도 없었고. "그래서 하던 일로 돌아가 잡석을 쓰레기통에 담았어. 그날 저녁에 가려는데 그 여자가 내일 또 오라는 거야. 아까 있었던 일은 언급하지 않았어. 다음 날 그 집에 다시 갔어. 그 여자를 다시 보고 싶어서 안달이 나서." 나는 고해실에 있는 것처럼 소곤거렸다. "내게 키스했을 때 그 여자는 나를 만지지 않았어." 그녀가 잡은 건 내 얼굴뿐이었지. 뜻밖에도.

나는 고개를 돌려 아나를 마주했다. "감안해야 하는 건…… 당시 내 삶이 지상의 지옥이었다는 거야. 난 툭하면 발기하는 열다섯 살짜리였어. 또래에 비해 키가 컸고 호르몬은 폭발했지. 학교 여자애들이……."

개들은 나한테 관심을 보였어.

나도 그랬고……. 하지만 누가 날 건드리는 걸 견딜 수 없었어.

아무하고나 싸움질을 했고.

분노를 내세워 모든 사람을 밀어낸 거야.

"화가 나서 모든 사람에게 개같이 화를 냈어. 나 자신에게, 가족들에게. 친구도 없었어. 당시 내 심리 치료사는 완전히 등신 같은 작자였고. 가족들은 나를 이해하지 못하고 구속하려고만 했고." 나는 천장을 올려다보았다. 오늘 저녁 캐릭과 그레이스가 얼마나 사려 깊었는지 새삼 느껴졌다.

"누가 나를 만지는 걸 참을 수가 없었어. 도저히. 누가 근처에 있는 것도 참지 못했어. 자꾸 싸우게 됐지. 망할, 죽어라 싸웠어. 지독한 싸움질에 휘말리고. 두 번 퇴학도 당하고. 하지만 그건 열을 식히는 방식이었어. 일종의 신체적 접촉을 참아내는." 나랑 붙었던 한 놈이 기억나 주먹을 쥐었다.

와일드. 그 등신 자식. 작은 아이들을 괴롭히던 놈.

"무슨 말인지 알 거야. 그런데 그 여자는 내게 키스하면서 얼굴만 잡았어. 다른 데는 만지지 않고."

어찌나 마음이 놓이던지.

그런 식의 접촉을 마침내 경험하게 된 거야.

신이 나서 죽을 것 같았어.

그 순간 내 삶이 변한 거야.

모든 게 변해버렸다.

"다음 날, 뭐가 어떻게 될지 모르고 그 집에 다시 갔어. 불쾌한 이야기들은 생략할게. 하지만 그와 비슷한 일들이 더 있었어."

'너 같은 야만인은 채찍으로 다스려야 사람이 돼.' 엘레나의 호통이 머릿속이 울려 퍼졌다.

야만인? 어떻게 알았지!

나를 꿰뚫어 보네.

악질 종자.

"그렇게 우리 관계가 시작됐어." 나는 그 기억을 털어버리고 다시 아나에게 고개를 돌렸다. "이거 알아, 아나? 세상이 초점을 맞춘 듯 보이기 시작한 거야. 또렷하고 맑게. 모든 것이. 내게 꼭 필요했던 일이 일어난 거야. 그 여자는 신선한 공기였어. 결정을 내려주고, 온갖 잡것들을 다 물리쳐주고, 숨통을 트이게 해주었어. 관계가 끝난 후에도 세상은 여전히 또렷했어. 그 여자 때문에. 그런 식으로 지냈어······. 널 만나기 전까지."

별안간 감정의 파도가 나를 집어삼킬 듯 일어났다.

아나. 내 사랑.

나는 손을 올려 흘러내린 그녀의 머리카락을 귀 뒤로 넘겨주었다. 그녀를 만지고 싶어서. 아니, 만져야만 했다. "네가 내 세상을 송두리째 뒤엎었어." 별안간 엘리베이터 문이 닫히며 나를 떠나던 그녀의 창백한 얼굴, 슬픈 얼굴이 눈앞에 떠올랐다. "내 세상은 질서 정연하고 차분하고 통제된 것이었어. 그런데 네가 그 똑똑한 입과 순수함, 아름다움, 조용한 무모함을 가지고 내 삶으로 들어온 거야. 너를 만나기 전의 것들은 모조리 단조롭고 공허하고 시시하게 되어버렸어. 아무것도 아니었던 거야."

아나가 숨을 들이켰다.

"나는 사랑에 빠졌어." 나는 그렇게 속삭이고 손가락 관절로 그녀의 뺨을 쓰다듬었다.

"나도 그래요." 그녀가 대꾸했다. 그녀의 숨결이 내 얼굴에 와 닿았다.

"알아."

"알아요?"

"응."

넌 여전히 내 옆에서 이 안타깝고 불편한 이야기를 들어주는구나. 네가 나를 구했어.

그녀의 얼굴에 수줍은 미소가 번졌다. "드디어."

"비로소 모든 것을 제대로 보게 된 거야. 더 어릴 땐 엘레나가 세상의 중심이었어. 그 여자를 위해서라면 못할 게 없었지. 그 여자도 나를 위해 많은 걸 해줬고. 엘레나 덕에 술도 끊고 학교에서는 공부도 열심히 했어. 말하자면 그 여자는 이전에는 없었던 대응기제를 내게 주고 감히 엄두를 내지 못했던 것들을 경험하게 해준 거야."

"접촉 말이죠?" 아나가 물었다.

"비슷해."

아나가 미간을 찌푸렸다. 그녀의 눈이 새로운 의문으로 가득 찼다. 나는 그녀에게 털어놓을 수밖에 없었다. "자기가 버림받은 존재, 사랑받지 못한 야만인이라고 생각하며 완전히 부정적인 자아상을 가지고 성장하면 맞는 걸 당연하게 생각하게 돼." 나는 그녀의 반응을 살피느라 잠시 말을 멈추었다. "아나, 고통은 밖으로 드러내는 게 훨씬 더 쉬워."

안으로 삭이는 것이 훨씬 어렵지.

나는 그 생각을 떨쳐냈다. "그 여자는 내 분노를 다른 데로 돌렸어. 대부분 내면으로. 이제야 알겠어. 플린 박사는 한동안 이 부분을 이야기하고 또 했었어. 최근에야 그 관계가 무얼 위한 것이었는지 깨달았어. 알다시피 내 생일에."

아나가 얼굴을 찌푸렸다.

"그 여자에게 우리 관계란 섹스와 통제, 그리고 소년을 장난감처럼 가지고 놀면서 일종의 위안을 구하는 외로운 여인을 의미했던 거야."

"하지만 당신은 통제하는 걸 좋아하잖아요." 아나가 말했다.

"그래. 좋아하지. 언제나 그럴 거야, 아나. 그게 나니까. 잠시지만 그땐 그것에 항복했던 거야. 누군가 나 대신 결정을 내리게 한거지. 스스로 할 수가 없어서. 그럴 만한 상태가 아니었으니까. 하지만 그 여자에게 복종하는 걸 그만두고 나니까 나 자신을 찾을수 있었어. 내 인생을 주도할 힘을 찾은 거야. 통제권을 쥐고 스스로 결정을 내리게 되었지."

"도미넌트가 된 것 말이죠?"

"그래."

"당신의 결정이었어요?"

"응."

"하버드를 중퇴한 것도?"

"내 결정이야. 최고로 잘한 결정이었어. 널 만나기 전까지는."

"나요?"

"응. 내가 가장 잘한 결정은 너랑 결혼한 거야." 나는 그녀에게 미소 지었다.

"회사를 차린 게 아니라요?" 그녀가 속삭였다.

나는 고개를 저었다.

"비행 기술을 배운 것도 아니고?"

아니, 자기야. "너야." 나는 다시 그녀의 뺨을 쓰다듬으며 그 보드라운 살결에 감탄했다. "그 여자는 알고 있었어."

"알았다니, 뭘요?"

"내가 너한테 완전히 눈이 멀었다는 거, 사랑에 빠졌다는 거. 그여자는 내게 조지아로 가서 너를 만나보라고 부추겼어. 나로선 고마운 일이지. 그 여자는 네가 겁을 먹고 달아날 거라고 생각한 거야. 실제로도 그랬고."

아나가 눈을 깜빡거렸다. 그녀의 뺨에서 혈색이 사라졌다.

"그 여자는 내가 즐기던 삶의 온갖 장식품들이 내게 반드시 필요할 거라고 생각한 거지."

"도미넌트?"

맞아. "그것이 있으면 난 모든 사람과 적당한 거리를 유지할 수 있었어. 통제권을 가지고 무심하게 지낼 수 있었지. 아니, 그런 줄 알았어. 그 이유는 너도 잘 알 거야."

"당신 친어머니?"

"다시 상처 받고 싶지 않았어. 그런데 네가 날 떠난 거야." 문이 닫히며 아나를 데려가는 엘리베이터 문이 다시금 눈앞에 떠오르고 한참을 현관 바닥에 주저앉아 있던 내가 기억났다. "나는 엉망이 됐지." 나는 숨을 크게 들이마셨다. "난 오랫동안 친밀한 관계를 피하기만 해서 이런 건 어떻게 하는지 몰라."

"잘하고 있어요." 그녀가 내 입술 선을 따라 손가락을 움직였고, 나는 그녀의 손끝에 키스했다. 내내 우리는 서로를 바라보았다. 언제나 그렇듯 나는 그녀의 푸른 눈에 빠져들었다. "그리워요?" 그녀가 물었다.

"그립다니?"

"그런 생활."

"어, 그리워."

표정만으로는 그녀가 내 말을 믿는지 어쩐지 알 수 없었다. "그 시절에 누렸던 통제가 그리운 거야. 그리고 솔직히, 너의 어리석은 무모함이……." 나는 멈칫했다. "내 여동생을 살렸잖아."

이 정신 나간 여자, 나쁜 여자. 아름다운 여자야. "그래서 알게 됐어."

"알다뇨?" 그녀가 인상을 썼다.

"이젠 확실히 알겠어, 네가 나를 사랑한다는 걸."

"그래요?"

"응. 네가 많은 위험을 무릅썼으니까. 나를 위해. 내 가족을 위해."

그녀의 찡그린 표정이 더욱 뚜렷해져서 나는 참지 못하고 손을 내밀어 손끝으로 그녀의 이마를 쓸었다. "너 찡그리면 여기에 V자가 생겨. 키스하면 아주 부드러워." 그녀의 표정이 풀렸다. "내가 그렇게 못되게 굴었는데도 넌 여전히 여기 있구나."

"내가 여기 있다는 게 왜 놀라워요? 당신을 떠나지 않겠다고 말했잖아요."

"네가 임신했다고 말했을 때 내가 보인 행동 때문에." 내 손가락이 제멋대로 그녀의 이마를 쓸다가 뺨으로 내려왔다. "네 말이 맞았어. 나 어린애야."

그녀가 입을 꾹 다물었다. 후회하는 것처럼. "크리스천, 내 말이 심했어요."

나는 손가락을 그녀의 입에 댔다.

"쉿. 나는 그런 말을 들어도 싸. 그리고 이야기하는 사람은 나야." 나는 다시 똑바로 누웠다. "네가 임신했다고 했을 때 나는……." 나는 수치심과 싸우며 할 말을 찾느라 잠시 말을 멈추었다. "한동안 너와 나 둘이 지내겠거니 생각하고 있었어. 아이 생각을 하긴 했지만 추상적인 수준에 그쳤지. 언젠가는 우리에게도 아이가 생기겠구나 하고 막연하게 생각한 거지. 넌 아직 많이 어리고 내심 야망이 있다는 걸 아니까. 그러니 너한테 제대로 뒤통수를 맞은 기분일 수밖에. 세상에, 정말 뜻밖이었어. 무슨 일이냐고 네게 물었을 때 임신했다는 말을 듣게 될 줄은 정말 꿈에도 몰랐어." 나는 나 자신이 역겨워 한숨을 쉬었다. "정말 화가 났어. 너한테 화가 났어. 나한테 화가 났어. 모두에게 화가 났어. 아무것도 통제할 수 없다는 기분이 되살아났지. 나가지 않고는 견딜 수가 없었어. 플린 박사를 만나러 갔지만 그는 무슨 학부모 모임에 가고 없었어."

나는 그녀를 슬쩍 쳐다보며 한쪽 눈썹을 추켜올렸다. 그녀가 그 요지경 같은 측면을 알아주기를 바라며. 그녀가 모를 리 없었다.

"아이러니하네요." 그녀가 말했고, 우리 둘 다 큭큭 웃었다.

"그래서 걷고 걷고 또 걸었는데 어느새 미용실 앞에 와 있었어. 엘레나가 퇴근하려다가 나를 보고 놀라더라. 사실 나도 내가 거기 있다는 게 놀라웠어. 그 여자가 내가 화난 걸 눈치채고 한잔하자고 했어. 우리는 내가 아는 조용한 술집으로 가서 와인을 시켰어.
그 여자가 지난번에 그런 식으로 행동해서 미안했다고 사과했어.
우리 어머니가 다시는 안 보겠다고 해서 상처 받았다고. 그러면
자기 사교 범위가 좁아지니까. 하지만 이해한다고도 했어. 그리고
사업 이야기를 했는데, 불경기인데도 사업이 잘되고 있었어…….
그러다가 네가 아이를 원한다는 말을 하게 됐어."

"난 당신이 내가 임신한 걸 말한 줄 알았어요."

"아니, 그건 아니야."

"왜 아니라고 말 안 했어요?"

나는 어깨를 추어올렸다. "말할 기회가 없었어." 네가 어지간히
화가 났어야지.

"아뇨, 있었어요."

"이튿날 아침이 되었을 땐 네가 없었잖아, 아나. 그리고 널 만났
을 땐 네가 나한테 너무 화를 내는 바람에."

"그랬죠."

"어쨌든 그날 저녁에…… 두 번째 병을 절반쯤 마셨을 때쯤……
그 여자가 몸을 내밀어 나를 만지려했어. 나는 얼어붙었고." 나는
팔로 눈을 가렸다. 치욕스러웠다.

다 말해버려, 그레이.

"내가 몸을 빼는 걸 그 여자가 보았어. 우리 둘 다 충격을 받았
어."

아나가 내 팔을 끌어내려서 나는 고개를 돌려 그녀를 쳐다봤다.

미안해, 자기야.

"뭐가요?" 아나가 물었다.

나는 민망함을 이겨내려고 침을 삼켰다. "그 여자가 나한테 수
작을 걸었다는 사실이."

아나의 얼굴이 변했다. 경악한 표정으로. 분노하는 표정으로. 또다시.

망할.

"순간 시간이 멈춘 듯했어." 나는 얼른 말을 이었다. "그 여자는 내 표정을 보더니 자기가 선을 넘었다는 걸 알아챘어. 나는 싫다고 했어. 그런 생각은 벌써 오래전에 사라졌다고. 게다가⋯⋯." 나는 다시 침을 삼키고 부드럽게 말했다. "너를 사랑하니까. 그 여자에게 내 아내를 사랑한다고 말했어."

아나가 나를 물끄러미 쳐다보았다. 말없이.

아, 내 사랑, 무슨 생각을 하고 있어? 나는 머뭇머뭇 말을 이었다. "그 여자는 즉시 물러났어. 다시 사과하면서 농담이었다는 식으로 얼버무렸지. 아이작과 잘 지내고 있고 사업도 잘되어서 우리에게 전혀 유감이 없다고 했어. 그리고 나와의 우정은 그립지만 이제 내 삶은 너와 함께한다는 걸 알겠다고 하더군. 지난번 모두 한 방에 있을 때 일어난 일을 생각하면 그것도 참 어색한 거라고. 나는 그 말에 전적으로 공감했지. 우리는 작별 인사를 나누었어. 마지막 작별 인사였어. 나는 그 여자에게 다시는 볼 일이 없을 거라고 했고, 그 여자는 자기 갈 길을 갔어."

"키스했어요?"

"아니!" 맙소사, 말도 안 돼. "그 여자와 그렇게 가까이 있다는 게 참을 수 없었어. 비참한 기분이었어. 집에 가고 싶었어. 너에게. 하지만 내가 형편없이 굴었다는 생각이 들어서 거기 남아서 병을 비우고 버번을 마시기 시작했지. 술을 마시는데 얼마 전 네가 한 말도 기억나고 '그게 내 아들이라면⋯⋯' 하는 생각도 들었어. 그래서 주니어 생각도 하고 엘레나와 내 관계가 어떻게 시작됐는지도 생각했지. 그러니까 기분이⋯⋯ 불편했어. 예전에는 그런 식으로 느껴진 적이 한 번도 없었는데 말이야."

"그게 다예요?" 아나가 말했다.

"대충."

"어머."

"어머라니?"

"그게 끝이에요?"

"그래. 내 눈이 너에게 닿은 순간 이미 끝난 사이였어. 그걸 그날 밤에서야 깨달은 거지. 그 여자도 그랬고."

"미안해요." 그녀가 말했다.

"뭐가?"

"다음 날 그렇게 화낸 거요."

"자기야, 그건 화낸 것도 아니야."

분노는 내 가운데 이름이거든.

나는 한숨을 쉬었다. "아나, 난 너를 독차지하고 싶어. 너를, 우리가 가진 걸, 내가 가져본 적 없는 걸 나누고 싶지 않아. 난 네 우주의 중심이 되고 싶어. 적어도 얼마 동안은."

"이미 그런걸요." 그녀가 반박했다. "그건 변하지 않을 거예요."

"아나." 나는 다정하게 말하며 수용하는 미소를 지었다. "그건 사실이 아니야. 어떻게 그럴 수 있겠어?"

그녀의 눈에 눈물이 차올랐다.

"젠장……. 울지 마, 아나. 제발, 울지 마." 나는 그녀의 뺨에 손을 댔다.

"미안해요." 그녀의 입술이 떨렸다. 엄지손가락으로 그녀의 입술을 쓰다듬는데 안쓰러운 마음이 들었다.

"아니야, 아나, 아니야. 미안해하지 마. 너에게 그만큼 사랑할 사람이 또 생기는 거잖아. 그리고 네 말이 맞아. 그렇게 되는 게 맞지."

"꼬마 점은 당신도 사랑할 거예요. 당신은 꼬마 점, 주니어에게 세상의 중심이 될 거예요. 아이들은 부모를 무조건적으로 사랑해요, 크리스천."

나는 얼굴에서 핏기가 가시는 느낌이 들었다.

"아이들은 그렇게 세상에 와요." 아나가 열렬히 말했다. "애초에 사랑하도록 만들어졌어요. 모든 아기들이 그래요. 당신도 그랬고요. 어렸을 때 좋아했던 그림책 생각을 해봐요. 그래도 당신은 친어머니를 원했어요. 사랑했어요."

엘라.

'애, 애벌레. 같이 네 자동차를 찾아볼까?'

나는 어두운 소용돌이 가장자리에 서 있었다.

그 위에서 휘청거렸다.

나는 턱 밑에서 주먹을 쥐고 내 아름다운 아내를 바라보았다. 그 고통에서 헤어나려고 소용돌이와 싸우면서 할 말을 찾아 헤맸다. "아니야." 내가 속삭였다.

눈물이 아나의 뺨을 따라 흘러내렸다. "맞아요. 당신은 그랬어요. 그랬고말고요. 그건 선택할 수 있는 게 아니잖아요. 그래서 그렇게 상처 받은 거예요."

방에서도 내 몸에서도 공기가 빠져나갔다.

나는 소용돌이 밑으로 빨려나가고 있었다.

"그래서 나를 사랑할 수 있는 거예요." 그녀가 말했다. "어머니를 용서해요. 그분에게도 감당해야 할 고통스런 세상이 있었어요. 형편없는 엄마였지만, 그래도 당신이 사랑한 사람이었어요."

나는 소용돌이 속에서 방황했다. 숨이 막혔다.

'애, 애벌레. 우리 케이크 구울까?'

엄마가 웃는 얼굴로 내 머리를 헝클었지.

'자, 여기 있다.' 엄마가 내게 머리빗을 주었어.

엄마는 미소 띤 얼굴로 나를 내려다보았어. 엄마 참 예뻤는데.

머리가 길었어. 노래를 불렀고. 행복하게.

잘했어, 그레이.

그렇게 행복한 시절도 있었다……. "내가 엄마의 머리를 빗겨주곤 했었어. 엄마 예뻤어."

"당신을 본 사람이라면 그건 의심하지 못할걸요."

"형편없는 엄마였어."

아나가 고개를 끄덕였다. 눈물이 그렁그렁한 그녀의 눈에 연민이 가득했다.

나는 눈을 감고 고백했다. "나 형편없는 아빠가 될까봐 두려워."

아나의 손가락이 내 얼굴을 어루만지며 나를 위로했다. "크리스천, 당신이 형편없는 아빠가 되게 내가 가만 놔둘 것 같아요?"

나는 눈을 뜨고 그녀를 바라보았다.

그것이 있었다……. 아나스타샤 스틸의 번뜩이는 눈빛.

참으로 절묘한 이름이다.

내 여전사는 나를 위해, 나와 함께, 나를 상대로…… 그리고 우리 아이를 위해 싸웠다.

내 마음을 가져가버렸다.

나는 미소를 지었다. 경외감에 젖어. "아니, 그럴 리가 없지." 나는 그녀의 얼굴을 어루만졌다. "어쩜 이렇게 강할까, 그레이 부인. 널 많이 사랑해." 나는 그녀의 이마에 키스했다. "내가 이렇게 될 줄 몰랐어."

"아, 크리스천."

"자, 잠들기 전에 들려주는 이야기는 이게 끝이야."

"대단한 이야기였어요."

"머리는 어때?"

"내 머리요?"

"아파?"

"아뇨."

"그래. 이제 그만 자."

아나는 망설이는 듯했다.

"자라고." 내가 말했다. "자야 한다고."

"질문이 하나 있어요."

"그래? 뭔데?"

"왜 갑자기…… 털어놓게 된 거예요? 더 적당한 표현을 모르겠어요. 당신에게서 무엇 하나 알아내려면 엄청 힘든데 이 이야기를 내게 해주다뇨."

"내가 그렇단 말이야?"

"그런 거 알잖아요."

"왜 털어놓는 거냐고? 잘 모르겠어. 어쩌면 차가운 콘크리트 바닥에서 죽어가는 널 봐서가 아닐까." 나는 하이드가 내 여동생을 놓아둔 버려진 창고 바깥 바닥에 누워 있던 아나가 기억나 인상을 썼다. 너무나 충격적인 장면이라 더 행복한 방향, 주니어 쪽으로 생각을 돌렸다. "아버지가 된다는 사실 때문일 수도 있고. 모르겠어. 네가 알고 싶다니까 말하는 거야. 나는 엘레나가 우리 사이에 끼는 게 싫어. 그럴 수도 없고. 그 여자는 과거니까. 너한테 그렇다고 여러 번 말했어."

"그 여자가 당신에게 수작을 걸지 않았다면…… 두 사람은 계속 친구였을까요?" 아나가 물었다.

"질문이 하나가 아니잖아."

"미안해요. 꼭 대답하지 않아도 돼요." 그녀가 얼굴을 붉혔다. 그녀의 뺨에 혈색이 도는 걸 보니 좋았다. "이미 당신은 자청해서 기대 이상으로 많은 얘기를 털어놓았으니까."

"아니, 친구는 못 됐겠지. 하지만 내 생일 이후 그 여자는 줄곧 마무리를 짓지 못한 일처럼 느껴졌어. 그 여자가 선을 넘었고 난 그걸로 끝났어. 제발, 내 말 믿어. 다시는 만나지 않을 거야. 그 여자가 고정 한계라고 네가 말했잖아. 그렇게 말하니까 딱 알아듣겠던데."

아나가 미소를 지었다. "잘 자요, 크리스천. 잠들기 전에 알찬 이야기 고마워요." 그녀가 몸을 기울여 입술을 내 입술에 댔다. 그녀의 혀가 나를 놀렸다. 나는 몸이 뜨거워져서 몸을 뗐다.

"하지 마. 너랑 하고 싶어서 죽겠단 말이야." 나는 욕망을 헤치고 속삭였다.

"그럼 해요."

"안 돼. 너 쉬어야 해. 시간도 늦었고. 이제 자자." 나는 침대 옆 전등을 껐다. 우리는 어둠에 둘러싸였다.

"나 조건 없이 당신을 사랑해요, 크리스천." 아나가 내 품을 파고들며 속삭였다.

"알아." 나는 그녀의 빛을 쐬며 속삭였다.

너도…… 우리 부모님도 그래.

조건이 없지.

2011년 9월 18일 일요일

　자정이 다 됐다. 오늘은 운동을 조금 한 것 말고는 아내랑 조용히 하루를 보냈다. 외출은 회복세가 뚜렷한 레이를 같이 보고 온 것이 전부였다. 그것 말고는 아나를 침대에서 쉬게 했다. 그녀는 말없이 원고를 두 권 읽었다. 내가 아무리 말려도 도무지 말을 듣지 않았다.

　존스 부인은 여동생네에서 돌아왔다. 오늘 저녁에는 우리 둘을 위해 세 가지 요리로 구성된 건강식을 해주었다. 나만큼이나 아나를 아껴주는 것 같았다.

　밤 10시가 막 넘었을 때 아나가 잠들었다.

　나는 미뤄둔 일을 했다. 지금은 콜리어 부인의 보살핌을 받던 시절 콜리어 부인이 어머니와 아버지 앞으로 쓴 편지를 읽는 중이다. 깔끔하고 단정한 글씨체로 써 내려간 그녀의 말들이 기억의 편린들을 불러일으켰고, 그것들은 기억의 어두운 구석에 빛을 드리웠다.

　크리스천은 내가 씻겨주는 걸 못하게 하지만 스스로 씻을 줄은 압니다. 목욕을 두 번 하고 나서야 좀 깨끗해졌어요. 머리를 감는 건 내가 알려 줘야 했습니다. 몸에 손도 못 대게 하네요.

330

오늘은 크리스천이 좀 나아진 것 같아요. 여전히 말은 하지 않지만요. 말을 할 수 있는데 안 하는 건지 할 수 없을 건지 모르겠어요. 성질은 부리나다만. 다른 아이들이 이 애를 많이 무서워하네요.

크리스천은 여전히 우리 손길을 허락하지 않습니다. 우리가 만지면 난리를 피워요.
크리스천이 배가 고프다네요. 깡마른 아이치고 먹성이 아주 좋아요. 좋아하는 음식은 파스타와 아이스크림입니다.

우리 딸 포이베가 크리스천에게 첫눈에 반했답니다. 아주 홀딱 반했네요. 크리스천은 포이베의 관심을 인내하고 있어요. 포이베는 크리스천과 함께 앉아 그림을 그립니다. 크리스천은 그림을 많이 그려본 것 같지는 않아요.

포이베가 어디를 가면 크리스천이 따라다닙니다.

오늘 크리스천이 난리를 피웠어요. 가지고 있던 담요를 놓지 않으려 하네요. 더러운데도 그래요. 그 애를 세탁기 앞에 앉히고 그것이 세탁기 안에 있는 걸 보게 해줬습니다. 아이의 흥분을 가라앉히려면 이 방법밖에 없는 것 같아요.

기억들이 속속 표면으로 떠올라 재생되기 시작했지만, 가장 강렬하게 밀려든 것은 벅차다는 느낌이었다. 나는 낯선 장소에 낯선 가족들과 함께 있었다. 지독히 당혹스러웠을 것이다. 그 시절을 잊기로 선택한 것도 무리는 아니었다. 하지만 그 편지들을 읽어보니 거기서는 아무런 해도 입지 않은 게 확실했다. 포이베도 기억

331

이 났다. 걔가 내게 노래를 불러주곤 했다. 친절한 아이였고 특히 내게 다정했다.

이걸 보관해준 부모님이 고마웠다. 이걸 보니 당시 나는 겁먹은 꼬마 아이와는 전혀 달랐다는 생각이 들었다. 나는 더 이상 그런 아이가 아니었다. 그 아이는 더는 존재하지 않았다.

이걸 아나에게도 보여줄까 생각하다가 아나가 사진들을 보고 보인 반응이 기억났다. 그녀는 굶주리고 방치된 아이를 쳐다보며 슬퍼했다. 게다가 이걸 보면 그 개자식 하이드도 떠올릴 텐데……. 놈과 내가 얼마나 공통점이 많은지도.

관두자.

지난 며칠 동안 아나는 싸울 만큼 싸웠다.

나는 편지와 그림, 사진을 크리스천이라고 쓰인 종이 파일에 끼워 훗날을 위해 파일 캐비닛에 안전하게 보관했다. 그녀가 완전히 회복되었을 때. 이걸 가지고 플린과 이야기를 해야 했다. 아나에게 공개하기 전에 반드시. 그녀는 내 심리치료사가 아니라 내 아내였다.

나는 파일 캐비닛을 잠근 뒤 시간을 확인했다.

늦은 시각이었다. 내가 침대로 기어들었을 때 아나는 졸고 있었다. 나는 그녀를 끌어안았다. 그녀가 알아들을 수 없는 말을 웅얼거릴 때 내 마음을 달래주는 그녀의 향기를 들이마시고 눈을 감았다.

내 드림 캐처.

2011년 9월 19일 월요일

아나는 아직 내 옆에서 웅크린 채 곤히 잠들어 있었다.

오전 7시 16분. 평소에는 이보다 더 일찍 일어나는데 나 역시 지난 며칠 입은 타격이 컸다. 어제 한 운동 때문일 수도 있었다. 러닝머신을 달리고 나서 체육관을 두 바퀴 돌고 한 시간가량 로잉 머신을 했다. 나는 천장에 대고 미소를 지으며 오늘 아침에도 러 닝머신을 뛸까 생각했다. 힘이 넘쳐흘렀다.

아나가 내게 덤벼들면 그냥 받아들일까.

달콤한 생각이었다.

망할.

너무 달콤했다.

나는 숨을 크게 들이마시며 제멋대로인 몸을 단속했다. 휴대전 화를 집어 들고 침대에서 일어났다. 내가 돌아올 때쯤 아나는 깨 어 있을지도 몰랐다. 지금은 배가 고팠다.

"좋은 아침이에요, 그레이 씨." 게일이 부엌에 있었다. 그녀는 내 가 아직 파자마 차림인 걸 보고 놀랄 만한 데도 전혀 그런 기색이 없었다. 게일이 내 커피를 만들려고 가찌아 머신으로 곧장 갔다.

"좋은 아침, 존스 부인."

"그레이 부인은 좀 어떠세요?"

"아직 자고 있어요."

그녀는 고개를 끄덕이며 안심한 미소를 지었다. "뭐 해드릴까요?"

"오믈렛. 부탁해요."

"베이컨, 버섯, 치즈?"

"좋아요." 그녀가 갓 뽑은 커피를 내게 주었다.

나는 〈시애틀 타임스〉를 휘릭휘릭 넘기기 시작했다. 내 아내가 일면을 장식하지 않아서 다행이었다. 오늘은 아나랑 무얼 할까 생각하는데 부동산란이 눈에 들어왔다.

이거야!

"게일." 내가 부르자 그녀가 내게 시선을 돌렸다. "아나의 컨디션을 봐서 이따가 새 집을 보러 갈까 해요. 얼른 도시락 좀 싸줄수 있어요?"

"얼마든지요. 준비해서 테일러에게 R8에 가져다 놓으라고 할게요."

"고마워요."

나는 안드레아에게 전화해 오늘은 출근하지 않을 테니 오늘 잡힌 미팅 스케줄을 재조정하라고 지시했다. 그녀가 덤덤하게 말했다. "알겠습니다, 사장님. 그레이 부인 좀 어떠세요?" 그녀가 조심스럽게 물었다.

"많이 좋아졌어. 고마워."

"기쁜 소식이네요."

"필요하면 휴대전화로 통화하자고."

오믈렛은 더할 나위 없이 완벽했다. 맛있게 먹다가 눈을 들어보니 아나가 문간에 나타나 있었다. 휴식을 취해 건강해진 모습이었고 뺨의 멍 자국도 희미했다. 어디를 나가려는지 옷을 다 갖추어

입고 있었다. 다리가 많이 드러나는 아슬아슬한 치마에 섹시한 하이힐 차림이었다. 머릿속 생각이 싹 달아났다.

"좋은 아침, 그레이 부인. 어디 가?"

"일하러요." 그녀가 내게 던진 미소에 실내가 환해지는 것 같았다.

나는 그녀의 대담함에 코웃음을 쳤다. "어림도 없어. 싱 박사가 일주일은 쉬어야 한댔어."

"크리스천, 하루 종일 침대에서 혼자 뒹굴거릴 순 없어요." 아니나 다를까 그녀가 지나가듯이 내게 새초롬한 표정을 날렸다. "나도 일하러 가는 편이 차라리 나아요. 안녕하세요, 게일."

"그레이 부인." 존스 부인이 웃음을 참느라고 입술을 꾹 다물었다. "아침 드시겠어요?"

"주세요."

"그래놀라?"

"스크램블드에그하고 통밀 빵 토스트가 좋겠어요."

"그걸로 해드릴게요, 그레이 부인."

게일이 활짝 웃으며 대답했다.

"아냐, 출근하면 안 돼." 출근할 생각을 하다니 재밌네.

"하지만······."

"안 돼. 단순한 문제야. 반론하지 마." 나는 네 상사의 상사이고 내 대답은 안 된다야.

그녀가 실눈을 떴다. 하지만 내 복장을 뜯어보더니 매서운 시선을 거두고 시무룩한 표정을 지었다. "출근할 거죠?"

나는 고개를 젓고 나서 내 파자마 바지를 내려다보았다. "아니."

"오늘 월요일 아니에요?"

내가 씩 웃었다. "내가 알기론 그래."

"농땡이를 치겠다고요?"

흥미로우면서도 믿지 못하겠다는 투였다.

"너 혼자 두고 나갔다가 네가 무슨 일을 당하면 어쩌려고. 싱 박사는 일주일 있다가 출근하라고 했어. 기억해?"

그녀가 내 옆의 스툴 의자에 앉았다. 그녀의 치맛자락이 더 높이 올라가며 허벅지 위쪽을 드러냈다. 나는 생각의 흐름을 잃었다…… 또다시. "좋아 보이네." 내가 중얼거렸다. 그녀가 다리를 꼬았다. "아주 좋아 보여. 특히 여기." 나는 참지 못하고 손가락으로 스타킹 밴드와 치맛단 사이에 드러난 맨살을 쓸었다. "이 치마 엄청 짧네." 내가 중얼거렸다.

네 다리에서 눈을 뗄 수가 없어, 그레이 부인.

이걸 입게 놔둬야 할까.

"그래요? 난 모르겠는데요."

아나가 무심하게 손을 휙 내저었다.

나는 그녀의 다리에서 간신히 시선을 돌려 그녀의 눈을 들여다보았다. 그녀의 뺨이 발그레했다. 그녀는 거짓말에 서툴렀다. "정말이야, 그레이 부인?" 나는 한쪽 눈썹을 추켜올렸다. "일터에 적합한 옷차림인지 잘 모르겠는데."

"어차피 출근 안 할 거니까 그 말은 논란의 여지가 있네요." 그녀가 딱딱하게 말했다.

"논란?"

"논란." 그녀가 입 모양으로 말했고 나는 미소를 숨겼다.

그야 그렇지. 나는 오믈렛을 한 입 더 먹었다. "내게 더 좋은 생각이 있어."

"그래요?"

내 눈이 그녀의 눈을 만났다. 갑자기 그것이 나타났다. 내가 너무나 잘 아는 눈빛. 내 욕망에 반응하는 그녀의 욕망. 우리 사이에 우리만의 특별한 전류가 흘렀다.

그녀가 숨을 들이켰다. 나는 조용히 그녀를 구슬렸다. "엘리엇이 집을 얼마나 지었나 보러 가자."

순간 그녀의 얼굴에 실망한 표정이 스쳤다. 하지만 그녀는 내 장난기에 미소를 지었다. "좋아요."

"됐다."

"일하러 안 가도 되겠어요?"

"응. 로스가 대만에서 돌아왔거든. 모두 잘 해결됐어. 오늘은 괜찮아."

사장이라서 확실히 좋은 점이 있긴 해.

"난 당신이 대만에 갈 줄 알았어요."

"아니, 너 병원에 있었어." 내가 널 두고 어딜 가겠어.

"아하."

"응…… 아하. 그래서 오늘은 내 아내와 오붓한 시간을 보내려고." 나는 존스 부인이 내린 맛 좋은 커피를 한 모금 마셨다.

"오붓한 시간?" 음절마다 아나의 열망이 어려 있었다.

오, 자기야.

게일이 아나의 스크램블드에그를 그녀 앞에 놓았다. "오붓한 시간." 내가 중얼거렸다.

아나의 눈이 내 입술에서 그녀의 아침밥으로 이동했다. 아침밥의 승리.

젠장. 스크램블드에그에게 밀리다니.

"네가 먹는 걸 보니까 좋다." 나는 그렇게 말하고 나서 내 접시를 옆으로 밀어놓고 스툴 의자에서 일어나 아나의 머리에 키스했다. "난 샤워하러 갈게."

"음…… 같이 가서 등 밀어줄까요?" 그녀가 아침밥을 입에 한가득 넣고 물었다.

"아니. 먹기나 해."

나는 그녀의 시선을 느끼며 욕실로 향했다. 가는 길에 셔츠를 벗었다. 그녀를 유혹해 샤워기로 데려가고 싶은 건지 나도 내 마음을 알 수 없었다. 여러모로 그녀에게 손을 대지 않기가 갈수록 어려워졌다.

그레이, 철 좀 들자.

아나가 고집을 부려 레이를 먼저 보러 갔지만 오래 머물지는 않았다. 로드리게즈 씨가 레이와 함께 어제 있었던 영국의 축구 경기를 보고 있었다. 맨체스터 유나이티드 대 첼시의 경기였다. 맨체스터 유나이티드가 2골을 이기고 있었는데 로드리게즈 씨는 환호성까지 지르는 것으로 보아 엄청 신이 난 듯했다.

나는 한숨을 쉬었다. 아무리 애써도 축구는 재미가 없었다.

아나가 딱한 눈으로 나를 보더니 레이에게 그만 가겠다고 했다.

살았다.

우리는 R8을 타고 새 집으로 향했다. 나는 등을 기대고 앉아 긴장을 풀었다. 엘리엇이 어떻게 해체를 했는지, 우리의 보금자리가 어떤 모양을 갖추게 될지 기대가 컸다.

아나의 치솟은 하이힐은 더 편리한 단화로 바뀌어 있었다. 그녀가 아우디의 오디오에서 흘러나오는 크로스비, 스틸스 앤드 내시의 노래에 맞춰 발을 톡톡 두드렸다. 바깥바람을 쐬며 돌아다니니 기분 좋은 듯했다. 억지로라도 이틀간 침대에서 휴식을 취한 것이 잘한 일이었다. 그녀의 뺨에 혈색이 돌았다. 나는 그녀를 흘끔 쳐다보았고 그녀는 내게 다정하고 달콤한 미소를 지었다. 얼마 전 악마 하이드를 만난 끔찍한 사건은 잠시 잊고 있는 듯했다.

나는 머릿속에서 놈을 떨쳐냈다.

그 생각은 하지 마, 그레이.

좋은 기분을 유지하고 싶었다.

그제 밤 영혼의 짐을 던 이후 행복감은 더 커졌다. 아내에게 속내를 털어놓은 것이 이렇게 유익한 효과를 낼 줄은 몰랐다. 엘레나 링컨의 망령을 마침내 잠재워서인지, 아니면 부모님이 찾아준 퍼즐 조각으로 미완의 퍼즐 같았던 내 어린 시절을 완성해서인지는 모르지만 아무튼 더 홀가분했다. 심지어 더 자유로워진 느낌이었다. 내 옆에 있는 아름다운 여자와의 결속감은 여전했지만.

아나는 나를 안다.

그녀는 내 어둠을 굴절시켜 환한 빛으로 바꾼다.

나는 고개를 흔들어 상념을 떨쳐냈다.

웬 미사여구야, 그레이.

그녀는 여전히 여기 있었다. 내가 그런 짓을 했는데도.

그녀의 사랑이 따스하게 내 혈관에 퍼졌다.

나는 손을 뻗어 그녀의 다리를 꼭 쥐었다. 내 손가락이 그녀의 허벅지 위쪽으로 드러난 맨살을 덮고 피부의 감촉을 즐겼다. "옷은 안 갈아입길 잘했어."

아나가 손을 내 손에 포갰다. "나 계속 놀릴 거예요?"

내가 그러고 있는 줄도 몰랐네.

그럼 본격적으로 해볼까. "아마도."

"왜요?"

"할 수 있으니까." 나는 그녀에게 활짝 웃었다.

"혼자만 하란 법 없잖아요." 그녀가 속삭였다.

나는 손가락을 그녀의 허벅지 안쪽으로 올렸다. "덤비시죠, 그레이 부인."

그녀가 내 손을 잡아 내 무릎 위에 놓았다. "자기 손은 자기 몸에 두셔야죠." 그녀가 새초롬하게 말했다.

"좋으실 대로, 그레이 부인."

나는 미소를 숨길 수가 없었다. 장난스런 아나가 좋았다.

하. 나는 아나를 사랑한다. 이상 끝.

나는 우리의 집 대문 앞에서 차를 멈추고 키패드에 비밀번호를 눌렀다. 철문이 방해꾼에게 항의를 하는 것처럼 끼익 소리를 내며 서서히 열렸다. 문을 교체해야겠다는 생각이 들었다. 나중에 손보면 될 것이다. 진입로를 따라 나아가는데 차 지붕을 열고 올 걸 그랬다는 아쉬움이 들었다. 풀밭의 키 큰 풀들이 9월의 태양 아래 황금빛을 띠었고, 진입로를 따라 늘어선 가로수들은 다가오는 가을의 옷으로 갈아입었다. 저 멀리 보이는 환한 푸른빛은 푸젯 사운드였다. 목가적인 풍경이었다.

우리 거.

넓게 휘도는 길을 따라 올라가니 그 집과 집을 둘러싼 엘리엇의 건축 트럭 여러 대가 나타났다. 건물 외관은 가설물에 가려 보이지 않았고 엘리엇의 인부 몇 명이 지붕 위에서 작업 중이었다. 나는 주랑현관 앞에 차를 세우고 시동을 끈 다음 아나를 돌아보았다. "엘리엇을 찾으러 가자." 엘리엇이 어디까지 진척을 시켰을지 마음이 설렜다.

"형님이 여기 있어요?"

"있어야 할 텐데. 그러라고 보수를 두둑하게 주는 거잖아."

아나가 웃음을 터뜨렸다. 우리는 차에서 내렸다.

"어이, 동생!"

엘리엇의 목소리는 들리는데 모습이 보이지 않았다.

"여기, 위에!" 나는 지붕 쪽을 훑어보았다. 다행히 끼고 있는 선글라스가 이글거리는 햇빛을 막아주었다. 지붕 위에서 형이 우리에게 손을 흔들었다. 체셔 고양이 저리 가라 함박웃음을 지으면서. "안 그래도 너희가 올 때가 됐다고 생각했지. 거기 있어. 금방 내려갈게."

나는 아나에게 손을 내밀었다. 아나가 내 손을 잡았다. 우리는 형을 기다리면서 우리 집이 될 곳의 외부를 찬찬히 살펴보았다. 기억한 것보다 규모가 컸다.

아이들 방은 충분할 것 같았다.

멋대로 튀는 생각들이 나를 놀라게 했다.

엘리엇이 흙먼지를 뒤집어쓴 꼴로 현관문에 나타났다. 함박웃음은 여전했다. "어이, 동생." 형이 아주 깊은 우물에서 물을 퍼 올리는 사람처럼 내 손을 마구 흔들었다. "어떻게 지내십니까, 꼬마 숙녀님?" 형이 아나를 안아 올려 빙 돌렸다.

"좋아졌어요, 고마워요." 아나가 깔깔 웃으며 말했다. 조금 민망한 것 같았다.

형! 내 아내 내려놔! 갈비뼈에 멍들었단 말이야!

형이 아나를 내려놓았다. 나는 형에게 인상을 구겼다.

등신.

하지만 엘리엇은 나를 무시했다. 아무래도 오늘은 아무도 형을 못 말릴 기세였다. "현장 사무실로 갑시다. 이거 써야 하니까." 형이 머리에 쓴 안전모를 탁 때렸다.

엘리엇은 우리를 데리고 다니면서 집을 구석구석 보여주었다.

집이라고 해봐야 거의 거죽만 남아 있었다. 엘리엇이 진행 중인 작업과 각 단계에 소요되는 기간을 상세히 설명해주었다. 형은 이렇게 자기 일을 할 땐 엄청 열중했다. 아나와 나 둘 다 몰입해 경청했다.

집 뒤편의 뒷벽은 사라지고 없었다. 지아 마테오의 유리 벽이 들어설 자리였는데, 경치가 끝내줬다. 푸젯 사운드에 뜬 요트 몇 척이 여기 방문을 마치면 그레이스호로 내려가볼까 하는 충동을 자극했다. 하지만 아나가 얼마 전 다쳤다는 것을 감안하면 별로 좋은 생각이 아니었다. 아나는 아직 회복하는 중이라 몸조심을 해야 했다.

"크리스마스 때까지는 끝냈으면 좋겠는데." 엘리엇이 말했다.

"내년이란 얘기네." 내가 끼어들었다. 그럼 크리스마스 때까지는 입주할 수가 없겠군.

"두고 보자고. 일이 순조롭게 풀리면 가능해."

형은 주방에서 집 구경을 마무리했다. "난 가볼 테니까 둘이 돌아다녀. 조심하고. 여긴 공사 현장이니까."

"알았어. 고마워, 엘리엇."

형은 우리에게 쾌활하게 손을 흔들고 나서 지붕의 인부들에게 다시 가보려고 보호막을 씌운 계단을 올라갔다. 나는 아나의 손을 잡았다. "만족해?"

아나가 내게 눈부신 미소를 지었다. "엄청요. 너무 마음에 들어요. 당신은요?"

"동감이야."

"좋네요. 피망 그림은 여기 걸면 되겠어요." 아나가 벽 한 곳을 가리켰다.

나는 고개를 끄덕여 동의했다. "호세가 찍은 네 사진을 이 집에 걸고 싶어. 어디에 걸지 네가 정해."

그녀의 뺨에 연한 홍조가 돌았다. "그건 눈에 잘 띄지 않는 곳에 걸어야죠."

"그런 말 마." 나는 엄지손가락으로 그녀의 아랫입술을 쓸었다. "내가 제일 좋아하는 사진들인데. 내 사무실에 걸린 사진도 참 좋아."

"난 잘 모르겠던데." 그녀가 입술을 내밀어 내 엄지손가락의 볼록한 살에 키스했다.

"미소 짓는 네 아름다운 얼굴을 보는 것보다 못한 일들이 수두룩해. 배고프지?"

"배만 고플까요?"

그녀가 유혹하는 표정으로 나를 빤히 보았다. 내가 너무나 잘 아는 표정이었다.

오, 자기야. 이러면 나 견디기 힘들어.

"배고프냐고, 그레이 부인." 나는 그녀에게 가볍게 입을 맞췄다.

그녀가 입을 비쭉거리고는 한숨을 쉬었다. "배고프죠. 요즘은 항상 배가 고파요."

"우리 셋이 소풍 가볼까."

"우리 셋? 누가 또 와요?"

니는 고개를 한쪽으로 기울였다.

누구 잊은 사람 없어, 아나?

"일고여덟 달 후에." 내가 중얼거렸다.

그녀가 내게 히죽 웃었다……. 그래. 그 녀석 말이야.

"야외에서 도시락 먹으면 네가 좋아하겠구나 생각했어." 내가 아무렇지 않게 제안했다.

"풀밭에서?"

나는 고개를 끄덕였다.

"좋죠." 아나가 반색했다. 나는 피크닉을 생각해낸 나 자신이 아주 대견했다. 여기는 엄청 넓은 데다 우리끼리 있을 수 있다.

"여기 아이 키우기에 참 좋은 곳이네." 나는 내 아내를 내려다보았다.

여기라면 주니어가 행복할 거야.

풀밭이 그 애의 뒷마당이 되겠지.

나는 손을 내밀어 아나의 배에 손바닥을 댔다. 아나의 호흡이 가빠졌다. 그녀가 손을 내 손 위에 댔다.

"실감이 안 나." 내가 속삭였다.

"알아요. 아 참…… 나한테 증거가 있어요. 사진."

"그래? 아기의 첫 미소?"

그녀가 가방에서 매끄러운 종이 위에 담긴 흑백 사진 하나를 꺼내 내게 건넸다. "보여요?" 그녀가 말했다.

화소가 거칠고 거의 잿빛을 띤 사진이었다. 하지만 가운데에 작고 검은 공간이 있었고 거기에 아주 작고 특이한 형체가 회색 공간에 자리를 잡고 있었는데, 어두운 주변과 대비되어 보였다. "아, 꼬마 점." 나는 신기해 말했다. "그래, 보인다."

우리 꼬마 점. 우리 꼬마 인간. 아기 그레이.

순간 후회의 감정이 솟구쳤다. 아나와 함께하는 이런 시간을 놓치고 있었다니.

"당신 아이예요." 그녀가 속삭였다.

"우리 아이야." 나는 그녀의 말을 고쳐주었다.

"여럿 중 첫째."

"여럿?" 뭐라고?

"적어도 둘은 낳을 거니까." 아나는 희망에 부푼 목소리였다.

"둘?" 젠장! "한 번에 한 명씩 가지면 안 될까?"

그녀가 나를 올려다보며 애정이 어린 미소를 지었다. "그럼요."

나는 그녀의 손을 잡았다. 우리는 함께 왔던 길을 돌아가 앞문으로 빠져나갔다.

너무나 아름다운 오후였다. 푸젯 사운드의 향기, 초원의 풀 내음과 꽃향기가 공중에 맴돌았다. 옆에는 아름다운 내 아내가 있었다. 천국이었다. 그리고 곧 우리는 셋이 될 것이다. "너희 가족에게는 언제 알릴 거야?" 내가 물었다.

"곧. 오늘 아침에 레이 아빠에게 말할까 했는데 로드리게즈 아저씨가 계셔서." 아나가 어깨를 으쓱거렸다.

나는 고개를 끄덕였다. 알겠어, 아나.

나는 R8의 후드를 열고 안에서 등나무 피크닉 바구니와 체크무늬 담요를 꺼냈다. 담요는 아나가 런던 해로즈 백화점에서 사온 것이었다. "가자." 우리는 손을 잡고 풀밭 속으로 슬슬 걸어갔다. 집에서 충분히 멀리 왔을 때 나는 그녀의 손을 놓았다. 우리는 함께 바닥에 담요를 깔았다. 나는 그녀 옆에 앉아 재킷을 벗고 신발과 양말도 벗어버렸다. 잠시 숨 돌리면서 신선한 공기를 폐에 한껏 채웠다. 우리는 긴 풀을 방패 삼아 세상으로부터 떨어졌다. 우리만의 세상에 있었다. 아나가 피크닉 바구니를 열어 존스 부인이 챙겨준 것들을 살펴볼 때 내 휴대전화가 진동했다.

젠장.

로스였다.

"……답변 주셔서 감사해요. 아나가 회복 중이라니 기쁜 소식이네요." 전화기 저편에서 로스가 말했다.

"고맙긴 뭘." 우리가 피크닉을 시작한 이후 로스에게 받은 두 번째 전화이자 내가 받은 세 번째 전화였다.

"사장님이 없으니까 안 되겠어요."

나는 하하 웃었다. "기분은 좋네."

아나는 내 옆에 누워 내가 통화하는 것을 대충 듣고 있었다. 내 마지막 말에 그녀의 미간에 주름이 잡혔다.

"자네도 이틀 정도 쉬도록 해." 내가 로스에게 말했다. "대만에서 돌아오느라 주말을 대부분 썼잖아."

"저야 좋죠. 사장님만 괜찮으시면 목요일과 금요일에 쉬든가 할게요."

"그래, 로스. 그럼 가봐."

"알겠습니다. 고마워요, 크리스천. 끊습니다."

나는 휴대전화를 던져놓은 뒤 세운 무릎에 두 손을 놓고는 아내를 바라보았다. 그녀는 내 옆에 누워 꿈꾸는 듯한 표정으로 나를 올려다보았다. 나는 존스 부인의 훌륭한 도시락에서 딸기를 하나 더 집어 아나의 입술 선을 따라 움직였다. 그녀가 입술을 벌렸다. 그녀의 혀끝이 딸기를 가지고 놀다가 그 따스하고 촉촉한 입 안으로 빨아들였다.

사타구니의 이 느낌 어떡하지. "맛있어?" 내가 속삭였다.

"아주."

"충분히 먹은 거야?"

"딸기는." 그녀의 목소리가 낮았다.

아나, 여기 볼 사람 아무도 없어.

그레이, 정신 차려.

빙그레 웃음이 났다. 그만. 나는 화제를 바꾸었다. "존스 부인이 굉장한 도시락을 싸 주었어."

"정말 그러네요."

아, 내 아내가, 그녀의 모든 것이 얼마나 그리웠는지. 나는 누워서 머리를 그녀의 배에 살짝 얹었다. 눈을 감고 당장 그녀에게 하고 싶은 것들을 머릿속에서 몰아냈다. 그녀의 손가락이 내 머리카락을 어루만졌다.

오, 이런 게 행복이지.

내 블랙베리가 다시 웅웅거리기 시작했다.

젠장. 웰치였다. 무슨 용건이지?

나는 방해꾼에게 조금 투덜대는 투로 전화를 받았다. "웰치."

"사장님. 새로운 소식이 있어요. 하이드의 보석금을 댄 사람은 링컨 목재의 에릭 링컨이었습니다."

젠장.

그 천하의 개자식.

나는 일어나 앉았다. 온 신경이 초경계 태세에 돌입하며 분노가 전면에 등장했다.

"사장님만 반대하시지 않으면 그자에게 감시를 붙이고 싶은데요."

"하루 24시간 매일." 내가 벼르는 목소리로 허락했다.

링컨 그 작자가 감히 하이드 일이 끼어들어?

이건 선전포고다.

"그럼 그렇게 하겠습니다. 그자가 또 무슨 짓을 꾸몄는지, 둘이 어떤 관련이 있는지는 아직 모르겠어요. 하지만 제가 알아낼 겁니다."

"고마워." 그가 전화를 끊었다. 분노를 억누를 수가 없었다. 휴대전화를 쥐고 있는데 이제는 반격할 때라는 생각이 들었다. 오래전부터 칼을 갈아온 일이다. 속담에도 있듯이 복수는 냉정하게 해야 제맛이다. 나는 아나에게 슬며시 미소를 짓고는 로스에게 전화를 걸었다.

"크리스천. 휴가를 즐기고 계시는 줄 알았는데요?"

나는 무릎을 딛고 일어섰다. 지금 잡담이나 하려고 전화한 게 아니야.

"로스, 우리가 보유한 링컨 목재 주식이 얼마나 되지?"

"확인해볼게요." 그녀가 곧장 확인에 들어갔다. "페이퍼 컴퍼니들의 보유분을 합치면 66퍼센트입니다."

좋았어.

"그럼 그 주식을 그레이 엔터프라이즈 홀딩스로 통합하고 임원진은 해임해."

"전부 다요? 무슨 일 있나요?"

"대표 이사만 빼고."

"크리스천, 그건 말이 안 되는데요."

"그래도 상관없어."

그녀가 놀랐다. "그럼 회사가 온전하지 못할 거예요. 대표이사가 뭘 어쩌겠어요? 이 회사를 유동화하려는 거라면 이건 좋은 방식이 아니에요."

"자네 말은 알겠어. 그냥 그렇게 해." 나는 분노를 억누르며 으르렁거렸다.

그녀가 한숨을 쉬고 체념한 목소리로 말하고는 더는 반대하지 않았다. "사장님 지분이니까요."

"고마워." 나는 마음이 조금 누그러져 대꾸했다.

"마르코를 시켜 그렇게 진행하겠습니다."

"계속 보고해."

전화를 끊었을 때 아나의 눈이 동그래져 있었다. "무슨 일이에요?" 그녀가 속삭였다.

"링크."

"링크? 엘레나의 전남편?"

"맞아. 하이드의 보석금을 댄 사람이 그자였어."

아나의 입이 충격을 받아 딱 벌어졌다. "어…… 이제 그 사람 바보가 되게 생겼네요." 그녀가 놀란 투로 말했다. "하이드는 보석으로 나와 또 다른 범죄를 저질렀어요."

아나는 늘 그렇듯 똑똑한 대답을 했다. "핵심을 찔렀네, 그레이 부인."

"지금 어떻게 한 거예요?" 그녀가 무릎을 딛고 나를 마주했다.

"그 인간 밟아버렸어."

그녀가 진저리를 쳤다. "조금 충동적인 행동 아닌가요."

"난 매 순간에 충실한 남자야."

"그건 알고 있어요."

"한동안 벼르면서 때를 기다린 계획이야." 내가 설명했다.

적대적 인수.

"그래요?" 아나가 고개를 갸웃거렸다. 그녀의 눈이 대답을 요구했다. 나는 그녀에게 말할까 말까 갈등했다.

젠장, 어차피 아나는 엘레나 일도 모두 알고 있다. 나는 숨을 크게 들이마신 뒤 그녀에게 경고하는 표정을 지었다. 듣기 거북한 이야기야, 아나. "몇 년 전 내가 스물한 살이었을 때, 링크는 자기 아내를 거의 죽도록 때렸어. 나랑 섹스했다는 이유로 아내의 턱과 왼쪽 팔, 갈비뼈 네 대를 부러뜨린 거야. 그런데 알고 보니까, 나를 죽이려 하고 내 여동생을 납치하고 내 아내의 머리에 골절상을 입힌 남자의 보석금을 대준 것도 그 작자였어. 더는 못 참아. 이제는 갚아줄 때야." 내 마음은 그자에게 맞았던 끔찍한 순간으로 흘러갔다. 그때 놈에게 맞아 턱이 부서지는 줄 알았다. 그 괴로운 사건이 떠오르자 내 손이 턱으로 올라왔다. 당시 나는 몇 분 동안 의식을 잃었는데 그 사이 그자는 엘레나에게 악독한 짓을 저질렀다.

난 아무것도 하지 못했어. 충격이 너무 크고…… 너무 정신이 나가서.

젠장. 그레이, 그만. 당장 그만둬.

아나의 얼굴이 하얗게 질렸다. "핵심을 찔렀네요, 그레이 씨."

"아나, 이건 내가 원래 하는 일이기도 해. 보통은 복수를 위해 이러진 않지만 이런 짓을 한 작자를 그냥 빠져나가게 둘 순 없잖아. 그자가 엘레나에게 한 짓은…… 고소를 당해도 시원찮을 짓이었지만 그녀는 그러지 않았어. 그건 엘레나의 권리였는데." 내 턱에 힘이 들어갔다. "하지만 이 하이드 건은, 그자가 심각하게 도를 넘은 거야. 링컨이 내 가족을 건드린 이상 사적인 감정이 개입될 수밖에. 난 그자를 짓밟을 거야. 그자의 눈앞에서 그자의 회사를 조각조각 잘라 가장 높은 금액을 제시하는 사람에게 팔아버리겠어. 그자를 파산시킬 거야."

아나가 숨을 들이켰다.

"게다가." 나는 가벼운 목소리를 끌어내 덧붙였다. "우리는 이 거래로 큰돈을 만질 수 있으니까."

그녀가 몇 번 눈을 깜빡거렸다. 혹시 나를 전혀 새로운 시각으로 보고 있는 걸까. 좋지 않은 쪽으로.

젠장. "널 겁줄 생각은 없었는데."

"알아요." 그녀가 속삭였다.

나는 한쪽 눈썹을 추켜올렸다. 진심으로 하는 말일까? 아니면 내 기분을 맞춰주려는 걸까?

"그냥 당신한테 놀란 것뿐이에요." 아나가 인정했다.

나는 두 손으로 그녀의 얼굴을 감싸 쥐고 입술로 그녀의 입술을 쓸었다.

나 후회 안 해, 아나. "널 안전하게 지킬 수 있다면 뭐든 할 거야. 내 가족을 지킬 수 있다면. 이 꼬맹이를 지킬 수만 있다면." 나는 아나의 배에 손을 댔다. 아나의 숨이 가빠졌다.

그녀의 눈이 내 눈을 만났다. 그 깊고 파란 눈에서 그녀의 욕망이 들끓으며 나를 불렀다.

망할.

그녀를 원해.

그녀는 너무나 매혹적이다. 나는 손가락을 아래로 조금 내려 손끝으로 옷 위에서 그녀의 음부를 간지럽혔다.

아나가 나를 덮쳤다. 내 머리를 움켜잡더니 손가락을 내 머리카락 속에 넣고는 내 입술을 자기 입술로 끌어당겼다. 나는 놀라 숨을 들이켰다. 그녀의 혀가 곧장 내 입 안으로 들어왔다.

뜨겁고 묵직한 욕망이 빛의 속도로 내 아랫도리를 향해 곧장 몰려들었다.

젠장, 단단해졌어.

나는 신음하며 그녀의 키스에 응했다. 내 혀가 그녀의 혀와 엉켰다.

정말 오랜만이다.

그녀의 맛, 그녀의 감촉. 그녀뿐이었다. "아나." 나는 그녀의 입술에서 열망을 들이마셨다. 매혹당했다. 내 손이 이리저리 그녀의 아름다운 엉덩이 위를 움직이다가 치맛단과 부드러운 허벅지 살로 움직였다.

이 짧은 치마가 이렇게 고마울 줄이야!

그녀의 손이 내 셔츠 단추를 서툴게 풀기 시작했다. 잠시 그녀의 허둥거리는 손가락이 내 주의를 빼앗았다.

"후우, 아나⋯⋯. 그만." 나는 자제력을 총동원해 몸을 떼고 그녀의 두 손을 잡았다.

"싫어요." 그녀가 흥분해 소리쳤다. 그녀의 이가 내 아랫입술을 물었다. "싫어." 그녀가 고집을 부렸다. 끈적해진 그녀의 푸른 눈이 열망을 담고 나를 쳐다보았다. 그녀가 나를 놓았다. "당신을 원한다고요."

아나! 너 다쳤어!

내 몸은 아나와 뜻을 같이했다.

"제발, 당신이 필요하단 말이에요."

진심에서 우러난 간청이었다.

오, 망할.

나는 무너졌다. 그녀의 정열과 내 욕구에게 함락되어 백기를 들었다. 나는 신음하며 입술로 그녀의 입술을 찾아 키스했다. 다시 그녀를 맛보았다. 그녀의 머리를 감싸 쥐었다가 그녀의 몸을 쓸면서 손을 허리로 내려 그녀를 살그머니 똑바로 눕히고 그녀 옆에 몸을 뻗고 누웠다.

우리는 키스했다.

키스했다.

입술과 혀가 엉켰다.

서로를 다시 알아갔다.

숨을 쉬려고 고개를 들었을 때 나는 열정으로 흐려진 그녀의 눈을 내려다보았다. "정말 아름다워, 그레이 부인."

그녀의 손가락이 내 얼굴을 더듬었다. "당신도요, 그레이 씨. 내면도 외면도."

아, 그건 잘 모르겠어.

그녀의 손가락이 내 이마의 주름을 따라 움직였다. "찡그리지 마요." 그녀가 속삭였다. "내게 당신은 그래요, 심지어 화가 났을 때도."

그녀가 지극히 사랑스러운 말을 했다. 나는 신음하고 다시 그녀에게 키스했다. 그녀의 반응을 즐겼다. 그녀의 몸이 떠올라 내 몸을 맞이했다. "네가 그리웠어." 말로는 그 뒤에 숨겨진 감정을 다 전달할 수 없었다.

넌 내게 세상이야.

나는 이로 그녀의 턱선을 긁었다.

"나도 당신이 그리웠어요. 아, 크리스천."

그녀의 열정이 나를 자극했다. 나는 입술로 그녀의 목에 보드랍고 촉촉한 키스 길을 만들었다. 그리고 그녀의 봉긋한 젖가슴에 키스하려고 그녀의 셔츠 단추를 풀고 셔츠 자락을 벌렸다.

세상에, 가슴이 커졌네!

벌써.

음. "네 몸이 변하고 있어." 나는 감사한 마음으로 중얼거리고는 엄지손가락으로 브래지어 위를 문질러 그녀의 젖꼭지를 깨웠다. 그것이 내 입술을 갈구할 때까지. "좋아……."

방금 나 소리 내어 말했나?

모르겠다. 상관없다. 내 아내에게 완전히 홀려버렸다. 나는 코를 그녀의 젖가슴에 묻었다. 내 혀가 흰 망사로 된 브래지어 밑으로 들어갔다. 그녀의 젖꼭지가 풀려나려고 힘을 써서 나는 이로 브래지어 컵을 끌어내려 그것을 풀어주었다. 젖꼭지가 산들바람에 오므라들었다. 나는 그것을 천천히 입 안에 넣고 세게 빨았다.

"아!" 아나가 신음한 뒤 내 밑에서 움찔했다.

젠장! 갈비뼈!

나는 즉시 멈추었다. "아나!" 제기랄. "내가 이래서 그랬던 거야.

넌 자기 몸을 챙길 줄을 몰라. 네가 다치면 안 되는데."

간절하게 타오르는 눈이 내 눈을 만났다. "안 돼! 멈추지 마요." 그녀가 칭얼거렸다. "제발."

젠장. 내 온몸도 멈추지 말라고 비명을 질러냈다.

하지만⋯⋯.

젠장!

"이리 와." 나는 조심스럽게 그녀를 들어 두 다리를 벌리고 내 위에 앉게 했다. 두 손이 매끄럽게 그녀의 다리 위로 허벅지 안쪽까지 올라갔다.

기막힌 풍경이었다. 내게로 쏟아지는 그녀의 머리카락, 부드럽고 욕망이 가득한 눈, 자유롭게 풀려난 젖가슴. "그렇게. 이게 더 낫다. 내가 감상할 수도 있고." 나는 손가락을 다른 브래지어 컵에 걸어 그것을 끌어내렸다. 이제 그녀의 젖가슴을 둘 다 즐길 수 있었다. 내가 두 손으로 그것들을 움켜쥐자 아나가 신음하며 고개를 뒤로 젖히고 그것들을 내 손바닥으로 밀어붙였다.

오, 자기야.

나는 젖꼭지를 당기고 비틀었다. 그것들이 내 손길에 더 길어지면서 그녀가 크게 신음했다. 내가 그녀의 입을 갖고 싶어 상체를 일으키자 서로의 코가 맞닿았다. 나는 그녀에게 키스했다. 내 혀와 손가락이 그녀를 만지고 애태웠다.

아나의 손가락이 다시 내 셔츠를 노렸다. 남은 단추를 풀려고 허둥거렸다. 그녀가 대단한 열정으로 내게 키스했다. 우리 중 하나 혹은 둘 다 태워버릴 것처럼. 그녀의 키스에서 급한 마음이 느껴졌다. "헤이⋯⋯." 나는 그녀의 머리를 잡아 뒤로 떼어냈다. "서두를 것 없어. 천천히. 널 음미하고 싶어."

"크리스천, 너무 오랜만에 하잖아요." 그녀가 숨을 몰아쉬었다.

알아. 하지만 너 다쳤어. 서두르지 말자.

"천천히." 그것은 요청이 아니었다. 나는 입술을 그녀의 오른쪽 입꼬리에 대고 눌렀다. "천천히." 왼쪽 입꼬리. "천천히, 자기야." 그녀의 아랫입술을 입 속으로 빨아들였다. "천천히 하자." 그녀의 머리를 잡고 계속 키스했다. 내 혀가 그녀의 혀를 붙잡아 앉히자 그녀의 혀가 내 혀를 간지럽혔다. 그녀의 손가락이 내 얼굴과 턱, 목을 쓸고 다시 셔츠 단추를 풀기 시작했다. 그녀가 내 셔츠를 열어젖혔다. 그녀의 손가락이 내 가슴을 어루만지다가 나를 밀어 눕혔다. 나는 그녀 밑에 누워 있었다.

그녀가 나를 내려다보다가 몸을 꼼지락거려 내 사타구니 위에 걸터앉았다.

나는 골반을 밀어 올려 내 뜨거운 아랫도리를 비비는 마찰감을 즐겼다.

아나가 나를 바라보았다. 그녀의 입술이 살짝 벌어지고 손끝은 내 입술을 훑었다. 그녀의 손가락이 내 턱을 지나 목을 따라 목 아래까지 내려왔다. 그녀가 고개를 숙여 손가락이 지난 자리에 보드라운 키스 길을 찍고 내 턱과 목을 긁었다. 나는 그 느낌에 몸을 맡겼다. 눈을 감고 고개를 젖혀 신음했다. 그녀의 혀는 여정을 계속했다. 내 흉골 아래로 내려와 가슴을 가로지른 다음 걸음을 멈추고 두 흉터에 키스했다.

아나.

그녀 안으로 들어가고 싶었다. 그녀의 골반을 움켜쥐고 끈적한 눈으로 그녀의 끈적한 눈을 만났다. "하고 싶어? 여기서?" 내 목소리는 욕구로 허스키했다.

"하고 싶어." 그녀가 속삭이고 다시 고개를 숙였다. 그녀의 입술과 혀가 내 젖꼭지를 치대고 살짝 당겼다.

355

"오, 아나." 나는 감탄했다. 쾌감이 내 몸을 관통했다. 그녀의 허리를 잡고 그녀를 들어 올린 다음 내 청바지 단추를 재빨리 풀고 앞섶을 헤쳤다. 속옷을 밀어 내리자 아랫도리 놈이 용수철처럼 풀려 나왔다. 나는 그녀를 다시 내 위에 앉혔다. 그녀가 내게 몸을 비볐다.

아. 그녀 안으로 들어가야 했다. 그녀의 허벅지를 쓸어 올리다가 허벅지 안쪽 맨 위에서 멈추었다. 엄지손가락으로 따스한 살을 둥글게 문지르고는 두 손을 그 위로 더 올려서 촉촉하게 젖은 레이스 팬티를 쓸었다.

아나가 헐떡였다.

"아끼는 속옷이 아니었으면 좋겠다." 나는 속삭였다. 내 손가락이 팬티 안쪽으로 미끄러져 들어가 그녀를 만졌다.

후. 완전히 젖었네.

나를 맞이할 준비가 되었어.

나는 두 엄지손가락을 레이스 틈에 넣어 팬티를 찢었다.

됐다!

두 손을 그녀의 허벅지 위쪽으로 올려 엄지손가락으로 클리토리스를 쓸었다. 그러면서 엉덩이에 힘을 주고 아랫도리가 비벼지는 느낌에 집중했다. 그녀가 내 위로 미끄러져 내려왔다. "네가 얼마나 젖었는지 느껴져."

너 정말 여신이야, 아나.

나는 상체를 일으켰고 우리는 다시 눈과 눈을 마주했다. 나는 팔을 그녀의 허리에 감고 코를 그녀의 코에 비볐다. "아주 천천히 하자, 그레이 부인. 너의 모든 걸 느끼고 싶어." 그녀에게 반대할 틈도 주지 않고 그녀를 다시 들어 올렸다가 살며시 내 위에 앉히며 그녀를 조금씩 채웠다. 눈을 감고 그녀의 훌륭한 맛을 하나하나 음미했다.

그녀는 행복이었다.

"아!" 아나가 내 팔을 붙잡더니 시작하려고 몸을 들썩였지만 나는 그녀를 붙잡고 눈을 떴다.

"나를 다 줄게." 나는 골반을 위로 들어 그녀를 모두 취했다.

아나가 목이 졸린 사람처럼 신음을 토해내고는 고개를 뒤로 젖혔다.

"네 목소리를 들려줘." 내가 속삭였다. 그녀가 다시 몸을 들려고 했다. "안 돼……. 움직이지 마, 그냥 느껴." 그녀가 눈을 떴다. 그녀의 입이 벌어지며 쾌락의 한숨이 터져 나왔다. 그녀가 나를 바라보았다. 숨도 잘 못 쉬는 것 같았다. 나는 다시 그녀 안으로 달려들었다. 그녀를 움직이지 못하게 잡고서. 그녀가 신음할 때 나는 머리를 들어 그녀의 목에 키스했다. "내가 가장 좋아하는 곳은 여기야. 네 안에 파묻히는 거." 나는 그녀의 귀 뒤 맥박에 대고 소곤거렸다.

"제발, 움직여요." 그녀가 애원했다.

하지만 나는 그녀를 놀리고 싶었다.

천천히 하면서.

그래야 그녀가 다치지 않을 테니까.

"천천히, 그레이 부인." 나는 다시 엉덩이를 움직여 그녀 안으로 밀고 들어갔다. 그녀가 내 얼굴을 어루만지며 내게 키스했다. 그녀의 혀가 나를 취했다.

"날 사랑해줘요. 제발, 크리스천."

내 결심이 무너졌다. 나는 이로 그녀의 턱을 긁었다. "가자."

너에게 나를 바칠게, 아나.

그녀가 나를 밀어 땅바닥에 눕히고 움직이기 시작했다.

위로 아래로. 빠르게. 광기를 조금 더해. 내가 줄 수 있는 걸 모두 가져갔다.

오, 하느님.

나는 그녀의 두 손을 잡고 그녀의 격렬한 속도에 가속을 붙였다. 밀어 올렸다. 또다시. 또다시. 그녀의 감촉을 음미하고 그 광경과 내 아내와 그녀 뒤로 펼쳐진 야외의 파란 하늘을 감상했다. "오, 아나." 나는 신음했다. 그녀의 리듬에 완전히 항복했다. 눈을 감고 두 손을 그녀의 허벅지 위로 다시 올렸다. 허벅지 사이의 소중한 부위로. 두 엄지손가락으로 클리토리스를 눌렀다. 그녀가 울부짖었다. 헐떡거리며 나를 감싼 채 폭발했다. 그 빙글빙글 도는 클라이맥스가 나를 정상 너머로 밀어버렸다.

"아나!" 나는 나의 황홀한 오르가슴에 항복해 소리쳤다.

눈을 떠보니 그녀가 내 위에 늘어져 있었다.

나는 두 팔로 그녀를 감쌌다.

우리는 함께 누워 있었다. 결합된 채.

이게 그리웠어.

내 심장 위에 놓인 그녀의 손이 내 심장을 진정시켜 평소의 리듬으로 돌려놓았다.

이상했다. 얼마 전까지만 해도 그녀의 손이 내 몸에 닿는 걸 참지 못했는데.

이제는 그녀의 손길을 갈망했다.

그녀가 내 가슴에 키스했다. "좀 나아?" 내가 물었다.

그녀가 고개를 들었다. 그녀의 함박웃음이 내게로 전염되었다.

"훨씬. 당신은요?"

나는 그 모든 일을 겪고도 그녀가 아직 여기 내 옆에 무사히 있다는 것에 감사했다. "네가 그리웠어, 그레이 부인."

"나도요."

"앞으로 영웅 행세 안 할 거지?"

"안 해요."

"내게 꼭 말을 하란 말이야." 나는 부드러운 목소리로 주장했다.

"당신도 마찬가지예요, 그레이."

"핵심을 찔렀네. 노력할게." 나는 다시 그녀에게 키스하며 큭큭 웃었다. 역시나 그녀에겐 허튼소리가 먹히지 않았다.

"우리 여기서 행복할 것 같아요." 아나가 말했다.

"응. 너랑 나랑 꼬마 점이랑. 그나저나 몸은 좀 어때?"

"좋아요. 긴장도 풀렸고. 행복해요."

"잘됐다."

"당신은요?"

"응, 나도 그래, 모두 다." 행복해 죽겠어, 아나.

그녀가 나를 빤히 보았다.

"왜?" 내가 물었다.

"섹스할 때 당신 엄청 대장처럼 굴어요."

오. "불평하는 거야?"

"아뇨." 그녀가 힘주어 말했다. "그냥 궁금해서요. 당신이 그리웠다고 말하길래."

나는 잠시 그녀가 무슨 말을 하는 걸까 곰곰이 생각했다.

통제? 통제는 필요했다. 오락실은? 우리가 거기서 무얼 할까? 그녀가 네 기둥에 팔다리를 묶이고 오르간 음악이 실내에 울려 퍼지는 광경이 눈앞에 떠올랐다. 십자가와 승마용 채찍이라든가……. 그 갈색 가죽 채찍. 기억들이 속속 떠올라 나를 유혹했다.

"가끔." 내가 중얼거렸다.

그래. 가끔은 그리워.

그녀가 미소를 지었다. "어떻게 할지 우리 같이 생각해봐요." 그녀가 내 입술에 쪽 하고 입을 맞추었다.

오. 재밌겠다.

"나도 플레이하는 거 좋아해요." 그녀가 나를 수줍게 올려다보았다. 이런. 이런. 이런. 이미 완벽한 오늘 하루가 한층 더 행복해지겠다.

"나 정말 네 한계를 시험하고 싶어." 내가 속삭였다.

"무슨 한계요?"

"쾌락."

"오. 나야 좋죠."

"그래, 집에 가서." 나는 그녀를 살며시 끌어안았다. 그녀가 내게 얼마나 큰 의미인지 그저 놀라웠다.

내가 얼마나 그녀를 사랑하는지.

내가 이토록 간절하고 온전한 사랑에 빠질 줄 누가 알았을까?

플린이 할 말을 잃었다.

그가 말문이 막힌 것은 이번이 처음인 듯했다.

그는 내게서 지난번 상담 이후 일어난 일들을 대충 듣고 난 참이었다. "그래서 나를 만나러 온 거군요." 그가 말했다.

"맞아요."

그가 못 믿겠는지 고개를 절레절레 저었다. "가장 중요한 문제부터. 아나는 어떻습니까?"

"괜찮아요. 회복 중입니다. 출근하고 싶어 안달하긴 하지만."

"외상 후 스트레스 장애는 없고요?"

"없는 것 같아요. 확신하긴 이르지만."

"심리치료사가 필요하시면 제가 추천해드릴게요." 그가 말을 멈추고 집게손가락으로 입술을 톡톡 두드렸다. "이제 본격적으로 이야기를 헤볼까요? 임신과 당신의 반응부터 시작해보죠."

"난 별로 떳떳하지 못한 모습을 보였습니다." 나는 그의 눈을 보기 부끄러워 그를 피해 벽의 어느 지점을 바라보았다.

"그렇죠." 그가 너무 쉽게 긍정했다. "지금은 어떻게 느껴지죠?"

나는 한숨을 쉬며 몸을 내밀고 양쪽 팔꿈치를 무릎에 댔다. "체념. 흥분. 두려움. 딱히 어느 쪽이라고는 말할 수 없어요. 기다릴 수 있었다면 기다렸을 겁니다. 하지만 주니어가 곧 태어나게 됐어요……." 나는 어깨를 으쓱 추어올렸다.

플린이 공감하는 듯한 표정을 지었다. "조건 없는 사랑은 아이가 생겨야 비로소 진짜 이해하게 됩니다."

"아나도 그렇게 말합니다. 하지만 나는 그녀를 사랑하는 법도 겨우 배웠는데……." 나는 말꼬리를 흐렸다. 나머지 생각을 소리 내어 말하기가 꺼려졌다.

"다른 사람을 어떻게 사랑할 수 있겠냐는 거죠?" 플린이 대신 내 말을 마쳤다.

내가 쓸쓸한 미소를 지었다.

"크리스천, 당신과 가까운 사람들, 당신이 사랑하는 사람들을 보호하고 부양하려는 당신의 유별난 욕구를 생각해보면 당신이 당신의 아이를 사랑할 능력을 타고났다는 건 의심의 여지가 없어요."

"그 말이 맞기를 바랍니다."

존이 슬며시 미소를 지었다. "두고 보면 알겠죠. 몇 달 뒤면 알게 될 겁니다. 링컨 부인에 대한 생각은 어떻습니까?"

"이미 지난 일이다, 그 정도?"

플린이 고개를 끄덕였다.

"아나에게 모두 털어놓은 것이 도움이 된 것 같습니다. 어떻게 시작되었고 어떻게 끝났는지. 끝난 일이라는 기분이 들어요."

"그런 것 같네요. 후회되지 않습니까?"

나는 훅 숨을 내뱉었다. "아나에게 말한 것 말인가요? 아뇨. 전혀. 엘레나와 연을 끊은 건…… 네. 아뇨……."

존이 입을 꾹 다물어서 나는 얼른 덧붙였다. "당신이 찬성하지 않는 거 압니다. 엘레나와 내가 한 짓이 잘못된 일이라는 것도……. 그녀는 부당한 짓을 했어요. 약자를 착취했으니까요. 이제는 압니다. 하지만 그 일을 오롯이 후회만 하는 건 아닙니다. 어떻게 그럴 수 있을까요? 당시 내게는 그 여자가 꼭 필요하다는 믿음이 늘 있었습니다. 그 여자는 내게 너무나 많은 걸 가르쳐주었어요."

그가 한숨을 쉬었다. "그 여자가 한 짓은 착취였어요. 크리스천. 그 사실을 간과해서는 안 됩니다."

나는 그를 물끄러미 쳐다보았다.

틀린 말은 아니지.

하지만 난 그걸 받아들일 준비가 안 되었다…… 아직은.

"시간이 필요합니다." 나는 조용히 말했다.

그가 고개를 끄덕였다. "어차피 이 이야기는 계속 하게 될 테니까 시간을 좀 두었다가 당신이 준비가 되었을 때 다시 들여다보도록 하죠." 그가 훅 숨을 내쉬었다. "양육 가정과 관련해 부모님과 이야기를 나누셨는데, 그 이야기 좀 들어볼까요. 기분이 어땠습니까?"

"이상했어요. 몇 가지 이유로."

"더 자세히 말해봐요."

"무엇보다, 도와달라는 내 요청에 부모님이 즉각 반응해서 정말 놀랐습니다."

"예전에는 아니었나요?"

"음, 아뇨, 그건 아닙니다. 레이가 사고를 당했을 때 어머니는 레이에게 큰 도움이 되었어요."

"하지만 그건 다르죠. 그분은 의사잖아요."

"그렇죠. 부모님에게 이렇게 개인적인 일을 부탁한 적이 있기나 한지 잘 모르겠어요. 오래전에 포기하고 시도조차 하지 않은 것 같습니다. 알다시피 10대 때 난 두 분과의 관계가 껄끄러웠어요.

게다가 내가 하버드를 중퇴했을 때 부모님은 크게 실망하시고 이후 그걸 못마땅해하셨으니까요."

플린이 고개를 끄덕였다. "하지만 부모란 사람들은 원래 자기 자식에게 가장 좋은 건 자기가 안다고 늘 생각하기 마련입니다. 기억해둘 만한 교훈이죠. 중퇴는 당신에게 아무런 해도 끼치지 않았죠."

"하지만 저번 저녁에 오셨을 때 두 분은 기대 이상으로 도움을 주셨어요. 가진 자료를 모두 가지고 오셨죠." 나는 플린이 이미 살펴본 종이 서류철을 가리켰다. 그는 콜리어 가족과 그들이 임시로 양육 중이던 두 아이의 사진을 집었다.

"이게 하이드죠?" 그가 빨간 머리 소년을 가리켰다.

나는 고개를 끄덕였다.

"당신도 있군요. 가장 작은 꼬마."

"네."

"이 시절을 기억하지 못했으니 많이 불안했겠네요."

"그랬죠."

"이제 기억이 더 납니까?"

"네. 내가 양육 가정의 보살핌 속에서 아무런 피해를 입지 않았다는 걸 어머니가 확인시켜준 덕분인 것 같습니다. 그게 가장 위안이 되었어요. 그 덕에 기억이 돌아왔습니다. 이전에는 별별 상상을 다 했거든요. 기억하는 게 두려웠죠. 알다시피…… 알지를 못하니까요."

"그렇죠. 이해합니다. 어머니 말을 믿습니까?"

"네. 되찾은 기억들이 모두 좋은 것들뿐이에요."

"크리스천 푸스타이는 어떻습니까?"

나는 한숨을 쉬었다. "그 사람은 더 이상 없습니다."

플린의 이마에 주름이 생겼다. "확실한가요?"

나는 코웃음을 쳤다. "아뇨. 하지만 이제 그만 어른으로서 그 아이를 떠나보내야 할 것 같습니다. 내 아내는 내게 어른처럼 굴고 현실을 똑바로 직시하라고 분명히 말하더군요."

플린이 큭 웃었다. "그랬어요? 아내분에게 말해주었나요? 이것에 대해?" 그가 내 출생증명서를 집어 들었다.

"아뇨."

"왜요?"

나는 어깨를 으쓱거렸다. "그녀는 나를 크리스천 그레이로 알고 있어요."

존이 내 대답을 곱씹었다. "그 아이도 당신의 일부인데요."

"알아요. 하지만 그 아이는 당분간 나 혼자만 간직하고 싶습니다. 그 아이에게 익숙해지고 싶어요."

"아내에게 말할 건가요?"

"언젠가는. 그래야죠."

"그 아이를 알게 된 지 며칠밖에 지나지 않았어요. 당신에겐 그 아이를 원할 때까지 혼자 간직할 권리가 있습니다. 크리스천. 그 아이를 사랑하는 법을 배워보세요. 그 아이를 용서하세요. 당신은 그럴 힘을 가지고 있습니다."

묵직한 플린의 말이 나를 기습하는 바람에 나는 숨이 막혔다.

그 아이를 용서하라.

"그 아이가 무얼 했다고 용서해야 하죠?" 내가 중얼거렸다.

존이 내게 다정한 미소를 지었다. "살아남았으니까요."

나는 얼어붙었다. 그를 물끄러미 쳐다보았다.

"그 아이의 엄마는 그러지 못했죠. 그분에게도 당신의 용서를 조금 나눠주면 어떨까요."

나는 하염없이 그를 응시했다. 그 시간이 몇 분처럼 느껴졌다. 그렇게 쳐다보다가 시계를 흘끔 쳐다보고 말했다. "알겠습니다." 한숨을 훅 내쉬었다. 끝날 시간이 되어 다행이었다. "언제나처럼 이번에도 생각할 거리를 많이 주시네요."

"그럼요. 그게 제 일인데요. 나눌 얘기가 아직 많지만 안타깝게도 시간이 다 되었네요."

"그래도 우리 전진하고 있는 거 맞죠?" 내가 물었다.

플린의 환한 웃음이 선하게 느껴졌다. "천천히. 지금은 이 지점에 있지만요. 당신의 애착 문제만으로도 1년은 걸릴 겁니다."

나는 웃음을 터뜨렸다. "압니다."

"그래도 당신은 아내에게 마음을 열기 시작했어요. 자기 자신을 취약한 존재로 드러낸 거예요. 이건 큰 진전입니다."

나는 고개를 끄덕였다. 심리치료 과목에서 A학점을 받은 기분이었다. "제 생각도 그렇습니다."

"다음 시간에 봅시다. 그리고 축하합니다, 크리스천."

나는 인상을 썼다. 뭘?

"아기요." 플린이 씩 웃었다.

"아, 네. 주니어. 고맙습니다."

해 질 녘 황금빛과 분홍빛 석양이 실내를 가득 채웠다. 나는 두 손을 바지 주머니에 찔러 넣고 푸젯 사운드를 향해 펼쳐진 시애틀의 스카이라인을 내다보았다. 웃음이 배시시 나왔다. 아나는 여기를 나의 상아탑이라고 부르곤 했다. 그러면 나는 '우리의' 상아탑이라고 그녀의 말을 고쳐주었고.

아까 저녁 먹을 때 아나는 쾌활했고 말도 많았다. 일을 하는 게 행복한 것 같았다. 식사를 마치고 나서는 SIP에서 전달해둔 문의

메일을 분류하러 자신의 소굴인 도서실로 돌아갔다. 아무래도 내일은 출근해야 할 것 같았다. 내 생각에도 충분히 회복된 듯했다.

내 생각은 플린과 나눈 대화로 흘러갔다.

'그 아이를 용서하세요.'

이제 그럴 때도 되었다.

약쟁이 창녀를 너무나 오랫동안 증오해왔기에 과연 그 감정을 뒤로하고 새롭게 출발할 수 있을지 확신은 없지만 아나는 그 약쟁이 창녀를 열렬히 옹호한 적이 있었다……. '어머니를 용서해요. 그분에게도 감당해야 할 고통스런 세상이 있었어요. 형편없는 엄마였지만, 그래도 당신이 사랑한 사람이었어요.'

내 정신과 의사와 아내는 의견이 같았다. 그만 그들의 말을 들어야 할지도 모르겠다.

나는 피아노로 건너가서 거기 앉아 드뷔시의 〈아라베스크 1번〉을 연주하기 시작했다. 이 곡을 연주한 게 언제인지 까마득했다. 밝고 기억을 환기하는 멜로디가 실내에 울려 퍼졌다.

휴대전화가 웅웅거리며 두 번째 아라베스크를 방해했다.

내 아내에게서 이메일이 도착했다.

보낸 사람: 아나스타샤 그레이

제목: 내 남편의 쾌락

날짜: 2011년 9월 21일 20:45

받는 사람: 크리스천 그레이

주인님,

당신의 지시를 기다립니다.

변함없는 당신의

G 부인 x

욕망이 내 몸을 깨워서 기대하는 마음으로 그것을 쳐다보았다.

아나가 플레이를 원한다.

숙녀를 기다리게 해선 안 돼지.

나는 답장을 썼다.

보낸 사람: 크리스천 그레이

제목: 내 남편의 쾌락 〈——— 이 제목 마음에 쏙 들어, 자기야.

날짜: 2011년 9월 21일 20:48

받는 사람: 아나스타샤 그레이

G 부인,

흥미로운데. 너 찾으러 간다.

준비하고 있어.

크리스천 그레이

기대에 부푼 CEO, 그레이 엔터프라이즈 홀딩스 Inc.

오락실에 있을 리 없었다. 그랬다면 그녀가 위층으로 올라가는 걸 봤을 테니까. 침실 문을 열자 문간에 그녀가 무릎을 꿇고 앉아 있었다. 눈을 내리깔고. 연푸른색 캐미솔과 팬티 외에는 아무것도 입지 않고. 침대 위에는 그녀가 펼쳐놓은 내 도미넌트 청바지가 있었다.

내 심장이 마구 내달리기 시작했다. 나는 그녀를 바라보며 그녀의 모든 걸 흡수했다. 그녀의 벌어진 입술, 긴 속눈썹, 젖가슴 아래에서 섹시하게 고불거리는 머리카락. 그녀의 호흡이 가빠졌다. 흥분해서. 내 아름다운 여자가 자기 자신을 온전히 내게 바치고 있었다. 또다시.

지난번 오락실에서 그녀는 내게 안전신호를 썼다.

그런데도 나를 믿기에 다시 해보려는 것이다.

내가 무얼 했다고 그녀에게 이런 대접을 받는 걸까?

그녀는 아직 회복 중이야, 그레이.

망할.

하지만 지난 며칠 동안 그녀는 몇 번이나 힌트를 주었다.

'어떻게 할지 우리 같이 생각해봐요'.

갑자기 오락실에 있는 아나의 모습이 머릿속에 속속 떠올랐다.

처음 거기 갔을 때.

긴장한 그녀.

흥분한 나.

젠장. 그녀는 이걸 원한다…… 나만큼이나. 나는 청바지를 집어 들고 돌아서서 그것으로 갈아입으러 옷방으로 들어갔다. 옷을 벗으면서 무얼 할 수 있을까 궁리했다. 느긋한 걸로…… 달콤하고 느긋한 걸로.

그러면서도 그녀의 야성을 끌어내는 것으로.

짜릿한 전율이 등허리를 타고 아랫도리까지 직행했다.

어디 해볼까, 그레이 부인.

나는 침실로 돌아갔다. 그녀는 아직 문간에 무릎을 꿇고 있었다. "플레이하고 싶어?"

"네."

오, 아나. 그보다 더 잘할 수 있을 텐데.

내가 반응하지 않자 그녀가 나를 올려다보고 성난 내 얼굴을 알아챘다.

"'네'라고?" 내가 속삭였다.

"네, 주인님." 그녀가 얼른 말했다.

"착하다." 나는 그녀의 머리를 쓰다듬었다. "이제 위층으로 가는 게 좋겠어." 나는 손을 내밀어 그녀가 일어서는 걸 도와주었다. 우리는 함께 계단으로 가 오락실로 올라갔다.

문 밖에서 나는 고개를 숙여 그녀에게 키스한 뒤 그녀의 머리채를 잡아 고개를 젖히고 그녀의 깊은 눈 속에 빠져들었다. "알지? 네가 아래에서 위를 지배하고 있다는 거." 나는 그녀의 입술에 대고 속삭였다.

우리가 만난 이후 그녀는 줄곧 그렇게 나를 지배해왔다.

그녀는 나를 소유했다. 몸도 마음도.

"네?" 그녀가 속삭였다.

"걱정하지 마. 나 그렇게 살 거야."

죽음이 우리를 갈라놓을 때까지, 아나스타샤 그레이.

널 사랑하니까.

삶보다 더.

너도 날 사랑한다는 것도 알아.

나는 코로 그녀의 턱을 쓸어 그녀의 향기로 내 감각을 채웠다. 그녀의 귀를 깨물었다. "안으로 들어가면 무릎 꿇어. 내가 너에게 보여준 것처럼."

"네, 주인님."

아나가 속눈썹 사이로 나를 바라보았다. 나는 '내가 널 소유했다'는 그녀의 미소를 놓치지 않았다.

그것이 나도 미소 짓게 했다.

그것이 사실이니까.

그녀는 나의 모든 것이다.

그리고 나는 그녀의 것이다…… 언제나.

어디 한번 재미나게 놀아볼까…….

에필로그

   나는 가만히 누워 내 근사한 아내가 옆에 누워 있는 풍경을 감상한다. 이른 아침 햇살이 커튼 틈새로 들어와 아나의 머리를 황금빛으로 물들이고 얼굴이 발산하는 사랑스러운 광채를 드러낸다. 그녀는 내가 잠에서 깼다는 걸 모른다. 요즘은 우리 아들을 모유 수유하느라 정신이 없다……. 그녀는 웃는 얼굴로 사랑이 담긴 말을 가만가만 아이에게 중얼거리며 아이의 보드랍고 통통한 볼을 어루만진다.

   뭉클한 광경이다.

   아나는 아낌없이 내주는, 깊이를 헤아릴 수 없는 사랑의 샘이다. 아이에게. 나에게.

   그녀를 보면 무얼 어떻게 해야 하는지 알 수 있다. 작디작은 누군가에게, 내 피붙이에게 이러한 전율과 이러한 열정을 느껴도 괜찮다는 걸.

   테드.

   내 아들.

   나는 두 사람에게 푹 빠져버렸다.

   그녀가 눈을 조금 뜨고 나를 올려다본다. 그녀를 탐내다가 딱 걸렸다. 그녀의 얼굴에 함박웃음이 번져나간다. "좋은 아침, 그레이 씨. 구경 재밌어요?" 그녀가 즐거운 기색으로 한쪽 눈썹을 추켜올린다.

"엄청 재밌어, 그레이 부인." 나는 팔꿈치를 괴고 몸을 내밀어 기다리는 그녀의 입술에 부드럽게 키스한다. 테드의 정수리 쪽 구릿빛 솜털에도. 눈을 감고 녀석의 향기를 들이마신다. 아나 다음으로 세상에서 가장 향기로운 냄새다.

"이 녀석 냄새 정말 좋다."

"내가 10분 전에 기저귀를 갈아서 그래요."

나는 인상을 썼다가 미소를 짓는다.

내가 하지 않아도 되어서 다행이야!

아나는 씩 웃으면서도 눈을 위로 치켜뜬다. 내가 무슨 생각을 하는지 다 읽는다. 테디는 우리를 신경 쓰지 않고 눈을 감은 채 펼친 손을 아나의 불룩한 젖가슴에 대고 있다. 아침 식사를 즐기느라 여념이 없다.

복 많은 녀석.

복이 아주 많은 녀석이다. 우리랑 같이 잠을 잔다.

이건 내가 한 번도 이기지 못한 싸움이다. 이 때문에 밤에 하는 우리의 침실 활동이 다소 줄긴 했지만 우리가 자는 동안 녀석이 바로 옆에 있다는 것이 안심되기도 한다. 아나를 만나기 전에는 누군가와 같이 잠을 잔 적도 없는데 이제는 내 침대에 두 사람이나 있다는 사실을 생각하면 아이러니하다.

"어젯밤에 이 녀석 깼어?"

"자정에 젖을 주고 나서 한 번도 안 깼어요." 그녀가 녀석의 뺨을 다시 어루만지고는 어른다. "밤새 잘 잤네, 우리 꼬마 신사." 녀석이 그녀의 가슴을 톡톡 치는 것으로 대답을 대신한다. 그리고 그녀와 똑같은 빛깔의 눈으로, 내가 너무나 잘 아는 표정으로 그녀를 올려다본다.

지극한 흠모.

사실이다. 테디와 나는 같은 집착증에 시달리고 있다.

녀석이 눈을 감더니 젖을 천천히 빨다가 멈춘다.

아나가 테디의 뺨을 어루만지고는 손가락을 녀석의 입에 살며시 넣자 녀석이 젖꼭지를 놓는다. "아침 식사 끝." 그녀가 속삭였다. "아이를 요람에 넣고 올게요."

"내가 할게." 오늘은 특별한 날이다. 나는 일어나 앉아 아이를 살그머니 품에 안고 내 가슴에 와 닿는 녀석의 온기와 무게감을 만끽한다. 다시 녀석의 머리에 키스하고는 녀석을 꼭 안고 옆에 붙은 아기방으로 간다. 녀석이 원래 자야 할 곳으로. 녀석을 요람에 내려놓는데도 녀석이 기적적으로 깨지 않는다. 나는 면 담요로 녀석을 덮어준다. 녀석을 내려다보며 치미는 감정의 파도에 젖는다. 때때로 이렇게 울컥한다. 거대한 사랑의 파도에 휩쓸린다. 이 작은 인간은 내 마음을 침범해 점령하고 모든 방어력을 부숴버렸다. 플린의 말이 옳았다. 나는 조건 없이 이 녀석을 사랑한다.

몸이 떨린다. 이 감정이 두려워서. 방을 둘러본다. 사과 과수원의 그림을 그려 꾸민 방이다. 언젠가 녀석에게 쓴맛이 나는 청사과 나무에서 달고 맛있는 빨간 사과를 열리게 하는 방법을 가르쳐주고 싶다. 녀석과 이름이 같은 할아버지 시어도어의 도움을 받아서. 베이비 모니터를 켠 뒤 리시버를 집어 들고 침실로 돌아온다.

아나는 곤히 잠들어 있다.

젠장. 결혼기념일을 축하하긴 틀렸군.

잠시 그녀를 깨울까 생각하지만 그래서는 안 된다는 걸 알고 있다. 아나는 대부분 피곤에 지쳐 있었다. 그녀에게는 수면이 최고의 선물이다. 이제 테드가 태어난 지 석 달이 되어가니 그녀가 더 많이 쉴 수 있기를 바랄 뿐이다.

그녀가 그립다.

이 알알한 아쉬움은 순전히 이기적인 감정이라는 걸 생각하면서 운동복으로 갈아입으러 옷방으로 들어간다.

휴대전화의 음악들을 휘릭휘릭 넘기는데 아나가 보내준 것이 분명한 곡이 눈에 띈다. 그것을 보자 입가에 미소가 걸린다.

이어폰에서 울려 퍼지는 리아나의 〈우린 사랑을 찾았어〉를 들으며 출발해 포스 애비뉴를 달린다. 이른 시각이라 거리는 한산하다. 가끔씩 개를 산책시키는 사람, 식당에 식자재를 배달하는 냉동 트럭, 오전 교대 근무를 위해 출근하는 사람들뿐이다.

머릿속을 텅 비우고 내 리듬을 찾아 장시간 달리는 속도를 찾는 데 집중한다. 북서쪽으로 향한다. 태양이 밝게 빛나고 나무에는 이파리가 만발했다. 영원히 달릴 수 있을 것만 같다. 내 세상에선 모든 것이 순항 중이다.

어떤 생각이 떠오른다.

추억이 어린 곳을 돌아보기로 하고 아나의 예전 아파트 쪽으로 발길을 돌린다. 지금 거기에는 케이트와 이든이 살고 있다.

옛날 기분을 내볼까.

그들의 주거지는 곧 바뀔 것이다. 다음 주에 케이트와 엘리엇이 결혼할 예정이니까. 케이트는 아나의 임신 소식과 출산 예정일을 알자마자 아나에게 신부 들러리 대표를 맡기려고 그들의 결혼 계획을 전면 수정했다. 케이트는 여전히 완강하다. 나로서는 엘리엇이 잘 알고 하는 결혼이기를 바랄 뿐이다.

엘리엇의 총각 파티는 한 편의 대서사시였다. 참가 인원이 나 때보다 훨씬 더 많았다. 하지만 그것이 엘리엇이니까. 또한 카보산 루카스에서 일어난 일은 거기 일일 뿐이다. 신랑 들러리라 모든 걸 책임지고 준비해야 했는데 그 며칠 동안 아내와 아들이 보고 싶어 혼났다. 나는 그저 그랬지만 엘리엇은 나와 달리 파티광이라 재미있어했다. 형이 좋아했으니 됐다.

모퉁이를 돌아 바인 스트리트로 들어서자 아나가 나를 떠났던 암흑의 시절에 절박한 심정으로 이곳을 달렸던 기억이 떠오른다.

젠장. 그땐 미친놈이었지.

사랑에 미친놈이었지, 그레이.

그땐 그걸 몰랐지만.

당시 숨어서 스토킹을 하던 곳이 가까워오자 잠시 거기서 멈출까 하다가 그냥 가기로 한다. 그 어두운 시절은 이제 까마득히 멀어졌다. 아나와 너무 오랫동안 떨어져 있고 싶지도 않고.

왼쪽으로 모퉁이를 돌아 웨스턴 애비뉴로 들어서자 아나와 내가 결혼한 이후 벌어진 일들이 속속 떠오른다. 작년 바로 오늘이었다. 물론 가장 큰 변화는 5월 2일 시어도어 레이먼드 그레이의 극적인 등장일 것이다. 현재 그는 우리의 마음과 우리의 영역을 지배하고 있다.

아, 나는 내 아들을 사랑한다.

아내의 관심을 두고 아들 녀석과 경쟁하는 처지이긴 하지만.

'나는 당신보다 이 힘없는 아기를 선택할 거예요. 자식을 사랑하는 부모라면 누구나 그럴 거예요.'

맞는 말이야, 아나.

그녀의 말은 아직도 따끔하지만 심금을 울린다. 그녀를 다른 누군가에게 내주어야 한다는 건 힘든 일이다. 녀석이 아니고 다른 사람이었다면 절대로 내주지 않았을 것이다.

그리고 녀석을 돌보는 그녀를 보고 있으면…….

그녀는 녀석을 너무도 사랑한다. 녀석을 위해서라면 뭐든 할 것이다.

이제는 안다. 나를 낳아준 어머니도 어느 정도는 나를 위해 그 랬을 거라고. 안 그랬다면 네 살까지 살아남지 못했을 것이다. 그 생각을 하면 엘라에게 조금 더 다정한 마음이 든다……. 딱 거기 까지만.

한편으론 테드에게 질투가 난다. 녀석은 자기 엄마를 열렬한 대 변인으로 두고 있다. 그녀는 녀석을 위해 싸울 것이다. 언제나. 그 것이 녀석이 우리 침대에 있는 이유기도 하다.

'아이에게 모유 수유를 하는 동안에는 우리랑 같이 여기 있을 거예요. 받아들여요, 크리스천.'

내 여자는 물러서지 않는다.

물론 녀석은 나 역시 소유했다.

녀석을 안전하게 지키기 위해서는 힘닿는 데까지 모든 걸 할 생 각이다.

하이드 그 개자식은 감옥에 있다. 재판은 고통스러웠지만 필요 악이었다. 놈은 납치, 방화, 갈취에 손괴죄까지 더해져 가중처벌 이 적용돼 30년형을 받았다. 내 생각엔 그것도 별로 길지 않지만 최소한 그놈은 우리의 삶 밖으로 끌려 나가 자기 분수에 맞는 감 옥으로 갔다.

링컨은 파산해 현재 중대 사기죄로 구속 기소된 상태다.

그 작자도 감옥에서 푹 썩기를 기원한다. 복수는 참으로 맛있는 요리다.

그만, 그레이.

생각의 방향을 내 가족들 쪽으로 다시 돌리면서 파이크 플레이 스 마켓 안을 달려 통과한다. 이 시간대의 아침을 좋아한다. 꽃집 들은 색색의 꽃들을 내어놓고, 생선 장수들은 갓 잡은 생선에 얼 음을 채운다. 식료품점 주인들은 과일과 채소를 진열한다. 참으로 생동감과 활력이 넘치는 도시의 현장인데, 이렇게 이른 시각에는 관광객들의 방해 없이 쉽게 돌아다닐 수 있다.

다음 주 결혼식은 에이먼 캐버너의 메디나 레지던스에서 열린다. 나는 결혼식에서 낭독할 연설문을 써야 한다. 케이트는 내가 연설문 편집 권한을 주지 않는다고 화가 났지만.

그 여자는 못 말리는 통제광이다.

엘리엇이 어떻게 그 여자를 참아내는지 모르겠다.

아나와 미아는 둘 다 신부 들러리를 맡았다. 아나는 신부 들러리 대표이고, 미아는 신부 들러리다. 미아가 이든과 너무 어색하지 않아야 할 텐데.

나는 고개를 절레절레 흔든다. 그 남자는 너한테 반하지 않았어, 미아.

계속 달린다. 스튜어트 스트리트에서 속도를 높여 에스칼라를 향해 달려간다.

집으로 달려간다.

우리 집들 중 한 곳으로.

우리는 두 집을 오가며 살고 있다. 주중에는 에스칼라, 주말에는 아나가 '큰 집'이라고 부르는 곳에서 지낸다. 지금까지는 그럭저럭 만족하고 있다.

앞쪽 출입구에 도착해 걸린 시간을 확인한다. 나쁘지 않다.

엘리베이터 안에서 숨을 고른다. 나 혼자라 스트레칭을 한다.

존스 부인이 바삐 움직이는 주방을 지나 곧장 침실로 간다. 테드를 들여다보니 녀석은 아직 쿨쿨 자고 있다. 가슴이 오르락내리락한다.

아이고. 녀석이 잠을 자면 참 좋다.

녀석의 유모가 곧 올라와 녀석의 옆을 지킬 것이다.

아나는 아직도 곯아떨어져 있다.

나는 옷방에서 옷을 벗는다. 땀에 젖은 옷가지를 세탁 바구니에 넣고 나서 샤워를 하러 간다.

뜨거운 물줄기가 나를 적시며 달리기로 흘린 땀을 모두 씻어낸다. 생각에 잠겨 머리에 비누칠을 하는데 샤워실 문이 열리는 소리가 들린다. 아나가 살며시 두 팔을 내게 감고 내 등에 키스하며 몸을 내 몸에 붙인다.

나의 하루가 방금 훨씬 밝아졌다.

나가려는데 아나가 두 팔을 더 꽉 조이며 편 손바닥을 내 가슴에 댄다. "안 돼요." 그녀가 내 등에 키스한다. "여기서 당신을 안고 싶어요. 제대로."

우리는 조용히 서 있다. 함께. 나는 더 이상 참지 못하고 돌아서서 그녀를 품에 안는다. 내 몸에 닿은 그녀의 보드랍고 따스한 몸을 즐긴다. 그녀가 입술을 나를 향해 올린다. 그녀의 눈이 끈적하다.

"좋은 아침, 그레이 부인. 결혼기념일을 축하해."

"결혼기념일 축하해요, 크리스천." 그녀의 목소리가 욕망에 젖어 허스키하다. 나는 입술로 그녀의 입술을 건드린다. 내 몸이 살아난다. 그녀의 몸도. 그녀가 신음하며 내게 키스한다. 내가 그녀의 혀에 닿도록 입을 벌린다. 그녀의 혀가 한층 높아진 열정으로 내 혀를 반긴다. 우리는 키스한다. 우리의 혀가 엉켜서 함께 뒹군다. 일주일간 참았던 욕구 불만을 서로에게 쏟아낸다. 그녀가 두 손을 내 등 위로 올린다. 어깨로, 내 머리카락 속으로. 나를 차가운 타일 벽에 밀어붙인다.

그녀가 숨을 몰아쉬며 턱선에서 귀까지 나를 깨문다. "당신이 그리웠어요." 그녀가 쏟아지는 물줄기 사이로 중얼거린다.

후우.

그녀의 말이 불길에 휘발유를 부었다. 일어선 몸이 더 단단하고 더 커져서 그녀를 압박한다. 그녀를 원한다. 내 손가락이 그녀의 젖은 머리카락을 파고든다. 나는 그녀의 입술을 내 입술 쪽으로 기울이고 그녀의 입에서 더 많은 걸 취한다.

최근에 그랬듯 온화하게 사랑을 나눌 줄 알았는데.

하지만 이번에는 그렇지 않다.

아나는 열렬하고 탐욕스럽다. 그녀의 이가 수염이 돋은 내 턱선을 긁는다. 그녀의 손가락이 내 머리카락을 잡아당기고 내 손은 그녀의 엉덩이로 움직여 그녀를 내 몸에 붙인다. 그녀가 꿈틀거리며 몸을 내 몸에 비빈다. 그 의도는 분명하다.

"아나? 여기서?" 나는 헐떡거린다.

"여기서. 난 유리로 만들어지지 않았어요, 크리스천." 그녀가 힘주어 말하며 내 쇄골을 따라 키스를 퍼붓는다. 이제 두 손은 내 등 아래 엉덩이로 향한다. 그녀가 세게 움켜쥔다. 그녀의 손이 나를 만진다.

"후우." 나는 악문 잇새로 중얼거린다.

"이게 그리웠어." 그녀가 손가락으로 내 아랫도리 놈을 감싸 쥐고 손을 움직이기 시작한다. 그녀의 입이 다시 내 입에 닿는다. 나는 그녀를 보려고 몸을 뗀다. 그녀의 눈은 열정으로 몽롱하다. 그녀가 나를 감싼 손에 힘을 넣는다. 나는 그것을 지켜보며 동작마다 엉덩이에 힘을 주어 그녀의 손 안으로 찔러 넣는다.

그녀가 입술을 핥는다.

오, 모르겠다. 될 대로 되라.

그녀 안으로 들어가고 싶다.

그녀의 말처럼 그녀는 유리로 만들어지지 않았으니까.

나는 그녀를 들어 올린다. "다리를 내게 감아, 자기야." 그녀가 놀랍도록 민첩하게 내 말을 따른다.

바스티유에게 받는 수업 덕분이다.

그리고 그녀의 욕정 때문에.

나는 돌아서서 그녀의 등을 타일 벽에 붙인다.

"넌 정말 아름다워." 속삭이며 천천히 그녀 안으로 들어간다.

그녀가 고개를 뒤로 젖혀 벽에 기대고 울부짖는다.

그 소리가 내 아랫도리 놈의 머리까지 전달된다.

나는 움직이기 시작한다.

세게. 빠르게.

그녀의 발뒤꿈치가 내 엉덩이를 찍어 누른다. 나를 재촉한다. 그녀가 두 팔을 내 목에 감고 나를 안고 있는 동안 나는 그녀 안으로 달려든다.

몇 번이고 계속.

그녀의 호흡이 더욱 가빠진다. 더 요란하고 더 거세진 숨소리가 내 귓속에서 울려 퍼지고 그녀는 절정을 향해 오른다.

"그렇게. 그렇게." 그녀가 속삭인다. 나는 그것이 애원인지 약속인지 알 수 없다.

아나.

내 사랑.

별안간 그녀가 울부짖고 오르가슴이 그녀를 덮친다. 나는 놓아버리고 그녀를 따라 정상 너머로 떨어진다. 아내 안에서 사정하며 그녀의 이름을 부른다.

정신을 차리고 보니 그녀에게 몸을 기대고 우리 둘을 떠받치고 있다. 아나가 다리를 풀고 내 몸에서 미끄러져 내려간다. 우리는 샤워 부스 안에 함께 서 있다.

나는 이마를 그녀의 이마에 댄다.

우리는 함께 숨을 고른다.

뜨거운 물줄기 밑에서 서로를 부둥켜안고.

아나가 고개를 든다. 두 손으로 내 목덜미를 잡고 입술로 내 입술을 쓰다듬는다. 부드럽게. 달콤하게. "이게 필요했어요."

나는 웃음을 터뜨린다. "나도, 자기야!" 내 입술이 다시 그녀의 입술을 찾지만 이번에는 감사의 입맞춤이다.

"2부는 침대에서 즐겨도 되죠?" 그녀의 눈은 이미 탁하다.

"하지만…… 일은?"

아나가 고개를 젓는다. "오늘 휴가 냈어요. 하루 종일 당신하고 침대에 있고 싶어요. 이 처음은 다신 오지 않잖아요. 우리가 가장 잘하는 걸 하면서 결혼기념일을 축하하고 싶어요."

나는 그녀에게 활짝 웃는다. 세상이 사랑으로 가득 찬 것 같다. "그레이 부인. 분부대로 하지요." 나는 그녀를 안아 들고 침대로 돌아가 그녀를 눕힌다. 우리 둘 다 흠뻑 젖은 몸으로.

아나는 벌거벗은 채 우리 침대에 엎드려 졸고 있다. 나는 그녀의 어깨에 키스하고 일어난다. 옷방에서 운동복 바지와 티셔츠를 입고 먹을 것을 찾으러 간다. 테디를 들여다보니 호프가 녀석의 옆에서 기저귀를 갈고 있다.

"좋은 아침이에요, 그레이 씨." 그녀의 다정하고 느릿느릿한 말투가 그녀가 남부 지방 출신임을 말해준다.

호프는 아나가 출근하고 없을 때 테디를 돌보는데 다른 직원들과 함께 위층에 거주한다.

그녀는 40대 초반의 나이에 결혼한 적이 없다. 아이도 낳은 적이 없다. 아나는 언젠가는 그것에 얽힌 호프의 사연을 알아낼 것이다. 아나에게는 사람들의 입을 여는 재주가 있다.

내게도 그랬으니까.

호프는 석 달째 우리와 함께 살고 있는데 아직까지는 잘 지내고 있다. 아나는 나이가 많은 육아 전문가를 원했다. 아나 자신이 너무 어리니까. '배울 게 있는 사람이었으면 좋겠어요. 우리 엄마는 너무 멀리 사시고 당신 어머니도 너무 바쁘시니까요.'

호프는 테드가 우리 침대에서 자는 걸 못마땅하게 생각한다.

녀석을 사랑하지만 이 문제에 관해선 나도 호프와 같은 생각인데 아나는 꿈쩍도 안 할 거야.

호프가 테디의 배에 키스하자 녀석이 좋아서 까르르 웃는다.

아름다운 소리다.

"그럼 난 맡기고 갑니다." 나는 호프에게 말한다.

존스 부인이 레인지 앞에 있다. "좋은 아침, 게일."

"아! 그레이 씨. 좋은 아침이에요. 결혼기념일 축하드려요."

"고마워요. 아나에게 침대로 아침밥을 가져가고 싶은데요."

"좋은 생각이세요. 뭐 해드릴까요?"

"팬케이크, 베이컨, 블루베리, 커피."

"금방 해드릴게요. 20분 정도 걸려요."

"알겠어요." 나는 아나에게 줄 첫 결혼기념일 선물을 가지러 서재로 간다. 두 번째 선물, 영원한 내 사랑을 상징하는 영원의 반지는 이따가 저녁 식사를 하면서 줄 생각이다. 그녀의 반지가 든 빨간 상자가 잘 있나 확인하려고 책상 서랍을 열어본다. 하지만 내 시선은 서랍 안에 치워놓은 엘라 푸스타이의 사진으로 흘러간다. 은빛 액자에 끼워진 사진이다. 지난번 내 생일에 아나가 내 어릴 적 방에 있던 스냅 사진을 가져와 확대해서 액자에 끼워 선물로 준 것이다. 그 서랍을 자주 여는데도 친어머니의 모습은 여전히 낯설다.

'그래도 당신은 친어머니를 원했어요. 사랑했어요.'

내 아내는 고집 빼면 시체다. 그녀는 엘라가 마지막 묻힌 곳도 찾아냈다. 언젠가는 거기도 가게 될 것이다……. 아마도. 친어머니에 대해 더 알아볼까 생각 중이다. 그러고 나면 그분도 내 선반 위에 자리를 잡게 되지 않을까.

'그분에게도 당신의 용서를 조금 나눠주면 어떨까요.'

노력하고 있습니다, 존. 노력하고 있어요.

그만, 그레이.

나는 서랍을 닫고 오늘 아침 아나에게 줄 첫 번째 선물을 집어 든다. 그녀가 마음에 들어 하길 바라며. 선물을 책상 위에 놓고 시간을 확인한다. 8시 30분. 지금쯤 안드레아는 자기 책상 앞에 있을 것이다. 아내가 집에 있기로 했으니 나도 그러기로 한다. 나는 전화기를 들고 통화 버튼을 누른다.

"좋은 아침입니다, 사장님."

"좋은 아침, 안드레아. 오늘 모든 회의 취소해. 나 오늘 쉴 거야."

안드레아가 멈칫하며 살짝 뜸을 들였다가 대답한다. "알겠습니다, 사장님."

"그리고 나한테 전화하지 마. 절대."

"어…… 네. 알겠습니다."

나는 웃음을 터뜨린다. "고마워. 로스에게도 말해줘. 무슨 일이 있어도 내일까지 기다려."

그녀가 웃는다. "그럴게요, 사장님. 하루 잘 보내세요." 우리 둘 다 기분이 좋아진다.

아침밥을 쟁반에 받쳐 들고 들어가니 아나는 졸고 있다. 몸에 이불을 느슨하게 감은 그녀의 모습, 내 아내가 연출한 그 멋진 광경이 선물처럼 다가온다. 그녀의 머리카락은 조금 전에 나눈 사랑의 행위로 헝클어져 베개 위에 풍성하게 퍼져 있다. 한 팔은 머리 위로 쳐들고 있고 한쪽 젖가슴과 멋진 한쪽 다리가 조금 보인다. 아침 햇살이 그녀의 몸을 어루만지는 광경은 거장이 포착한 한 폭의 그림 같다. 티치아노 아니면 벨라스케스.

아프로디테.

내 여신.

그녀는 테드를 낳고 나서 살이 빠졌다. 본인은 더 빼고 싶어 하지만 내 눈엔 그저 사랑스럽게만 보인다.

커피 잔이 달그락거리는 소리에 그녀가 깨어 숨 막히게 아름다운 미소로 내게 보답을 한다. "침대에서 아침 먹으라고요? 당신 때문에 나 버릇 나빠지겠어요."

나는 쟁반을 침대에 놓고 그녀 옆에 자리를 잡는다.

"푸짐하네요!" 그녀가 손뼉을 친다. "배고팠는데!" 그녀가 팬케이크와 베이컨을 집어 먹는다.

"감사는 존스 부인에게 해야지. 내가 뭐 한 게 있나."

"그럴게요." 그녀가 입에 음식을 가득 넣고 웅얼거린다.

우리는 다정한 침묵 속에서 아침을 먹으며 서로에 대한 친밀감을 즐긴다.

이건 흥미로운 감정이다.

지극한 만족감.

아나와 함께할 때만 느껴진다.

내가 특별한 행운을 누리고 있다는 생각을 잠시 해본다.

내게는 사랑스럽고 똑똑하고 근사한 아내가 있다.

아름다운 아들도. 녀석은 지금 호프가 놀아주고 있다.

사업은 순항 중이다. 지난 몇 년간 사들인 사업체들은 전부 큰 수익을 내고 있다. 태양광 태블릿은 큰 성공을 거두었다. 우리는 그것으로 새로운 기술을 구현하고 있다. 특히 개발도상국을 위해.

이렇게 아내와 함께 앉아 팬케이크를 먹다니 이보다 더 좋을 수 있을까.

나는 다 먹고 나서 접시를 내려놓는다. "너한테 줄 거 있어. 이 건 나 칭찬해줘도 돼."

나는 침대 옆 탁자에서 포장된 선물 상자를 집는다.

"어머!" 아나가 냅킨을 집어 손을 닦는 동안 나는 그녀의 빈 접시를 쟁반에 놓고 그것을 옆으로 밀어놓는다.

"이거." 내가 포장된 넓적하고 무거운 직사각형 상자를 내밀자 그녀가 궁금한 표정을 짓는다.

"결혼 1주년 기념이야. 힌트는 거기까지만."

그녀가 싱글벙글 웃는 얼굴로 포장지가 찢어지지 않게 조심스럽게 벗기기 시작한다. 안에 커다란 가죽 바인더가 들어 있다. 아나가 입술을 깨물면서 바인더를 고정한 띠를 풀고 커버를 연다. 그녀가 숨을 들이켠다. 그녀의 손이 입으로 휙 날아간다. 커버 아래 아나와 테드를 찍은 흑백 사진이 있다. 그녀는 미소 띤 얼굴로 아이를 내려다보고 아이도 좋아서 그녀를 올려다보는 사진이다. 빛이 완벽하다. 따스하고 사랑스런 빛이 두 사람을 은은히 비춘다. 이 사진들을 특별히 레저 사이즈(432×279mm에 해당하는 크기 - 옮긴이)로 뽑는 데 2주가 걸렸다. 이 사진은 시애틀 세인트제임스 성당 내 작은 성소에 있는 마리아 상을 생각나게 한다. "근사한데요." 아나가 잔뜩 감동한 목소리로 속삭인다.

내게는 뿌듯한 사진들이다. 현관의 성모 마리아상 대신 걸어둘 생각이다. 다음 사진은 그녀가 테드를 안고 나를 바라보는 사진인데, 즐거운 눈빛이 반짝거리는 그녀의 눈에 조금 어두운…… 나를 겨냥한 뭔가가 어려 있다.

아나와 테디를 찍은 사진은 모두 네 장이다.

그리고 마지막 사진.

그녀가 다시 숨을 들이켠다. 나와 테드를 찍은 셀프 사진이다. 보조개가 패고 젖살이 통통한 녀석이 맨살이 드러난 내 가슴팍에 안겨 쿨쿨 잠들어 있고, 나는 카메라를 쳐다보고 있다. "오, 크리스천, 정말 근사해요. 마음에 쏙 들어요." 아나가 내게 고개를 돌린다. 눈에 눈물이 글썽거린다. "내가 가장 아끼는 남자 둘이 한 화면에 절묘하게 담겼어요."

"그 남자 둘은 너를 사랑해, 아주 많이."

"나도 두 사람을 사랑하고요!" 그녀가 사진첩을 닫아 조심스럽게 옆에 놓더니 나를 와락 껴안는다. 그 바람에 컵과 접시들이 달그락거린다.

"당신은 알라딘 요술 램프의 세 가지 소원, 복권, 암 치료제를 모두 합친 거나 같아요!"

나는 웃음을 터뜨리고 손가락으로 그녀의 뺨을 쓰다듬는다. "아니, 아나. 그건 너야."

해방 3

초판 1쇄 인쇄일 2022년 11월 1일
초판 1쇄 발행일 2022년 11월 17일

지은이 E L 제임스
옮긴이 황소연

발행인 윤호권
사업총괄 정유한

편집 구민준 **디자인** 양혜민 **마케팅** 정재영, 윤아림
발행처 ㈜시공사 **주소** 서울시 성동구 상원1길 22, 6-8층(우편번호 04779)
대표전화 02-3486-6877 **팩스(주문)** 02-585-1755
홈페이지 www.sigongsa.com / www.sigongjunior.com

글 ⓒ E L 제임스, 2022

ISBN 979-11-6925-320-8 04840
ISBN 979-11-6925-317-8 (세트)

*시공사는 시공간을 넘는 무한한 콘텐츠 세상을 만듭니다.
*시공사는 더 나은 내일을 함께 만들 여러분의 소중한 의견을 기다립니다.
*잘못 만들어진 책은 구입하신 곳에서 바꾸어 드립니다.